LE RETOUR DES TÉNÈBRES

SCIENCE-FICTION
Collection dirigée par Jacques Goimard

ISAAC ASIMOV
&
ROBERT SILVERBERG

LE RETOUR DES TÉNÈBRES

Traduit de l'américain
par George W. Barlow

OLIVIER ORBAN

Paru aux Éditions *Doubleday* (New York)
sous le titre original :

NIGHTFALL

ISBN 2-266-05273-X

Avertissement au Lecteur

Kalgash est un monde étranger, et notre intention n'est pas de vous faire croire qu'il est identique à la Terre, même si nous mettons dans la bouche de ses habitants un langage que vous comprenez et des termes qui vous sont familiers. Ces mots sont à considérer comme de simples équivalents de termes étrangers, c'est-à-dire un ensemble conventionnel d'équivalents, semblable à celui qu'utilise un romancier lorsqu'il fait parler entre eux des personnages d'une autre nation dans leur propre langue tout en transcrivant cependant leurs paroles dans la langue du lecteur. Ainsi, lorsque les habitants de Kalgash parlent de « mains » ou de « voitures automobiles », d'« ordinateurs » ou de « pieds », ce qu'ils ont en tête, ce sont leurs *propres* organes de la préhension, leurs *propres* moyens de transport en surface, leurs *propres* appareils de traitement des données, leurs *propres* unités de longueur, etc. Les ordinateurs utilisés sur Kalgash ne sont pas nécessairement compatibles avec ceux qu'on utilise à New York, Londres ou Stockholm, et le « pied » dont nous parlons dans ce livre n'est pas nécessairement la mesure américaine qui vaut 30,48 centimètres. Mais il nous a paru plus simple et plus heureux d'utiliser ces termes familiers pour rapporter des événements se déroulant sur un monde totalement différent que d'inventer toute une kyrielle de termes purement kalgashiens.

Autrement dit, nous aurions pu vous raconter qu'un de nos personnages s'arrêtait pour boucler ses *quonglishes* devant son *zňoob* natal, et tout aurait peut-être eu l'air tellement plus exotique; mais il aurait aussi été tellement plus difficile de saisir ce que nous disions : ça ne semblait pas bien utile. L'essentiel de l'histoire, ce n'est pas la quantité de termes bizarres que nous aurions pu inventer; mais plutôt des réactions d'un groupe de gens assez semblables à nous, habitant un monde assez semblable au nôtre mis à part un détail très significatif, et confrontés à une situation complètement différente de tout ce que les habitants de la Terre ont jamais eu à affronter. En l'occurrence, il nous a paru préférable de dire que quelqu'un enfilait ses chaussures de marche avant de se mettre en route pour un trajet de douze kilomètres, plutôt que d'encombrer le texte de *quonglishes,* de *vorks* et de *gleebishes.*

Si ça vous chante, lisez « vorks » toutes les fois qu'il y a « pieds » dans le texte, « gliizbiiz » pour « heures » et « sheshtraps » pour « yeux ». Ou bien encore, inventez vos propres termes. « Vorks » ou « pieds », cela n'y changera rien, quand les Étoiles apparaîtront.

I.A.
R.S.

« Si les étoiles en mille ans n'apparaissaient qu'une seule nuit, quelle foi et quelle ferveur auraient les hommes, et comme ils conserveraient pendant maintes générations le souvenir de la cité de Dieu! »

EMERSON

« Un autre monde! Il n'y a pas d'autre monde! C'est ici ou nulle part qu'est toute la réalité. »

EMERSON

LIVRE PREMIER

Crépuscule

1

C'était un radieux après-midi à quatre soleils. Le grand Onos doré brillait haut dans le ciel à l'ouest, et le petit Dovim tout rouge s'élevait rapidement à l'horizon au-dessous de lui. En regardant de l'autre côté, on voyait deux points d'un blanc éclatant : Trey et Patru, qui brillaient à l'est sur le ciel violacé. Les plaines onduleuses du continent septentrional de Kalgash étaient baignées d'une lumière merveilleuse. On en découvrait pleinement la splendeur par les immenses baies qui s'ouvraient de tous côtés dans le bureau de Kelaritan 99, directeur de l'Institut psychiatrique municipal de Jonglor.

Sheerin 501, de l'université de Saro, arrivé quelques heures auparavant à la demande instante de Kelaritan, s'étonnait de son humeur morose. Sheerin était une heureuse nature ; et les jours quadrisolaires, d'ordinaire, ajoutaient encore à son exubérance naturelle. Mais aujourd'hui, sans raison apparente, il se sentait crispé et inquiet, bien qu'il fît de son mieux pour n'en rien laisser paraître. Après tout, c'est comme expert en santé mentale qu'on l'avait fait venir à Jonglor.

« Aimeriez-vous parler d'abord avec certaines des victimes ? » demanda Kelaritan. Le directeur de l'hôpital psychiatrique était un petit homme émacié, à la silhouette anguleuse, au teint jaune et à la poitrine creuse. Sheerin, personnage rubicond et rien moins qu'émacié, avait une méfiance innée pour quiconque, d'âge adulte, n'atteignait même pas la moitié de son poids à lui. Sans doute est-ce l'aspect physique de Kelaritan qui me perturbe, pensa-t-il, on dirait un squelette ambulant.

« Ou bien préférez-vous d'abord une expérience personnelle du Tunnel du Mystère, docteur Sheerin ? »

Sheerin parvint à prendre un ton badin, en espérant que son rire ne sonnerait pas trop faux : « Je devrais peut-être interviewer une victime ou deux; ça pourrait me permettre de me préparer un peu mieux aux horreurs du Tunnel. »

Les petits yeux noirs et ronds de Kelaritan clignotèrent d'un air malheureux; mais ce fut Cubello 54, avocat de l'Exposition du Centenaire de Jonglor, onctueux et distingué, qui prit la parole :

« Comme vous y allez, docteur Sheerin! " Les horreurs du Tunnel ": c'est pousser les choses un peu loin, ne croyez-vous pas ? Après tout, vous n'avez jusqu'ici pour en juger que des articles de journaux. Et puis, parler de " victimes " à propos des malades... ce n'est pas très approprié.

– C'est le docteur Kelaritan qui a employé ce terme, répliqua Sheerin avec raideur.

– Je suis certain que le docteur Kelaritan a utilisé ce mot dans son acception la plus large. Mais l'employer implique un présupposé que je trouve inacceptable. »

Adressant à l'homme de loi un regard où se mêlaient à part égale l'aversion et le détachement professionnel, Sheerin repartit : « J'ai cru comprendre que plusieurs personnes sont mortes à la suite de leur passage dans le Tunnel du Mystère. N'est-ce pas exact ?

– Il y a eu plusieurs morts dans le Tunnel, oui. Mais, au point où nous en sommes, il n'y a aucune raison probante de penser que ces gens sont morts *parce qu'*ils avaient traversé le Tunnel, docteur.

– Je vois fort bien pourquoi vous vous refusez à le penser, maître », fit Sheerin, sèchement.

Cubello adressa un regard scandalisé au directeur de l'hôpital. « Docteur Kelaritan! Si l'enquête doit être conduite de cette façon, je formule dès à présent une protestation. Votre docteur Sheerin est censé être ici comme expert impartial, non comme témoin de l'accusation! »

Sheerin gloussa : « J'exprimais mon opinion sur les avocats en général, maître, et non une conclusion sur ce qui a pu ou non se produire dans le Tunnel du Mystère.

– Docteur Kelaritan! s'écria Cubello devenu pourpre.

– Messieurs, je vous en prie! dit Kelaritan, dont le regard allait et venait rapidement de Cubello à Sheerin. Ne nous posons pas en adversaires, voulez-vous? Dans cette enquête, nous avons tous le même objectif : découvrir la vérité sur ce qui s'est passé dans le Tunnel du Mystère, afin d'éviter que se reproduisent ces... euh... ces fâcheux incidents.

– D'accord », répondit Sheerin d'un ton affable. C'était une perte de temps que de prendre ainsi l'homme de loi pour cible; il y avait des choses plus importantes à faire.

Il gratifia Cubello d'un sourire cordial. « Ce qui m'intéresse, ce n'est jamais tellement d'imputer des responsabilités, mais seulement d'élaborer des moyens d'éviter des situations où les gens en viennent à se dire qu'il y a des responsabilités à imputer. Et si vous me montriez un de vos malades maintenant, docteur Kelaritan? Ensuite, nous pourrions aller déjeuner et discuter des événements du Tunnel tels que nous les appréhendons au point où nous en sommes; et peut-être qu'après avoir mangé je pourrais voir un ou deux autres patients...

– Déjeuner? fit Kelaritan d'un air vague, comme si cette notion ne lui était pas familière.

– Déjeuner, oui... prendre son repas de midi. C'est chez moi une vieille habitude, docteur. Mais je peux attendre encore un tout petit peu. Nous pouvons sans nul doute rendre d'abord visite à un des malades. »

Kelaritan acquiesça d'un signe de tête. Se tournant vers l'avocat, il dit :

« Harrim paraît tout désigné, il est plutôt en bonne forme aujourd'hui; assez bonne, en tout cas, pour supporter d'être interrogé par un inconnu.

– Et pourquoi pas Gistin 190? demanda Cubello.

– Cette femme serait une autre possibilité, mais elle est moins solide. Que le docteur apprenne d'abord l'essentiel de l'histoire de la bouche de Harrim, puis il pourra parler avec Gistin et... oh! Chimmilit, peut-être. Après le déjeuner, bien entendu.

– Merci, dit Sheerin.

– Si vous voulez bien venir par ici, docteur Sheerin... » dit Kelaritan, en désignant un passage vitré qui menait de son bureau à l'hôpital proprement dit.

C'était une légère passerelle découverte, offrant une vue circulaire sur le ciel et les collines basses, gris-vert, qui entouraient la ville de Jonglor. La lumière des quatre soleils du jour s'y engouffrait à flots de tous côtés.

S'arrêtant un instant, le directeur de l'hôpital porta ses regards à droite, puis à gauche, embrassant tout le panorama. Les traits tirés et austères du petit homme parurent s'illuminer soudain de jeunesse et de vitalité devant la splendeur déployée par la convergence des chauds rayons d'Onos et de ceux, moins amples, et nettement contrastés, de Dovim, Patru et Trey.

« Quelle journée absolument magnifique, n'est-ce pas, messieurs ? » s'écria Kelaritan avec un enthousiasme qui venant d'un homme si réservé et si austère, surprit Sheerin. « Quelle splendeur de voir quatre des soleils dans le ciel en même temps ! Comme je me sens bien quand je reçois leur lumière sur mon visage ! Ah ! où serions-nous, je me le demande, sans nos merveilleux soleils ?

– Oui, vous avez raison ! » acquiesça Sheerin.

De fait, il se sentait lui-même un peu mieux.

2

Dans l'hémisphère opposé, une des collègues de Sheerin 501 à l'université de Saro avait aussi les yeux fixés sur le ciel ; mais elle ne ressentait pas d'autre émotion que l'horreur.

Siferra 89, de la faculté d'archéologie, dirigeait des fouilles depuis un an et demi sur le site de l'antique Beklimot, dans la lointaine péninsule du Sagikan. En cet instant, elle était plantée là, pétrifiée d'épouvante à la vue d'une catastrophe qui arrivait à toute vitesse.

Le ciel ne pouvait lui fournir aucun réconfort. Dans cette partie du monde, la seule véritable lumière visible était celle de Tano et de Sitha, dont l'éclat froid et dur lui avait toujours paru sans joie, voire déprimant. Sur le bleu foncé profond de ce ciel bisolaire, c'était une illumination maléfique, accablante, qui projetait des ombres déchiquetées, de sinistre présage. Dovim était également visible – de justesse : il commençait à se lever, au ras de l'horizon, tout près des cimes des lointaines montagnes Horkkan ; mais la lueur de braise du petit soleil rouge n'était guère plus réjouissante.

Bientôt la chaude lumière jaune d'Onos allait apparaître à l'est et l'atmosphère n'en deviendrait pas plus gaie. Siferra attendait la tempête de sable annoncée. Encore quelques minutes, et elle balaierait le site : alors, n'importe quoi pouvait se produire. N'importe quoi! Les tentes pouvaient être détruites; les présentoirs où l'on avait minutieusement classé les objets antiques découverts risquaient d'être renversés et leur contenu éparpillé; appareils photographiques, matériel de dessin, relevés stratigraphiques laborieusement dressés – tout ce à quoi on avait si longuement travaillé serait alors perdu en un instant.

Pire : tout le monde serait peut-être tué.

Pire encore : les antiques ruines de Beklimot elle-même, berceau de la civilisation, doyenne des villes connues de Kalgash, étaient en péril.

Elles étaient là, béantes, les tranchées creusées dans la plaine alluviale sur l'ordre de Sifarra. Le vent pouvait souffler encore plus fort, soulever encore plus de sable et le projeter avec une force terrible contre les fragiles vestiges de Beklimot. Il décaperait, il éroderait, il réensevelirait, il ébranlerait peut-être des fondations entières et les ferait basculer dans la plaine desséchée.

Beklimot était un trésor historique, patrimoine appartenant au monde entier. En l'exposant par ses fouilles à des dommages éventuels, Siffera avait couru un risque calculé : on ne pouvait jamais faire aucune sorte de travaux archéologiques sans détruire quelque chose, c'était dans la nature du métier. Mais avoir ainsi mis à nu tout le cœur de la plaine, et là-dessus avoir la malchance insigne de subir la pire tempête de sable des cent dernières années...

Non, non! c'était trop! Le nom de Siferra serait entaché pour des siècles si le site de Beklimot était ravagé à cause d'elle.

Peut-être ces lieux étaient-ils frappés d'une malédiction : on le prétendait chez les gens superstitieux. Siferra n'avait jamais été très tolérante à l'égard des timbrés de toute espèce. Mais ce site, dont elle escomptait le couronnement de sa carrière, n'avait été, depuis qu'elle s'y était attaquée, qu'une source d'ennuis. Et voilà maintenant qu'il menaçait de l'anéantir sur le plan professionnel pour le reste de sa vie, ou même de mettre purement et simplement un terme à celle-ci.

Ellis 18, un de ses assistants, accourait. Menu et tout en nerfs, il faisait pâle figure à côté de la grande silhouette athlétique de Siferra.

« Nous avons arrimé tout ce que nous pouvions, lui cria-t-il, quelque peu essoufflé. A présent, tout est aux mains des dieux!

– Les dieux? fit-elle en se renfrognant. Quels dieux? Vous voyez des dieux dans les parages, Ellis?

– Je voulais simplement dire...

– Je sais ce que vous vouliez dire. N'y pensez plus. »

De l'autre côté venait Thuvvik 443, chef de la main-d'œuvre, les yeux hagards.

« Madame ! criait-il. Madame ! Où pouvons-nous nous cacher ? Il n'y a pas d'abri !

– Je te l'ai dit, Thuvvik : là-bas sous la falaise.

– On sera ensevelis ! On sera étouffés !

– La falaise vous protégera, ne t'en fais pas ! » lui répondit Siferra avec une conviction qu'elle était loin d'éprouver. « Va-t'en là-bas ! Et assure-toi que tout le monde y reste !

– Et vous, madame ? Pourquoi n'y êtes-vous pas ? »

Elle lui jeta un brusque coup d'œil étonné. Est-ce qu'il s'imaginait qu'elle disposait de quelque cachette personnelle où elle serait plus en sécurité que les autres ?

« J'y serai, Thuvvik. Allez, va ! Cesse de me déranger ! »

En face, près du bâtiment de brique hexagonal que les premiers explorateurs avaient appelé Temple des Soleils, Siferra aperçut la silhouette trapue de Balik 338. Plissant les yeux, les abritant de la main contre le glacial éclat de Tano et Sitha, il regardait vers le nord, d'où arrivait la tempête, le visage empreint d'angoisse.

Balik était le directeur de la stratigraphie, mais aussi, plus ou moins, le météorologue de l'expédition : il entrait dans ses attributions de consigner les observations climatiques et de guetter d'éventuelles intempéries.

En temps normal, il n'y avait pas grand-chose à noter du point de vue météorologique dans la péninsule du Sagikan. Elle était d'une incroyable aridité sur toute sa surface, avec des précipitations mesurables tous les dix ou vingt ans seulement. Le seul incident climatique sortant de l'ordinaire, c'était un changement dans la configuration des courants aériens dominants, déclenchant des forces cycloniques et provoquant une tempête de sable – ce qui survenait tout au plus quelques fois par siècle.

Pourquoi Balik avait-il l'air si abattu ? Parce qu'il n'avait pas prévu l'approche de la tempête ? Ou parce qu'il était maintenant à même de prendre toute la mesure de la fureur qui allait se déchaîner ?

Les choses auraient pu être bien différentes, songeait Siferra, si l'on avait eu un peu plus de temps pour se préparer à la tourmente. Rétrospectivement, elle s'apercevait que les signes annonciateurs n'avaient pas manqué, si l'on était assez avisé pour les remarquer : la violente vague de chaleur sèche, effroyable même par rapport aux normes de la péninsule du Sagikan ; le calme plat succédant soudain à la constante brise du nord habituelle ; puis l'étrange vent humide et chaud qui s'était mis à souffler du sud. Les oiseaux khallas, ces sinistres charognards décharnés qui hantaient les parages comme des goules, avaient tous pris leur essor quand ce vent s'était levé, pour disparaître parmi les dunes innombrables du désert de l'ouest comme s'ils avaient eu des démons à leurs trousses.

Voilà ce qui aurait dû attirer notre attention, se disait Siferra : que les khallas se soient envolés en criaillant pour le pays des dunes.

Mais tout le monde était trop occupé à travailler aux fouilles pour prêter attention à ce qui se passait. Politique de l'autruche, sans doute; on fait comme si on ne remarquait pas les signes d'une tempête de sable imminente, et la tempête s'en ira peut-être ailleurs.

Et puis ce petit nuage gris surgi de nulle part, loin vers le nord, cette tache terne sur le ciel ardent du désert, d'ordinaire clair comme du cristal...

Un nuage? Quel nuage? Vous voyez un nuage, vous? Moi, non!

Maintenant, le nuage était un immense monstre noir qui emplissait la moitié du ciel. Le vent soufflait toujours du sud, mais il avait perdu son humidité : l'haleine d'une fournaise, voilà ce qu'on sentait désormais. Et il y avait un autre vent, plus fort encore, qui accourait de la direction opposée. Les deux vents allaient de plus en plus vite. Et lorsqu'ils se rencontreraient...

« Siferra! hurla Balik. Ça y est! Mets-toi à l'abri!

– J'y vais, j'y vais! »

Mais elle n'en avait pas envie. Elle aurait voulu courir à travers les fouilles pour veiller sur tout en même temps : prendre dans ses bras protecteurs les précieux paquets de plaques photographiques, se jeter contre la façade de la Maison Octogonale récemment dégagée, pour couvrir de son corps les stupéfiantes mosaïques découvertes le mois précédent... Pourtant, Balik avait raison. Siferra avait fait tout ce qu'elle pouvait, pendant cette fiévreuse matinée, pour calfeutrer le site. A présent, ce qui s'imposait, c'était de se blottir là-bas au pied de la falaise qui surplombait le site, en espérant y trouver un rempart pour eux tous contre les forces déchaînées des éléments.

Elle s'élança dans cette direction. Ses jambes robustes et puissantes volaient avec aisance sur le sable brûlé qui crissait. Siferra, qui n'avait pas tout à fait la quarantaine, était une grande femme solidement bâtie, dans la force de l'âge; et, jusqu'à cet instant, elle n'avait jamais eu sur aucun aspect de son existence de sentiment qui ne fût optimiste. Mais voici que soudain tout était compromis : sa carrière académique, sa vigoureuse santé, peut-être sa vie même.

Les autres étaient groupés au pied de la falaise, derrière une palissade de fortune hâtivement constituée de poteaux de bois nu auxquels on avait attaché des bâches. « Poussez-vous! » dit Siferra en se frayant une place.

« Madame! gémit Thuvvik. Madame! Détournez de nous la tempête! » Comme si elle était dotée de pouvoirs magiques, une espèce de déesse! Elle répondit d'un rire sans aménité. Le contremaître lui adressa une curieuse mimique – geste rituel, pensa-t-elle.

Les autres travailleurs, tous du petit village juste à l'est des ruines, firent le même signe et, tournés vers elle, se mirent à marmonner. Des prières ? A *son* adresse ? Il y avait de quoi en avoir froid dans le dos ! Ces hommes, comme leurs pères et leurs grands-pères avant eux, avaient passé leur vie à creuser le site de Beklimot, au service d'archéologues successifs, en mettant patiemment au jour les antiques bâtiments, en tamisant patiemment le sable pour y trouver de minuscules vestiges. On pouvait présumer qu'ils avaient déjà subi de vilaines tempêtes du désert. Étaient-ils toujours en proie à une semblable terreur ? Ou était-ce là quelque super-tempête ?

« Ça y est ! fit Balik. La voilà ! » Et il se couvrit le visage de ses mains.

La tempête se déchaîna sur eux dans toute sa violence.

D'abord, Siferra resta debout, gardant par une ouverture dans les bâches les yeux fixés sur la muraille cyclopéenne de la ville qui se dressait en face, comme si son regard braqué sur le site allait pouvoir lui épargner tout dommage. Mais, au bout d'un moment, elle dut y renoncer. Des vagues de chaleur déferlaient, d'une si incroyable virulence que Siferra avait l'impression que ses cheveux et même ses sourcils allaient s'enflammer. Elle se détourna, en levant un bras pour se protéger la figure.

Puis vint le sable, rendant toute vision impossible.

C'était comme une averse d'orage, le déluge d'une pluie qui n'était que trop solide. Cela s'accompagnait d'un formidable grondement, qui n'était nullement le tonnerre mais le martèlement de myriades de petites particules de sable sur le sol. Tout se fondait dans ce vacarme : un murmure de glissement, un raclement grinçant, un léger tapotement ; et un hurlement à glacer le sang. Siferra voyait en esprit des tonnes de sable tomber en cascade, ensevelir les murs, ensevelir les temples, ensevelir le vaste réseau de fondations de la zone d'habitation tentaculaire, ensevelir le camp.

Et ensevelir tous ceux qui étaient là.

Elle se retourna, face à la paroi de la falaise, pour attendre la fin. Quelque peu étonnée et dépitée, elle se découvrit prise de sanglots hystériques, de grands gémissements qui lui montaient du plus profond du corps. Elle ne voulait pas mourir ! Bien entendu, qui le souhaitait ? Mais elle n'avait jamais pris conscience jusqu'alors qu'il pourrait y avoir quelque chose de pire que mourir.

Beklimot, le plus célèbre site archéologique du monde, la plus ancienne ville connue, le fondement de la civilisation, Beklimot allait être détruit, uniquement à cause de la négligence de Siferra ! Des générations d'archéologues, parmi les plus éminents de Kalgash, avaient travaillé ici depuis un siècle et demi : Galdo 221 d'abord, le plus grand de tous, puis Marpin, Stinnupad, Shelbik, Numoin, toute la prestigieuse liste – et maintenant Siferra, qui stupidement avait exposé tout à l'arrivée d'une tempête de sable.

Tant que Beklimot avait été enfoui sous les sables, les ruines avaient sommeillé paisiblement pendant des milliers d'années, conservées telles qu'elles étaient le jour où les derniers habitants, capitulant enfin devant un climat devenu inhumain, avaient vidé les lieux. Chaque archéologue ayant travaillé sur le site depuis l'époque de Galdo avait veillé à n'en dénuder qu'une petite partie, et à dresser des écrans et des barrières pour se prémunir contre le risque, improbable mais grave, d'une tempête de sable. Jusqu'à maintenant.

Siferra avait elle aussi dressé les paravents habituels, certes; mais pas devant les nouvelles excavations, pas dans le secteur du sanctuaire, sur lequel elle avait centré ses recherches. C'est là que se trouvaient certains des bâtiments les plus anciens et les plus beaux de Beklimot. Et elle, impatiente de commencer les fouilles, emportée par sa fougueuse propension à toujours aller de l'avant, avait négligé de prendre les précautions les plus élémentaires. Ce n'est pas ainsi qu'elle avait vu les choses alors, bien entendu. Mais à présent que la tempête de sable lui rugissait aux oreilles comme un démon, et que le ciel était noir de la destruction qu'il portait...

Autant vaut que je n'y survive pas, se disait Siferra. Ainsi, je n'aurais pas à lire ce qu'on va dire de moi dans tous les livres d'archéologie qui se publieront au cours des cinquante prochaines années : *Le remarquable site de Beklimot, qui a fourni des données sans égales sur les débuts de la civilisation sur Kalgash jusqu'à sa déplorable destruction due au laisser-aller dont a fait preuve dans ses méthodes de fouilles la jeune et ambitieuse Siferra 89 de l'université de Saro...*

« Je crois que ça se termine, chuchota Balik.

– Quoi donc ?

– La tempête ! Écoute ! Ça se calme, là dehors !

– On doit être recouverts d'une telle quantité de sable qu'on n'entend plus rien, c'est tout !

– Non, nous ne sommes pas recouverts de sable, Siferra ! »

Balik tira sur la bâche qu'ils avaient devant eux et parvint à la soulever un peu. Siferra scruta l'espace qui s'ouvrait entre la falaise et le mur de la ville.

Elle ne put en croire ses yeux.

Ce qu'elle voyait, c'était le bleu intense et clair du ciel, et la lumière solaire : juste l'éclat blanc, glacial et sans joie des soleils jumeaux Tano et Sitha ; mais, à cet instant, c'était la lumière la plus belle qu'elle souhaitât jamais voir.

La tempête avait passé son chemin. Tout était à nouveau paisible.

Et où était le sable ? Pourquoi le paysage n'était-il pas enseveli ?

La ville était toujours visible : les gros blocs de pierre de la muraille, l'éclat chatoyant des mosaïques, le toit de pierre pointu du Temple des Soleils. Même les tentes, pour la plupart, étaient encore debout, y compris les plus importantes. Seul le camp où vivaient les travailleurs avait été gravement touché, mais cela pouvait se réparer en quelques heures.

Ébahie, n'osant pas y croire encore, Siferra sortit de l'abri et jeta un coup d'œil aux alentours. Le sol était dégagé de tout sable meuble. La couche sombre, tassée et recuite qui formait auparavant la surface du terrain dans la zone des fouilles avait pris un aspect différent, fort curieux, comme si elle avait été récurée avec un abrasif, mais sans le moindre dépôt apporté par la tempête.

Balik prit la parole d'un air songeur :

« D'abord est venu le sable, puis le vent est venu derrière lui ; et le vent a chassé tout le sable qui nous était tombé dessus ; il l'a ramassé aussi vite qu'il tombait, et l'a emporté avec lui loin vers le sud. C'est un miracle, Siferra, on ne peut pas appeler ça autrement. Regarde ! on voit les endroits où le sol a été raclé, où la couche superficielle de sable a été balayée par le vent : cinquante ans d'érosion, peut-être, concentrés en cinq minutes, mais... »

Siferra écoutait à peine. Elle saisit Balik par le bras pour lui faire détourner les yeux.

« Regarde là-bas ! fit-elle.

– Où ça ? Quoi donc ?

– La colline de Thombo », dit-elle en montrant du doigt la direction.

Le stratigraphe aux larges épaules écarquilla les yeux. « Dieux ! Elle a été éventrée en plein milieu ! »

La colline de Thombo était une butte irrégulière, de hauteur moyenne, qui s'élevait à une quinzaine de minutes de marche au sud de la partie principale de la ville. Personne n'y avait travaillé depuis la seconde expédition du grand pionnier Galdo 221, qui, plus de cent ans auparavant, n'y avait rien trouvé d'important. On y voyait généralement un dépotoir où les citoyens de Beklimot déversaient leurs ordures ménagères – intéressant en soi, certes, mais insignifiant par rapport aux merveilles qui abondaient partout ailleurs sur le site.

Apparemment, la colline de Thombo avait subi de plein fouet le choc de la tempête ; et ce que des générations d'archéologues n'avaient pas pris la peine de faire, la violence des éléments l'avait accompli en un seul instant. Un grand lambeau de sol, découpé en zigzags capricieux, avait été arraché au flanc de la colline où béait comme une vilaine blessure, laissant à nu une bonne partie du substrat des pentes supérieures. Et des archéologues aussi avertis que Siferra et Balik n'avaient pas besoin d'un second coup d'œil pour apprécier l'importance de ce qui s'offrait désormais à la vue.

« Le site d'une ville sous le dépotoir! murmura Balik.

– Plus d'une, j'ai l'impression. Peut-être toute une série, répondit Siferra.

– Tu crois?

– Regarde! Là, à gauche! »

Balik poussa un sifflement : « N'est-ce pas une muraille de style contre-taille, sous le coin de ce soubassement cyclopéen?

– Tu y es! »

Siferra sentit un frisson lui courir le long du dos. Elle constata que Balik était aussi stupéfait qu'elle; il avait les yeux écarquillés et le visage blême.

« Au nom des Ténèbres! murmura-t-il d'une voix altérée. Qu'est-ce que nous avons là, Siferra?

– Je n'en suis pas certaine. Mais je vais me mettre en devoir de le découvrir à l'instant. »

Elle se retourna vers l'abri aménagé sous la falaise, où Thuvvik et ses hommes restaient toujours tapis en proie à la terreur, exécutant des gestes pieux et marmonnant des prières à voix basse d'un air hébété, sans comprendre qu'ils ne risquaient plus rien.

« Thuvvik! cria Siferra en lui faisant signe avec vigueur, presque avec colère. Sortez donc de là, toi et tes hommes! Nous avons de la besogne à abattre! »

3

Harrim 682 était un grand gaillard d'une cinquantaine d'années bâti en force, avec de gros paquets de muscles qui saillaient sur la poitrine et les bras, et une bonne couche isolante de graisse bien épaisse par-dessus.

Sheerin, qui l'observait par la vitre de la chambre d'hôpital, sut tout de suite que Harrim et lui allaient bien s'entendre.

« J'ai toujours eu un faible pour les gens... euh... " enveloppés ", expliqua le psychologue à Kelaritan et Cubello. Ayant été dans ce cas une bonne partie de ma vie, vous comprenez. Bien que je n'aie jamais été un Monsieur Muscles comme celui-ci! » Rire jovial. « Chez moi, c'est du gras partout. Sauf, bien sûr, ici, ajouta-t-il en se tapotant le côté du crâne. Qu'est-ce qu'il fait comme travail, ce Harrim?

– Débardeur, répondit Kelaritan. Trente-cinq ans sur les quais de Jonglor. Il a gagné à la loterie un billet pour l'inauguration du Tunnel du Mystère. Il y a emmené toute sa famille. Ils ont tous été plus ou moins affectés, mais c'est chez lui que ça a été le pire : très embarrassant pour un costaud comme lui, d'avoir complètement craqué!

– Je l'imagine sans peine, dit Sheerin. J'en tiendrai compte. Allons lui parler, d'accord? »

Ils entrèrent dans la pièce.

Assis dans son lit, Harrim contemplait sans la moindre lueur d'intérêt un cube pivotant qui réfractait la lumière en une demi-douzaine de couleurs sur le mur d'en face. Il sourit avec une certaine affabilité en voyant Kelaritan, mais parut se raidir en apercevant Cubello qui marchait derrière le directeur de l'hôpital, et son expression devint tout à fait glaciale à la vue de Sheerin.

« Qui est-ce? demanda-t-il à Kelaritan. Encore un homme de loi?

– Pas du tout! Il s'agit de Sheerin 501, de l'université de Saro, qui est venu vous aider à guérir.

– Bah! grogna Harrim. Encore une grosse tête! Qu'est-ce que vous avez fait pour moi, tous tant que vous êtes?

– Parfaitement exact, dit Sheerin. Le seul qui peut vraiment aider Harrim à guérir, c'est Harrim, non? Tu en es conscient, j'en suis conscient; et peut-être puis-je persuader les gens de cet hôpital d'en prendre conscience aussi. » Le psychologue s'assit sur le bord du lit, qui gémit sous son poids. « En tout cas, il y a des lits corrects ici : il faut qu'ils soient de bonne qualité pour nous supporter tous les deux à la fois! Tu n'aimes pas les hommes de loi, j'ai l'impression? Eh bien, nous sommes deux, l'ami!

– Des faux jetons, voilà ce qu'ils sont! déclara Harrim. Ils ne sont pas francs du collier, ces gens-là. Ils vous font dire des choses que vous ne pensez pas, en vous faisant croire qu'ils pourront vous aider si vous dites ceci et cela, et puis finalement ils se servent de vos paroles contre vous. C'est mon avis, en tout cas. »

Sheerin leva les yeux vers Kelaritan. « Est-il absolument nécessaire que Cubello assiste à cet entretien? Je crois que ça se passerait un peu mieux sans lui.

– Je suis habilité à participer à tout... commença Cubello avec raideur.

– Je vous en prie! dit Kelaritan, en mettant dans cette expression plus de force que de politesse. Sheerin a raison : trois visites à la fois, c'est peut-être trop pour Harrim, aujourd'hui tout au moins. Et vous avez déjà entendu son histoire.

– Mais... » protesta Cubello, très renfrogné. Pourtant il tourna les talons et sortit.

Sheerin fit discrètement signe à Kelaritan de s'asseoir dans un coin à l'autre bout de la pièce. Puis, avec son sourire le plus affable, il s'adressa à l'occupant du lit : « Ça a été plutôt dur, hein ?

– Vous l'avez dit !

– Depuis combien de temps es-tu ici ? »

Harrim haussa les épaules. « Une semaine, je pense... deux semaines... ou peut-être un peu plus. Je n'en sais trop rien, ma foi. Depuis... »

Il se tut brusquement.

« L'Exposition de Jonglor ? suggéra Sheerin.

– Depuis que j'ai fait ce petit tour, oui.

– Il y a un peu plus d'une semaine ou deux.

– Vraiment ? » fit Harrim, et son regard devint vitreux. Il ne voulait pas savoir depuis combien de temps il était à l'hôpital.

Changeant de tactique, Sheerin dit : « Je parie qu'il ne t'était jamais venu à l'esprit qu'un jour tu aurais envie de retourner travailler sur les quais, hein ? »

Souriant à belles dents, Harrim répondit : « Ça alors, vous pouvez le dire ! Sapristi, qu'est-ce que je ne donnerais pas pour me retrouver demain à me colleter ces caisses ! » Il regarda ses mains, de grosses mains puissantes, aux doigts épais, aplatis au bout, dont un tordu par quelque blessure ancienne. « Je me ramollis, à rester couché là tout ce temps. D'ici à ce que je retourne au travail, je ne serai plus bon à rien !

– Qu'est-ce qui te retient, alors ? Pourquoi ne pas te lever, mettre tes vêtements de ville et t'en aller d'ici ? »

Kelaritan s'agita dans son coin, mais Sheerin lui fit signe de garder le silence.

Harrim regarda Sheerin d'un air interloqué. « Me lever et partir, comme ça ?

– Pourquoi pas ? Tu n'es pas prisonnier !

– Mais si je le faisais... si je le faisais... »

La voix du docker mourut.

« Si tu le faisais, eh bien quoi ? » insista Sheerin.

Harrim resta longtemps silencieux, la tête baissée, le front terriblement froncé. A plusieurs reprises il fit mine de parler, mais s'interrompit aussitôt. Le psychologue attendait patiemment. Harrim finit par dire, d'une voix tendue, rauque, presque étranglée : « Je ne peux pas sortir là dehors. A cause... à cause des... » Avec un terrible effort sur lui-même, il acheva : « A cause des Ténèbres.

– Les Ténèbres », répéta Sheerin.

Le mot resta en suspens entre eux comme un objet tangible. Harrim avait l'air gêné, voire confus. Sheerin s'avisa que, dans la classe de Harrim, c'était un mot qu'on utilisait rarement en public : pour Harrim, il était sinon carrément obscène, du moins légèrement sacrilège. Personne sur Kalgash n'aimait penser aux Ténèbres; mais moins on avait d'éducation, plus on avait peur d'évoquer une situation où les six soleils amis disparaîtraient totalement du ciel tous ensemble, et où l'obscurité complète régnerait. C'était une idée impensable, littéralement impensable.

« Les Ténèbres, oui, dit Harrim. Ce que je crains, c'est que... c'est que si je sors, je me retrouve dans les Ténèbres. C'est de ça qu'il s'agit. La Nuit, de nouveau.

– Renversement complet des symptômes au cours des dernières semaines, précisa Kelaritan à voix basse. Au début, on ne pouvait le faire rentrer que sous sédatif : un cas de claustrophobie caractérisée, puis au bout d'un certain temps le passage radical à la claustrophilie. Nous considérons cela comme le signe qu'il est en train de guérir.

– Peut-être, répondit Sheerin. Mais, si vous voulez bien... »

Et, s'adressant à Harrim, il dit avec douceur : « Tu as été un des premiers à faire un tour dans le Tunnel du Mystère, n'est-ce pas?

– Le tout premier jour. » Une certaine fierté transparut dans la voix de Harrim. « La ville avait organisé une loterie. Cent personnes ont gagné un tour gratuit. On a dû vendre un million de billets, et le mien a été tiré le cinquième. Moi, ma femme, mon fils, mes deux filles, on y a tous été. Le tout premier jour.

– Désires-tu me parler un peu de l'impression que ça donnait?

– Eh bien, fit Harrim, c'était... » Un silence. « Jamais je n'avais été dans les Ténèbres, voyez-vous; pas même dans une pièce obscure. Jamais. Ce n'était pas le genre de choses qui m'intéressait. On avait toujours un numinaire – la " veilleuse des dieux " – dans la chambre à coucher quand j'étais petit; et quand je me suis marié et que j'ai eu ma maison à moi, j'en ai tout naturellement eu un aussi. Ma femme réagit comme moi. Les Ténèbres, ce n'est pas quelque chose de naturel, de connu.

– Et pourtant, tu as participé à la loterie!

– Enfin... ce n'était qu'une fois en passant! Et c'était comme un divertissement, vous voyez? Quelque chose de spécial : une gâterie comme on s'en offre en vacances. La grande exposition, le cinq centième anniversaire de la ville, d'accord? Tout le monde achetait des billets. Et je me disais que ça devait être quelque chose d'extraordinaire, quelque chose de super, sinon pourquoi aurait-on construit ça? Alors, j'ai acheté le billet. Et quand j'ai gagné, ça a rendu tous les autres jaloux, sur les quais. Ils auraient tous voulu l'avoir, ce billet; il y en avait même qui voulaient me l'acheter. " Non, monsieur, que je répondais, il n'est pas à vendre. C'est à moi et ma famille qu'il est, ce billet... "

– Alors, tu l'attendais vraiment avec impatience, ce tour dans le Tunnel?

– Et comment!

– Et lorsque tu as vraiment été en train de le faire? Quand le tour a commencé? Quelles ont été tes impressions?

– Eh bien... » commença Harrim. Il s'humecta les lèvres, et son regard sembla se perdre très loin. « C'étaient des petits wagonnets, voyez-vous, avec à l'intérieur juste des lattes pour s'asseoir, et ils étaient ouverts par-dessus. On montait, six par wagonnet, sauf qu'on nous en a donné un pour nous cinq ensemble, parce que nous étions tous de la même famille, et que ça suffisait presque à remplir un wagonnet sans faire monter avec nous quelqu'un que nous ne connaissions pas. Puis on a entendu de la musique, et le wagonnet a commencé à s'enfoncer dans le Tunnel. Très lentement, pas comme une voiture sur la grand-route : on glissait tout doucement en avant. Et alors... alors... »

Sheerin attendit la suite.

« Continue! » dit-il au bout d'une minute, en voyant que Harrim ne faisait pas mine de reprendre son récit. « Raconte-moi ça, j'ai vraiment envie de savoir ce que tu as ressenti.

– Alors, les Ténèbres! » dit Harrim d'une voix rauque. Ses grandes mains tremblaient. « Elles s'abattaient sur vous comme si on vous avait fait tomber dessus un chapeau géant, vous voyez? Et tout est devenu noir d'un seul coup. » Le tremblement s'amplifiait en violentes secousses. « J'ai entendu rire mon fils Trinit : c'est un gars déluré; il croyait que les Ténèbres, c'était quelque chose de cochon, je vous le parie. C'est pour ça qu'il riait, et je lui ai dit de la fermer; et puis, une de mes filles s'est mise à pleurer, et je lui ai dit de ne pas s'en faire, qu'il n'y avait rien d'inquiétant, que ça n'allait durer que quinze minutes, et qu'il fallait qu'elle prenne ça comme une partie de plaisir, pas comme un mauvais moment à passer. Et alors... et alors... »

Silence de nouveau. Cette fois Sheerin s'abstint d'intervenir.

« Alors, j'ai senti que ça se refermait sur moi. Tout n'était que Ténèbres... Vous ne pouvez pas imaginer ce que c'était... vous ne pouvez pas l'*imaginer*... comme c'était noir... *noir*... les Ténèbres... les Ténèbres... »

Soudain Harrim frémit et fut pris de grands sanglots déchirants, qui l'ébranlaient comme des convulsions.

« Les Ténèbres... Oh! Dieux! les Ténèbres!

– Du calme, mon vieux! Il n'y a rien à craindre ici! Regarde cette lumière! Quatre soleils aujourd'hui, Harrim! Du calme, mon vieux!

– Laissez-moi m'occuper de ça », dit Kelaritan.

Il s'était précipité dès que les sanglots avaient commencé. Une aiguille brilla dans sa main. Il la porta au bras charnu de Harrim, et un bref bourdonnement se fit entendre. Le malade se calma presque aussitôt. Il s'affaissa en arrière contre les oreillers avec un sourire figé.

« Il nous faut le laisser, maintenant, déclara Kelaritan.

– Mais je viens à peine de commencer à...

– Il n'y aura pas un mot sensé à en tirer avant des heures, à présent. Nous ferions aussi bien d'aller déjeuner.

– Déjeuner, oui », répondit Sheerin sans conviction.

A sa propre surprise, il n'avait presque pas d'appétit, ce qui ne lui arrivait jamais. « Et c'est un de vos patients les plus solides ?

– Un de ceux qui présentent le plus de stabilité, oui.

– Comment sont les autres, alors ?

– Certains sont complètement catatoniques, d'autres ont besoin de sédatifs au moins la moitié du temps. Dans un premier stade, comme je l'ai dit, ils refusent d'aller ailleurs qu'en plein air. En sortant du Tunnel, comprenez-vous, ils semblaient en parfaite condition, sauf qu'ils étaient atteints de claustrophobie aiguë. Impossible de les faire pénétrer dans un bâtiment, quel qu'il soit : palais, manoir, maison individuelle, immeuble, hutte, cabane, appentis ou tente. »

Sheerin se sentait profondément ébranlé. Il avait fait sa thèse de doctorat sur les troubles causés par l'obscurité ; c'est d'ailleurs pourquoi on lui avait demandé de venir là. Mais jamais il n'avait entendu parler de manifestations aussi extrêmes.

« Ils ne voulaient pas mettre du tout les pieds à l'intérieur ? Et où dormaient-ils ?

– En plein air.

– Quelqu'un a-t-il essayé de les faire entrer de force ?

– Oh ! oui ! Bien sûr ! Ça n'a fait qu'amener les malades à une violence hystérique. Certains sont même devenus suicidaires : ils se précipitaient contre un mur la tête la première, ou autres choses semblables. Une fois à l'intérieur, on ne pouvait les y maintenir sans une camisole de force et une bonne grosse injection d'un sédatif puissant. »

Tournant les yeux vers le robuste débardeur, à présent endormi, Sheerin hocha la tête. « Pauvres diables !

– Ça, c'était la première phase. Harrim est à présent dans la seconde, la phase de claustrophilie. Il s'est accoutumé à être ici, et le syndrome a viré à cent quatre-vingts degrés. Il sait qu'à l'hôpital il est en sécurité : éclairage *a giorno* tout le temps. Mais même s'il peut voir par la fenêtre briller les soleils, il a peur de sortir : pour lui, dehors il fait sombre.

– Mais c'est absurde ! s'écria Sheerin. Il ne fait *jamais* sombre dehors ! »

A peine eut-il prononcé ces mots qu'il se sentit ridicule.

Kelaritan remua le fer dans la plaie : « Nous en sommes tous conscients, docteur Sheerin. Toute personne saine d'esprit en est consciente. L'ennui, avec les gens traumatisés dans le Tunnel du Mystère, c'est justement qu'ils ne sont plus sains d'esprit.

– Oui, c'est ce que je crois comprendre », répondit Sheerin d'un air penaud.

– Vous pourrez rencontrer d'autres patients plus tard dans la journée », dit Kelaritan. « Peut-être vous fourniront-ils de nouvelles perspectives sur le problème. Ensuite, demain, nous vous emmènerons voir le Tunnel lui-même. Nous l'avons fermé, naturellement, maintenant que nous en connaissons les inconvénients, mais les élus municipaux voudraient bien trouver un moyen de le rouvrir : les investissements, à ce que j'ai compris, ont été énormes. Mais allons d'abord déjeuner, n'est-ce pas, docteur ?

– Déjeuner, oui », répéta Sheerin avec encore moins d'enthousiasme que la première fois.

4

La grande coupole de l'Observatoire de l'université de Saro, qui couronnait majestueusement les pentes boisées du mont de l'Observatoire, reflétait avec éclat les feux de la fin de l'après-midi. Le petit globe rouge de Dovim s'était déjà glissé derrière l'horizon ; mais Onos était encore haut à l'ouest ; et Trey et Patru, qui traversaient très obliquement le ciel oriental, traçaient sur l'immense surface de la coupole de brillants sillons de lumière.

Beenay 25, jeune homme mince et svelte à l'allure vive et agile, parcourait d'un pas alerte le petit appartement situé en contrebas de l'Observatoire qu'il partageait avec Raissta 717, sa compagne contractuelle.

Le voyant rassembler livres et documents, Raissta, indolemment vautrée sur le capiton vert fatigué de leur petit divan-lit, fronça les sourcils et lui demanda :

« Tu vas quelque part, Beenay ?

– A l'Observatoire.

– Mais il est tellement *tôt* ! Habituellement, tu n'y vas pas avant qu'Onos se couche ; et ça ne se produira pas avant des heures.

– Aujourd'hui, j'ai un rendez-vous, Raissta. »

Elle lui adressa un regard plein de chaleur et de séduction. Tous deux plus près de trente ans que de vingt, étudiants diplômés et maîtres-assistants, lui en astronomie et elle en biologie, ils n'étaient liés par contrat que depuis sept mois, et leurs relations n'avaient pas encore perdu le piquant de la nouveauté. Mais il y avait déjà des tiraillements : il aimait faire son travail aux heures tardives où seuls quelques-uns des soleils mineurs restaient dans le ciel; elle au contraire était fraîche et dispose, au mieux de sa forme, au beau milieu du jour, quand Onos au zénith inondait tout de son éclat doré.

Ces derniers temps, il avait passé de plus en plus de temps à l'Observatoire; c'en était au point qu'ils n'étaient presque jamais éveillés en même temps. Beenay savait combien c'était éprouvant pour elle; c'était éprouvant pour lui-même! Néanmoins, les recherches qu'il faisait sur l'orbite de Kalgash étaient une tâche exigeante, et le conduisaient dans des parages pleins d'écueils, qu'il trouvait à la fois effrayants et stimulants. Si seulement Raissta consentait à se montrer patiente juste quelques semaines encore... un mois ou deux, peut-être...

« Ne peux-tu rester un tout petit peu plus longtemps ce soir ? » demanda-t-elle.

Il eut un pincement au cœur. Dans les yeux de Raissta, on lisait : « Viens donc ici t'amuser avec moi! » Difficile de résister à ce genre de regard; d'ailleurs, tel n'était pas vraiment son désir. Mais il allait faire attendre Yimot et Faro.

« Je te l'ai dit, j'ai un...

– ... rendez-vous, oui! Eh bien, moi aussi! Avec toi!

– Moi ?

– Tu as dit hier que tu pourrais avoir un peu de temps libre cet après-midi. J'y comptais, tu sais! Je me suis ménagé de mon côté toute une tranche de temps libre; en fait, j'ai expédié mon travail de laboratoire le matin, précisément pour... »

De pire en pire, songea Beenay. Il se rappelait bel et bien avoir déclaré quelque chose au sujet de cet après-midi, en oubliant complètement le rendez-vous qu'il avait pris avec les deux jeunes étudiants.

Elle faisait à présent une moue boudeuse, non sans sourire en même temps : petit truc qu'elle réussissait à la perfection. Beenay brûlait d'envie d'envoyer au diable Faro et Yimot et de se précipiter sans plus tarder vers elle. Mais, s'il le faisait, il risquait d'arriver à son rendez-vous avec une heure de retard, ce qui ne serait pas correct. *Deux* heures, peut-être.

Et, il devait bien se l'avouer, il mourait d'impatience de savoir si leurs calculs avaient confirmé les siens.

La lutte était pratiquement égale. D'un côté, le puissant attrait de Raissta; de l'autre, le désir de tirer au clair une question scientifique majeure. Et, bien que moralement obligé d'être à l'heure à son rendez-vous, Beenay, plutôt confus, se rendait compte qu'il avait en quelque sorte pris rendez-vous aussi avec Raissta – ce qui, en plus d'une obligation, impliquait un grand bonheur.

« Écoute ! » dit-il en s'approchant du divan et en prenant la main de Raissta dans la sienne. « Je ne peux pas être à deux endroits à la fois, hein ? Et quand je t'ai dit ça hier, je ne pensais plus que Faro et Yimot viendraient à l'Observatoire me voir. Mais on va faire un marché tous les deux : tu me laisses régler le problème avec eux, et ensuite je m'esquiverai et je serai de retour ici dans deux heures au plus. Qu'est-ce que tu en penses ?

– Tu es censé photographier ces fameux astéroïdes ce soir », répondit-elle, en faisant de nouveau la moue, et sans sourire du tout cette fois.

« Ah zut ! Bon, eh bien je vais demander à Thilanda de faire les prises de vues pour moi... ou à Hikkinan... Enfin, je dénicherai bien quelqu'un. Je serai de retour d'ici au coucher d'Onos, c'est promis.

– Promis ? »

Tout en lui pressant la main, il lui adressa un bref sourire malicieux.

« C'est une promesse que je tiendrai pour de bon, tu peux le parier. D'accord ? Tu n'es pas en colère ?

– Heu...

– Je vais me débarrasser de Faro et de Yimot aussi vite que je pourrai.

– Tu ferais bien ! »

Tandis qu'il se remettait à rassembler ses documents, elle poursuivit :

« Et puis d'abord, qu'est-ce que tu as donc à discuter avec Faro et Yimot qui soit d'une telle importance ?

– Du travail de labo. Des problèmes de gravitation.

– Je ne trouve pas ça d'une telle importance, moi, si tu veux mon avis.

– J'espère que ça se révélera effectivement sans aucune importance pour personne, répondit Beenay. Mais il faut que j'en aie le cœur net tout de suite.

– Je voudrais bien comprendre de quoi tu parles ! »

Il jeta un coup d'œil à sa montre et inspira à fond. Il pouvait rester encore une minute ou deux, sans doute. « Tu sais que, ces derniers temps, j'ai travaillé dur sur le problème du mouvement orbital de Kalgash autour d'Onos, hein ?

– Naturellement !

– Bon ! Eh bien, il y a deux semaines environ, j'ai abouti à une anomalie : mes chiffres ne cadraient pas avec la théorie de la gravitation universelle. Alors, je les ai vérifiés, mais j'ai abouti aux mêmes résultats la seconde fois. Et la troisième fois ! Et la quatrième fois ! Toujours la même anomalie, quelle que soit la méthode de calcul.

– Oh ! Beenay, je suis vraiment désolée d'apprendre ça ! Tu avais travaillé si dur là-dessus ! Alors, découvrir que tes conclusions ne sont pas justes...

– Oui, mais si elles l'étaient ?

– Mais tu viens de dire...

– Pour le moment, je ne sais pas si, mathématiquement parlant, c'est juste ou faux. Pour autant que je le sache, c'est juste, mais inconcevable. J'ai vérifié, revérifié et contre-vérifié, et je trouve le même résultat chaque fois, alors que j'ai introduit dans les calculs toutes sortes de recoupements destinés à contrôler que je n'ai pas fait une erreur. Mais le résultat que j'obtiens est impossible. La seule explication que je puisse imaginer, c'est que je pars d'un présupposé biscornu et qu'ensuite je raisonne absolument juste : en ce cas, je ne peux manquer d'aboutir à la même réponse fausse qu'elle que soit la méthode de vérification. Il peut y avoir une faille que je ne vois pas dans les fondements mêmes de mon ensemble de postulats. Si l'on part sur un chiffre erroné pour la masse planétaire, par exemple, on trouve une orbite aberrante pour la planète en question, aussi exacte que soit la suite des calculs. Tu me suis ?

– Jusque-là, oui !

– C'est pour ça que j'ai confié le problème à Faro et Yimot, sans leur dire vraiment de quoi il s'agit, et que je leur ai demandé de reprendre tous les calculs à zéro. Ce sont des gars brillants ; je peux compter sur eux pour faire du bon travail mathématique. S'ils aboutissent aux mêmes résultats que moi, tout en abordant la chose sous un angle qui exclut totalement toute erreur que je pourrais avoir introduite dans la conduite de mon raisonnement, alors il me faudra bien admettre que, tout compte fait, mes chiffres sont justes.

– Mais ils ne peuvent pas l'être, Beenay ! N'as-tu pas dit que tes conclusions sont contraires à la loi universelle de la gravitation ?

– Et si la loi universelle est fausse, Raissta ?

– Quoi ? Quoi ? » Elle fixait sur lui un regard complètement sidéré.

« Tu vois le problème ? lui demanda Beenay. La raison pour laquelle j'ai besoin de savoir sans délai ce que Yimot et Faro ont trouvé ?

– Non, répondit-elle. Non, je ne le comprends pas du tout.

– Nous pourrons en parler plus tard. C'est promis.

– Beenay... fit-elle, presque avec désespoir.

– Il faut que je m'en aille. Mais je serai de retour dès que je pourrai. Tu as ma promesse, Raissta ! Ma promesse ! »

5

Siferra ne prit que le temps de se saisir d'une pioche et d'une brosse dans la tente au matériel, qui était quelque peu déjetée sous l'effet de la tempête, mais, ceci mis à part, relativement intacte. Puis elle se mit à escalader le versant de la colline de Thombo. Balik, en se hissant pesamment, la suivait de près. Le jeune Eilis 18 avait émergé de l'abri édifié près de la falaise et, planté au pied de la pente, il levait vers eux des yeux écarquillés. Thuvvik et son équipe d'ouvriers, un peu plus loin en arrière, regardaient la scène en se grattant la tête avec perplexité.

« Attention! » cria Siferra à Balik une fois qu'elle eut atteint le début de la plaie que la tempête de sable avait ouverte dans le flanc de la colline. « Je vais pratiquer une entaille exploratoire.

– Est-ce qu'il ne faudrait pas d'abord prendre des clichés et...

– Je t'ai dit de faire attention! » répéta-t-elle avec brusquerie en plantant sa pioche dans le coteau, ce qui fit pleuvoir de la terre et des cailloux sur Balik.

Celui-ci sauta de côté en crachant du sable.

« Mes excuses! » dit-elle sans baisser les yeux vers lui. Et elle se remit à piocher le sol en pente, pour élargir l'entaille. Ce n'était guère la meilleure technique, elle le savait, de creuser à tour de bras comme ça. Son mentor, le patriarche Shelbik, se retournait probablement dans sa tombe. Et le vénéré fondateur de leur science, Galdo 221, du haut de son trône au panthéon des archéologues, assistait sans aucun doute à la scène en secouant tristement la tête.

D'un autre côté, Shelbik et Galdo avaient eu eux-mêmes l'occasion de mettre au jour ce que pouvait receler la colline de Thombo, et ne l'avaient pas saisie. Si elle faisait preuve d'un peu trop d'ardeur, d'un peu trop de hâte dans son attaque, eh bien, il faudrait tout simplement qu'ils lui pardonnent! Maintenant que l'apparente calamité de la tempête était devenue un don gracieux du sort, maintenant que la ruine imminente de sa carrière avait inopinément cédé la place à son couronnement, Siferra ne pouvait se retenir de chercher à savoir ce qui était enfoui en ce lieu. Non, elle ne pouvait pas! C'était au-dessus de ses forces.

« Regarde! » dit-elle entre ses dents, en abattant une grosse masse de morts-terrains de recouvrement et en passant de la pioche à la brosse. « Voici une couche calcinée, là, juste au niveau des fondations de la ville cyclopéenne. Il a dû y avoir un incendie qui a tout dévoré jusqu'à l'assise de pierre. Mais en examinant un peu plus bas le flanc de la colline, on s'aperçoit que la ville de style contre-taille est située juste au-dessous de la ligne de feu : la civilisation cyclopéenne a tout simplement collé toute cette construction monumentale par-dessus la ville plus ancienne...

– Siferra... fit Balik d'un ton inquiet.

– Je sais, je sais! Mais laisse-moi au moins commencer à voir ce que nous avons ici : juste un petit coup de sonde, et après on pourra se remettre à faire les choses dans les règles. »

Elle avait l'impression d'être couverte de transpiration de la tête aux pieds; et elle avait mal aux yeux, à force de scruter le terrain avec intensité. « Écoute! Nous sommes très haut sur la colline, et nous avons déjà découvert deux villes. Je suis persuadée que si nous continuons à déboutonner cette butte, à peu près là où nous compterions trouver les fondations de la société qui cultivait la contre-taille, nous allons... Oui! Oui! Là! Par les Ténèbres, regarde-moi ça, Balik! regarde donc! »

De la pointe de sa pioche, elle désignait triomphalement une autre couche de charbon de bois, visible près des fondations du bâtiment de style contre-taille. Le second niveau en partant du bas avait lui aussi été détruit par le feu, tout comme les constructions cyclopéennes. Et, selon toute apparence, il était lui-même bâti sur les ruines d'un village encore plus ancien.

Balik partageait à présent son enthousiasme. Ils travaillèrent ensemble à mettre à nu le versant de la colline, à mi-hauteur entre le niveau du sol et le sommet ravagé. D'en bas, Eilis les héla pour leur demander ce que Ténèbres ils faisaient, mais ils ne lui prêtèrent aucune attention. Brûlants de zèle et de curiosité, ils taillaient rapidement dans le sable apporté par le vent et tassé par le temps. Ils descendirent encore de huit centimètres, de vingt, de vingt-cinq...

« Est-ce que tu vois ce que je vois? demanda Siferra au bout d'un moment.

– Un autre village, oui. Mais qu'est-ce que c'est que ce style d'architecture, d'après toi? »

Elle haussa les épaules : « Tout nouveau pour moi.

– Pour moi aussi. Quelque chose de très archaïque, c'est sûr.

– Sans aucun doute. Mais je pense que ce n'est pas ce qu'il y a de plus archaïque ici, et de loin. » Siferra baissa les yeux vers le sol encore lointain.

« Tu veux savoir ce que je pense, Balik? Nous avons ici cinq villes superposées, six, sept, peut-être huit. Toi et moi, nous pourrions passer le reste de notre vie à faire des fouilles dans cette butte! »

Ils se dévisagèrent, éblouis tous les deux.

« On ferait bien de descendre, maintenant, et de prendre quelques photos, dit Balik d'un ton mesuré.

– Oui, oui, ça vaudrait mieux. »

Siferra se sentait soudain presque calme. Assez pioché et creusé comme une enragée! Il était temps, se dit-elle, de se conduire en professionnelle; il était temps d'aborder cette colline comme une personne de culture, et non comme un chercheur de trésor ou un journaliste.

Que Balik prenne ses photos, d'abord, de tous les côtés. Puis, il conviendra de faire des prélèvements pédologiques au niveau de la surface, planter les premiers jalons, s'acquitter de toutes les démarches préliminaires constituant la procédure normale.

Puis une tranchée exploratoire, un puits qui s'enfoncera carrément dans la colline, pour nous donner quelque idée de ce que nous avons vraiment là.

Et ensuite, songea-t-elle, nous pèlerons cette colline, couche après couche. Nous la découperons en tranches, chaque strate enlevée nous permettant de regarder celle du dessous, jusqu'à ce que nous parvenions au sol vierge. Et lorsque nous en serons là, se jura-t-elle, nous en saurons plus sur la préhistoire de Kalgash que tous mes prédécesseurs réunis n'ont pu en apprendre depuis la première fois où des archéologues sont venus ici à Beklimot faire des fouilles.

6

« Toutes les dispositions ont été prises, dit Kelaritan au docteur Sheerin, pour que nous puissiez effectuer une visite du Tunnel du Mystère. Si vous voulez bien vous trouver devant votre hôtel dans une heure environ, notre voiture passera vous prendre.

– D'accord! répondit Sheerin. Dans une soixantaine de minutes. A tout à l'heure! »

Le corpulent psychologue raccrocha le téléphone et se contempla avec solennité dans la glace qui faisait face au lit.

Son reflet lui montra un visage tourmenté, si hâve et défait qu'il se pinça les joues pour s'assurer qu'elles n'avaient pas fondu. Oui, elles étaient toujours là, ces bonnes grosses joues familières! Il n'avait pas perdu un gramme : l'émaciation n'existait que dans sa tête!

Il avait mal dormi... il n'avait pratiquement pas fermé l'œil, lui semblait-il. Et hier il avait mangé du bout des dents. D'ailleurs, il n'avait toujours pas faim du tout : la perspective d'aller prendre son petit déjeuner ne présentait aucun attrait. Or c'était une notion étrangère pour lui que le manque d'appétit.

Il se demandait si son humeur sombre était due à ses entrevues, la veille, avec les malheureux patients de Kelaritan.

A moins qu'il eût tout simplement la frousse de traverser le Tunnel du Mystère?

Certes, visiter ces trois malades n'avait pas été chose aisée. Il y avait longtemps que Sheerin n'avait pas eu d'activité clinique, et manifestement son séjour parmi les universitaires de Saro avait émoussé l'impassibilité professionnelle qui permet à ceux dont le métier est de soigner de ne pas être, en présence des malades, accablés de tristesse et de compassion. Sheerin était le premier surpris de constater à quel point il avait maintenant le cœur sensible et l'épiderme mince.

Ce premier malade, Harrim, le débardeur, il avait l'air assez coriace pour supporter n'importe quoi; et pourtant, quinze minutes de Ténèbres lors de son tour dans le Tunnel du Mystère l'avaient mis dans un tel état qu'il suffisait d'évoquer le souvenir du traumatisme pour le réduire à un balbutiement hystérique. Cela faisait affreusement peine à voir.

Quant aux deux autres, dans l'après-midi, leur condition était encore pire. Gistin 190, la frêle et charmante enseignante aux yeux sombres pleins d'intelligence, n'avait pas pu s'arrêter de sangloter un instant; et, quoiqu'elle fût à même de bien s'exprimer, avec clarté, du moins au début, son récit avait dégénéré en flots de paroles incohérents au bout de quelques phrases. Et Chimmilit 97, lycéen athlétique dont la condition physique était sans le moindre doute parfaite : Sheerin n'oublierait pas de sitôt comment il avait réagi à la vue du ciel quand le psychologue avait ouvert les stores de sa chambre : Onos, à l'ouest, inondait l'après-midi de son éclat, et tout ce que ce robuste et bel adolescent avait su dire, c'était « les Ténèbres! les Ténèbres! », avant de tourner les talons pour essayer de blottir son grand corps sous le lit!

Les Ténèbres... Les Ténèbres...

Et à présent, pensait lugubrement Sheerin, c'est à *moi* de faire un tour dans le Tunnel du Mystère!

Certes, il pouvait tout simplement refuser : son contrat de consultant avec la municipalité de Jonglor ne lui faisait aucune obligation de risquer sa santé mentale; il serait en mesure de formuler une opinion suffisamment fondée sans se jeter dans la gueule du loup.

Mais cette pusillanimité hérissait quelque chose en lui. Sa fierté professionnelle, à tout le moins, le poussait vers le Tunnel du Mystère. Il était là pour étudier le phénomène d'hystérie collective, et aider ces gens à élaborer des moyens non seulement de guérir les victimes actuelles, mais aussi de prévenir la réédition de telles tragédies. Comment pourrait-il, du haut de sa grandeur, expliquer ce qui était arrivé aux victimes du Tunnel s'il n'étudiait pas de près la cause de leurs troubles ? Une dérobade serait une preuve d'incurie caractérisée.

Il ne voulait pas non plus que quiconque, même ces gens de Jonglor qui ne lui étaient rien, puisse le taxer de lâcheté. Il avait encore en mémoire les sarcasmes subis dans son enfance : « Pansu est un trouillard ! Pansu est un trouillard ! » Tout cela parce qu'il n'avait pas voulu grimper à un arbre qui, de toute évidence, excédait les capacités de son corps pesant et maladroit.

Mais non, Pansu n'était pas un trouillard, Sheerin le savait. Sensé et équilibré, il se sentait bien dans sa peau. Seulement, il refusait que d'autres tirent des conclusions inexactes de son physique rien moins qu'héroïque.

D'ailleurs, parmi ceux qui avaient traversé le Tunnel du Mystère, moins d'un sur dix, à la sortie, présentait des symptômes de choc émotif. Il devait alors y avoir à la base quelque vulnérabilité particulière. Si vraiment Sheerin jouissait d'un esprit aussi sain, d'un aussi bon équilibre mental, il n'avait rien à craindre.

RIEN-A-CRAINDRE.

Il se répéta ces mots encore et encore jusqu'à ce qu'il recouvrît tout son calme.

Et pourtant, ce n'est pas le jovial Sheerin habituel qui descendit les escaliers pour attendre la voiture qui devait venir le prendre.

Il y avait à bord Kelaritan et Cubello, ainsi qu'une femme au physique saisissant, du nom de Varitta 312, qu'on lui présenta comme un des ingénieurs qui avaient conçu le Tunnel. Sheerin les salua avec de chaleureuses poignées de main et un large sourire qui, espérait-il, avait l'air convaincant. « Belle journée pour faire un tour au parc d'attractions ! » fit-il d'un ton qu'il voulait badin.

Kelaritan lui octroya un regard bizarre.

« Content de vous voir dans de telles dispositions, docteur Sheerin. Avez-vous bien dormi ?

– Très bien, merci ! Aussi bien qu'on pouvait l'escompter, devrais-je dire... après avoir vu ces malheureux, hier.

– Alors, vous n'êtes pas optimiste quant à leurs chances de guérison ? demanda Cubello.

– J'aimerais l'être », répondit Sheerin non sans ambiguïté.

La voiture descendit la rue en douceur.

« Il y a une vingtaine de minutes d'ici à l'Exposition du Centenaire, indiqua Kelaritan. Il y aura foule à l'Exposition elle-même – comme tous les jours – mais nous avons fait clôturer toute une partie du secteur des attractions afin que vous ne soyez pas dérangé. Le Tunnel du Mystère, ainsi que vous le savez, a été fermé depuis qu'on a mesuré l'étendue des dommages subis.

– Vous voulez parler des morts ?

– De toute évidence, on ne pouvait laisser fonctionner cette attraction après cela, dit Cubello. Mais vous devez savoir que nous avions envisagé de fermer bien avant. Toute la question était d'établir si les gens qui semblaient avoir été traumatisés par leur passage dans le Tunnel souffraient vraiment de troubles ou bien faisaient seulement chorus avec la lubie populaire.

– Évidemment, fit Sheerin d'un ton sec. Le conseil municipal n'aurait jamais accepté de fermer une attraction aussi lucrative sans raison vraiment pertinente : par exemple, qu'une poignée de clients tombent morts de peur, j'imagine. »

Dans la voiture, l'atmosphère devint glaciale.

Au bout d'un moment, Kelaritan reprit la parole :

« Le Tunnel n'était pas seulement une attraction lucrative, mais aussi une expérience que presque tous ceux qui étaient venus visiter l'Exposition étaient très désireux de faire, docteur Sheerin. Je me suis laissé dire qu'il avait fallu refuser l'entrée à des milliers de gens chaque jour.

– Même s'il était évident depuis le premier jour que certains de ceux qui faisaient la traversée du Tunnel, comme Harrim et sa famille, en sortaient atteints de psychoses ?

– *Surtout* à cause de cela, répondit Cubello.

– Quoi ?

– Pardonnez-moi si j'ai l'air de vous expliquer quelque chose qui relève de votre propre spécialité, dit l'avocat avec onction. Mais je voudrais vous rappeler que la terreur exerce une certaine fascination *lorsqu'elle fait partie d'un jeu.* Un bébé naît avec trois peurs instinctives : celle des bruits violents, celle de tomber, et celle de l'absence totale de lumière. C'est pourquoi on trouve si amusant de bondir sur quelqu'un en criant Hou ! C'est pourquoi un tour sur les montagnes russes est une telle partie de plaisir. Et c'est pourquoi tout le monde voulait avoir une expérience directe du Tunnel du Mystère. Les gens émergeaient de ces Ténèbres tout tremblants, haletants, à demi morts de peur, mais ils continuaient à payer pour entrer. Le fait que certains ressortaient profondément commotionnés ne faisait qu'ajouter à l'attirance.

– Parce que la plupart des gens supposaient qu'ils seraient, eux, assez solides pour résister à ce qui avait tellement ébranlé les autres, c'est bien ça ?

– Exactement, docteur !

– Et lorsque certains sont réapparus non pas seulement très

perturbés, mais morts de terreur au sens propre ? Même si, après cela, la fermeture n'allait pas de soi pour les organisateurs de l'Exposition, j'imagine que les clients éventuels seraient devenus rares, une fois que la nouvelle des décès se serait répandue ?

– Ah ! Bien au contraire, repartit Cubello avec un sourire de triomphe, les mêmes mécanismes psychologiques étaient à l'œuvre, mais avec plus de force encore. Après tout, si des gens peu solides du cœur souhaitaient traverser le Tunnel, c'était à leurs propres risques. Pourquoi s'étonner de ce qui leur arrivait ? Le conseil municipal a eu un très long débat sur tous les aspects de la question, et a fini par se mettre d'accord pour poster un médecin dans le bureau d'entrée afin de faire subir à chaque client un examen médical avant l'accès au wagonnet. Cela eut pour seul résultat de promouvoir la vente des billets !

– En ce cas, dit Sheerin, pourquoi le Tunnel est-il fermé maintenant ? D'après ce que vous m'avez dit, je m'attendrais à le voir faire des affaires d'or, à voir la queue s'étendre de Jonglor jusqu'à Khunabar, des foules d'amateurs à l'entrée et, à la sortie, un défilé continu de cadavres sur des brancards.

– Docteur Sheerin !

– Eh bien, pourquoi n'est-ce plus ouvert, si personne ne s'est inquiété des décès ?

– Problème d'assurance pour responsabilité civile, expliqua Cubello.

– Ah ! Bien sûr !

– Contrairement à ce que suggère la macabre figure de style que vous venez d'employer, les cas vraiment mortels ont été rares et espacés : trois, me semble-t-il ; cinq peut-être. On a accordé aux familles des décédés des compensations adéquates et l'affaire a été classée. Ce qui en fin de compte nous a posé problème, ce n'est pas le taux de mortalité, mais le taux de survie parmi ceux qui avaient subi un choc. Il devint évident que certains risquaient de nécessiter une hospitalisation de longue durée : dépenses prolongées, saignée financière continuelle pour la municipalité et ses assureurs.

– Je vois, dit Sheerin d'un air sombre. Si les gens se contentent de tomber raides morts, on paie une fois pour toutes, il suffit de désintéresser les proches et c'est terminé. Mais si les victimes traînent pendant des mois, voire des années, dans un établissement public, le coût risque en fin de compte d'être trop élevé.

– La chose est peut-être exprimée un peu brutalement, mais c'est bien au fond le calcul que la municipalité a été obligée de faire.

– Le docteur Sheerin semble un peu à cran ce matin, dit Kelaritan à l'homme de loi. Peut-être la perspective de traverser lui-même le tunnel est-elle éprouvante pour lui.

– Absolument pas ! se récria aussitôt le psychologue.

– Naturellement, vous êtes bien conscient qu'il n'y a pour vous aucune obligation...

– Mais si! » répliqua Sheerin.

Le silence régna de nouveau dans la voiture. Sheerin, morose, contemplait le paysage changeant, les curieux arbres anguleux à l'écorce écailleuse, les buissons couverts de fleurs aux couleurs bizarrement métalliques, les maisons singulièrement hautes et étroites aux pignons pointus. Il avait rarement été si loin au nord auparavant. Il y avait quelque chose d'extrêmement antipathique dans l'aspect de toute cette province, ainsi que dans cette bande de gens cyniques et mielleux. Il serait bien content, se disait-il, de retourner chez lui à Saro.

Mais d'abord, le Tunnel du Mystère...

L'Exposition du Centenaire de Jonglor se déployait sur une vaste étendue de parcs juste à l'est de la ville. C'était en soi une ville en miniature, tout à fait spectaculaire dans son genre, estima Sheerin. Il vit des fontaines, des arcades, des tours brillantes, roses ou turquoise, faites de plastique iridescent dur comme de la pierre. De grands halls d'exposition offraient aux regards trésors artistiques provenant de toutes les provinces de Kalgash, présentations industrielles, dernières merveilles de la science. Où qu'il tournât ses yeux, il y avait quelque chose de beau ou d'inhabituel pour les captiver. Des milliers de gens, des centaines de milliers peut-être, arpentaient ces artères élégantes et illuminées.

Sheerin avait toujours entendu dire que l'Exposition du Centenaire de Jonglor était l'une des merveilles du monde, et il constatait à présent que c'était vrai. Être à même de la visiter était un privilège exceptionnel. Elle n'ouvrait qu'une fois par siècle, pendant trois ans, afin de commémorer l'anniversaire de la fondation de la ville; et cette exposition-ci, celle du cinquième centenaire de Jonglor, était censée être la plus belle de toutes. De fait, Sheerin se sentit soudain empli d'une allègre surexcitation, telle qu'il n'en avait pas éprouvée depuis longtemps en traversant ces sites minutieusement entretenus. Il espérait avoir le temps, plus tard dans la semaine, de revenir l'explorer seul.

Mais son humeur changea brusquement lorsque la voiture, ayant contourné l'exposition, amena ses passagers à une entrée par-derrière qui conduisait au secteur des attractions. Là, tout comme Kelaritan l'avait annoncé, on avait isolé de vastes portions de terrains; et une foule maussade jetait au-delà des cordes des regards chargés d'une évidente contrariété. Tandis que Cubello, Kelaritan et Varitta 312 le conduisaient vers le Tunnel du Mystère, Sheerin entendait s'élever des murmures irrités, âpre grondement étouffé qui le mettait mal à l'aise, et même l'effrayait quelque peu.

Il dut admettre que l'avocat avait dit vrai. Ces gens étaient furieux parce qu'on avait fermé le Tunnel.

Ils sont jaloux, se dit Sheerin, stupéfait. Ils savent que *nous* nous rendons au Tunnel et *eux* voudraient y aller aussi – malgré tout ce qui s'y est produit.

« Nous pouvons entrer par ici », dit Varitta.

La face extérieure du Tunnel était une gigantesque structure pyramidale qui s'effilait sur les côtés en une perspective insolite et vertigineuse. En son centre s'ouvrait une immense porte hexagonale, spectaculairement soulignée d'or et de pourpre. Des barreaux en interdisaient l'entrée. Varitta sortit une clé et ouvrit une porte située sur la gauche de la façade. Le petit groupe pénétra dans l'édifice.

A l'intérieur, tout avait une apparence bien plus ordinaire. Sheerin aperçut une série de barrières de métal, destinées sans aucun doute à endiguer les files de clients impatients de faire le parcours. Au-delà se trouvait un quai très semblable à celui de n'importe quelle gare, avec une série de petits wagonnets découverts en attente. Et plus loin encore...

Les Ténèbres.

Cubello prit la parole : « Si vous voulez bien d'abord signer ceci, docteur... »

Sheerin saisit le papier que lui tendait l'avocat; il était plein de mots flous qui dansaient devant ses yeux écarquillés.

« De quoi s'agit-il?

– Une décharge. Le formulaire courant.

– Ah! oui, bien sûr. »

D'un air dégagé, il griffonna sa signature au bas du papier sans même le lire.

Tu n'as pas peur, se disait-il. *Tu ne crains rien du tout.*

Varitta 312 lui glissa un petit appareil dans la main. « Commande d'annulation de programme, expliqua-t-elle. Le trajet complet dure quinze minutes, mais il vous suffit d'appuyer sur le contact vert qui est ici dès que vous serez resté à l'intérieur assez longtemps pour apprendre tout ce que vous avez besoin de savoir, ou au cas où vous commenceriez à vous sentir mal à l'aise, pour que les lumières se rallument; votre wagonnet gagnera rapidement le bout du Tunnel, et de là fera le tour pour vous ramener à la station.

– Merci! répondit Sheerin. Mais je ne crois pas que j'en aurai besoin.

– Il faut que vous l'ayez; on ne sait jamais.

– Mon intention est de faire l'expérience pleine et entière de ce parcours », répliqua-t-il, en savourant sa propre grandiloquence.

Mais la témérité, cela existait aussi, se récita-t-il. Il n'avait nulle intention d'utiliser l'interrupteur, cependant il eût probablement été peu judicieux de ne pas l'emporter.

On ne savait jamais.

Il gagna le quai. Kelaritan et Cubello le fixaient d'un regard dont la signification n'était que trop claire. Il pouvait pratiquement les entendre penser : *Ce vieil idiot ventripotent va être réduit en compote là-dedans!* Eh bien, qu'ils se disent ça tant qu'ils voulaient!

Varitta avait disparu. Sans aucun doute, elle était partie mettre en route le mécanisme du Tunnel.

Oui, elle était là-haut, dans une cabine de commande perchée à droite, et elle faisait signe que tout était prêt.

« Si vous voulez bien monter à bord, docteur... dit Kelaritan.

– Certes, certes! »

Cela n'a produit d'effets néfastes que sur à peine un sujet sur dix – sujet sans aucun doute exceptionnellement vulnérable d'avance aux troubles dus aux Ténèbres. Ce n'est pas mon cas, je suis une personne très équilibrée.

Il s'installa dans le wagonnet. Il y avait une ceinture de sécurité qu'il boucla autour de sa taille, non sans difficulté pour l'ajuster à son gabarit. Le wagonnet commença à avancer, roulant lentement, très lentement.

Les Ténèbres attendaient Sheerin.

Moins d'un sur dix. Moins d'un sur dix.

Il comprenait le syndrome des Ténèbres. Voilà qui le protégerait, il en était sûr : son savoir. Toute l'humanité avait une terreur instinctive de l'absence de lumière; il ne s'ensuivait pas pour autant que l'absence de lumière fût en elle-même néfaste.

Ce qui était néfaste, Sheerin le savait, c'était la façon dont on *réagissait* à l'absence de lumière. L'essentiel était de garder son calme. Les Ténèbres, ce n'était rien d'autre que l'obscurité, un changement dans les conditions extérieures. Nous sommes conditionnés à en avoir horreur parce que nous vivons dans un monde où l'obscurité n'est pas naturelle, où il y a toujours de la lumière, la lumière de nombreux soleils : il peut y en avoir jusqu'à quatre qui brillent ensemble; habituellement, il y en a trois dans le ciel; et jamais il n'y en a moins de deux – alors qu'un seul d'entre eux produit une lumière suffisante pour tenir en échec les Ténèbres.

Les Ténèbres...

Les Ténèbres...

Les Ténèbres!

Sheerin était à présent dans le Tunnel. Derrière lui disparaissait la dernière trace de clarté, et ses yeux scrutaient un vide complet. Il n'y avait rien devant lui, rien! Un gouffre... Un abîme... Une zone d'absence totale de lumière... Et il s'y précipitait la tête la première!

Brusquement, il se sentit inondé de sueur, il eut les genoux qui s'entrechoquaient, un martèlement dans le crâne. Il leva la main devant son visage... et il ne parvint pas à l'apercevoir!

ANNULER–ANNULER–ANNULER–ANNULER...

Non! Absolument pas!

Il se redressa sur son siège et, le dos raidi, les yeux grands ouverts, il resta à scruter imperturbablement le néant dans lequel il plongeait... encore et toujours... de plus en plus profond. Des terreurs primitives remontaient en bouillonnant et en sifflant des profondeurs de son âme : il les refoulait, il les repoussait, il les chassait.

A l'extérieur du Tunnel les soleils brillent toujours, se disait-il. Tout ceci est provisoire. Dans quatorze minutes et trente secondes, je serai de retour à l'extérieur.

Quatorze minutes et vingt secondes.

Quatorze minutes et dix secondes.

Quatorze minutes...

Mais y avait-il le moindre mouvement? Peut-être qu'il n'avançait pas. Il n'en savait rien; il n'avait pas de points de référence, et le mécanisme du wagonnet était silencieux. Et si j'étais bloqué sur place? se demanda-t-il. Assis dans le noir, sans aucun moyen de savoir où je suis, ce qui se passe, combien de temps s'écoule... Quinze minutes, vingt, une demi-heure? Jusqu'à ce que j'aie dépassé la limite de mon endurance psychique, et alors...

Mais il y a toujours la commande d'annulation.

Et si elle ne marche pas? Et si j'appuie dessus et que les lumières ne se rallument pas?

Je peux l'essayer, j'imagine. Juste pour voir...

Pansu est un trouillard! Pansu est un trouillard!

Non! Non! n'y touche pas! Une fois les lumières rallumées, tu n'auras plus aucun moyen de les éteindre à nouveau. Il ne faut pas que tu utilises la commande d'annulation, sinon les autres le sauront... ils sauront tous...

Pansu est un trouillard! Pansu est un trouillard!

Soudain – geste stupéfiant – il lança la commande d'annulation dans les Ténèbres. Il l'entendit tomber... *quelque part* : un léger bruit, puis de nouveau le silence. A présent, sa main lui paraissait terriblement vide

Les Ténèbres...

Les Ténèbres...

Ça n'avait pas de fin. Il dégringolait dans un abîme sans bornes. Il tombait, tombait, tombait dans le noir, l'obscurité sans limites, la nuit qui dévorait tout...

Respire à fond! Garde ton calme!

Et s'il y a un risque mental permanent?

Garde ton calme, se répétait-il. Tout ira bien. Tu as encore, au pire, onze minutes comme ça, peut-être six ou sept seulement. Là dehors, les soleils brillent. Six ou sept minutes, et tu ne seras plus jamais dans les Ténèbres pour le reste de ta vie, dût-elle durer mille ans.

Les Ténèbres...

Oh! Dieux, les Ténèbres...

Du calme, du calme... Tu es un homme très équilibré, Sheerin. Parfaitement sain d'esprit. Tu étais sain d'esprit quand tu es monté dans cet engin, et tu seras sain d'esprit quand tu en descendras.

Tic! tic! tic! chaque seconde te rapproche de la sortie. Mais est-ce bien le cas? Ce parcours ne se terminera peut-être jamais! Je pourrais être ici pour toujours! Tic! tic! tic! Est-ce que j'avance? Est-ce qu'il me reste cinq minutes, ou cinq secondes, ou bien est-ce encore la première minute?

Tic! tic!

Pourquoi ne me laissent-ils pas sortir? Ne voient-ils pas combien je souffre?

Ils ne *veulent* pas me laisser sortir! Ils ne me laisseront *jamais* sortir. Ils vont...

Soudain, ce fut comme un coup de poignard entre les yeux, une explosion de douleur dans le crâne.

Qu'est-ce que cela?

La lumière!

Serait-ce possible? Oui! Oui!

Dieux merci! La lumière, oui! Grâces soient rendues à toute divinité qui ait jamais pu exister!

Il était au bout du Tunnel! Il revenait à la gare! Il devait en être ainsi. Oui, oui! Son cœur, qui battait la chamade avec un bruit de tonnerre, reprenait son rythme normal. Ses yeux, qui se réadaptaient aux conditions habituelles, accommodaient à nouveau sur des objets familiers – bénis soient-ils! – : étançons, quai, petite lucarne de la cabine de contrôle...

Cubello, Kelaritan, qui le regardaient.

Il avait honte à présent de sa lâcheté. *Reprends-toi, Sheerin! Ce n'était pas si terrible, en fait. Tu es indemne. Tu n'es pas tapi au fond du wagonnet à sucer ton pouce en geignant. C'était inquiétant, c'était terrifiant, mais ça ne t'a pas anéanti : il n'y avait rien là, en fait, qui fût au-delà de tes capacités...*

« Nous y voilà! Donnez-nous la main, docteur! Ho! hisse! »

On le remettait sur pied, on l'aidait à s'extraire tant bien que mal hors du wagonnet. Il aspira de l'air à pleins poumons, et se passa la main sur le front pour essuyer les flots de transpiration.

« La petite commande d'annulation... murmura-t-il. J'ai dû la perdre quelque part...

– Comment vous sentez-vous, docteur? demanda Kelaritan. Comment est-ce que ça se présentait? »

Sheerin tituba. Le directeur de l'hôpital le prit par le bras pour le soutenir, mais Sheerin le repoussa avec indignation : il ne voulait pas leur permettre de croire que ces quelques minutes dans le tunnel avaient eu raison de lui.

Mais il ne pouvait nier qu'il avait été affecté. Il avait beau s'y efforcer, il n'y avait pas moyen de le cacher... pas même à lui-même.

Il devait se rendre à l'évidence : aucune force au monde ne pourrait jamais lui faire accomplir un second parcours dans le Tunnel.

« Docteur ? Docteur ?

– Ça... va... bien... dit-il d'une voix pâteuse.

– Il dit qu'il se sent bien. » C'était l'avocat qui parlait. « Reculez ! Laissez-le tranquille !

– Il a les jambes qui flageolent, dit Kelaritan. Il va tomber.

– Non, fit Sheerin. Aucun risque. Je vais très bien, je vous assure. »

Il chancela, trébucha, reprit son équilibre, chancela de nouveau. La sueur jaillisait du moindre de ses pores. Jetant un coup d'œil par-dessus son épaule, il aperçut la gueule du Tunnel, et il frémit. Il se détourna de cette sombre caverne et leva les épaules comme s'il voulait dissimuler son visage derrière.

« Docteur ? » interrogea Kelaritan d'un air dubitatif.

A quoi bon feindre ? Quelle folie que cette vaine obstination à faire de l'héroïsme ! On pouvait bien penser qu'il n'était qu'un lâche, on pouvait penser n'importe quoi : ces quinze minutes avaient été pour lui le pire cauchemar de sa vie. Et leur effet pénétrait encore en lui, toujours plus profond, toujours plus profond.

« C'était... du raide... déclara-t-il. Vraiment du raide. Ça vous secoue.

– Mais, pour l'essentiel, vous vous en êtes sorti sans mal, n'est-il pas vrai ? demanda l'avocat d'un ton pressant. Un peu troublé, oui : qui ne le serait en pénétrant dans les Ténèbres ? Mais, pour l'essentiel, en bonne forme. Nous savions bien que vous n'auriez rien. Il n'y a qu'un petit nombre de gens, un tout petit nombre, qui subissent de néfastes...

– Non », dit Sheerin.

Il voyait le visage de l'homme de loi devant lui comme une gargouille grimaçante, comme la tête d'un démon : il ne pouvait en supporter la vue. Une bonne dose de vérité suffirait à exorciser le démon. Nul besoin de faire preuve de diplomatie : pas lorsqu'on a affaire à des démons !

« Il est impossible à quiconque de passer là-dedans sans courir de très graves dangers. J'en suis à présent certain. Même les plus solides sur le plan psychique ne peuvent que subir un terrible ébranlement ; et pour les faibles, c'est purement et simplement l'effondrement. Si vous rouvrez cette attraction, vous allez voir tous les hôpitaux psychiatriques des quatre provinces afficher complet d'ici à six mois.

– Au contraire, docteur...

– Ne me servez pas du " au contraire " ! Vous avez été dans le

Tunnel, Cubello ? Non ? C'est bien ce que je pensais. Moi, si! Vous payez pour avoir mon avis de spécialiste; autant que vous l'ayez tout de suite : le Tunnel représente un danger mortel. Cela tient tout simplement à la nature humaine : devant les Ténèbres, la grande majorité des hommes n'est pas à la hauteur. Et c'est une chose qui ne changera jamais, tant qu'il restera un soleil pour brûler dans le ciel. Il faut fermer le Tunnel pour de bon, Cubello! Au nom de la raison, mon bonhomme, fermez ces lieux! FER-MEZ-MOI ÇA! »

7

Ayant garé son scooter dans le parking réservé au corps enseignant, juste en contrebas de l'Observatoire, Beenay se mit à remonter au petit trot le sentier qui menait à l'entrée principale de l'immense bâtiment. Il commençait à gravir les larges marches de pierres du perron lorsqu'il eut la surprise de s'entendre héler d'en haut.

« Beenay! Te voilà donc en fin de compte! »

Levant les yeux, l'astronome vit la grande silhouette massive et robuste de son ami Theremon 762, de *La Chronique de Saro,* s'encadrer dans la grande porte de l'Observatoire.

« Theremon! Tu me cherchais?

– Oui, mais on m'avait dit que tu ne devais être ici que dans deux heures. Et voilà que, juste au moment où je partais, tu te trouves là tout de même! Le hasard fait vraiment bien les choses! »

Beenay grimpa les dernières marches quatre à quatre, et les deux amis se saluèrent d'une brève étreinte. Beenay connaissait le journaliste depuis trois ou quatre ans. Cela datait de la visite que Theremon avait faite à l'Observatoire pour interviewer un savant, n'importe quel savant, sur le dernier manifeste de cette secte de cinglés, les Apôtres de la Flamme. Petit à petit, ils étaient devenus amis intimes, bien que Theremon eût quelque cinq années de plus que Beenay et fût d'un milieu moins raffiné, plus terre à terre. Beenay était ravi d'avoir un ami qui ne fût en aucune façon impliqué dans les intrigues intra-universitaires, et Theremon était fort aise de connaître quelqu'un qui ne le cultivât pas pour tirer parti de l'influence considérable qu'il avait acquise dans la presse.

« Il y a des ennuis? demanda Beenay.

– Nullement! Mais j'ai de nouveau besoin que tu fasses ton numéro de Voix de la Science. Mondior a encore prononcé un de ses discours du style " Repentez-vous, repentez-vous! La Fin est proche! " Voici maintenant qu'il prétend être à même de révéler l'heure exacte où le monde sera détruit. Au cas où ça t'intéresserait, c'est pour l'année prochaine, le 19 Theptar, en fait.

– Ce fou! On gaspille du papier en imprimant quoi que ce soit à son sujet. Pourquoi accorder la moindre attention aux Apôtres? »

Theremon haussa les épaules.

« Il faut reconnaître que les gens le font; beaucoup de gens, Beenay. Et si Mondior dit que la Fin est proche, il me faut quelqu'un comme toi pour déclarer bien haut : " Mais non, mes frères et mes sœurs! Ne craignez rien! Tout va bien! " – ou quelque chose dans ce goût-là. Je peux compter sur toi, hein, Beenay?

– Tu sais bien que oui!

– Ce soir?

– Ce soir? Oh! bons dieux! Ce soir, c'est vraiment le pétrin! De combien de temps penses-tu avoir besoin?

– Une demi-heure? Quarante-cinq minutes?

– Écoute, dit Beenay. J'ai un rendez-vous urgent à l'instant – c'est d'ailleurs pourquoi je suis venu en avance. Après, j'ai promis à Raissta que je rentrerais illico presto pour lui consacrer... disons une heure ou deux : ces derniers temps, nous avons été occupés chacun dans des directions tellement différentes que nous nous sommes à peine vus. Et plus tard dans la soirée, je suis censé revenir à l'Observatoire pour diriger des travaux de photographie : une série de clichés de...

– Bon, d'accord! fit Theremon. Je vois que je tombe mal. Eh bien, écoute, Beenay! Il n'y a pas de problème; j'ai jusqu'à demain après-midi pour remettre ma copie. Si on en parlait le matin?

– Le matin? reprit Beenay d'un air dubitatif.

– Je sais que la matinée est un concept qui t'est étranger. Mais voici à quoi je pensais : je peux revenir ici au lever d'Onos, juste au moment où toi tu arriveras au terme de ta soirée de travail. Si tu pouvais t'arranger pour me donner une petite interview avant de rentrer à la maison dormir...

– Ma foi...

– Pour un copain, Beenay! »

Beenay adressa au journaliste un regard plein de lassitude.

« Bien sûr que j'accepte! Ce n'est pas la question. Seulement, je risque d'être tellement vaseux après toute une soirée de travail que peut-être je ne te serai d'aucune utilité.

– Ça alors, ça ne m'inquiète pas! fit Theremon, la bouche fendue d'un large sourire. J'ai remarqué que tu es capable de te désenvaser fichtrement vite quand l'occasion s'offre à toi de réfuter des lubies antiscientifiques. Demain au lever d'Onos, donc? Dans ton bureau à l'étage?

– D'accord!

– Mille mercis, mon vieux! Je te revaudrai ça.

– N'en parlons plus. »

Theremon salua son ami et se mit à descendre les marches. « Mon meilleur souvenir à la belle dame de tes pensées! cria-t-il. Et à demain matin!

– A demain matin », répéta Beenay en écho.

Que ces mots étaient bizarres dans sa bouche! Il ne voyait jamais personne – ni rien! – le matin. Mais il ferait une exception pour Theremon. L'amitié, c'était ça, non?

Beenay pénétra dans l'Observatoire.

A l'intérieur, tout n'était que lumière tamisée et tranquillité, le silence familier du grand temple de la science où il passait le plus clair de son temps depuis ses tout premiers jours à l'université. Mais ce calme, il le savait, était trompeur : cet imposant bâtiment, tout comme les endroits voués à des buts plus terre à terre, était constamment en proie à des conflits de toute sorte, depuis les batailles philosophiques les plus éthérées jusqu'aux plus mesquines des rancunes personnelles, des prises de bec et des intrigues sournoises. Les astronomes, pris dans leur ensemble, n'étaient pas plus vertueux que n'importe quel autre groupe social.

Malgré tout, l'Observatoire était un asile pour Beenay et pour la plupart de ceux qui y travaillaient; un endroit où, laissant derrière eux les problèmes du monde, ils pouvaient se consacrer plus ou moins paisiblement à la rude et interminable tâche de résoudre les grandes questions posées par l'univers.

Il parcourut rapidement la longueur du grand hall, essayant sans succès d'étouffer le claquement de ses grosses chaussures sur les dalles de marbre.

Comme chaque fois, il jeta de brefs coups d'œil en marchant aux vitrines disposées le long du mur à droite et à gauche, où étaient exposés en permanence certains des objets les plus sacrés de l'histoire de l'astronomie : les télescopes primitifs, presque grotesques, qu'avaient utilisés des pionniers tels que Chekktor et Stanta quatre ou cinq cents ans auparavant; les masses noires et contournées des météorites tombées du ciel au cours des siècles, énigmatiques indices des mystères qui se cachaient au-delà des nuages; les premières éditions des grandes cartes du ciel et des grands manuels astronomiques, et les manuscrits jaunis par les ans de quelques-uns des ouvrages théoriques marquants des grands penseurs.

Beenay s'arrêta un instant devant le dernier de ces manuscrits, qui, à côté des autres, paraissait presque neuf : la classique mise en forme de la théorie de la gravitation universelle par Athor 77 avait été élaborée peu de temps avant la naissance de Beenay. Bien que peu religieux de nature, Beenay contempla ce mince feuillet de papier avec un sentiment quasi révérenciel, et se surprit à formuler en lui-même quelque chose qui ressemblait fort à une prière.

La théorie de la gravitation universelle était pour lui un des piliers du cosmos; peut-être le pilier essentiel. Il n'avait aucune idée de ce qu'il ferait si ce pilier venait à s'écrouler. Or il avait l'impression que ce pilier vacillait.

Au bout du grand hall, une belle porte de bronze ouvrait sur le bureau du docteur Athor. Beenay se hâta de poursuivre son chemin jusqu'aux escaliers : le vénérable et encore redoutable directeur de l'Observatoire était la dernière personne au monde, la toute dernière, que Beenay voulût rencontrer en cet instant.

Faro et Yimot l'attendaient à l'étage, dans la salle des Cartes, où ils avaient convenu de se réunir.

« Excusez-moi d'être un peu en retard, dit Beenay. J'ai eu beaucoup d'imprévus cet après-midi. »

Il eut droit à deux regards de hiboux et deux sourires crispés. Ces deux-là faisaient une drôle de paire – et ce n'était pas la première fois. Ils venaient de quelque province agricole reculée, Sithin, peut-être, ou Gatamber. Faro 24 était un petit bonhomme replet, aux mouvements nonchalants, presque traînants, qui n'était pas du genre à faire des embarras, ni pour lui-même ni pour les autres. Son ami Yimot était incroyablement grand et mince : on aurait dit une échelle articulée dotée de bras, de jambes et d'un visage, et il fallait quasiment un télescope pour apercevoir sa tête, juchée tout là-haut dans la stratosphère. Yimot était aussi inquiet et nerveux que son ami était détendu; pourtant, ils étaient inséparables, et l'avaient toujours été. De tous les étudiants diplômés, un cran au-dessous du niveau hiérarchique de Beenay dans l'organigramme de l'Observatoire, c'étaient de loin les plus brillants.

« Nous ne sommes pas là depuis bien longtemps, dit aussitôt Yimot.

– Juste une ou deux minutes, docteur Beenay, ajouta Faro.

– Pas encore tout à fait *docteur*, mais merci quand même, répondit Beenay. J'ai encore à franchir l'étape finale, la soutenance devant le jury. Comment vous êtes-vous tirés de ces calculs ? »

Yimot prit la parole, non sans force mouvements spasmodiques de ses jambes interminables.

« Ce sont des trucs qui concernent la gravitation, n'est-ce pas, monsieur ? »

Faro lui décocha un tel coup de coude dans les côtes que Beenay s'attendit presque à entendre les os craquer.

« Il n'y a pas de mal, dit Beenay. De fait, Yimot ne se trompe pas. » Il adressa au jeune homme un pâle sourire. « Ce que je voulais, c'est que ce soit pour vous un exercice mathématique purement abstrait. Mais je ne suis nullement surpris que vous ayez été à même de reconstituer le contexte. Vous l'avez découvert *après* avoir obtenu votre résultat, n'est-ce pas ?

– Oui, monsieur, dirent Yimot et Faro d'une seule voix.

– Nous avons d'abord opéré tous les calculs, poursuivit Faro.

– Puis nous les avons repris dans leur ensemble, et leur sujet est apparu à l'évidence, compléta Yimot.

– Ah ! oui », fit Beenay.

Ces gamins étaient quelquefois déconcertants. Ils étaient si jeunes – en fait, ils n'avaient que six ou sept ans de moins que lui, mais il était maître-assistant et eux n'étaient qu'étudiants, ce qui pour eux comme pour lui était une barrière considérable – et, avec toute leur jeunesse, ils avaient une intelligence si extraordinaire ! Il n'était pas totalement satisfait qu'ils aient deviné dans quelle matrice conceptuelle se situaient ces calculs ; en fait, ça ne lui plaisait pas du tout : dans quelques années, ils l'auraient rejoint au sein du corps enseignant, seraient ses rivaux, peut-être, pour la chaire qu'il voudrait occuper, et cela risquait de ne pas être drôle. Mais mieux valait ne pas y penser.

« Puis-je jeter un coup d'œil ? » demanda-t-il en avançant la main vers les feuillets de calculs sortis de l'imprimante.

Yimot les lui tendit en gesticulant avec frénésie. Beenay se mit à parcourir les rangées de chiffres, calmement d'abord, puis de plus en plus fiévreusement.

Toute l'année, il avait médité sur certaines implications de la théorie de la gravitation universelle, que son mentor Athor avait amenée à un tel sommet de perfection. Ce qui avait été le grand triomphe d'Athor, ce qui avait établi sa haute réputation, ç'avait été d'expliquer les mouvements orbitaux de Kalgash et de toute sa demi-douzaine de soleils par des principes rationnels faisant intervenir les forces d'attraction.

Puis Beenay avait utilisé l'équipement informatique moderne pour préciser certains aspects de l'orbite de Kalgash autour d'Onos, son soleil principal, et il s'était aperçu soudain, à sa grande consternation, que ses chiffres ne correspondaient pas exactement à la théorie : au début de l'année en cours, Kalgash n'était pas, par rapport à Onos, à la place où elle aurait dû être.

La divergence était minime – il ne s'agissait que de quelques décimales –, mais son importance était loin de l'être. La théorie de la gravitation universelle était si précise que la plupart des gens préféraient l'appeler loi de la gravitation universelle. Ses fondements mathématiques étaient considérés comme impeccables. Mais une théorie qui prétend rendre compte des mouvements universels dans l'espace ne laisse pas place au moindre écart. Ou bien elle est juste ou bien elle ne l'est pas, il ne saurait y avoir de milieu. Et une différence de quelques décimales dans des calculs à court terme prendrait, Beenay ne l'ignorait pas, les dimensions d'un immense abîme si l'on se lançait dans des calculs plus ambitieux. A quoi servait la théorie de la gravitation universelle si elle annonçait la position de Kalgash dans un siècle et si, le moment venu, la véritable position de la planète s'avérait diamétralement opposée par rapport à Onos?

Beenay avait eu beau revoir ses chiffres et les revoir encore jusqu'à l'écœurement, le résultat était toujours le même. Mais à quoi était-il censé croire : à ses chiffres, ou à l'imposante œuvre maîtresse d'Athor? A ses piteuses notions d'astronomie, ou à la profonde intuition qu'avait eue le grand théoricien de la structure fondamentale de l'univers?

Il se vit debout tout au sommet de la coupole de l'Observatoire en train de crier : « Écoutez-moi tous! La théorie d'Athor est erronée, j'ai ici même les chiffres qui la démentent. » Les tempêtes de rire qui s'ensuivraient seraient de force à l'emporter tel un fétu jusqu'à l'autre bout du continent. Qui était-il pour se dresser en face d'un géant comme Athor? Qui pourrait bien croire qu'un blanc-bec de maître-assistant avait jeté à bas la loi de la gravitation universelle?

Et pourtant... et pourtant...

Ses yeux parcouraient les feuillets d'imprimante que Yimot et Faro avaient préparés. Les calculs des deux premières pages ne lui étaient pas familiers : il avait présenté les données pour les deux étudiants de telle sorte que les rapports sous-jacents dont les nombres étaient tirés ne fussent pas évidents du tout; et manifestement ils avaient abordé le problème sous un angle que tout astronome cherchant à établir sur ordinateur une orbite planétaire aurait considéré comme fort peu orthodoxe – et c'était exactement ce que souhaitait Beenay. Les méthodes orthodoxes ne l'avaient mené qu'à des conclusions catastrophiques; mais il disposait personnellement de trop d'informations pour pouvoir procéder autrement que par les méthodes orthodoxes. Faro et Yimot n'avaient pas eu ce handicap.

Puis, à mesure qu'il suivait leur ligne de raisonnement, Beenay vit se dessiner une inquiétante convergence dans les chiffres. Dès la troisième page ils avaient emboîté le pas à ses propres calculs, qu'il connaissait par cœur maintenant. Et, à partir de là, tout suivait en bon ordre, pas à pas, étape après étape, jusqu'au même résultat renversant, consternant, inconcevable, totalement inacceptable.

Beenay releva les yeux vers les deux étudiants, atterré. « Il est bien exclu que vous ayez cafouillé quelque part, n'est-ce pas? Cette série d'intégrales, là, par exemple, ça a l'air assez coton...

– Oh! Monsieur! » s'écria Yimot d'un ton scandalisé, le visage empourpré et les bras battant l'air comme de leur propre chef.

Faro dit, plus calmement :

« Je crains bien que ces calculs soient justes, monsieur. Ils se vérifient dans un sens comme dans l'autre.

– Oui, je suppose que c'est bien le cas », fit Beenay d'une voix éteinte.

Il essayait de cacher son angoisse, mais ses mains tremblaient tellement que les feuillets furent agités de grands frémissements. Il voulut les poser devant lui sur la table; une secousse spasmodique de son poignet, digne de Yimot, les envoya joncher le plancher.

Faro s'agenouilla pour les ramasser, et adressa à Beenay un regard embarrassé : « Monsieur, si nous vous avons contrarié d'une façon ou d'une autre...

– Non, non, pas du tout! J'ai mal dormi aujourd'hui, c'est ça l'ennui. Votre travail est remarquable, sans la moindre contestation. Je suis fier de vous. Prendre un problème tel que celui-ci, qui n'a absolument aucun écho dans le monde réel, qui est même en totale contradiction avec la vérité scientifique concernant le monde réel, et poursuivre avec tant de méthode jusqu'à la conclusion impliquée par les données, en réussissant à faire abstraction du fait que les prémisses sont absurdes, eh bien! c'est vraiment du bel ouvrage, une admirable démonstration de vos capacités logiques, une expérience intellectuelle de première qualité... »

Il les vit échanger des coups d'œil, et se demanda s'il leur donnait le change aussi peu que ce fût.

« Et maintenant, si vous voulez bien m'excuser, mes amis, j'ai une autre réunion... »

Beenay roula les documents accablants en un mince cylindre, les fourra sous son bras et, plantant là les deux étudiants, il franchit la porte et se précipita dans le hall, pour regagner presque au pas de course l'intimité et la sécurité de son petit bureau.

Mon Dieu! se disait-il. Mon Dieu, mon Dieu, mon Dieu, qu'ai-je fait? Et que vais-je faire à présent?

La tête blottie dans les mains, il attendait que cesse le martèlement... qui n'avait pas l'air de vouloir cesser. Au bout d'un moment, il se redressa sur son siège et, d'un doigt décidé, enfonça le bouton de l'intercom qui se trouvait sur son bureau.

« Passez-moi *La Chronique de Saro*, demanda-t-il au standard automatique. Theremon 762. »

L'appareil fit entendre une longue, une exaspérante série de craquements et de sifflements; puis, soudain, la voix profonde de Theremon : « Rédaction, section chroniques, j'écoute.

– Beenay.
– Comment? Je n'entends rien de ce que vous dites! »
Beenay se rendit compte qu'il n'avait réussi à produire rien de plus qu'un croassement. « C'est Beenay! Je voudrais modifier l'heure de notre rendez-vous.
– La modifier? Écoute, mon vieux, je comprends ton attitude envers les matinées, vu que j'éprouve exactement la même chose. Mais il faut absolument que je te parle avant demain midi, sinon je n'aurai pas mon papier pour le journal. Je te revaudrai ça dans toute la mesure de mes moyens, mais...
– Tu ne m'as pas compris : je ne veux pas te voir plus tard, mais plus *tôt*, Theremon.
– Quoi?
– Ce soir. Disons neuf heures et demie, ou, si c'est trop tôt pour toi, dix heures.
– Je croyais que tu devais prendre des photos à l'Observatoire?
– Au diable les photos, mon vieux! J'ai besoin de te voir.
– *Besoin?* Qu'est-ce qui s'est passé, Beenay? Est-ce qu'il s'agit de Raissta?
– Ça n'a strictement rien à voir avec Raissta. A neuf heures et demie? Aux Six Soleils?
– Six Soleils, neuf heures et demie, entendu, dit Theremon. Rendez-vous noté. »
Beenay coupa le contact et resta assis là un long moment, les yeux fixés sur le rouleau de papiers posé devant lui, en secouant la tête d'un air sombre. Il se sentait un peu plus calme, mais un peu seulement. Se confier à Theremon allait rendre son fardeau plus léger à supporter. Il faisait entièrement confiance à Theremon. Les journalistes n'ont pas en général la réputation d'être particulièrement dignes de confiance, Beenay ne l'ignorait pas, mais Theremon était d'abord un ami, avant d'être un journaliste. Il n'avait jamais trahi la confiance de Beenay, pas une seule fois.
Quoi qu'il en fût, Beenay ne savait pas du tout quoi faire à présent. Peut-être Theremon trouverait-il quelque suggestion. Peut-être!
Il quitta l'Observatoire furtivement par-derrière, en empruntant l'escalier de secours, comme un voleur, de peur de rencontrer Athor qu'il sortait par la grand-porte : il tremblait à la perspective d'être confronté à lui d'homme à homme.
Son retour en scooter fut un vrai cauchemar : il craignait à chaque instant de voir les lois de la gravité cesser de se vérifier, et de s'élever soudain dans les cieux. Il finit pourtant par regagner le petit appartement qu'il partageait avec Raissta 717.
Elle hoqueta en le voyant.
« Beenay! Tu es blême comme un...
– Fantôme, oui! » Il tendit les bras vers elle et l'attira tout contre lui.

« Serre-moi fort! dit-il. Serre-moi fort!

– Qu'est-ce qu'il y a? Qu'est-ce qui s'est passé?

– Je te le dirai plus tard, répondit-il. Pour le moment, contente-toi de me serrer bien fort. »

8

Theremon était au Club des Six Soleils juste avant neuf heures. Ce n'était sans doute pas une mauvaise idée de prendre un peu d'avance sur Beenay et de s'envoyer d'abord un verre ou deux en vitesse pour se graisser les rouages du cerveau. L'astronome semblait vraiment en piteux état quand il avait téléphoné : au bord de la crise de nerfs, et ne se maîtrisant qu'au prix d'un effort démesuré. Theremon n'avait pas la moindre idée de ce qui avait pu lui arriver, dans la solitude et la quiétude de l'Observatoire, pour en faire une telle loque humaine en si peu de temps. Mais, de toute évidence, Beenay avait de gros ennuis et aurait besoin que Theremon lui prodigue son aide au mieux de ses possibilités.

« Apportez-moi un Tano Spécial, dit Theremon au garçon. Non, attendez... un double! Un Tano-Sitha, d'accord?

– Un double Soleil Blanc, un! fit le garçon. Tout de suite, monsieur! »

La soirée était douce. Theremon, familier de ces lieux, avait droit à des égards particuliers. On lui avait donné sa table habituelle des jours de beau temps, à la terrasse, avec une belle vue sur la ville. Le centre étincelait de joyeuses lumières. Onos était couché depuis une ou deux heures, et seuls Trey et Patru resplendissaient dans le ciel à l'est, projetant de dures ombres jumelles avant de s'abaisser pour laisser place au matin.

Theremon les regardait en se demandant quels soleils il y aurait dans le ciel demain. Cela changeait sans cesse; à chaque jour son festival de lumière différent. Onos y serait : on pouvait être pratiquement sûr de voir Onos au moins une partie du temps chaque jour de l'année, même lui savait cela. Mais pour le reste? Dovim,

Tano et Sitha, pour en faire une journée quadrisolaire ? Il n'en était pas certain. Peut-être seuls Tano et Sitha seraient-ils au rendez-vous, Onos n'étant visible que quelques heures au milieu de la journée. Voilà qui serait bien terne ! Mais après une seconde gorgée, il lui revint que ce n'était pas la saison des brefs levers d'Onos. Ce serait donc probablement une journée trisolaire, demain, à moins qu'il n'y ait qu'Onos et Dovim... Pas commode de s'y retrouver ! Ma foi, il pouvait toujours consulter un almanach s'il s'en souciait réellement... mais ce n'était pas le cas. Il y avait des gens, semblait-il, qui savaient toujours ce que seraient les soleils du lendemain : Beenay, bien sûr, était de ceux-là. Mais l'attitude de Theremon était au petit bonheur la chance : du moment qu'il y aurait *du* soleil le lendemain, peu importait lequel. Il y en avait toujours un, on pouvait compter là-dessus : deux ou trois, en fait, et parfois quatre ; cinq, même, une fois de temps en temps.

Il but une grande gorgée, et poussa un soupir d'aise : un Tano Spécial, que c'était bon ! Le rhum blanc bien fort des îles Velkareen, avec une giclée du produit de la côte de Bagilar, plus fort encore, clair et corsé, et juste une goutte de jus de sgarrino pour amortir l'âpreté. Ah ! quelle splendeur ! Theremon n'était pas très gros buveur, bien loin en tout cas des capacités d'absorption que la légende prêtait aux journalistes ; mais c'était pour lui une piètre journée que celle où il ne trouvait pas le temps de s'octroyer un Tano Spécial ou deux aux heures tranquilles de pénombre qui suivaient le coucher d'Onos.

« Tu as l'air de savourer ça, Theremon ! fit une voix familière derrière lui.

– Beenay ! tu es en avance !

– Dix minutes. Qu'est-ce que tu es en train de boire ?

– Comme d'habitude, un Tano Spécial.

– Bien ! Je crois que je vais commander la même chose.

– *Toi ?* » s'exclama Theremon en fixant sur son ami un regard surpris.

D'habitude, l'astronome carburait au jus de fruits ; Theremon ne se rappelait pas l'avoir jamais rien vu boire de plus fort. Mais, ce soir, Beenay faisait vraiment une drôle de tête : hagard, las, épuisé, il avait dans les yeux une lueur presque fébrile.

« Garçon ! » cria Theremon.

Il fut effaré de voir Beenay lamper son verre d'alcool. A la première gorgée, il sembla avoir le souffle coupé, comme si le choc était plus violent que prévu ; mais il revint tout de suite à la charge, pour une grande goulée, suivie d'une troisième.

« Doucement ! l'adjura Theremon. Tu vas avoir la tête qui tourne dans cinq minutes.

– J'ai déjà la tête qui tourne.

– Tu as bu un coup avant de venir ici ?

– Pas bu : *reçu* un coup, répondit Beenay. Un choc. Une commotion. »

Il posa son verre et contempla les lumières de la ville d'un air sinistre. Au bout d'un instant, il porta à nouveau le verre à ses lèvres, presque sans y penser, et vida ce qui restait dedans. « Je ne devrais pas en reprendre un trop vite, n'est-ce pas, Theremon ?

– Certainement pas. »

Theremon tendit la main et toucha légèrement le poignet de l'astronome.

« Qu'est-ce qui se passe, mon vieux ? Raconte-moi !

– C'est... difficile à expliquer.

– Allons ! Je sais ce que c'est que la vie ! Raissta et toi...

– Non ! Je t'ai déjà dit que ça n'avait rien à voir avec elle. Rien du tout !

– Bon, d'accord, je te crois.

– Tout compte fait, dit Beenay, je devrais peut-être bien le prendre, ce second verre !

– Dans un petit moment ! Allons, Beenay, de quoi s'agit-il ? »

Beenay soupira. « Tu connais la théorie de la gravitation universelle, n'est-ce pas, Theremon ?

– Bien sûr ! C'est-à-dire, je ne saurais pas te dire ce qu'elle signifie exactement – il n'y a que douze personnes sur Kalgash qui la comprennent vraiment, non ? – mais je peux certainement te dire ce que c'est... plus ou moins.

– Alors, toi aussi, tu crois cette ineptie ? s'exclama Beenay avec un rire amer. Que la théorie de la gravitation est si complexe que douze personnes seulement comprennent ses bases mathématiques ?

– C'est ce que j'ai toujours entendu dire.

– Ce que tu as toujours entendu dire relève de la " sagesse populaire ", c'est-à-dire de l'ignorance. Je pourrais te résumer l'essentiel de ces maths en une phrase ; et il est probable qu'en plus tu me comprendrais.

– Tu pourrais vraiment ? Et je comprendrais ?

– Sans aucun doute ! Écoute, Theremon : la loi de la gravitation universelle – ou plus exactement la théorie de la gravitation universelle – stipule qu'entre tous les corps de l'univers s'exerce une force d'attraction, et que pour deux corps donnés quelconques l'effet de cette force est proportionnel à leur masse et inversement proportionnel au carré de leur distance. C'est aussi simple que ça.

– Et il n'y a rien d'autre ?

– C'est suffisant ! Il a fallu quatre cents ans pour formuler ça.

– Pourquoi si longtemps ? Ça semble bien simple, tel que tu l'exprimes !

– Parce qu'on ne devine pas les grandes lois en un éclair d'inspiration, comme vous autres, journalistes, vous plaisez à le croire.

Cela demande en général la collaboration de tous les savants du monde pendant une période qui s'évalue en siècles. Depuis que Genovi 41 a découvert que Kalgash tourne autour d'Onos et non l'inverse – et c'était il y a environ quatre cents ans –, les astronomes n'ont cessé de chercher à résoudre le problème des apparitions et disparitions des six soleils. On a enregistré, démêlé, analysé leurs complexes mouvements; on a avancé théorie sur théorie, chacune à tour de rôle vérifiée et revérifiée, modifiée, abandonnée, transformée en une autre. Un sacré boulot! »

Theremon acquiesça de la tête d'un air pensif et finit son verre. Il fit signe au garçon d'en apporter deux autres. Il se dit que Beenay semblait rester assez calme tant qu'il parlait de science.

« Il y a une trentaine d'années, poursuivit l'astronome, Athor mit la dernière touche à l'ensemble en démontrant que la théorie de la gravitation universelle rend compte exactement des mouvements orbitaux des six soleils : étonnante réalisation, prouesse de logique pure parmi les plus extraordinaires que quiconque ait jamais accomplies.

– Je n'ignore pas combien vous vénérez cet homme, dit Theremon. Mais qu'est-ce que tout ça a à faire avec...

– J'y arrive », répondit Beenay en se levant pour gagner le bord de la terrasse, son second verre à la main. Il y demeura debout en silence quelque temps, le regard tourné vers les lointains soleils Trey et Patru. Theremon eut l'impression qu'il était repris de fébrilité; mais le journaliste ne dit rien. Au bout d'un moment, Beenay but longuement; puis, le dos toujours tourné, il reprit enfin la parole :

« Voici le problème. Il y a quelques mois, j'ai entrepris de recalculer les mouvements de Kalgash autour d'Onos sur le gros ordinateur que l'université vient d'acquérir. Je lui ai demandé, en lui fournissant les relevés authentiques opérés au cours des six dernières semaines sur l'orbite de Kalgash, de prévoir les mouvements orbitaux de la planète pour le reste de l'année. Je n'en attendais rien de nouveau; je crois que je cherchais surtout un prétexte pour jouer avec l'ordinateur. Bien entendu, j'ai utilisé les lois de la gravitation pour programmer mes calculs. » Il pivota brusquement, l'air accablé, le regard halluciné. « Theremon, *ce qui en est ressorti n'était pas juste*!

– Je ne comprends pas.

– L'orbite indiquée par l'ordinateur ne correspondait pas à l'orbite hypothétique que je comptais obtenir. Et je n'avais pas limité mon champ d'étude au seul système Kalgash-Onos, note-le bien; j'avais tenu compte de toutes les perturbations provoquées par les autres soleils. Et ce que j'ai obtenu, ce qui d'après l'ordinateur était la véritable orbite de Kalgash, c'était quelque chose de fort différent de l'orbite prévue par la théorie de la gravitation d'Athor!

– Mais tu as dit que tu avais utilisé les lois de la gravitation d'Athor pour la programmation!

– C'est bien ce que j'avais fait.

– Alors, comment... » Soudain les yeux de Theremon se mirent à briller. « Bonté divine! Ça, c'est de la copie, mon vieux! Si je comprends bien, le super-ordinateur flambant neuf de l'université de Saro, mis en service à grands frais – j'aime mieux ne pas chercher à savoir combien de millions de crédits –, commet des erreurs? Serait-ce un phénoménal, un scandaleux gaspillage de l'argent des contribuables?

– Il n'y a rien à reprocher à l'ordinateur, Theremon, crois-moi!

– En es-tu sûr?

– Absolument certain!

– Alors, que...

– Peut-être avais-je fourni à l'ordinateur des chiffres faux: c'est un ordinateur formidable, mais il ne peut aboutir à la bonne réponse à partir de données erronées.

– C'est donc ça qui te bouleverse à ce point, Beenay! Écoute, mon vieux, il est bien normal que tout homme se trompe une fois de temps en temps. Ne sois pas aussi sévère envers toi-même! Tu...

– Il fallait que je sois absolument certain d'avoir bien fourni des chiffres exacts à l'ordinateur, en premier lieu; et, en second lieu, les postulats théoriques adéquats pour exploiter ces chiffres », reprit Beenay, qui serrait tellement son verre dans sa main que celle-ci tremblait. Et Theremon remarqua que ce verre était maintenant vide.

« Comme tu le dis, il est tout naturel qu'un homme commette une erreur une fois de temps en temps. Aussi ai-je fait appel à deux jeunes et brillants étudiants diplômés pour reprendre le problème. Ils m'ont communiqué les résultats aujourd'hui. Quand je t'ai dit que je ne pouvais pas te rencontrer, c'était ça la réunion importante qui m'en empêchait, Theremon. Eh bien! ils ont confirmé mes conclusions: ils ont trouvé à l'orbite la même divergence que moi.

– Mais, si l'ordinateur ne se trompait pas, alors... alors... » Theremon hocha la tête. « Alors, quoi? La théorie de la gravitation est fausse? C'est ça que tu veux dire?

– Oui. »

Prononcer ce mot semblait avoir coûté à Beenay un prix terrible; il avait l'air ravagé. Theremon le considéra longuement. Certes, Beenay se trouvait là devant quelque chose de très déroutant, voire probablement dans une situation embarrassante. Mais le journaliste ne comprenait toujours pas pourquoi tout cela avait bouleversé son ami à ce point. Soudain, tout lui apparut clairement.

« C'est Athor, n'est-ce pas? Tu crains de blesser Athor?

– Exactement », répondit Beenay, en adressant à Theremon un regard empreint d'une gratitude presque pathétique pour avoir compris la situation. Il se laissa tomber sur son siège, les épaules voûtées, la tête baissée. D'une voix étouffée, il dit : « Ce vieil homme, ça le tuerait, s'il apprenait que quelqu'un a ouvert une brèche dans sa magnifique théorie ! Et que ce quelqu'un est *moi*. Il a été pour moi comme un second père, Theremon. Tout ce que j'ai mené à bien depuis dix ans, je l'ai accompli, guidé par lui, encouragé par lui, soutenu par... par... eh bien, si je puis dire, par son amour. Et c'est comme ça qu'à présent je le paie de retour ! Je ne détruirais pas seulement l'œuvre de sa vie, je le poignarderais, *lui*, Theremon !

– As-tu songé à enterrer purement et simplement tes découvertes ? »

Beenay eut l'air stupéfait.

« Tu sais bien que je ne pourrais pas faire une chose pareille !

– Oui, oui, je le sais bien ! Mais je devais m'assurer que tu y pensais.

– Si je pensais à l'impensable ? Non, bien sûr que non. Ça ne m'a jamais effleuré l'esprit. Que vais-je faire, Theremon ? J'imagine que je pourrais me contenter de jeter les papiers et de faire comme si je n'avais jamais abordé ce sujet du tout ; mais ce serait monstrueux. Donc, ça se réduit au choix suivant : ou bien je viole ma conscience professionnelle de scientifique, ou bien je détruis Athor – l'homme que je considère non seulement comme le plus éminent dans ma profession, mais aussi comme mon maître à penser.

– En ce cas, ça n'a pas été un bon maître ! »

Les yeux de l'astronome s'écarquillèrent de surprise et de colère. « Qu'est-ce que tu as dit là, Theremon !

– Doucement, doucement ! fit le journaliste en étendant ses mains grandes ouvertes en un geste de conciliation. Je trouve que tu prends envers lui une attitude terriblement méfiante, Beenay. Si Athor est vraiment le grand homme que tu crois, il ne placera pas sa réputation au-dessus de la vérité scientifique. Tu vois ce que je veux dire ? La théorie d'Athor n'est pas autre chose : une théorie. Tu l'as appelée *loi* de la gravitation universelle il y a quelques instants, et puis tu t'es repris. C'est une théorie... une hypothèse... une supposition. La meilleure supposition dans son genre que quiconque ait imaginée jusqu'à présent, certes ; mais cela ne signifie pas pour autant qu'elle soit exacte. La science s'édifie à partir d'approximations qui se rapprochent peu à peu de la vérité : c'est toi qui me l'as affirmé il y a longtemps, et je ne l'ai jamais oublié. Eh bien ! cela signifie que toutes les théories sont constamment sujettes à vérification et modification, non ? Et s'il s'avère en fin de compte qu'elles ne sont pas tout à fait assez proches de la vérité, elles ont besoin d'être remplacées par quelque chose de plus proche. Exact, Beenay ? Exact ? »

Beenay était maintenant très pâle et tout tremblant.

« Je voudrais encore à boire, Theremon, s'il te plaît...

– Non! Écoute-moi : il y a autre chose. Tu dis que tu t'inquiètes pour Athor – il est vieux; sa santé est plutôt fragile, je suppose – au point que tu n'as pas le cœur de lui dire que tu as découvert une faille dans sa théorie. Bon, d'accord : c'est une attitude fondée sur le savoir-vivre et sur l'affection. Mais réfléchis un peu, veux-tu? S'il est d'une telle importance de calculer l'orbite de Kalgash, il est probable que tôt ou tard quelqu'un d'autre tombera sur la même faille de la théorie d'Athor : et peu vraisemblable que cette autre personne, quand elle en informera Athor, use du tact dont tu aurais fait preuve toi-même. Ce pourrait même être un de ses rivaux dans la profession, un ennemi déclaré d'Athor : tout savant a des ennemis, tu me l'as souvent répété. Ne vaudrait-il pas mieux que tu ailles trouver Athor et lui parles, avec toute la douceur et les précautions possibles, plutôt que de le laisser l'apprendre un matin en lisant *La Chronique*?

– Oui, chuchota Beenay, tu as absolument raison.

– Tu vas aller le voir, alors?

– Oui, oui. Il le faut, j'imagine. » Beenay se mordit la lèvre. « Ça me chagrine affreusement, Theremon. J'ai l'impression d'être un meurtrier.

– Je sais bien que c'est ce que tu ressens. Mais ce n'est pas Athor que tu vas mettre à mort, c'est une théorie défectueuse. Il ne faut jamais laisser survivre les théories défectueuses. C'est ton devoir envers Athor autant qu'envers toi-même de permettre à la vérité d'émerger. »

Theremon hésita. Soudain, une nouvelle idée, saisissante, lui était venue à l'esprit.

« Bien sûr, il y a une autre possibilité. Je ne suis qu'un béotien, tu le sais, et ça va sans doute te faire rire : y a-t-il la moindre possibilité que la théorie de la gravitation soit juste malgré tout, et que les chiffres de l'ordinateur soient justes aussi en ce qui concerne l'orbite de Kalgash, et que quelque autre facteur, quelque chose de totalement inconnu, soit responsable de la divergence des résultats?

– Ce serait possible, je suppose, répondit Beenay d'un ton monocorde et affligé. Mais dès qu'on se met à invoquer de mystérieux facteurs inconnus, on entre dans le domaine de la fiction. Je vais te donner un exemple : supposons qu'il y ait là-haut un septième soleil invisible; de par sa masse, il exerce une force d'attraction, mais nous ne pouvons le voir; et, ne sachant pas qu'il se trouve là, nous avons omis de le faire figurer dans nos calculs de gravitation, si bien que nous obtenons des chiffres qui ne tiennent pas debout. C'est de ça que tu veux parler?

– Ma foi, pourquoi pas?

– Mais en ce cas, pourquoi pas *cinq* soleils invisibles? Pourquoi pas cinquante ? Pourquoi pas un géant invisible qui a propulsé les planètes au gré de ses caprices ? Pourquoi pas un énorme dragon dont le souffle dévie Kalgash de sa route normale ? Nous ne pouvons pas prouver le contraire, hein ? Lorsqu'on se lance dans les *pourquoi pas*, Theremon, tout devient possible, et alors plus rien n'a de sens – pour moi en tout cas : je ne peux m'occuper que de ce dont la réalité m'est prouvée. Tu as peut-être raison de penser qu'il existe un facteur inconnu, et que par conséquent les lois de la gravitation conservent leur validité. C'est, certes, ce que j'espère ; mais je ne peux pas faire de travail sérieux sur cette base. Je peux seulement aller voir Athor – et je vais le faire, je te le promets – et lui dire ce que l'ordinateur m'a appris. Je n'ose lui suggérer, ni à personne d'autre, que j'impute toute cette embrouille à un " facteur inconnu " non découvert jusqu'ici : avec de tels propos, j'aurais l'air aussi dingue que les Apôtres de la Flamme, qui prétendent tirer leur savoir de toutes sortes de révélations mystiques... Theremon, j'ai vraiment besoin de boire un autre verre à présent !

– Bon, d'accord ! Et, à propos des Apôtres de la Flamme...

– Tu désires que je te confie une déclaration, je ne l'ai pas oublié. » Beenay se passa la main devant le visage d'un air las. « Oui, oui, je ne te laisserai pas tomber. Tu m'as donné un coup de main formidable ce soir. Qu'est-ce que les Apôtres ont dit cette fois ? Je ne m'en souviens plus.

– C'est Mondior 71, répondit Theremon, le grand mamamouchi en personne ! Ce qu'il a dit... Attends que je réfléchisse un peu... C'est que le temps approche où les dieux ont décidé de purger le monde du péché, qu'il peut calculer la date exacte, l'heure exacte même, où notre sort sera scellé. »

Beenay poussa un grognement. « Qu'y a-t-il là de nouveau ? C'est ce que ces gens-là répètent depuis des années, non ?

– Oui, mais les voilà maintenant qui se mettent à répandre davantage de détails horrifiques. L'idée des Apôtres, tu le sais, c'est que ce n'est pas la première fois que le monde court à sa perte. Ils enseignent que les dieux nous ont délibérément créés imparfaits, à titre d'épreuve, et qu'ils nous ont donné une unique année – une de leurs années divines, s'entend, et non une de nos pauvres petites années – pour nous amender : cela s'appelle l'Année Sacrée, qui fait exactement deux mille quarante-neuf des nôtres. Et au terme de chaque Année Sacrée, les dieux se sont toujours aperçus que l'humanité restait mauvaise et pécheresse ; ils ont donc détruit le monde en y faisant pleuvoir des flammes célestes, depuis des lieux saints du ciel appelés Étoiles. Voilà ce que disent les Apôtres.

– Étoiles ? questionna Beenay. Mondior veut parler des soleils ?

– Non, les Étoiles, pour lui, sont une chose toute différente des six soleils. N'as-tu donc jamais prêté la moindre attention à tous ses prêches, Beenay ?

– Non. Pour quelle raison au monde voudrais-tu que je le fasse ?

– Bon, en tout cas, quand s'achève l'Année Sacrée et que rien sur Kalgash ne s'est amélioré, moralement parlant, ces Étoiles font pleuvoir sur nous un feu sacré qui nous consume. Selon Mondior, cela s'est déjà produit à plusieurs reprises; mais, chaque fois, les dieux se montrent miséricordieux, ou du moins il y a parmi eux une faction de dieux plus cléments qui, à chaque destruction du monde, l'emportent sur les plus sévères, et une nouvelle chance est accordée à l'humanité. Les plus pieux des survivants sont épargnés par l'holocauste, et un nouveau délai, deux mille quarante-neuf ans encore, est accordé à l'humanité pour renoncer à ses coupables errements. La date limite est presque atteinte à nouveau, dit Mondior : il y a bientôt deux mille quarante-huit ans qu'est survenu le dernier cataclysme. Dans quelque chose comme quatorze mois les soleils disparaîtront tous, et, dans un ciel tout noir, ces fameuses Étoiles apparaîtront dans toute leur hideur pour cracher la flamme et détruire les méchants : l'année prochaine, le 19 Theptar, pour être exact.

– Quatorze mois, fit Beenay d'un air songeur. Le 19 Theptar... Il se montre vraiment d'une grande précision, hein ? J'imagine qu'il sait aussi à quel moment de la journée cela se produira !

– C'est ce qu'il affirme, oui ! C'est pourquoi il me faudrait bien une déclaration d'une personne travaillant à l'Observatoire, toi de préférence. La dernière chose annoncée par Mondior, c'est que l'heure exacte de la catastrophe peut êre calculée *scientifiquement*; qu'il ne s'agit pas seulement d'un dogme proclamé dans le Livre des Révélations, mais que cela relève du même genre de calcul informatique qu'utilisent les astronomes quand... quand... »

Theremon hésita et s'interrompit.

« Quand nous étudions les mouvements orbitaux des soleils et du monde ? compléta Beenay d'un ton caustique.

– Eh bien, oui ! répondit Theremon d'un air confus.

– Alors, il y a peut-être quand même un espoir pour le monde, si les Apôtres ne s'en tirent pas mieux que nous !

– Il me faut une déclaration, Beenay.

– Oui, je le comprends. » Entre-temps, on leur avait apporté la dernière tournée, et Beenay referma la main autour de son verre. « Voici ce que je te propose, dit-il au bout d'un moment. La tâche principale de la science est de trier ce qui est vrai de ce qui ne l'est pas, dans l'espoir de révéler la façon dont fonctionne réellement l'univers. Mettre le vrai au service de ce qui ne l'est pas, ce n'est pas ainsi que nous autres universitaires concevons la méthode scientifique. Nous sommes désormais en mesure de prédire les mouvements des soleils dans les cieux, certes; mais, même en utilisant notre meilleur ordinateur, nous ne sommes pas plus près que nous l'avons jamais été de pouvoir prédire la volonté des dieux; et je soupçonne fort que nous ne le serons jamais. Qu'en dis-tu ?

– Parfait! fit Theremon. Voyons si j'ai bien enregistré. " La tâche principale de la science est de trier ce qui est vrai de ce qui ne l'est pas, dans l'espoir de... de... " Qu'est-ce qu'il y avait après, Beenay ? »

Beenay répéta sa déclaration mot pour mot, comme s'il l'avait apprise par cœur des heures auparavant.

Puis il vida son troisième verre d'une lampée prodigieusement longue.

Après quoi, il se leva, sourit pour la première fois de la soirée, et s'écroula de tout son long, face contre terre.

9

Athor 77 examinait en plissant les yeux la petite liasse de feuillets d'imprimante posée devant lui sur son bureau, comme s'il se fût agi de cartes de continents dont personne n'avait jamais soupçonné l'existence. Il gardait tout son calme; il était surpris luimême de rester aussi calme.

« Très intéressant, Beenay, dit-il lentement. Très, *très* intéressant.

– Bien entendu, monsieur, il reste toujours la possibilité que non seulement j'aie fait quelque erreur cruciale dans les présupposés fondamentaux, mais que Yimot et Faro eux aussi...

– Que vous ayez tous les trois mal formulé vos postulats de base? Non, Beenay, je ne le pense pas.

– Je voulais juste indiquer que cette possibilité existait.

– S'il vous plaît, dit Athor, laissez-moi réfléchir. »

On était au milieu de la matinée. Onos dans toute sa gloire flamboyait dans le ciel visible par la haute fenêtre du bureau du directeur. Dovim apparaissait à peine, petit point cru de lumière rouge, accomplissant son passage très haut au nord.

Athor ne cessait de tripoter les papiers, de les déplacer sur son bureau, et de les déplacer encore. Comme il est étrange, se disait-il, que je prenne ça avec aussi peu d'émotion : celui qui semble tout bouleversé, c'est Beenay ; moi, j'ai à peine réagi. Il en venait à se demander s'il n'était pas en état de choc.

« Ici, monsieur, nous avons l'orbite de Kalgash selon les calculs généralement admis des almanachs ; et là, sur les feuilles d'imprimante, les prévisions orbitales que le nouvel ordinateur...

– Je vous en prie, Beenay. J'ai dit que je voulais réfléchir. »

Beenay acquiesça d'un mouvement de tête saccadé. Athor lui sourit, ce qui n'était pas pour lui chose facile. Le redoutable directeur, homme grand et mince à l'air impérieux et à l'impressionnante crinière d'épais cheveux blancs, s'était laissé aller depuis si longtemps à assumer le rôle d'Austère Géant de la Science qu'il lui était difficile de se défaire de son impassabilité et de s'autoriser des réactions humaines ordinaires – du moins, tant qu'il était à l'Observatoire, où tout le monde le considérait comme une sorte de demi-dieu. Il en allait tout autrement à la maison, avec sa femme, ses enfants, et surtout sa bruyante flopée de petits-enfants.

Ainsi donc, la gravitation universelle ne serait pas tout à fait exacte, hein ?

Non, non ! Impossible ! En lui, chaque atome de bon sens se rebiffait à cette idée. La notion de gravitation universelle était essentielle à toute compréhension de la structure de l'univers, Athor en était certain ; Athor *savait*. Elle était trop logique, trop pure, trop belle pour être fausse.

Otez la gravitation universelle, et toute la cohérence du cosmos s'écroulait, cédant la place au chaos.

Inconcevable ! Inimaginable !

Mais ces chiffres... ces maudits feuillets d'imprimante...

« Je me rends bien compte que vous êtes furieux, monsieur... » Voilà Beenay qui se remettait à jacasser ! « Et je voudrais vous dire que je comprends parfaitement... le choc que ça a dû être pour vous... N'importe qui serait furieux de voir l'œuvre de sa vie mise en péril de cette façon...

– Beenay...

– Permettez-moi de vous dire, monsieur, que je donnerais tout pour ne pas avoir eu à vous apporter ceci aujourd'hui. Je sais que vous m'en voulez d'être venu ici avec ça ; mais tout ce que je puis dire, c'est que je ne m'y suis décidé qu'après de longues et pénibles réflexions. Ce qu'en réalité j'avais envie de faire, c'était de tout brûler et d'oublier avoir jamais abordé de telles recherches. Je suis consterné d'avoir trouvé ce que j'ai trouvé, et consterné que ce soit moi qui...

– Beenay ! fit Athor de sa voix la plus chargée de menaces.

– Monsieur ?

– Je suis bel et bien furieux contre vous, oui! mais pas pour la raison que vous croyez.

– Monsieur?

– Primo, ça m'agace de vous entendre babiller, alors que tout ce que je souhaiterais, c'est qu'on me laisse en paix à mon bureau pour tirer au clair, à tête reposée, ce qu'impliquent ces papiers que vous venez de me flanquer là. En second lieu – et c'est beaucoup plus important – je suis absolument indigné que vous ayez hésité, ne fût-ce qu'un seul instant, à me soumettre vos découvertes. Pourquoi avez-vous attendu si longtemps?

– Ce n'est qu'hier que j'ai achevé les contre-vérifications.

– Hier! Alors, vous auriez dû être dans ce bureau hier! Vous voulez dire, Beenay, que vous avez envisagé sérieusement d'enterrer cette affaire? Que vous auriez pu jeter purement et simplement vos résultats sans en souffler mot?

– Non, monsieur, répondit piteusement Beenay. Je n'ai jamais véritablement songé à agir ainsi.

– Eh bien, voilà au moins une bonne chose! Dites-moi, mon vieux, me croyez-vous vraiment entiché de ma belle théorie au point de souhaiter qu'un de mes assistants les plus doués me préserve de la déplaisante nouvelle que ma théorie présente une faille?

– Non, monsieur, bien sûr que non!

– Alors, pourquoi n'êtes-vous pas venu au pas de course m'apporter cette nouvelle dès l'instant où vous avez été sûr qu'il n'y avait pas d'erreur?

– Parce que... parce que, monsieur... » On aurait dit que Beenay souhaitait disparaître à travers le tapis. « Parce que je savais combien vous seriez contrarié. Parce que je pensais que cela risquait... que cela risquait de vous bouleverser au point d'affecter votre santé. Alors, j'ai tergiversé, j'ai consulté un ou deux amis, j'ai réfléchi à ma propre position sur tout cela, et j'en suis arrivé à la conclusion que je n'avais vraiment pas le choix : il fallait que je vous apprenne que la théorie de la grav...

– Alors, vous croyez bel et bien que j'ai pour ma théorie un amour qui l'emporte sur mon amour de la vérité, hein?

– Oh! non! Non, monsieur! »

Athor se remit à sourire, mais cette fois il n'avait pas d'effort à faire du tout. « Eh bien, c'est pourtant le cas, vous savez! Je suis un homme comme les autres, que vous le croyiez ou non. La théorie de la gravitation universelle m'a valu tous les honneurs que cette planète a à offrir dans le domaine scientifique. C'est mon passeport pour l'immortalité, Beenay. Vous le savez! Et être confronté à la possibilité que cette théorie soit erronée... oh! c'est un choc terrible, Beenay, un choc qui m'ébranle de part en part, ne vous y trompez pas! Mais, bien entendu, je suis toujours persuadé que ma théorie est juste.

– Pardon, monsieur ? fit Beenay, dont la stupeur n'était que trop évidente. Mais j'ai vérifié, revérifié, vérifié encore, et...

– Oh ! vos résultats sont exacts aussi, j'en suis certain. Que vous-même *et* Faro *et* Yimot ayez tous trois commis la même erreur, non, non, je vous l'ai déjà dit, je n'en vois guère la possibilité. Mais ce que vous avez ici n'infirme pas forcément la gravitation universelle. »

Beenay cligna des yeux plusieurs fois.

« Ça ne l'infirme pas ?

– Certainement pas ! » fit Athor, d'un ton plus animé.

Il éprouvait de l'intérêt pour la situation, presque de la gaieté. Le calme de mort des premiers instants, comme coupé de la réalité, avait fait place à la tranquillité toute différente que l'on ressent lorsqu'on est en quête de la vérité.

« Que dit la théorie de la gravitation universelle, après tout ? Que, dans l'univers, tout corps exerce sur tous les autres corps une force proportionnelle à la masse et à la distance. Et qu'avez-vous essayé de faire en utilisant la gravitation universelle pour déterminer sur ordinateur l'orbite de Kalgash ? Eh bien ! de prendre en compte l'effet gravitationnel que chacun des divers corps célestes exerce sur notre monde dans sa révolution autour d'Onos. C'est bien cela ?

– Oui, monsieur.

– Alors, il n'y a pas besoin de mettre au rebut la théorie de la gravitation universelle, en tout cas au point où nous en sommes. Ce qu'il nous faut faire, mon ami, c'est remettre en question notre compréhension de l'univers, et déterminer si nous n'omettons pas quelque chose qui devrait figurer dans nos calculs : c'est-à-dire quelque mystérieux facteur qui, à notre insu, exerce un effet gravitationnel sur Kalgash, et qui n'est pas pris en compte. »

Les sourcils de Beenay remontèrent vers le haut de son front de fort alarmante façon ; il dévisagea Athor bouche bée, image même du plus parfait ébahissement.

Puis il se mit à rire. Il tenta d'abord d'étouffer son rire en serrant les mâchoires. Mais le rire n'en persistait pas moins à vouloir éclater, de sorte que ses épaules se soulevaient et qu'il laissait échapper des quintes étranglées et cahoteuses. Il dut finalement se coller les deux mains sur la bouche pour endiguer ce torrent d'hilarité.

Athor le regardait, éberlué.

« Un facteur inconnu ! lâcha Beenay au bout d'un moment. Un dragon dans le ciel ! Un géant invisible !

– Des dragons ? des géants ? De quoi parlez-vous, mon garçon ?

– Hier soir... Theremon 762... Oh ! monsieur, excusez-moi, je suis vraiment désolé... »

Beenay fit de grands efforts pour se maîtriser ; les muscles de son visage se crispèrent, il cligna violemment des yeux, inspira profondément. Il se tourna un instant; et, lorsqu'il fit à nouveau face à Athor, il était presque redevenu lui-même. L'air penaud, il se mit à expliquer :

« J'ai bu deux ou trois verres hier soir avec Theremon – vous savez, le grand chroniqueur du journal – et je lui ai touché un mot de ce que j'avais découvert, en lui disant combien ça me gênait d'avoir à vous en faire part.

– Vous êtes allé trouver un *journaliste* ?

– Mais c'en est un en qui on peut avoir confiance; un ami intime.

– Ce sont tous des fripouilles, Beenay, croyez-moi!

– Pas lui, monsieur! Je le connais, et je sais que jamais il ne me ferait tort ou offense en aucune façon. En réalité, Theremon a été de fort bon conseil : j'entends par là qu'il m'a engagé absolument à venir ici, et je l'ai fait. Mais aussi – pour essayer de m'apporter un peu d'espoir, vous comprenez, un certain réconfort – il m'a dit la même chose que vous : qu'il y avait peut-être un " facteur inconnu " – c'est exactement l'expression qu'il a employée : *un facteur inconnu* – qui brouillait notre appréhension de l'orbite de Kalgash. Et je me suis esclaffé : je lui ai répondu qu'il ne servait à rien de faire entrer en ligne de compte des facteurs inconnus, que c'était une façon simpliste de résoudre la question. J'ai suggéré – ironiquement, bien entendu – que si nous admettions une telle hypothèse, alors nous pourrions aussi bien nous dire que c'était un géant invisible qui écartait Kalgash de son orbite, ou le souffle d'un gigantesque dragon. Et voici maintenant, monsieur, que vous adoptez la même ligne de raisonnement – vous qui n'êtes pas un profane comme Theremon, mais le plus grand astronome du monde! Vous comprenez combien je me sens ridicule, monsieur?

– Je crois que oui », répondit Athor, qui commençait à trouver la situation un peu pénible. Il passa la main dans son imposante crinière blanche et adressa à Beenay un regard où se mêlaient l'irritation et la compassion. « Vous aviez raison de dire à votre ami qu'il ne sert pas à grand-chose d'inventer des chimères pour résoudre un problème. Mais les suggestions faites à l'aveuglette par les profanes ont parfois leurs mérites. Pour autant que nous le sachions, il y a bel et bien un facteur inconnu qui intervient dans l'orbite de Kalgash. Il nous faut au moins envisager cette possibilité avant de jeter la théorie par-dessus bord. Je pense que ce qu'il nous faut ici, c'est l'Épée de Thargola. Vous savez de quoi il s'agit, Beenay?

– Bien sûr, monsieur : le principe d'économie, avancé pour la première fois par le philosophe médiéval Thargola 14, qui a déclaré : " C'est à coups d'épée que nous devons traiter toute hypothèse qui n'est pas strictement nécessaire ", ou quelque chose comme ça.

– Très bien, Beenay – encore qu'on me l'ait enseigné sous la forme suivante : « Si plusieurs hypothèses nous sont proposées, il convient d'entamer nos réflexions par un coup d'épée aux plus complexes d'entre elles. » Dans le cas qui nous occupe, nous avons d'une part l'hypothèse que la théorie de la gravitation universelle est en faute, de l'autre l'hypothèse que vous avez omis quelque facteur inconnu, et peut-être inconnaissable, dans vos calculs de l'orbite de Kalgash. Si nous retenons la première hypothèse, alors tout ce que nous croyons savoir de la structure de l'univers s'écroule et fait place au chaos; si nous retenons la seconde, tout ce que nous avons besoin de faire, c'est de repérer le facteur inconnu, et l'ordre fondamental des choses est préservé. Il est infiniment plus simple d'essayer de trouver quelque chose que nous avons pu négliger que d'échafauder une nouvelle loi générale qui gouverne les mouvements des corps célestes. Donc, l'hypothèse que la théorie de la gravitation est fausse tombe sous l'Épée de Thargola, et nous prenons pour hypothèse de travail la plus simple des deux explications du problème. Hein, Beenay? Qu'en dites-vous? »

Beenay était rayonnant.

« Alors, en fin de compte, je n'ai pas démoli la gravitation universelle!

– Pas encore, en tout cas! Vous vous êtes probablement taillé une place dans l'histoire des sciences, mais il est trop tôt pour que nous sachions si c'est celle d'un démystificateur ou d'un découvreur. Prions pour que ce soit la seconde. Et maintenant, il nous faut faire un très sérieux effort de réflexion, jeune homme! »

Athor ferma les yeux et se frotta le front; il commençait à avoir mal à la tête. Il s'avisait qu'il n'avait pas accompli de véritable travail scientifique depuis belle lurette; à l'Observatoire, il s'était depuis huit ou dix ans consacré presque exclusivement à des tâches administratives. Mais le cerveau qui avait donné le jour à la théorie de la gravitation universelle avait des chances, songeait-il, de receler encore une ou deux pensées.

« D'abord, je veux examiner de plus près vos fameux calculs, dit-il. Ensuite, je crois, examiner de plus près ma propre théorie. »

10

Le quartier général des Apôtres de la Flamme était une tour, gracile mais superbe, de miroitante pierre dorée, qui s'élevait comme un javelot étincelant au-dessus du fleuve Seppitan, dans le quartier chic de Saro, Birigan. Cette tour élancée, songeait Theremon, devait être une des propriétés immobilières les plus coûteuses de toute la capitale.

Il n'avait jamais pris le temps d'y réfléchir avant, mais les Apôtres devaient constituer une communauté extrêmement riche. Ils disposaient de leurs propres stations de radio et de télévision, ils publiaient des magazines et des journaux, ils possédaient cette formidable tour; et ils avaient probablement la haute main sur toutes sortes d'autres biens dont ils n'étaient pas les propriétaires visibles. Il se demandait comment cela se pouvait. Une bande de moines puritains et fanatiques, où auraient-ils trouvé le moyen de mettre la main sur tant de centaines de millions de crédits?

Mais, s'avisa-t-il, de célèbres industriels comme Bottiker 888 et Vivin 99 étaient des adeptes déclarés des doctrines de Mondior et ses Apôtres. Il n'aurait pas été surpris d'apprendre que des hommes comme Bottiker, Vivin et consorts contribuaient largement au trésor des Apôtres.

Et si cette organisation avait ne fût-ce qu'un dixième de l'ancienneté qu'elle s'octroyait – dix mille ans, prétendaient les Apôtres! – et avait fait au cours des siècles des placements avisés, que n'avait-elle pu réaliser, songeait Theremon, par le miracle des intérêts composés? Ils étaient peut-être riches à milliards; peut-être étaient-ils, sous le manteau, maîtres de la moitié de Saro.

La question valait la peine d'être creusée.

Le journaliste pénétra dans la vaste et sonore entrée de la grande tour et, impressionné, regarda autour de lui. Il n'était jamais venu ici auparavant, mais il avait entendu dire que c'était un bâtiment d'une stupéfiante munificence; rien cependant de ce qu'on lui avait dit ne l'avait préparé à ce qu'il avait sous les yeux.

Un dallage de marbre poli, orné d'incrustations aux couleurs éclatantes et variées, s'étendait à perte de vue. Les murs étaient couverts d'étincelantes mosaïques dorées aux motifs abstraits, qui s'élevaient très haut, jusqu'aux voûtes en ogives. Des lustres en entrelacs d'or et d'argent inondaient tout de leur chatoyante clarté.

Au fond de la salle, Theremon aperçut ce qui paraissait être une maquette de l'ensemble de l'univers, entièrement réalisée, semblait-il, en gemmes et métaux précieux : d'immenses globes, qui représentaient les six soleils, suspendus au plafond par des fils invisibles. Chacun d'eux projetait une lumière fantasmagorique : un feu doré rayonnait du plus gros, sans doute Onos, et un rougeoiement moins vif de celui qui devait être Dovim ; un éclat d'un blanc bleuté, dur et froid, du couple Tano-Sitha ; et une lueur blanche plus douce de Patru et Trey. Un septième globe, Kalgash sans doute, se mouvait lentement parmi eux tel un ballon à la dérive, et ses propres couleurs changeaient au gré des jeux de lumière sans cesse renouvelés que combinaient à sa surface les six soleils.

Theremon, stupéfait, était planté là, bouche bée, lorsqu'une voix venue de nulle part se fit entendre :

« Pourrions-nous connaître votre nom ?

– Theremon 762. J'ai un rendez-vous avec Mondior.

– Bien ! Veuillez entrer dans le local situé immédiatement à votre gauche, Theremon 762. »

Immédiatement sur sa gauche, il n'apercevait aucun local. Mais voici qu'une partie du mur couvert de mosaïques coulissa silencieusement, s'ouvrant sur un petit réduit ovale, plutôt une antichambre qu'une pièce. Des tentures de velours vert couvraient les murs, et une barre lumineuse unique dispensait une clarté ambrée.

Haussant les épaules, il entra. Aussitôt, la porte se referma derrière lui, et il eut une nette impression de mouvement : ce n'était pas une pièce, mais un ascenseur ! Oui, il montait, il en était sûr. Il montait, montait, montait, sans la moindre hâte. Il fallut une éternité pour que la cabine s'arrêtât et que la porte coulissât à nouveau.

Une silhouette toute vêtue de noir attendait Theremon.

« Veuillez venir par ici, je vous prie. »

Par un étroit vestibule, on parvenait, au bout d'une courte distance, à une sorte de salle d'attente, où un grand portrait de Mondior 71 occupait presque tout un mur. A son entrée, Theremon eut l'impression que le portrait s'illuminait et prenait comme une étrange vie. Ses yeux sombres et fervents se fixaient tout droit dans ceux du visiteur et son visage se mettait à rayonner d'un éclat intérieur qui le faisait paraître presque beau, de farouche manière.

Theremon soutint ce regard insistant avec un assez beau sang-froid ; mais, tout journaliste endurci qu'il fût, il ne laissait pas de se sentir un tant soit peu décontenancé à la perspective d'interviewer bientôt le prophète en personne. Mondior à la radio ou à la télévision, c'était une chose : rien qu'un prédicateur à l'esprit dérangé qui fourguait un message absurde. Mais Mondior en chair et en os – imposant, hypnotiseur, mystérieux, si l'on en croyait ce portrait – pourrait bien être une autre paire de manches. Theremon s'adressa une mise en garde.

« Si vous voulez bien entrer... » dit le moine en froc noir.

Le mur qui était immédiatement à gauche du portrait s'ouvrit, laissant voir un bureau aussi dénudé qu'une cellule. Dépourvu de tout ornement, il ne contenait rien d'autre qu'une table de travail, faite d'une seule dalle de pierre polie, sans rien dessus, et, placé devant celui-ci, un siège bas, sans dossier, taillé dans un tronçon d'un curieux bois gris à stries rouges. A ce bureau était assis un homme qui respirait la force et l'autorité, vêtu du froc noir des Apôtres, avec un capuchon bordé toutefois de rouge.

Il était très impressionnant; mais ce n'était pas Mondior 71.

Mondior, à en juger par ses photographies et par son apparence à la télévision, devait être un homme de soixante-cinq ou soixante-dix ans, rayonnant d'une intense force virile; il avait les cheveux drus et ondulés, la figure pleine et charnue, la bouche large, le nez fort, les sourcils épais et noirs comme du jais, les yeux sombres et persuasifs. Cet homme-ci, en revanche, était jeune – sûrement moins de quarante ans – et l'impression de puissance et de virilité qu'il dégageait était due à des éléments tout différents. Très mince, il avait le visage en lame de couteau et les lèvres fines et pincées ; ses cheveux, bouclés, sortaient de son capuchon pour lui descendre sur le front, révélant une curieuse couleur rouge brique, et ses yeux bleus avaient une implacable froideur.

Sans aucun doute, cet homme remplissait de hautes fonctions dans l'organisation; mais c'est avec Mondior que Theremon avait rendez-vous.

Le matin même, après avoir écrit son papier sur la dernière invective des Apôtres, il s'était dit qu'il avait besoin d'en savoir plus sur cette secte mystérieuse. Tout ce qu'ils avaient jamais pu déclarer lui paraissait certes pure ineptie; mais cela commençait à lui sembler un genre d'inepties intéressant, méritant une étude quelque peu détaillée. Quelle meilleure façon d'en savoir davantage sur eux que de s'adresser directement au grand patron – si toutefois c'était possible? Or, à sa grande surprise, il s'entendit répondre, quand il téléphona, qu'il pouvait être reçu en audience par Mondior le jour même : cela paraissait trop facile pour être vrai.

Et voici qu'à présent il découvrait que *c'était* effectivement trop facile pour être vrai.

« Je m'appelle Folimun 66 », dit l'homme au visage en lame de couteau, d'une voix toute en légèreté et en souplesse, qui n'avait rien de l'impérieux tonnerre de Mondior; et pourtant Theremon sentit que c'était la voix de quelqu'un qui avait l'habitude de se faire obéir. « Je suis l'adjoint chargé des relations publiques pour le secteur central de notre organisation. Je répondrai avec plaisir à toutes les questions que vous pouvez avoir à poser.

– Mon rendez-vous était avec Mondior », répondit Theremon.

Les yeux glacés de Folimun 66 ne laissèrent paraître aucune surprise. « Vous pouvez me considérer comme la voix de Mondior.

– J'avais cru comprendre qu'il s'agirait d'une audience *personnelle.*

– C'en est une. Tout ce qui m'est dit est rapporté à Mondior; toutes les paroles que je prononce sont celles de Mondior. Il faut que ce soit bien entendu.

– Néanmoins, on m'avait donné l'assurance que je serais autorisé à parler avec Mondior. Je ne doute pas que les propos que vous me tiendrez feront autorité, mais ce ne sont pas seulement des renseignements que je cherche. J'aimerais me faire une opinion sur l'homme qu'est Mondior, sur ses idées à d'autres sujets que la fin du monde annoncée par les prophéties, ce qu'il pense de...

– Je ne puis que répéter ce que j'ai déjà dit, déclara Folimun en l'interrompant sans brusquerie. Vous pouvez me considérer comme la voix de Mondior. Sa Sérénité ne sera pas en mesure de vous recevoir en personne aujourd'hui.

– En ce cas, je préférerais revenir un autre jour, lorsque Sa Sérénité sera...

– Permettez-moi de vous informer que Mondior ne se prête jamais à des interviews personnelles. *Jamais.* Sa Sérénité a des tâches beaucoup trop urgentes maintenant que ce n'est plus qu'une question de mois d'ici au Jour de la Flamme. »

Folimun se mit soudain à sourire, avec une chaleur et une humanité inattendues, peut-être dans l'intention d'atténuer ce que pouvait avoir de cinglant le refus, et de mélodramatique l'expression « le Jour de la Flamme ». Ce fut presque avec douceur qu'il dit :

« Je suppose qu'il y a eu un malentendu, qu'il ne vous est pas apparu clairement que le rendez-vous serait avec un porte-parole de Mondior et non avec le Grand Apôtre lui-même. Mais il en est nécessairement ainsi. Si vous ne désirez pas de moi comme interlocuteur, eh bien! je suis désolé que vous vous soyez déplacé pour rien. Mais je suis la source d'informations la plus utile que vous puissiez trouver ici, maintenant ou à tout autre moment. »

Il sourit à nouveau. C'était le sourire d'un homme qui fermait froidement et sans remords une porte au nez de Theremon.

« Très bien, dit ce dernier après quelques instants de réflexion. Je vois que je n'ai pas le choix : c'est vous ou personne. Eh bien, d'accord pour parler avec vous! A combien de temps ai-je droit?

– Autant qu'il vous en faudra, bien que cette première rencontre doive être assez brève. De plus, ajouta-t-il avec un rictus surprenant, presque malicieux, n'oubliez pas que nous n'avons plus que quatorze mois en tout. Et, dans cet intervalle, j'ai quelques petites choses à faire.

– Je l'imagine volontiers. Quatorze mois, dites-vous ? Et ensuite, quoi ?

– Vous n'avez donc pas lu le Livre des Révélations ?

– Pas ces derniers temps, c'est vrai.

– En ce cas, permettez-moi... » Folimun sortit un mince volume relié en rouge de quelque cavité de son bureau apparemment vide, et le fit glisser en direction de Theremon. « Il est pour vous. Vous y découvrirez, je l'espère, de quoi nourrir votre esprit. En attendant, je peux résumer pour vous le thème qui semble vous intéresser le plus. Très bientôt, dans exactement quatre cent dix-huit jours, pour être très précis, le 19 Theptar prochain, une grande transformation affectera notre monde confortable et familier. Les six soleils pénétreront dans la Caverne des Ténèbres et disparaîtront, les Étoiles se révéleront à nous, et tout Kalgash sera embrasé. »

Il parlait d'un ton dégagé, comme s'il se fût agi de l'annonce d'une averse orageuse pour le lendemain, ou de la floraison prévue pour la semaine suivante d'une plante rare au Jardin botanique municipal. Tout Kalgash embrasé! La disparition des six soleils dans la Caverne des Ténèbres! Les Étoiles!

« Les Étoiles... répéta Theremon tout haut. Et que peuvent-elles bien être en fait ?

– Elles sont les instruments des dieux.

– Pensez-vous que vous pourriez être plus précis ?

– La nature précise des Étoiles va nous être plus qu'amplement révélée. C'est l'affaire de quatre cent dix-huit jours.

– Lorsque l'actuelle Année Sacrée arrivera à son terme, dit Theremon. Le 19 Theptar de l'année prochaine. »

Folimun eut l'air agréablement surpris. « Vous avez donc bel et bien pris connaissance de nos doctrines!

– Jusqu'à un certain point. J'ai écouté les dernières allocutions de Mondior, en tout cas; je suis au courant du cycle de deux mille quarante-neuf ans. Et l'événement que vous appelez le Jour de la Flamme ? Je suppose que vous ne pouvez pas non plus m'en fournir d'avance une quelconque description.

– Vous trouverez quelque chose de ce genre dans le cinquième chapitre du Livre des Révélations. Non, inutile de le chercher maintenant; je peux vous le citer de mémoire :

“ *Et des Étoiles s'abattirent les Flammes Célestes, lesquelles étaient le véhicule de la volonté des dieux; et où les flammes frappaient, les villes de Kalgash se consumaient jusques à leur complète ruine et destruction, de sorte que l'homme et des œuvres de l'homme il ne subsistât nulle chose.* ”

– Un terrible et soudain cataclysme! fit Théremon en hochant la tête. Pourquoi ?

– La volonté des dieux. Ils nous ont mis en garde contre notre méchanceté et nous ont donné un délai d'un certain nombre d'années pour nous racheter. Ce délai, c'est ce que nous appelons l'Année Sacrée, une " année " qui représente deux mille quarante-neuf années humaines, ce qu'apparemment vous savez déjà. La présente Année Sacrée est proche de son terme.

– Et nous serons alors tous éliminés, croyez-vous?

– Non, pas tous, mais la plupart; et notre civilisation sera balayée. Les rares survivants seront confrontés à la lourde tâche de rebâtir. Il y a là, comme vous semblez déjà en être conscient, un cycle tristement répétitif dans les épisodes de l'histoire humaine. Ce qui doit se produire bientôt ne sera pas le premier échec de l'humanité mise à l'épreuve par les dieux; nous avons été frappés maintes fois déjà, et à présent nous sommes sur le point d'être frappés une fois encore. »

Ce qui était curieux, se disait Theremon, c'est que Folimun ne paraissait pas fou du tout.

Si l'on faisait abstraction de son étrange robe, on aurait dit n'importe quel jeune homme d'affaires assis dans son élégant bureau, le responsable d'une caisse de prêt chargé d'examiner les demandes d'emprunts, par exemple, ou le directeur d'une banque d'investissement. Il respirait l'intelligence, il s'exprimait clairement et, ma foi, dans un style vif et direct; il ne fulminait ni ne vaticinait. Mais le contenu de ses propos vifs et directs n'était qu'un aberrant tissu des pires inepties. Le contraste entre ce que disait Folimun et la façon dont il le disait était dur à encaisser.

Il s'était tu et se tenait devant le journaliste dans une attitude détendue, attendant sa prochaine question.

« Je vais être franc, dit Theremon au bout d'un petit moment. Ainsi que beaucoup de gens, j'ai du mal à accepter une chose aussi énorme présentée comme une pure révélation : j'ai besoin de preuves solides. Mais vous ne nous en fournissez aucune. Il faut, selon vous, un acte de foi; on ne peut certes rien démontrer de façon tangible, nous dites-vous, mais nous ferions tous bien de croire les révélations que vous nous apportez parce que c'est des dieux que vous les tenez, et que vous savez bien que les dieux ne peuvent vous mentir. Cependant, pouvez-vous me donner une raison de vous croire ? La foi seule ne suffit pas aux gens comme moi.

– Qu'est-ce qui vous fait croire qu'il n'y ait pas de preuves? demanda Folimun.

– Vous voulez dire qu'il y en a? A part, bien sûr, le Livre des Révélations – les preuves en circuit fermé ne sont pas des preuves pour moi.

– Nous sommes une organisation de très vieille date, vous savez.

– Dix mille ans, à ce qu'on dit. »

Un bref sourire voltigea sur les lèvres de Folimun. « C'est un chiffre arbitraire, quelque peu exagéré peut-être pour impressionner le peuple. Tout ce dont nous nous targuons entre nous, c'est de remonter aux temps préhistoriques.

– Alors, votre communauté a au moins *deux* mille ans?

– Un peu plus que cela, au minimum. Nous pouvons retrouver nos traces jusqu'à une époque antérieure au dernier cataclysme. Nous avons donc à coup sûr plus de deux mille quarante-neuf ans d'existence; probablement bien davantage, mais nous n'en possédons aucune preuve, du moins aucune preuve de nature à vous paraître acceptable. Nous pensons que l'ancienneté des Apôtres correspond sans doute à *plusieurs* cycles de destruction, c'est-à-dire qu'elle pourrait atteindre six mille ans. Tout ce qui importe vraiment, c'est que nous soyons d'origine précataclysmique : notre activité discrète en tant qu'organisation dure depuis plus d'une Année Sacrée; et par conséquent nous sommes en possession d'une documentation qui nous fournit des détails très précis sur la catastrophe qui nous attend. Nous savons ce qui va arriver parce que nous sommes instruits de ce qui s'est produit maintes fois auparavant.

– Mais vous ne voulez montrer à personne les documents dont vous prétendez disposer, les éléments concluants, les preuves.

– Le Livre des Révélations, voilà ce que nous offrons au monde. »

On tournait en rond; on n'aboutissait nulle part. Theremon commençait à s'impatienter. Il n'y avait là, de toute évidence, qu'un gigantesque coup monté; une cynique mise en scène destinée à tirer de grasses prébendes de crédules mécènes comme Bottiker et Vivin et autres richards prêts à payer n'importe quel prix dans l'espoir d'échapper à la fatalité. Malgré son indéniable apparence de sincérité et d'intelligence, Folimun devait nécessairement compter soit parmi les conspirateurs qui collaboraient en toute connaissance de cause à cette frauduleuse entreprise de mystification à très grande échelle, soit simplement parmi les innombrables dupes de Mondior.

« Bon, fit le journaliste, admettons pour l'instant qu'il va effectivement y avoir l'an prochain quelque catastrophe mondiale, dont votre communauté a d'avance une connaissance détaillée : qu'est-ce que vous désirez que nous fassions exactement? Que nous affluions en masse dans vos temples pour supplier les dieux de nous prendre en pitié?

– Il est beaucoup trop tard pour cela.

– Alors, il n'y a plus d'espoir? En ce cas, pourquoi même vous donner la peine de nous avertir? »

Folimun sourit à nouveau, sans ironie cette fois.

« Pour deux raisons. D'abord, nous désirons bel et bien que les gens viennent dans nos temples, non pour tenter de fléchir les dieux, mais pour écouter nos enseignements en matière de moralité et de savoir-vivre quotidien : nous pensons être porteurs d'un message précieux pour le monde en ces domaines. En second lieu, et c'est plus urgent, nous voulons convaincre les gens de la réalité de ce qui va arriver, afin qu'ils prennent des mesures pour s'en protéger. Le pire de la catastrophe *peut* être évité ; des dispositions *peuvent* être prises pour empêcher la destruction complète de notre civilisation. Les Flammes sont inévitables, certes, la nature humaine étant ce qu'elle est. Les dieux se sont prononcés, ils ont déjà mis en route le châtiment. Mais au sein de la folie et de l'horreur généralisées, certains survivront. Je vous assure que nous, les Apôtres, nous serons de ceux-là. Sans le moindre doute. Nous serons là, comme nous l'avons déjà été auparavant, pour guider, au seuil du nouveau cycle, l'humanité vers la renaissance. Et nous tendons la main, avec amour, avec charité, à quiconque veut la prendre ; à tous ceux qui veulent se joindre à nous pour se défendre contre le chaos qui s'annonce. Ce que je dis vous semble-t-il de la folie, Theremon ? Avons-nous l'air de dangereux illuminés ?

– Si seulement je pouvais accepter votre hypothèse de départ...

– Que les Flammes se manifesteront l'année prochaine ? Vous y viendrez, vous y viendrez ! Ce qui reste à voir, c'est si vous l'accepterez assez longtemps à l'avance pour être un des survivants, un des gardiens de notre héritage, ou si vous découvrirez seulement à l'heure de la destruction, à l'heure de votre propre agonie, que depuis le début nous disions la vérité.

– Je me demande ce qu'il en sera, dit Theremon.

– Permettez-moi d'espérer que vous serez de notre côté le jour où l'Année Sacrée touchera à son terme », dit Folimun. Brusquement il se leva et tendit la main à Theremon. « Il faut que je m'en aille, à présent. Sa Sérénité le Grand Apôtre m'attend dans quelques minutes. Mais nous aurons d'autres conversations, j'en suis sûr. Prévenez-moi un jour à l'avance, même un peu moins peut-être : je m'efforcerai d'être à votre disposition. Ce sera pour moi un plaisir de vous revoir. Pour étrange que cela paraisse, j'ai l'impression que vous et moi sommes destinés à collaborer très étroitement. Nous avons beaucoup de points communs, vous savez.

– Vraiment ?

– Pour les croyances, non ; pour le désir de survivre, et d'aider les autres à survivre, je pense que oui, sans aucun doute. Un jour vous et moi chercherons à nous retrouver, je crois, pour unir nos forces contre les Ténèbres qui viennent ; en fait, j'en suis certain. »

C'est ça ! songea Theremon. Je ferais bien de faire prendre mes mesures tout de suite pour mon froc noir !

Mais il n'eût pas été raisonnable d'offenser Folimun par quelque impolitesse. Cette secte des Apôtres semblait gagner de jour en jour en importance; le journaliste tenait là un beau sujet, et c'était sans doute sur Folimun qu'il devrait surtout compter pour lui fournir de la copie.

Theremon glissa l'exemplaire du Livre des Révélations dans sa serviette et se leva.

« Je vous contacterai dans quelques semaines, dit-il. Quand j'aurai eu le temps de lire ceci avec une certaine attention. J'aurai alors d'autres questions à vous poser. Et combien de temps à l'avance faut-il que je téléphone pour obtenir une audience avec Mondior 71 ? »

Folimun ne pouvait tomber dans un piège aussi grossier.

« Comme je l'ai déjà expliqué, Sa Sérénité a, d'ici au Jour de la Flamme, des tâches si cruciales qu'il lui sera impossible d'être disponible pour les interviews personnelles et autres choses semblables. J'en suis sincèrement désolé, mais je ne peux absolument rien y faire. » Et il tendit la main. « J'ai eu beaucoup de plaisir à vous rencontrer.

– Et moi aussi », répondit Theremon.

Folimun se mit à rire.

« Vraiment ? Un plaisir, de passer une demi-heure à parler à un fou, à un illuminé, à un fanatique, à un sectaire ?

– Je ne me souviens pas d'avoir utilisé ces termes.

– Je ne serais pas surpris, cependant, d'apprendre que vous les avez pensés. » L'Apôtre adressa à nouveau à Theremon un de ses sourires curieusement désarmants. « Mais vous auriez à moitié raison : je suis un fanatique, et un sectaire, je suppose; mais pas un fou, ni un illuminé. Je le regrette bien, d'ailleurs! Et vous aussi, vous regretterez que ce n'ait pas été le cas. » Et il lui donna congé d'un geste de la main.

Le moine qui avait introduit Theremon l'attendait à la porte pour le conduire à la cabine d'ascenseur.

Une demi-heure bien étrange, se disait le journaliste, et qui n'avait guère été fructueuse, en fait : à certains égards, il en savait encore moins sur les Apôtres qu'avant de venir.

Que ce fussent des maniaques et des colporteurs de superstitions, cela restait pour Theremon une évidence. Il était clair qu'ils n'avaient pas l'ombre d'une preuve véritable qu'un gigantesque cataclysme mondial fût imminent. S'agissait-il simplement de crétins qui s'abusaient eux-mêmes, ou carrément d'imposteurs qui cherchaient à s'en mettre plein les poches ? Il n'était pas encore en mesure d'en décider clairement.

Tout cela était bien déroutant. Il y avait chez ces gens-là un élément de fanatisme, de puritanisme, que Theremon ne trouvait pas du tout à son goût. Et pourtant... pourtant... ce Folimun, ce porte-parole du mouvement, s'était avéré beaucoup plus attirant que prévu; il était intelligent, capable de s'exprimer clairement –

et même, à sa façon, de raisonner juste. Il paraissait avoir une certaine forme d'humour, ce qui était une surprise, et un bon point pour lui : Theremon n'avait jamais entendu parler d'un fou – ni d'un fanatique – qui fût capable de dérision, même bénigne, à l'égard de lui-même. A moins que tout cela fît partie de son numéro de relations publiques, à moins que Folimun eût délibérément joué le genre de personnage que quelqu'un comme Theremon était susceptible de trouver sympathique.

Prends garde! se dit Theremon. Folimun veut se servir de toi.

Mais il n'y avait là rien que de normal. De par sa fonction au journal, il jouait un rôle influent; tout le monde voulait profiter de son influence.

Eh bien! décida Theremon, nous verrons lequel se servira de l'autre.

C'est avec entrain qu'il traversa l'immense hall d'entrée du quartier général des Apôtres, dont les échos répercutèrent le claquement de ses pas alertes, et qu'il déboucha dans la vive lumière d'un après-midi trisolaire.

Retour au bureau de *La Chronique* maintenant. Deux ou trois heures pieusement consacrées à une étude attentive du Livre des Révélations. Et puis il serait temps de songer à l'article de fond du lendemain.

11

La saison des pluies estivale battait son plein l'après-midi où Sheerin 501 regagna Saro.

Un formidable déluge accueillit le corpulent psychologue à sa descente d'avion. L'aéroport avait tout d'un lac; des torrents de pluie grisâtre, chassés par de furieuses rafales de vent, partaient presque à l'horizontale.

Gris... gris... tout était gris...

Les soleils devaient bien se trouver quelque part dans toute cette crasse, là-haut. Cette pâle lueur à l'ouest était probablement

Onos, et l'on devinait la lumière glaciale de Tano et Sitha dans la direction opposée. Mais la couverture de nuages était si épaisse que la journée était désagréablement sombre. Sombre au point de mettre mal à l'aise le psychologue qui, en dépit de ce qu' il avait dit à ses hôtes de Jonglor, souffrait encore des séquelles de son trajet de quinze minutes dans le Tunnel du Mystère.

Il se serait soumis à un jeûne de dix jours plutôt que de l'avouer à Kelaritan, Cubello et consorts; mais il était passé dangereusement près de la limite fatale là-bas dedans.

Pendant les trois ou quatre jours suivants, Sheerin avait légèrement souffert – sans plus – de la claustrophobie qui avait expédié tant de citoyens de Jonglor à l'hôpital psychiatrique. Soudain, tandis que dans sa chambre d'hôtel il travaillait à son rapport, il sentait les Ténèbres se refermer sur lui et il devait se lever et sortir sur la terrasse ou même quitter le bâtiment et faire une longue promenade dans le jardin de l'hôtel. Le devait-il vraiment? Ma foi, peut-être pas! Mais en tout cas, ça lui semblait préférable, bien préférable. Et il se sentait toujours mieux après.

Ou bien c'est pendant son sommeil que les Ténèbres venaient à lui. Bien entendu, le numinaire de sa chambre était allumé quand il dormait – il en avait toujours eu un pour dormir, et ne connaissait personne qui s'en passât – et depuis son passage dans le Tunnel il avait une veilleuse auxiliaire pour suppléer à toute défaillance de la pile – même si le repère annonçait une réserve d'énergie suffisante pour six mois. Malgré toutes ces précautions, Sheerin, dans son sommeil, se persuadait que la chambre avait été plongée dans l'obscurité la plus profonde, qu'elle se trouvait totalement privée de lumière, véritablement et absolument noire : les Ténèbres! Et Sheerin se réveillait, tremblant et couvert de sueur, sûr d'être au cœur des Ténèbres, alors que la lueur amicale des deux numinaires était là, tout près de lui, de chaque côté, pour lui faire savoir qu'il n'en était rien.

Alors, descendre d'avion et plonger dans la pénombre de ce morne paysage... Oh! il était ravi de rentrer, bien sûr, mais il aurait préféré une arrivée plus ensoleillée. Il lui fallut refouler une légère angoisse – légère? hum! – pour aborder la rampe d'accès au toit de plexiglas qui, par mauvais temps, reliait l'appareil au terminal : quel dommage qu'on ait mis en place ce passage couvert, se disait Sheerin, qui, dans l'immédiat aurait mieux aimé se faire mouiller que d'être enfermé. Oui, mieux valait être dehors, à l'air libre, dans la réconfortante lumière des soleils amis – aussi pâle en ce moment, aussi voilée de nuages fût-elle.

Mais le malaise se dissipa. Le temps de récupérer ses bagages, et le plaisir de voir qu'il était de retour chez lui à Saro avait triomphé des séquelles de sa confrontation avec les Ténèbres.

Liliath 221 l'attendait avec sa voiture à la sortie de la salle des bagages; cela contribua aussi à lui remonter le moral. C'était une femme mince et avenante, plus près de cinquante ans que de quarante; ils étaient collègues à la faculté de psychologie, mais elle avait un travail d'expérimentation – animaux en labyrinthe – qui n'empiétait pas du tout sur celui de Sheerin. Ils se connaissaient depuis dix ou quinze ans. Sheerin lui aurait depuis longtemps proposé de l'épouser s'il avait été du genre à se marier; ce n'était pas le cas; et, d'après toutes les indications qu'elle lui eût jamais données, ce n'était pas son genre à elle non plus. En tout cas, les rapports qu'ils avaient semblaient leur convenir à tous deux.

« J'ai vraiment bien choisi mon jour pour rentrer! » lui dit-il en se glissant à côté d'elle et en se penchant pour lui donner un baiser amical.

« Il y a trois jours que c'est comme ça, et il paraît qu'on en a encore pour trois jours, jusqu'à Onosdi prochain; d'ici là, nous serons tous noyés, j'imagine. Dis donc, Sheerin, on dirait que tu as un peu minci, là-haut à Jonglor!

– Vraiment? Bah! tu sais, la cuisine nordique... ça n'est pas exactement mes goûts... »

Il ne pensait pas que ce serait visible : un homme de sa corpulence devait pouvoir maigrir de dix ou quinze livres sans que ça se voie. Mais Liliath avait toujours eu l'œil; et il avait peut-être perdu plus d'une quinzaine de livres. Depuis sa visite au Tunnel, il ne mangeait que du bout des dents – lui! Il avait du mal à y croire.

« Tu as l'air en forme, lui dit-elle. Plein de santé, de vigueur.

– Vraiment?

– Remarque, je ne pense pas que tu doives donner dans la maigreur : c'est un peu tard pour ça. Mais ça ne peut pas faire de mal de perdre un peu de poids. Alors, ton séjour à Jonglor a été agréable?

– Ma foi...

– Tu as pu aller visiter l'Exposition?

– Oui, c'est formidable. » Impossible de manifester un enthousiasme débordant. « Dieux, Liliath, cette pluie!

– Il ne pleuvait pas à Jonglor?

– Clair et sec tout le temps, comme à Saro lorsque je suis parti.

– Eh bien, les saisons changent, Sheerin! Tu n'espères tout de même pas avoir le même temps six mois de suite, hein? Avec un ensemble différent de soleils à l'ascendant chaque jour, on ne peut espérer que les systèmes climatiques restent stables bien longtemps.

– Je ne sais pas trop si tu parles comme un météorologue ou comme un astrologue! dit Sheerin.

– Ni l'un ni l'autre : je parle comme une psychologue, répliqua Liliath. Tu ne me racontes rien de ton voyage, Sheerin? »

Il hésita.

« L'Exposition était splendide; je regrette que tu n'aies pas pu venir. Mais j'ai passé le plus clair de mon temps à travailler dur. Ils ont un sacré problème sur les bras, là-haut dans le Nord : cette histoire de Tunnel du Mystère.

– Est-il exact que des gens sont morts dedans ?

– Quelques-uns. Mais il y a surtout des gens qui en sont sortis traumatisés, désorientés – claustrophobes. J'ai bavardé avec certaines des victimes : elles mettront des mois à guérir et il y aura parmi elles des invalidités permanentes. Malgré ça, le Tunnel est resté ouvert des semaines.

– Malgré les ennuis ?

– Personne ne semblait s'en soucier ; et les responsables de l'Exposition moins que les autres : tout ce qui les intéressait, c'était de vendre des billets. Les visiteurs de la foire, eux, étaient curieux de connaître les Ténèbres. De la curiosité pour les Ténèbres : tu te rends compte, Liliath ? Ils faisaient la queue avec empressement pour mettre en péril leur santé mentale. Bien entendu, chacun d'entre eux était convaincu que rien de fâcheux ne *lui* arriverait ; et, de fait, beaucoup s'en sont sortis indemnes ; beaucoup, mais pas tous. J'ai moi-même fait un tour dans le Tunnel du Mystère.

– Toi ? dit-elle, avec un étonnement très perceptible. Comment était-ce ?

– Un sale truc ! Si on me demandait de recommencer, je paierais très cher pour me défiler.

– Mais, à l'évidence, tu t'en es tiré sans mal.

– A l'évidence, répéta-t-il avec circonspection. Si j'avalais une demi-douzaine de poissons vivants, je m'en sortirais peut-être aussi sans mal ; mais il y aurait peu de chances que je désire recommencer. J'ai dit à ces gens de fermer leur fichu Tunnel : c'était mon opinion en tant que professionnel, et je pense qu'ils vont la suivre. Nous n'avons tout simplement pas été conçus pour supporter une aussi forte dose de Ténèbres, Liliath. Une minute, deux minutes, peut-être ; après, on craque. C'est quelque chose d'inné, j'en suis convaincu ; des millions d'années d'évolution nous ont façonnés comme nous sommes. Les Ténèbres, c'est ce qu'il y a de plus anormal au monde. Et cette idée de les vendre au public comme *divertissement*... » Il frissonna. « Bon, je suis allé à Jonglor, et maintenant je suis de retour. Quoi de neuf à l'université ?

– Pas grand-chose, répondit Liliath. Les stupides petites querelles habituelles, les habituelles réunions du corps enseignant, les habituelles motions où, sur telle ou telle question sociale brûlante, on " s'élève avec indignation "... tu connais bien tout ça. »

Elle se tut un moment, agrippant des deux mains le « manche à balai » pour piloter la voiture à travers les mares profondes de la grand-route inondée.

« A propos, il y a apparemment du remue-ménage à l'Observatoire. Ton ami Beenay 25 est passé te voir. Il ne m'a pas dit grand-chose, mais il semble qu'une théorie clé soit remise en question. C'est le grand branle-bas de combat. Le vieil Athor en personne dirige les recherches, tu te rends compte ? Je croyais son cerveau complètement sclérosé depuis un siècle! Beenay était accompagné d'un journaliste, quelqu'un qui tient une chronique populaire, il s'appelle, je crois, Theremon, Theremon 762. Je ne l'ai pas trouvé très sympathique.

– Il est très connu. C'est plutôt un boutefeu, je crois, mais je ne sais pas exactement au nom de quelles causes il fulmine. Beenay et lui sont tout le temps fourrés ensemble. »

Sheerin prit note mentalement qu'il devrait appeler le jeune astronome après avoir défait ses bagages. Depuis bientôt un an, Beenay vivait avec la nièce de Sheerin, la fille de sa sœur; et Sheerin s'était lié d'amitié avec lui, aussi étroitement qu'il était possible avec une différence d'âge d'une bonne vingtaine d'années. Sheerin s'intéressait en amateur à l'astronomie; cela constituait un lien entre eux et contribuait à les rapprocher.

Athor, refaire de la recherche théorique? Voyez-vous ça! De quoi pouvait-il s'agir? Quelque blanc-bec avait-il publié une communication critiquant la loi de la gravitation universelle? Sheerin ne pouvait y croire: personne n'aurait osé.

« Et toi? demanda Sheerin. Tu ne m'as pas dit un mot de ce que tu as fait pendant tout le temps où j'étais parti.

– Que crois-tu que j'ai fait, Sheerin? Que je suis allée faire de l'ascension motorisée dans les montagnes? Que j'ai assisté aux assemblées des Apôtres de la Flamme? Que j'ai suivi des cours de sciences politiques? J'ai lu des livres, donné mes cours, fait des expériences; j'ai guetté ton retour; j'ai concocté le dîner que je te préparerais quand effectivement tu rentrerais. Tu ne t'es pas mis au régime, au moins?

– Bien sûr que non! » Il posa affectueusement sa main sur celle de Liliath un moment. « Je n'ai cessé de penser à toi.

– Je n'en doute pas!

– Et j'attends avec impatience l'heure du repas.

– Voilà du moins une parole sensée! »

La pluie se mit soudain à tomber plus dru. Une brutale cataracte s'abattit sur le pare-brise, et Liliath eut bien du mal à maintenir la voiture sur la route; mais elle y parvint. On passait devant le Panthéon, la magnifique basilique de Tous les Dieux – bien moins magnifique en cet instant où des fleuves de pluies inondaient sa façade de brique.

L'orage s'aggravait: le ciel s'assombrit encore d'un ou deux tons. Devant l'obscurité qui régnait à l'extérieur, Sheerin se recroquevilla sur lui-même et, pour se réconforter, garda les yeux fixés sur le tableau de bord brillamment éclairé.

Il ne supportait plus d'être enfermé dans l'espace clos de la voiture. Orage ou non, il aurait voulu être dehors, en plein air, dans les champs. Mais c'était insensé, il serait trempé jusqu'aux os dès l'instant où il sortirait; il risquait même de se noyer, tant les mares étaient profondes.

Nourris des pensées joyeuses, se disait-il. Nourris des pensées pleines de chaleur et de lumière. Pense à la clarté solaire : la lumière dorée d'Onos, le chaud éclat de Patru et Trey, et même la brillance glaciale de Sitha et Tano, la faible lueur rouge de Dovim. Pense au dîner de ce soir : Liliath a préparé un festin pour toi, pour t'accueillir à ton retour – elle est si bonne cuisinière, Liliath !

Il s'avisa qu'il n'avait toujours pas faim du tout. Pas par une triste journée grise comme celle-ci, si sombre... si sombre...

Mais Liliath était très susceptible quant à sa cuisine, surtout quand c'était pour lui qu'elle la faisait. Il allait manger tout ce qu'elle lui servirait, décida-t-il, même s'il lui fallait se forcer. Ça c'était une idée cocasse : lui, Sheerin, le gros gourmand, il envisageait de *se forcer* à manger !

Liliath lui jeta un coup d'œil quand il se prit à rire.

« Qu'est-ce qu'il y a de si drôle ?

– Je... euh... qu'Athor se remette à faire de la recherche, improvisa-t-il précipitamment. Après s'être contenté si longtemps de faire le grand seigneur, de jouer l'empereur de l'astronomie, et de se cantonner dans les tâches administratives ! Il faut que je téléphone tout de suite à Beenay : qu'est-ce qui peut bien être en train de se passer à l'Observatoire ?

12

Troisième journée de Siferra 89 à l'université de Saro depuis son retour – troisième journée de pluie ! Quel contraste revigorant avec le paysage désertique et complètement desséché de la péninsule du Sagikan ! Siferra n'avait pas vu de pluie depuis si longtemps qu'elle se prenait à s'émerveiller devant toute cette eau qui tombait des cieux.

Au Sagikan, chaque goutte était infiniment précieuse : on en calculait minutieusement l'usage et on en recyclait le plus possible. Et voilà qu'ici l'eau se déversait du firmament comme d'un gigantesque réservoir qui ne pouvait s'épuiser! Siferra éprouvait une irrésistible envie de se dépouiller de ses vêtements et de s'élancer par les vastes pelouses vertes du campus, pour que la cataracte lui dévale sur tout le corps en un interminable flot de délice et la lave enfin de l'infernale poussière du désert.

Tout à fait ce que les gens de l'université avaient besoin de voir! Ce professeur d'archéologie rien moins que romantique, la froide et distante Siferra 89, en train de courir nue sous la pluie! Cela vaudrait la peine de le faire rien que pour jouir du spectacle qu'offriraient ces têtes stupéfaites penchées à toutes les fenêtres pour la regarder passer comme une flèche.

Mais ce n'est guère du domaine du plausible, se disait-elle. Ce n'est pas du tout mon genre.

Et puis, il y avait bien trop à faire. Elle n'avait pas perdu de temps pour se mettre au travail. La plupart des objets anciens qu'elle avait déterrés lors de ses fouilles sur le site de Beklimot avaient été expédiés par cargo, et n'arriveraient pas avant des semaines. Mais il y avait des schémas à compléter, des croquis à achever, des clichés stratégiques pris par Balik à analyser, les échantillons des carottages à préparer pour le laboratoire de radiographie – mille et une tâches à accomplir. Et il y avait aussi les tablettes de Thombo dont il fallait discuter avec Mudrin 505 de la faculté de paléographie.

Les tablettes de Thombo! La trouvaille des trouvailles, la découverte primordiale de toute cette année et demie! Telle était du moins l'impression de Siferra. Encore fallait-il savoir, bien entendu, si quiconque saurait leur trouver un sens. En tout cas, elle ne perdrait pas son temps en demandant à Mudrin de travailler dessus. A tout le moins, ces tablettes étaient des objets fascinants; mais elles représentaient peut-être beaucoup plus encore : on ne pouvait exclure la possibilité qu'elles révolutionnent toute l'étude du monde préhistorique. C'est pourquoi, au lieu de les confier aux transporteurs maritimes, elle les avait rapportées du Sagikan elle-même.

On frappa à la porte.

« Siferra? Siferra, tu es là?

– Entre donc, Balik! »

Le stratigraphe était trempé, de ses larges épaules jusqu'aux pieds.

« Cette sale pluie, cette abominable pluie! marmonna-t-il en s'ébrouant. Tu ne peux pas t'imaginer comme je me suis fait mouiller rien qu'en traversant la cour pour venir de la bibliothèque Uland!

– J'adore la pluie, dit Siferra. Je voudrais qu'elle n'ait pas de fin. Après tant de mois passés à cuire dans un désert chaud comme un four, du sable dans les yeux tout le temps, de la poussière dans la gorge... oh! non, qu'il pleuve, Balik, qu'il pleuve!

– Mais je constate que tu restes bien à l'abri. Il est beaucoup plus facile d'apprécier la pluie quand c'est dans un bon bureau bien sec qu'on la regarde tomber! Tu joues encore avec tes tablettes, hein? »

Il désignait les six plaques d'argile rouge durcie, ni bien régulières ni intactes, que Siferra avait disposées sur son bureau en deux rangées de trois, les carrées au-dessus, les oblongues au-dessous.

« Regarde comme elles sont belles! exulta Siferra. Je ne peux pas m'en détacher; je n'arrête pas de les contempler, comme si elles allaient soudain devenir intelligibles à condition que je les fixe assez longtemps. »

Balik se pencha en avant et hocha la tête. « Moi, tout ce que j'y vois, ce sont les marques que font les poules en grattant la terre.

– Allons donc! J'ai déjà identifié des structures correspondant nettement à des mots, répliqua Siferra. Et je ne suis pas paléographe. Regarde! Tu vois cet ensemble de six caractères? On le retrouve ici. Et ces trois-là, avec des marques cunéiformes pour les mettre en valeur...

– Est-ce que Mudrin les a déjà vues?

– Pas encore, je lui ai demandé de passer un peu plus tard.

– Tu sais que la nouvelle de notre découverte s'est déjà ébruitée? Je veux dire les sites urbains successifs de Thombo...

– Quoi? Qui...? fit Siferra en le considérant avec stupeur.

– Un des étudiants, répondit Balik. Je ne sais pas lequel. Je penche pour Veloran, mais Ellis prétend que c'est Sten. J'imagine que c'était inévitable, non?

– Je les avais prévenus de ne rien dire à...

– Oui, mais ce sont des gosses, Siferra, rien que des gosses; ils ont dix-neuf ans et en sont à leurs premières fouilles importantes. Et voilà que l'expédition tombe sur quelque chose de proprement faramineux : sept villes préhistoriques, inconnues auparavant, l'une au-dessus de l'autre, remontant à dieux savent combien de milliers d'années...

– Neuf villes, Balik!

– Sept... neuf... dans l'un ou l'autre cas, c'est colossal. Et pour moi, il y en a sept! acheva Balik en souriant.

– Je le sais bien, que tu penses ça; mais tu te trompes! Et qui est-ce qui en a parlé? A la faculté, je veux dire.

– Hilliko, et Brangin, je les ai entendus ce matin au salon des professeurs. Ils sont extrêmement sceptiques, je dois te le dire : ni l'un ni l'autre ne croit qu'il y ait des chances, aussi réduites fussent-elles, pour qu'il se trouve sur ce site ne serait-ce qu'une seule agglomération plus ancienne que Beklimot, à plus forte raison neuf, ou sept, quel que soit le nombre réel.

– Ils n'ont pas vu les photos; ils n'ont pas vu les schémas; ils n'ont pas vu les tablettes; ils n'ont pas vu quoi que ce soit – et déjà leur religion est faite! » Les yeux de Siferra flamboyaient de fureur. « Que savent-ils? Ont-ils seulement mis les pieds dans la péninsule du Sagikan? Ont-ils été à Beklimot, ne serait-ce qu'en *touristes*? Et ils osent avoir une opinion sur des fouilles dont le compte rendu n'a pas été publié, dont on n'a même pas discuté officieusement au sein de la faculté...

– Siferra...

– J'ai envie de les écorcher vifs tous les deux! Et Veloran et Sten par la même occasion! Ils le savaient bien, qu'ils n'étaient pas censés ouvrir leurs grandes gueules! Au nom de quoi se permettent-ils de violer le droit de priorité, même oralement, ces deux-là? Je vais leur apprendre! Je vais les convoquer ici, et j'arriverai bien à découvrir lequel des deux a divulgué l'affaire à Hilliko et Brangin; et pour obtenir un doctorat dans cette université, il pourra toujours attendre longtemps, le responsable – ou *la* responsable, si c'est...

– Je t'en prie, Siferra, fit Balik d'un ton apaisant. Tu te mets dans tous tes états pour rien.

– Tu appelles ça rien! On me souffle mon droit de priorité, et...

– Personne ne t'a rien soufflé du tout. Tout cela reste une simple rumeur tant que tu n'as pas fait ta déclaration préliminaire. Quant à Veloran et Sten, nous ne sommes pas sûrs que ce soit effectivement l'un d'entre eux qui ait vendu la mèche; et si c'est le cas, ma foi! souviens-toi que toi aussi, tu as été jeune!

– Oui, dit Siferra, il y a de cela trois ères géologiques.

– Ne dis pas de bêtises! Tu es plus jeune que moi, et je ne suis tout de même pas un vieillard! »

Siferra hocha la tête d'un air distrait. Elle tourna les yeux vers la fenêtre. Soudain, la pluie n'avait plus autant d'agrément; tout était sombre dehors, fâcheusement sombre.

« Quand même, apprendre que nos découvertes sont déjà controversées, alors qu'elles ne sont pas encore publiées...

– Il ne *pouvait pas* ne pas y avoir de controverses, Siferra! Tout le monde va avoir son fonds de commerce bousculé par ce que nous avons découvert sous cette colline, et pas uniquement dans notre spécialité : histoire, philosophie, théologie même, ça n'épargnera personne. Alors, tu peux être sûre que ces gens-là vont défendre bec et ongles leurs idées reçues sur la façon dont s'est développée la civilisation. Tu n'en ferais pas autant, si quelqu'un s'amenait avec une notion révolutionnaire menaçant tout ce en quoi tu crois? Sois réaliste, Siferra : nous savions dès le départ que ça allait provoquer une belle tempête!

– Oui, sans doute. Mais je ne m'attendais pas à ce que ça se déclenche si vite : j'ai à peine commencé à défaire mes bagages!

– Tout le problème est là : que tu te sois si vite replongée au cœur de l'action sans te ménager un délai de décompression!

Écoute, j'ai une idée : nous avons droit à une petite période de congé avant d'être à nouveau soumis à plein temps à nos tâches académiques; pourquoi ne pas fuir cette pluie et partir tous les deux un peu en vacances ? Monter à Jonglor, par exemple, pour visiter l'Exposition ; j'ai bavardé hier avec Sheerin, qui en vient, tu sais, et il disait... »

Siferra fixait sur Balik un regard incrédule. « Quoi ?

– Je parlais de partir en vacances. Toi et moi.

– Tu es en train de me faire du plat, Balik ?

– C'est une façon de voir les choses. Mais qu'est-ce que ça a d'étonnant ? Nous ne sommes pas exactement des inconnus l'un pour l'autre. Nous nous connaissons depuis l'époque où nous étions étudiants diplômés, et nous venons de passer un an et demi ensemble dans le désert.

– Ensemble ? Nous étions sur le même site, oui ; mais tu avais ta tente et j'avais la mienne. Il n'y a jamais rien eu entre nous ; et voilà que brusquement... »

Le visage placide de Balik était à présent empreint de désarroi et de contrariété.

« Ce n'est pas comme si je te demandais de *m'épouser*, Siferra. Tout ce que je suggérais, c'était un petit voyage rapide, de cinq ou six jours, à l'Exposition de Jonglor, du soleil, un bon petit hôtel touristique au lieu d'une tente plantée au milieu du désert, quelques dîners paisibles, un peu de bon vin... » Il eut un geste irrité, paumes en l'air. « En t'écoutant, j'ai eu l'impression d'entendre une vraie nigaude, Siferra !

– C'est toi qui te conduis comme un vrai nigaud ! répliqua-t-elle. Nous avons toujours eu des rapports purement professionnels, Balik ; faisons en sorte qu'ils le restent, d'accord ? »

Il ouvrit la bouche pour répondre, se ravisa, et serra les lèvres. Ils restèrent un bon moment à se regarder, dans un silence gêné.

Siferra avait un martèlement dans la tête. Elle ne s'était pas attendue à tous ces désagréments. D'abord la nouvelle que ses collègues prenaient déjà position sur ses découvertes, et par-dessus le marché la maladroite tentative de Balik pour la séduire. Séduire ? En tout cas, avoir avec elle certaines relations sentimentales. Et comme il avait eu l'air stupéfait de se voir éconduit !

Elle se demanda si elle avait pu lui donner involontairement des espérances trompeuses, lui suggérer des sentiments qui n'avaient jamais existé.

Non, non, il n'y avait pas la moindre ambiguïté. Ça ne lui disait absolument rien d'aller faire un séjour dans les stations touristiques du Nord et de siroter du vin dans des restaurants à la romantique lumière d'ambiance. Elle avait son travail, et ça lui suffisait. Depuis une bonne vingtaine d'années, dès son adolescence, il y avait toujours eu des hommes pour lui faire des avances, lui dire qu'elle était belle, qu'elle était merveilleuse, qu'elle était fascinante. En un sens, c'était plutôt flatteur : mieux valait être jugée belle et fascinante que laide et ennuyeuse! Mais elle n'y trouvait aucun intérêt, n'en avait jamais trouvé, ne voulait pas en trouver. Quel ennui que Balik ait créé ce malaise entre eux maintenant, alors qu'ils avaient devant eux toute la besogne d'analyse des matériaux rapportés de Beklimot – elle et lui, au travail tous deux côte à côte...

On frappa de nouveau à la porte – une interruption qui fut pour elle un immense soulagement.

« Qui est-ce ?

– Mudrin 505, répondit une voix chevrotante.

– Entrez, je vous en prie!

– Je vais me retirer, dit Balik.

– Non! Il vient voir les tablettes; ce sont tes tablettes tout autant que les miennes, non?

– Siferra, je suis désolé si...

– N'y pense plus! *N'y pense plus!* »

Mudrin entra d'un pas mal asuré. Frêle et comme parcheminé, il n'avait pas loin de quatre-vingts ans, mais on lui avait conservé bien au-delà de l'âge de la retraite un poste à l'université, sans tâches d'enseignement, afin qu'il pût poursuivre des recherches paléographiques. Ses yeux gris-vert pleins de douceur, qui pendant une forte longue vie avaient scruté de vieux manuscrits pâlis, s'abritaient derrière d'épaisses lunettes et avaient un air larmoyant; mais Siferra savait combien cette apparence était trompeuse; elle n'avait jamais connu d'yeux plus perçants, au moins quand il s'agissait d'inscriptions anciennes.

« Voici donc ces fameuses tablettes! dit Mudrin. Vous savez que j'y pense constamment depuis que vous m'en avez parlé? » Mais il ne faisait pas mine de vouloir les examiner tout de suite. « Pouvez-vous me mettre un peu au courant du contexte, m'indiquer les coordonnées?

– Voici la pièce maîtresse parmi les photos prises par Balik, répondit Siferra en lui tendant l'immense agrandissement sur papier glacé. La colline de Thombo, ancien dépôt d'ordures ménagères au sud du site majeur de Beklimot. Lorsque la tempête de sable l'a éventrée, voici ce qui s'est offert à notre vue. Ensuite, nous avons creusé notre tranchée ici, puis jusqu'ici : on a ouvert tout l'ensemble. Vous voyez cette ligne sombre ici?

– Charbon de bois? demanda Mudrin.

– Exactement! C'est une couche calcinée : toute la ville brûlée. Nous sautons à présent ici, et nous voyons un autre lot de fondations, et une seconde couche calcinée. Et si vous regardez ici... et ici... »

Mudrin examina la photographie un bon moment. « Qu'est-ce que vous tenez-là? Huit sites successifs de peuplement?

– Sept! lâcha Balik.

– Neuf, je crois, répliqua Siferra sèchement. Mais j'admets que ça devient assez difficile à discerner quand on arrive vers la base de la colline. Il nous faudra recourir à l'analyse chimique pour tirer ça au clair, ainsi qu'aux épreuves radiographiques. Ce qui est évident, toutefois, c'est qu'il y a eu là toute une série d'incendies. Et les gens de Thombo ont reconstruit, et reconstruit encore, à chaque fois.

– Mais, si tel est le cas, ce site doit être incroyablement ancien! fit Mudrin.

– A vue de nez, je dirais qu'il a été occupé pendant une période d'au moins cinq mille ans, voire beaucoup plus : dix ou quinze mille, peut-être. Nous ne le saurons que lorsque nous aurons complètement mis au jour le niveau le plus bas, ce qui devra attendre la prochaine expédition, ou celle d'après.

– Cinq mille ans, dites-vous? Est-ce possible?

– Pour bâtir et rebâtir et rebâtir encore? Cinq mille ans est un *minimum*.

– Mais aucun site de fouilles au monde n'est aussi ancien, tant s'en faut, objecta Mudrin, l'air effaré. Beklimot même a moins de deux mille ans, non? Or on estime que c'est le plus ancien des lieux de peuplement connus sur Kalgash.

– Des lieux de peuplement *connus*, répéta Siferra. Mais qu'est-ce qui vous dit qu'il n'y en a pas de plus anciens? De *beaucoup* plus anciens? Cette photo vous permet de répondre à votre question, Mudrin! Voici un site qui est forcément plus ancien que Beklimot : on y trouve des objets fabriqués dans le style de Beklimot au niveau *le plus élevé*, et ça se prolonge très loin en dessous. Beklimot doit être un lieu de peuplement très récent à l'échelle de l'histoire humaine. Le site de Thombo, qui était déjà ancien avant toute occupation de Beklimot, a dû brûler, brûler encore et rebrûler, pour être chaque fois reconstruit, sur des centaines de générations sans doute.

– Alors, c'était un endroit poursuivi par la malchance, fit remarquer Mudrin. Pas particulièrement chéri des dieux, hein?

– On a dû s'en aviser en fin de compte », observa Balik.

Siferra opina de la tête.

« On a sans doute fini par se dire qu'une malédiction pesait sur cet endroit; et, au lieu de rebâtir Thombo après le dernier incendie de la série, on s'est éloigné un peu et on a construit Beklimot. Mais auparavant Thombo avait dû être occupé très, très longtemps. Nous avons pu reconnaître le style architectural des deux niveaux supérieurs de peuplement. Voyez, c'est ici du moyen-Beklimot cyclopéen, et en dessous du proto-Beklimot en contretaille. Mais la troisième ville en partant du haut, ou du moins ce qu'il en reste, ne ressemble à rien que je puisse identifier. La quatrième est encore plus étrange, et très grossière. La cinquième fait paraître la quatrième raffinée par comparaison. En dessous, tout est dans un tel chaos qu'il n'est pas facile de préciser ce qui appartient à telle ou telle ville. Mais chacune est séparée de celle du dessus par une couche calcinée, du moins nous semble-t-il. Et les tablettes...

– Oui, les tablettes! fit Mudrin, tout tremblant d'émoi.

– Nous avons découvert cette série-ci, de forme carrée, au troisième niveau, et celles qui sont oblongues au cinquième. Je n'arrive même pas à leur trouver un commencement de sens, certes, mais je ne suis pas paléographe.

– Ça serait vraiment bien, avança Balik, si ces tablettes renfermaient quelque compte rendu de la destruction et de la reconstruction des villes de Thombo, et... »

Siferra l'interrompit avec un regard venimeux :

« Ce serait vraiment bien, Balik, si tu t'abstenais de débiter de jolis petits contes de fées où la réalité se plie à tes désirs!

– Mes excuses, Siferra, répondit-il d'un ton glacial. Désolé de respirer! »

Mudrin ne prêtait aucune attention à leurs chamailleries. La tête inclinée très bas sur le bureau de Siferra, il observait longuement les tablettes carrées, puis les oblongues. « Stupéfiant! Absolument stupéfiant! finit-il par s'exclamer.

– Vous pouvez les lire ? » lui demanda Siferra.

Le vieil homme gloussa. « Les lire ? Bien sûr que non! Vous croyez aux miracles ? Mais j'y vois des ensembles qui correspondent à des mots.

– Oui, je m'en suis aperçue aussi, dit Siferra.

– Et j'arrive presque à distinguer des lettres, poursuivit le paléographe. Pas sur les tablettes les plus anciennes : elles sont rédigées dans une écriture qui m'est totalement étrangère, vraisemblablement syllabique, car il y a trop de caractères différents pour qu'elle puisse être alphabétique. Mais les tablettes carrées semblent rédigées en une forme primitive de l'écriture de Beklimot. Regardez, voici un quhas, je le parierais volontiers; et ceci, c'est une forme quelque peu altérée de la lettre tifjak... *c'est* un tifjak, ne croyez-vous pas ? J'ai tout un travail à faire dessus, Siferra, avec mon propre matériel d'éclairage, mes appareils photo, mes écrans de tomographie. Puis-je les emporter ?

– Les emporter ? fit-elle sur le même ton que s'il avait demandé à lui emprunter quelques doigts.

– Il n'y a pas d'autre moyen pour que je puisse commencer à les déchiffrer.

– Vous pensez être en mesure de les déchiffrer ? dit Balik.

– Je ne peux rien garantir. Mais, si ce signe est bien un tifjak et celui-là un quhas, alors je devrais être à même de trouver d'autres caractères dont dérivent ceux de Beklimot, et d'élaborer au moins une transcription. Pourrons-nous comprendre la langue une fois que nous saurons lire le texte ? C'est difficile à dire. Quant aux tablettes oblongues, je doute fort de pouvoir en tirer grand-chose, à moins que vous ayez repéré une inscription bilingue qui me fournisse quelque moyen d'aborder cette écriture plus ancienne encore. Mais permettez-moi d'essayer, Siferra, permettez-moi d'essayez!

– D'accord! Voici! »

Avec de tendres attentions, elle rassembla les tablettes et les remit dans le coffret qui lui avait servi à les transporter pendant le retour du Sagikan. Cela la chagrinait de ne plus les avoir en sa possession; mais Mudrin avait raison : il ne pouvait rien en tirer s'il devait se contenter d'un bref coup d'œil; il lui fallait les soumettre à des analyses en laboratoire.

Le cœur gros, elle suivit des yeux le vieux paléographe qui quittait la pièce de sa démarche branlante, son précieux fardeau serré contre sa poitrine creuse. A présent, Balik et elle étaient à nouveau seuls.

« Siferra... pour ce que je t'ai proposé tout à l'heure...

– Je t'ai déjà dit de ne plus y penser. Et maintenant, tu voudrais bien me laisser m'occuper de mon travail, Balik? »

13

« Eh bien, comment a-t-il pris ça? demanda Theremon. Mieux que tu ne le pensais, je parie!

– Il a été absolument merveilleux », répondit Beenay.

Ils se trouvaient à la terrasse du Club des Six Soleils. Les pluies avaient cessé pour le moment. C'était une splendide soirée. L'atmosphère avait cette étrange clarté qui suivait toujours une période pluvieuse prolongée; Tano et Sitha, à l'ouest, projetaient leur dure lumière d'un blanc spectral avec plus d'intensité que d'ordinaire; et le rouge Dovim, à l'autre bout du ciel crépusculaire, flamboyait comme un petit rubis. « Il n'a même pas montré beaucoup d'émotion, sauf quand j'ai révélé que j'avais eu envie d'étouffer toute l'affaire pour ménager ses sentiments. Là, il est vraiment sorti de ses gonds; il m'a passé un de ces savons! Je le méritais, d'ailleurs. Mais le plus drôle, ça a été... Garçon! Garçon! Un Tano Spécial pour moi, s'il vous plaît, et un pour mon ami... des doubles!

– Tu deviens un sacré buveur, hein? » remarqua Theremon.

Beenay haussa les épaules. « Seulement quand je suis ici. Ça doit tenir à cette terrasse, à la vue sur la ville, à toute cette atmosphère...

– C'est ainsi qu'on commence. Petit à petit on se met à aimer ça, on se laisse conditionner au plaisir de boire dans un lieu particulier, puis au bout d'un moment on essaie un verre ou deux ailleurs, puis un verre ou trois...

– Theremon! Tu parles comme un Apôtre de la Flamme! Eux aussi pensent que c'est mal de boire, non?

– *Tout* est mal d'après eux! En tout cas, boire l'est à coup sûr; c'est d'ailleurs ce que boire a de si merveilleux, hein, mon ami? »

Theremon se mit à rire. « Tu me parlais d'Athor.

– Oui, le plus drôle de l'histoire. Tu te souviens de cette idée folle que tu as eue, d'un facteur inconnu qui dévierait Kalgash de l'orbite que nous avions prévue?

– Le géant invisible, oui; le dragon dans le ciel qui souffle à grandes bouffées...

– Eh bien, Athor a adopté exactement la même position!

– Il croit qu'il y a un dragon dans le ciel? »

Beenay s'esclaffa. « Ne dis pas de bêtises! Un dragon, non, mais quelque facteur inconnu, oui. Un soleil sombre, peut-être, ou quelque autre monde situé de telle façon qu'il nous soit impossible de le voir, mais exerçant néanmoins sa force gravitationnelle sur Kalgash...

– Est-ce que tout cela ne donne pas un peu dans le fantastique? » objecta Theremon.

« Bien sûr que si! Mais Athor m'a rappelé la vieille rengaine de l'Épée de Thargola. Il est plus simple de se mettre en quête d'un soleil sombre que de rebâtir de fond en comble une nouvelle théorie de la gravitation universelle. Et par conséquent...

– Un soleil sombre? Mais n'est-ce pas une contradiction dans les termes? Un soleil est, par définition, une source de lumière; s'il est sombre, comment peut-il s'agir d'un soleil?

– Ce n'est là qu'une des idées semées à la volée par Athor et pas forcément une de celles qu'il prend au sérieux. Ces derniers jours, nous lançons à la ronde toutes sortes de conceptions astronomiques dans l'espoir que l'une d'elles aura suffisamment l'air de tenir debout pour que nous puissions nous mettre à élaborer une explication de... Tiens! Voilà Sheerin! »

Beenay fit signe de la main au psychologue rondelet, qui venait de faire son entrée dans le club. « Sheerin! Sheerin! Venez prendre un verre avec nous! »

Sheerin franchit avec circonspection la porte quelque peu étroite.

« Vous avez donc acquis de nouveaux vices, Beenay ?

– Theremon m'a initié au Tano Spécial, et je dois avouer que j'y ai pris goût. Vous connaissez Theremon, n'est-ce pas ? C'est lui qui écrit les articles de fond de *La Chronique.*

– Je ne crois pas que nous nous soyons encore rencontrés, dit Sheerin en tendant la main au journaliste. Mais j'ai beaucoup entendu parler de vous. Je suis l'oncle de Raissta 717.

– Le professeur de psycho! dit Theremon. Vous avez été à l'Exposition de Jonglor. Exact ? »

Sheerin eut l'air surpris.

« Vous vous tenez au courant de tout, hein ?

– Je m'y efforce. »

Le garçon était de retour. « Que peut-on vous commander ? Un Tano Spécial ?

– Trop fort pour moi, répondit Sheerin. Et un peu trop sucré. Auriez-vous du neltigir, par hasard ?

– L'eau-de-vie jonglorienne ? Je n'en suis pas certain. Comment la prendrez-vous, si j'arrive à en trouver ?

– Pure, s'il vous plaît », répondit Sheerin. Et, se tournant vers Theremon et Beenay : « J'ai découvert ça pendant que j'étais dans le Nord. On mange très mal à Jonglor, mais du moins on y distille un alcool potable.

– J'ai entendu dire qu'il y avait eu des ennuis à l'Exposition, lança Theremon. Un trajet dans les Ténèbres qui faisait perdre la tête aux gens.

– C'est la raison pour laquelle je me suis rendu là-bas, appelé en consultation par la ville et ses avocats. »

Theremon se pencha en avant. « Est-il exact que le Tunnel soit resté ouvert alors que des gens y mouraient de saisissement ?

– Il y a eu quelques morts, oui, répondit Sheerin. Mais les gens voulaient absolument courir le risque quand même; et beaucoup d'entre eux en sont sortis très perturbés. Enfin, ça y est, on a fermé ce truc-là.

– Nous avons bel et bien du neltigir, monsieur, interrompit le garçon en plaçant devant Sheerin un verre d'un sombre liquide brunâtre. Une seule bouteille, alors je vous conseille d'y aller doucement. »

Le psychologue hocha la tête et, saisissant prestement son verre, il en ingurgita la moitié avant que le garçon eût quitté la table.

« Monsieur, je vous ai dit... »

Sheerin lui sourit.

« J'ai bien entendu. J'irai plus doucement après ce verre-ci. » Il se tourna vers Beenay. « J'ai cru comprendre qu'il y a eu quelque effervescence à l'Observatoire pendant que j'étais dans le Nord. C'est Liliath qui me l'a appris; mais ce qui s'est passé, elle n'a pas su me le préciser : je crois qu'elle a parlé d'une nouvelle théorie... »

Avec un grand sourire, Beenay répondit :

« Non une nouvelle théorie, mais une remise en question de la théorie établie. Je faisais des calculs sur l'orbite de Kalgash, quand... »

Sheerin écouta son récit avec un étonnement croissant.

« La théorie de la gravitation universelle invalidée ? s'écria-t-il quand Beenay en fut à peu près au milieu. Seigneurs dieux ! Alors, comme ça, si je pose mon verre, il risque de s'envoler dans les airs ? En ce cas, j'ai intérêt à finir mon neltigir avant ! » Et il joignit le geste à la parole.

Beenay se mit à rire.

« La théorie est toujours en vigueur. Ce que nous essayons de faire, c'est de trouver la raison mathématique pour laquelle nos chiffres ne concordent pas avec les prévisions.

– On appelle cela, je crois, la manipulation des données, ajouta Theremon.

– Ça ne me dit rien qui vaille, rétorqua Sheerin. Les résultats ne vous plaisent pas, alors vous révisez vos constatations, n'est-ce pas, Beenay ? Tout faire cadrer, de gré ou de force ?

– Oh ! pas exactement...

– Avouez ! Avouez ! fit Sheerin en éclatant de rire. Garçon ! Un second neltigir ! Et un autre Tano Spécial pour mon jeune ami peu scrupuleux ! Theremon, puis-je vous commander à boire aussi ?

– S'il vous plaît ! »

Sheerin reprit du même ton goguenard : « Tout cela est bien décevant, Beenay. Je croyais qu'il n'y avait que nous autres psychologues pour plier les observations aux théories. On attendrait plutôt ce genre de pratique des Apôtres de la Flamme !

– Arrêtez, Sheerin !

– Les Apôtres aussi se posent en scientifiques », dit Theremon.

A cette intervention, Beenay et Sheerin tournèrent la tête vers lui et le dévisagèrent. « La semaine dernière, juste avant le début des pluies, j'ai interviewé un de leurs gros bonnets, poursuivit-il. Il a passé une demi-heure à m'expliquer que les Apôtres ont la preuve que l'an prochain les soleils vont disparaître : nous serons plongés dans les Ténèbres et tout le monde perdra la raison.

– Le monde entier changé en un grand Tunnel du Mystère, hein ? constata Sheerin d'un ton jovial. Nous n'aurons pas assez d'hôpitaux psychiatriques pour accueillir toute la population, vous savez ! Ni assez de psychiatres pour la soigner ! D'ailleurs, les psychiatres seront fous aussi !

– Est-ce qu'ils ne le sont pas déjà ? rétorqua Beenay.

– Bonne question ! fit Sheerin.

– Mais le pire n'est pas la folie, reprit Theremon. Selon eux, le ciel se remplira de choses appelées Étoiles qui nous lanceront des flammes et mettront le feu partout. Voilà la perspective : un monde peuplé de fous en plein délire verbal errant dans des villes ravagées par des incendies. Dieux merci, ce n'est que le cauchemar de Mondior!

– Et si ce n'était pas que cela ? » lança Sheerin, subitement dégrisé.

Son visage rond s'allongea et prit un air pensif. « Et s'il y avait autre chose derrière ?

– Quelle effroyable idée! dit Beenay. Après ça, il me semble qu'on a bien besoin d'une nouvelle tournée.

– Mais vous n'avez pas fini votre verre, fit remarquer Sheerin au jeune astronome.

– Et alors ? Il en faut quand même un autre après! Garçon! Garçon! »

14

Athor 77 sentait la fatigue se répandre dans tout son être en vagues miroitantes. Le directeur de l'Observatoire avait perdu la notion du temps. Se pouvait-il qu'il fût resté à son bureau seize heures d'affilée, tout comme la veille, et l'avant-veille aussi... ?

C'est en tout cas ce que prétendait Nyilda. Il avait parlé avec sa femme quelques instants auparavant et, sur l'écran, lui avait trouvé un visage tendu, des traits tirés, un air nettement anxieux.

« Ne vas-tu pas rentrer te reposer, Athor ? Tu n'as pratiquement pas arrêté.

– Vraiment ?

– Tu n'es plus aussi jeune, tu sais!

– Je ne suis pas sénile non plus, Nyilda! Et cette tâche m'excite : après dix ans passés à parapher des comptes rendus budgétaires et à lire les mémoires de recherches des autres, me voici en train de travailler à nouveau pour de bon. Je me délecte. »

Elle n'en parut que plus préoccupée. « Mais il n'est pas *nécessaire* pour toi de faire de la recherche à ton âge, Athor ; ta réputation est solidement établie.

– Tu crois ça ?

– Dans l'histoire de l'astronomie, ton nom sera toujours honoré.

– Ou déshonoré, ajouta-t-il avec aigreur.

– Athor, je ne comprends pas ce que tu...

– Laisse-moi tranquille, Nyilda ! Je ne vais pas tourner de l'œil à mon bureau, rassure-toi. Je me sens rajeuni par ce que je fais ici. Et c'est un travail que je suis le seul à pouvoir mener à bien. Si en disant ça j'ai l'air d'une tête de mule, tant pis, mais il est absolument essentiel que je... »

Elle soupira. « Oui, bien sûr ! Mais n'en fais pas trop, Athor, c'est tout ce que je demande. »

Est-ce qu'il en faisait effectivement trop ? Oui, certes ! Mais avait-il le choix ? Ce n'était pas le genre de choses dont on pouvait s'occuper à temps perdu, en amateur : il fallait s'y donner corps et âme. Lorsqu'il élaborait la théorie de la gravitation, il avait enchaîné des journées de travail de seize, dix-huit, vingt heures, pendant des semaines d'affilée ; ce n'est que lorsqu'il devenait impératif de dormir un peu qu'il dérobait à son travail de brefs instants de sommeil, dont il s'éveillait frais et dispos, impatient de reprendre sa tâche, et l'esprit bouillonnant encore des équations qu'il avait laissées en plan peu avant.

Mais il avait dans les trente-cinq ans à l'époque ; à présent, il approchait des soixante-dix. Impossible de nier les atteintes de l'âge. Il avait la tête lourde, la gorge sèche, un vilain martèlement dans la poitrine, des élancements dans les genoux et, malgré la bonne chaleur de son bureau, le bout des doigts glacés à cause de la fatigue : chacune des parties de son corps protestait contre l'effort démesuré qu'il lui imposait. Encore un petit moment aujourd'hui, se promit-il, et puis je rentrerai à la maison.

Encore un tout petit moment.

Postulat n° 8...

« Monsieur... ?

– Qu'est-ce que c'est ? » fit-il.

Mais, au lieu d'une question, ses organes vocaux émirent sans doute quelque grognement hargneux, car, lorsqu'il leva les yeux, il vit le jeune Yimot, debout à la porte, accomplir une série bizarre de mouvements convulsifs comme s'il dansait sur des charbons ardents, avec un regard terrorisé. Certes, ce garçon avait toujours semblé intimidé par le directeur de l'Observatoire – tout le monde ici l'était, et pas seulement les étudiants diplômés ; Athor en avait l'habitude, il était imposant et le savait. Cette fois pourtant, cela sortait de l'ordinaire : Yimot dévisageait Athor avec une crainte non dissimulée, mêlée de stupeur.

Au prix d'un effort manifeste, il parvint à articuler d'une voix rauque : « Les calculs que vous désiriez, monsieur...

– Ah ! oui, oui, donnez-moi ça. »

La main qu'Athor tendit vers les feuillets d'imprimante tremblait violemment. Tous deux la contemplèrent d'un air sidéré. Les longs doigts osseux étaient pâles comme la mort, et même Yimot, renommé pourtant pour ses extraordinaires réactions nerveuses, n'aurait pas égalé la brutalité des mouvements qui les agitaient. Athor tenta d'imposer sa volonté à sa main pour qu'elle se tînt tranquille : elle ne lui obéit pas davantage que ne l'aurait fait Onos s'il avait voulu le faire tourner à l'envers dans le ciel.

Non sans difficulté, il prit les papiers des mains de Yimot et les flanqua sur le bureau.

« S'il y a quoi que ce soit que je puisse vous apporter, monsieur... risqua Yimot.

– Des médicaments, vous voulez dire? Comment osez-vous suggérer...

– Je pensais seulement à quelque chose à manger, ou peut-être une boisson fraîche », chuchota Yimot d'une voix presque inaudible.

Il recula lentement, comme s'il s'attendait à ce qu'avec un grondement Athor lui sautât à la gorge.

« Ah! Je vois. Non, ça va, Yimot, ça va.

– Bien, monsieur! »

L'étudiant sorti, Athor ferma les yeux un instant, respira trois ou quatre fois à fond, s'efforça de se calmer. Il arrivait au bout de sa tâche : c'était pour lui une certitude. Ces chiffres qu'il avait demandé à Yimot de calculer pour lui étaient presque à coup sûr la dernière confirmation dont il avait besoin. Mais la question qui se posait à présent était : le travail allait-il venir à bout de lui avant qu'il vienne à bout du travail?

Il examina les calculs de Yimot.

Il avait trois écrans devant lui sur son bureau. Sur celui de gauche, l'orbite de Kalgash, tracée en fonction des calculs traditionnels fondés sur la théorie de la gravitation universelle, flamboyait en rouge vif, sur celui de droite, en jaune éclatant, se dessinait l'orbite révisée selon les calculs de Beenay sur le nouvel ordinateur de l'université et les observations les plus récentes quant à la véritable position de Kalgash; l'écran du milieu présentait les deux orbites superposées. Au cours des cinq derniers jours, Athor avait élaboré sept postulats différents pour rendre compte de la déviation entre l'orbite théorique et celle qu'on pouvait observer; et il lui était possible, rien qu'en appuyant sur un bouton, de matérialiser sur l'écran du milieu l'un quelconque de ces sept postulats.

L'ennui, c'était que, tous les sept, ils ne tenaient pas debout, et il le savait. Chacun d'eux recelait une faille, fondamentale, mortelle : une assertion justifiée non par les calculs, mais seulement par l'obligation d'infléchir les chiffres dans le sens voulu. On ne pouvait rien prouver, on ne pouvait rien confirmer. C'était comme si, dans chaque cas, il avait décrété, à un certain point de l'enchaînement logique, qu'une marraine-fée interviendrait pour régler les interactions gravitationnelles afin de rendre compte de la déviation. En fait, c'était précisément ce qu'Athor savait qu'il avait besoin de trouver; mais il fallait que ce soit une marraine-fée *réelle.*

Postulat n° 8 à présent...

Il se mit à taper les résultats des calculs de Yimot. A plusieurs reprises, ses doigts tremblants le trahirent et il fit une erreur; mais il avait encore l'esprit assez vif pour s'apercevoir aussitôt qu'il n'avait pas frappé la bonne touche; il fit machine arrière et répara les dégâts. Deux fois, au cours de son travail, il faillit perdre conscience sous l'effet de l'effort intense. Mais il se força à continuer.

Tu es la seule personne au monde à pouvoir accomplir cette tâche, se répétait-il tout en travaillant; *donc tu dois le faire.*

Cela lui paraissait ridicule, et d'un égocentrisme forcené, voire quelque peu insensé; ce n'était sans doute pas même vrai. Mais, au stade d'épuisement où il en était arrivé, il ne pouvait se permettre de prendre en considération d'autres prémisses que l'idée d'être indispensable. C'était son propre cerveau, et lui seul, qui contenait toutes les conceptions fondamentales de ce projet. Il fallait qu'il se force à aller de l'avant jusqu'à ce qu'il ait serti le dernier maillon de la chaîne. Jusqu'à ce que...

Voilà!

Le dernier des chiffres de Yimot était entré dans l'ordinateur.

Athor frappa la touche qui faisait apparaître les deux orbites simultanément sur l'écran du milieu, et la touche qui intégrait les nouveaux chiffres aux algorithmes préexistants.

L'ellipse d'un rouge vif représentant l'orbite théorique d'origine se fit vacillante et changeante, et soudain disparut; et de même la jaune, celle de l'orbite constatée. Il n'y avait plus maintenant sur l'écran qu'un seul tracé, d'un orange intense : les deux simulations d'orbites coïncidaient jusqu'à la dernière décimale.

Athor en eut le souffle coupé.

Un long moment, il examina l'écran, puis il ferma les yeux et, baissant la tête, il appuya le front sur le bord de la table. L'ellipse orange flamboyait comme un anneau de feu derrière ses paupières closes.

Il tenait sa réponse. La théorie de la gravitation universelle restait valable après tout; l'échafaudage logique sur lequel reposait sa renommée ne serait pas jeté à bas.

Mais en même temps, il savait que le schéma du système solaire qui lui était si familier était en réalité erroné : le facteur inconnu qu'on cherchait, le géant invisible, le dragon dans le ciel, était une réalité. Pendant des années, il avait cru comprendre parfaitement le rythme des cieux, et maintenant il lui apparaissait qu'il existait une anomalie au sein de l'univers connu, que les choses n'étaient pas telles qu'il les avait toujours imaginées. C'était difficile à avaler à son âge.

Au bout d'un certain temps, Athor leva la tête. Rien n'avait changé sur l'écran. Il tapa quelques équations exploratoires; cela n'y changea rien : il n'avait toujours qu'une orbite sous les yeux, et non pas deux.

Très bien! se dit-il. *Ainsi donc, l'univers n'est pas exactement ce que tu croyais. Alors, tu ferais mieux de réagencer tes conceptions, car il t'est certes impossible de réagencer l'univers.*

« Yimot! cria-t-il. Faro! Beenay! Venez tous! »

Faro, le petit gros, fut le premier à franchir le seuil, suivi de près par cette grande perche de Yimot; puis tous les autres membres de la faculté d'astronomie – Beenay, Thilanda, Klet, Simbron et quelques autres.

Ils restaient massés dans l'entrée de son bureau, et Athor voyait à l'expression atterrée de leurs visages qu'il devait vraiment avoir une mine épouvantable : hagard et défait sans nul doute, sa blanche chevelure en bataille, le teint blême, bref tout d'un vieil homme au bord de l'effondrement.

Il fallait couper court : ce n'était pas le moment de faire du mélodrame.

D'un ton mesuré, il dit : « Oui, je suis très fatigué, j'en suis conscient. Et j'ai probablement l'air de quelque démon surgi des régions infernales. Mais j'ai là quelque chose qui semble tenir debout.

– L'idée de la lentille gravitationnelle? suggéra Beenay.

– La lentille gravitationnelle est une notion dont il n'y a strictement rien à espérer, répondit Athor d'une voix glaciale. Même chose pour le soleil consumé, le repli de l'espace, la zone de masse négative et autres fantasmes avec lesquels nous avons joué toute la semaine. Ils sont tous fort joliment conçus, mais ne peuvent résister à un examen rigoureux. Il y a pourtant une hypothèse qui le peut. »

Il vit leurs yeux s'écarquiller.

Se tournant vers l'écran, il recommença à mettre en jeu les chiffres du postulat n° 8. Sa lassitude se dissipait à mesure qu'il travaillait : il ne se trompa pas de touches cette fois, il ne ressentit aucune douleur ni aucun malaise. Il était au-delà de la fatigue.

Il reprit la parole : « Ce postulat repose sur l'hypothèse d'un corps planétaire non lumineux semblable à Kalgash, en orbite, non autour d'Onos, mais autour de Kalgash lui-même, d'une masse considérable, presque égale en fait à celle de Kalgash, et donc suffisante pour exercer sur notre monde un effet gravitationnel qui provoque les perturbations signalées par Beenay. »

Athor mit en œuvre la visualisation, et le système solaire apparut sur l'écran sous une forme stylisée : les six soleils, Kalgash, et le satellite supposé de Kalgash.

Il se retourna pour faire face aux autres, qui se regardaient tous d'un air gêné. Bien qu'ils n'eussent que la moitié de son âge, ou moins encore, ils devaient avoir autant de mal que lui à accepter l'idée qu'il pût y avoir dans l'univers un autre corps céleste d'importance majeure; sinon, ils devaient penser tout simplement qu'il était devenu sénile et qu'il avait laissé passer quelque erreur dans ses calculs.

« Les données numériques appuyant le postulat n° 8 sont exactes, précisa Athor. Je peux vous l'assurer. Et le postulat a soutenu toutes les épreuves auxquelles j'ai pu le soumettre.

– Et, reprit Beenay à mi-voix, la raison pour laquelle nous ne pouvons voir ce satellite, monsieur... ?

– Deux raisons, répondit sereinement Athor. Tout comme Kalgash lui-même, ce corps planétaire ne pourrait briller qu'en réfléchissant la lumière. Si nous supposons que sa surface consiste surtout en roche bleuâtre – ce qui, du point de vue géologique, est possible –, alors la lumière qu'il réfléchirait occuperait dans le spectre une position telle que l'éclat des six soleils, associé aux pouvoirs de diffusion lumineuse de notre propre atmosphère, masquerait complètement sa présence. Dans un ciel où plusieurs soleils brillent pratiquement à tout moment, un tel satellite nous resterait invisible.

– A condition, précisa Faro, que ce satellite décrive une ellipse très allongée, n'est-ce pas, monsieur ?

– Exact ! Athor fit entrer en jeu la seconde visualisation. Voici une vue plus rapprochée. Comme vous pouvez le constater, notre satellite inconnu et invisible décrit autour de nous une ellipse qui l'éloigne énormément pendant de nombreuses années d'affilée – à une distance qui n'est pas telle que notre orbite ne soit pas affectée par sa présence, mais qui suffit à nous empêcher d'apercevoir cette terne masse rocheuse à l'œil nu, même avec nos télescopes. Comme il nous est impossible de prendre conscience de sa présence par l'observation ordinaire, c'est seulement par hasard que nous aurions pu la détecter par les moyens astronomiques.

– Mais, bien entendu, nous pouvons maintenant nous mettre à sa recherche, dit Thilanda 191, dont la spécialité était l'astrophotographie.

– Et, bien entendu, nous allons le faire, lui répondit Athor. Certes, vous trouverez la quête ardue : c'est l'aiguille dans une botte de foin. Mais des fonds vont être immédiatement affectés à cet usage; ça, je vous le garantis.

– Une question, monsieur, lança Beenay.

– Allez-y !

– Si son orbite est aussi excentrique que l'implique votre postulat, et que notre satellite, ce... appelons-le Kalgash II pour le moment... ce Kalgash II, donc, est extrêmement loin de nous à certaines phases de son cycle, alors il va de soi qu'à d'autres phases il doit occuper une position beaucoup plus proche. Il y a nécessairement une marge de variation même dans l'orbite la plus parfaite ; et pour un satellite parcourant une ellipse très allongée, on peut escompter une extrême amplitude différentielle entre la distance maximale et la plus réduite par rapport à la planète primaire.

– Rien de plus logique, en effet, acquiesça Athor.

– Mais en ce cas, monsieur, poursuivit Beenay, si Kalgash II s'est trouvé si loin de nous, depuis les débuts de l'astronomie moderne, que nous n'avons pas été capables de découvrir son existence, sauf en mesurant ses effets sur l'orbite de notre propre monde, ne croyez-vous pas qu'il est probablement en train de revenir de son lointain périgée ? Qu'il doit à l'heure actuelle s'approcher de nous ?

– Pas nécessairement, rétorqua Yimot avec de grands moulinets des bras. Nous n'avons aucune idée de sa position présente sur son parcours orbital, ni du temps qu'il lui faut pour accomplir une révolution complète autour de Kalgash : il pourrait s'agir d'une trajectoire de dix mille ans, et Kalgash II pourrait fort bien être en train de s'éloigner de nous, après avoir fait aux temps préhistoriques un passage rapproché dont personne n'a le moindre souvenir.

– C'est vrai, admit Beenay. Nous ne pouvons vraiment dire si actuellement il s'approche ou s'éloigne. Pas encore, en tout cas.

– Mais nous pouvons essayer de le découvrir, dit Faro.

– C'est une chose que nous devrions pouvoir faire en nous fondant simplement sur les perturbations de notre orbite, remarqua Klet, qui était le meilleur mathématicien de leur faculté.

– Dieux ! Et s'il vient dans notre direction ? s'exclama Simbron, la cosmographe. Quel événement extraordinaire, alors ! Un corps planétaire sombre qui traverserait le ciel... qui passerait entre nous et les soleils ! Qui pourrait même masquer la lumière de certains d'entre eux pendant une ou deux heures !

– Quelle étrange aventure se serait ! fit Beenay, tout songeur. Je suppose qu'on pourrait appeler ça une éclipse. Vous savez, ce phénomène optique qui se produit lorsque quelque chose s'interpose entre le sujet qui regarde et l'objet regardé. Mais cela pourrait-il vraiment se produire ? Les soleils sont tellement énormes, comment Kalgash II parviendrait-il à dérober l'un d'entre eux à notre vue ?

– Il suffirait qu'il s'approche suffisamment, remontra Faro. Ma foi, je pourrais imaginer une conjoncture où...

– Oui, c'est ça, creusez tous les scénarios possibles, allez-y ! lança soudain Athor, interrompant Faro si brutalement que tous ceux qui assistaient à la scène fixèrent sur lui des regards étonnés. Jouez avec cette idée, poussez-la de droite et de gauche et voyez ce que ça donne. »

Brusquement, il ne pouvait plus supporter de rester assis dans ce bureau, il fallait qu'il s'échappe.

L'exaltation qu'il éprouvait depuis qu'il avait mis en place la dernière pièce l'avait soudainement abandonné. Il sentait peser sur lui comme du plomb une terrible lassitude. On aurait dit qu'il avait mille ans. Des frissons lui parcouraient les bras, descendant jusque dans ses doigts, et dans les muscles de son dos quelque chose se tortillait frénétiquement.

Il savait qu'il avait excédé tout ce qu'il pouvait exiger de son endurance. Il était temps que des ouvriers plus jeunes prennent la relève dans cette entreprise.

Se levant de son siège devant les écrans, Athor fit un pas hésitant et chancelant vers le milieu de la pièce, se ressaisit juste avant de trébucher, et traversa lentement, avec toute la dignité qu'il put rassembler, les rangs du personnel de l'Observatoire.

« Je rentre chez moi, dit-il. Un peu de sommeil ne me fera pas de mal. »

15

« Dois-je comprendre, insistait Beenay, que ce village fut détruit par le feu *neuf fois d'affilée,* Siferra ? Et que chaque fois on l'a rebâti ?

– Mon collègue Balik pense qu'il n'y a peut-être que sept villages les uns au-dessus des autres dans la colline de Thombo, répondit l'archéologue. Et, de fait, il se peut qu'il ait raison : les choses ont tendance à s'embrouiller quand on atteint les niveaux inférieurs. Mais que ce soit sept ou neuf, peu importe ; ça ne change rien à l'idée de base. Tenez, regardez ces schémas : je les ai élaborés à partir des notes que j'ai prises au cours des fouilles. Bien entendu, nous nous sommes contentés de creuser une excavation préliminaire, une coupe rapide à travers l'ensemble de la colline, en laissant le travail réellement méticuleux pour une prochaine expédition ; nous avons découvert la colline trop tard dans notre campagne de fouilles pour en faire davantage. Mais ces schémas vous donneront une idée de la situation. Ça ne va pas vous paraître ennuyeux, au moins ? Tous ces détails vous intéressent vraiment, hein, Beenay ?

– Je les trouve absolument fascinants. Croyez-vous que je sois à ce point obnubilé par l'astronomie ? D'ailleurs, ce que nous avons appris sur les mouvements des soleils dans les cieux, nous en devons une partie – qui est loin d'être mince – à l'étude des monuments astronomiques anciens que vous avez déterrés çà et là dans le monde. Allez, montrez-moi ça ! »

Ils étaient dans le bureau de Siferra, où cette dernière avait demandé à Beenay de venir discuter un problème inopinément apparu, disait-elle, dans le cours de ses recherches. Cela l'avait laissé perplexe, mais il était toujours ravi d'avoir l'occasion de rendre visite à Siferra.

Ils s'étaient rencontrés cinq ans auparavant en participant à un comité interdisciplinaire d'enseignants qui préparait l'extension de la bibliothèque universitaire. Bien que, depuis, Siferra eût passé le plus clair de son temps à l'étranger pour travailler sur le terrain, Beenay et elle prenaient plaisir, lorsqu'elle était là, à déjeuner ensemble de temps à autre. Il la trouvait piquante, d'une vive intelligence, et d'une causticité qui apportait comme une bouffée d'oxygène. Quant à ce qu'elle pouvait bien voir en lui, il n'en avait aucune idée. Peut-être un jeune homme qui intellectuellement ne laissait pas indifférent, qui n'était pas impliqué dans les rivalités et les querelles dont son champ d'activité à elle était empoisonné, et qui ne manifestait pas de visées sexuelles sur elle.

Siferra déploya les plans, immenses feuilles de papier fin semblable à du parchemin, où avaient été tracés au crayon et à la règle des diagrammes complexes et élégants, sur lesquels Beenay et elle se penchèrent pour les examiner de près.

Il avait toujours été fasciné par l'archéologie. Dès son enfance, il avait aimé lire les récits des grands explorateurs de l'Antiquité, tels que Marpin, Shelbik, et bien entendu Galdo 221. Le lointain passé lui inspirait des réflexions presque aussi passionnantes que les lointains espaces interstellaires.

Raissta, sa compagne contractuelle, n'appréciait guère son amitié avec Siferra. A deux ou trois reprises, elle avait insinué, non sans quelque acrimonie, que c'était Siferra elle-même plutôt que son terrain de recherche qui fascinait Beenay. Celui-ci trouvait cette jalousie absurde. Certes, Siferra était une femme très attirante – c'eût été être de mauvaise foi que de le nier – mais elle était inexorablement fermée à la sentimentalité, et il n'y avait pas un homme sur le campus qui l'ignorât. En outre, elle avait une dizaine d'années de plus que Beenay. Aussi belle fût-elle, il n'était jamais entré dans les pensées de ce dernier les moindres intentions de caractère intime.

« Ce que nous avons ici, d'abord, c'est une coupe transversale de l'ensemble de la colline, lui dit-elle. J'ai indiqué chaque niveau distinct de peuplement de façon schématique. L'habitat le plus récent est en haut, évidemment : d'énormes murs de pierre, style d'architecture que nous appelons cyclopéen, typique de la culture de Beklimot à son stade de maturité. Cette ligne-ci, au niveau des murs cyclopéens, représente une couche de débris carbonisés : charbon de bois en quantité suffisante pour indiquer un immense incendie qui a dû entièrement anéantir la ville. Et voici, sous le niveau cyclopéen et la couche carbonisée, l'habitat immédiatement antérieur.

– Qui présente un style de construction différent.

– Exactement ! Vous voyez comment j'ai dessiné les pierres des murs ? C'est ce que nous appelons le style en contre-taille, caractéristique du Beklimot primitif, ou peut-être de la culture qui a donné naissance à celle de Beklimot. Mais on trouve ces deux styles dans les ruines de l'époque de Beklimot qui entourent la colline de Thombo. Elles sont cyclopéennes pour l'essentiel, et çà et là nous avons rencontré un peu de contre-taille, juste un simple affleurement ou deux, que nous nommons proto-Beklimot. Regardez ceci à présent, à la limite de l'habitat en contre-taille et des ruines cyclopéennes situées au-dessus.

– Une autre ligne d'incendie ? fit Beenay.

– Une autre ligne d'incendie, oui ! Cette colline est comme un gigantesque sandwich : une tranche d'habitations humaines, une tranche de résidus de combustion, une nouvelle tranche d'habitations humaines, une nouvelle tranche de résidus de combustion. Ce qui s'est produit, je pense, c'est quelque chose de ce genre : pendant la période de la contre-taille éclata un incendie ravageur qui calcina une bonne partie de la péninsule du Sagikan et força les gens à abandonner le village de Thombo et les autres villages voisins en style contre-taille. Par la suite, lorsque les habitants revinrent et se mirent à rebâtir, ils utilisèrent un style d'architecture tout nouveau, plus évolué, que nous appelons cyclopéen à cause de la taille gigantesque des pierres de construction. Mais il y eut alors un autre incendie, qui détruisit l'habitat cyclopéen. A ce stade, les gens de la région abandonnèrent leurs tentatives de construire des agglomérations sur la colline de Thombo, et cette fois ils choisirent pour la reconstruction un autre site, peu éloigné, que nous nommons Beklimot Majeur. On a cru longtemps que Beklimot Majeur était la première véritable ville humaine, née des villages plus petits, dans le style en contre-taille de la période proto-Beklimot, dispersés tout autour. Ce que nous enseigne Thombo, c'est qu'il y avait eu au moins une ville cyclopéenne importante dans la région avant que Beklimot Majeur existât.

– Et le site de Beklimot Majeur, questionna Beenay, ne présente aucune trace de dégâts d'incendie ?

– Non! Par conséquent, Beklimot n'était pas situé là quand la ville bâtie au sommet de la colline de Thombo a brûlé. Finalement, toute la culture de Beklimot s'est écroulée, et Beklimot Majeur lui-même a été abandonné, mais pour d'autres raisons, liées à des changements climatiques, sans que le feu eût rien à y voir; c'était il y a un millier d'années peut-être. L'incendie qui a ravagé le village supérieur de Thombo semble être bien antérieur. Je dirais, à vue de nez, antérieur d'un millier d'années. La datation par le carbone radioactif des échantillons de charbon de bois nous fournira un chiffre plus précis quand le labo nous donnera les résultats.

– Et l'habitat de style contre-taille, à quand remonte-t-il?

– Selon la doctrine archéologique en vigueur, les fragments de constructions en contre-taille que nous avons découverts çà et là dans la péninsule du Sagikan ne seraient antérieurs que de quelques générations au site de Beklimot Majeur. Après les fouilles faites à Thombo, ce n'est pas ce que je pense. Mon sentiment est que l'habitat en contre-taille de cette colline a précédé de deux mille ans les bâtiments cyclopéens qui se trouvent au sommet.

– Deux *mille*? Et vous dites qu'il y a d'autres agglomérations en dessous?

– Regardez le diagramme, répondit Siferra. Voici le n° 3 : un style d'architecture que nous n'avions jamais vu auparavant, sans rien de comparable aux ouvrages en contre-taille. Puis une autre ligne de calcination. L'agglomération n° 4. Et une ligne de calcination. N° 5. Une ligne de calcination. Puis les nos 6, 7, 8 et 9 – ou bien, si c'est Balik qui a raison, 6 et 7 seulement.

– Et chacune de ces agglomérations a été détruite par un grand incendie! Cela me semble fort singulier : un cycle de destruction fatal, où le même endroit est frappé et refrappé sans cesse!

– Ce qui est singulier, reprit Siferra sur un ton étrangement sombre, c'est que toutes ces agglomérations semblent être restées florissantes pendant des périodes sensiblement égales avant d'être détruites par le feu. Les couches correspondant aux habitats successifs ont une extraordinaire similitude quant à l'épaisseur. Nous attendons encore les rapports des analyses de laboratoire, vous comprenez; mais je ne crois pas que mon évaluation à vue soit bien loin du compte; et Balik avance les mêmes chiffres que moi. Sauf erreur complète de notre part, nous sommes, avec la colline de Thombo, en présence de quatorze mille ans d'histoire; et, au cours de ces quatorze millénaires, la colline a été périodiquement ravagée par de gigantesques incendies et, en conséquence, abandonnée, avec une ponctualité d'horloge : un incendie tous les deux mille ans, à peu de chose près!

– Quoi? »

Beenay sentait un grand frisson lui courir dans le dos. Dans son esprit se bousculaient toutes sortes de conclusions plus invraisemblables et plus troublantes les unes que les autres.

« Attendez! fit Siferra. Ce n'est pas tout. »

Elle ouvrit un tiroir et en sortit une pile de photos sur papier glacé.

« Voici des clichés des tablettes de Thombo, dont les originaux sont entre les mains de Mudrin 505 – vous savez, le paléographe –, qui s'efforce de les déchiffrer. Elles sont en argile cuite. Nous avons trouvé cette série-ci au niveau III et celle-là au niveau V. Les unes et les autres sont rédigées dans une écriture extrêmement primitive, si antique pour ce qui est des plus vieilles que Mudrin ne sait même pas par quel bout les prendre. Mais il a esquissé, à titre d'hypothèse de travail, le déchiffrage de vingt ou trente mots dans les tablettes du niveau III, rédigées en une forme primitive de l'écriture de Beklimot. Pour autant qu'il en sache à ce stade, il s'agit d'un récit de la destruction de la ville par le feu, œuvre de dieux vengeurs qui périodiquement jugent bon de punir l'humanité de sa méchanceté.

– *Périodiquement ?*

– Tout juste! Est-ce que ça prend une tournure familière?

– Les Apôtres de la Flamme! Mon Dieu, Siferra, sur quoi êtes-vous tombée là ?

– C'est ce que je ne cesse de me demander depuis que Mudrin m'a apporté les premières ébauches de traduction. »

L'archéologue se tourna face à Beenay, et c'est alors seulement que celui-ci remarqua comme elle avait le regard trouble et les traits tirés, un air presque égaré.

« Vous comprenez maintenant pourquoi je vous ai demandé de venir me voir ? Je ne puis parler de cela à aucun collègue de ma faculté! Que faut-il que je fasse, Beenay ? Si l'on révèle quoi que ce soit de tout cela, Mondior 71 et sa bande d'illuminés iront crier sur les toits que j'ai découvert des preuves archéologiques solides de leurs doctrines saugrenues!

– Vous croyez ?

– Comment pourrait-il en être autrement! »

Siferra tapota les plans. « Ces diagrammes contiennent la preuve de destructions par le feu répétées à deux mille ans d'intervalle. Quant à ces tablettes... avec la tournure que ça prend, ça pourrait bien être une espèce de version primitive du Livre des Révélations. Si l'on considère l'ensemble, on y voit, sinon une confirmation en bonne et due forme des vaticinations des Apôtres, du moins de quoi étayer rationnellement toute leur mythologie.

– Mais des incendies répétés en un même lieu ne prouvent pas qu'il y ait eu un fléau universel, objecta Beenay.

– C'est la périodicité qui m'inquiète, répondit Siferra. C'est trop régulier et trop proche des affirmations de Mondior. Je me suis, ces derniers temps, intéressée au Livre des Révélations. Saviez-vous que la péninsule du Sagikan est pour les Apôtres un lieu saint – le site sacré, disent-ils, où les dieux se sont jadis manifestés visiblement à l'humanité ? Et c'est pourquoi il est conforme à la raison – vous m'entendez bien, conforme à la *raison*, souligna-t-elle avec un rire amer, que les dieux veuillent préserver le Sagikan pour avertir l'humanité du destin qui reviendra sans cesse la frapper si nous ne nous corrigeons pas de nos mauvais penchants. »

Beenay la dévisageait, stupéfait.

Il connaissait peu de choses sur les Apôtres et leurs doctrines : ces fantasmes pathologiques n'avaient jamais présenté pour lui le moindre intérêt, et ses tâches scientifiques l'avaient trop absorbé pour qu'il prêtât attention aux verbeuses prophéties apocalyptiques de Mondior.

Mais à présent, le souvenir de la conversation qu'il avait eue quelques semaines auparavant avec Theremon 762 au Club des Six Soleils faisait irruption dans ses pensées avec une irrésistible violence : « *... ce ne sera pas la première fois que le monde est détruit... les dieux nous ont délibérément créés imparfaits... nous ont donné une unique année – une de leurs années divines, s'entend, et non une de nos pauvres petites années – pour nous amender : cela s'appelle l'Année Sacrée, qui fait exactement deux mille quarante-neuf des nôtres.* »

Non! Non! Non! Idioties! Boniment! Folie hystérique!

Ce n'était pas tout : « *A chaque fois, au terme d'une Année Sacrée, les dieux se sont aperçus que l'humanité était toujours mauvaise et pécheresse; ils ont donc détruit le monde en y faisant pleuvoir des flammes célestes... Voilà en tout cas ce que disent les Apôtres.* »

Non! Non!

« Beenay! fit Siferra. Qu'est-ce qui vous arrive ?

– Juste quelques réflexions, répondit-il. Par les Ténèbres, vous avez raison : vous donneriez confirmation aux Apôtres sur toute la ligne!

– Pas nécessairement. Il serait encore possible aux gens capables de penser juste de rejeter les idées de Mondior. La destruction de Thombo par le feu – même la destruction *répétée* de Thombo à intervalles réguliers de deux mille ans environ – ne prouve nullement que le monde entier ait été détruit par le feu; ni que quelque grand incendie semblable doive inéluctablement éclater encore. Pourquoi le passé se reproduirait-il inévitablement dans l'avenir ? Mais les gens capables de penser juste sont en minorité, bien sûr; tous les autres se laisseront retourner par l'usage que va faire Mondior de mes découvertes et céderont immédiatement à la panique. Les Apôtres prétendent, vous le savez, que le prochain grand incendie à l'échelle mondiale doit nous frapper l'année prochaine.

– Oui! fit Beenay d'une voix rauque. Theremon m'a dit qu'ils en ont précisé la date exacte. Il s'agit en fait d'un cycle de deux mille quarante-neuf ans, et nous sommes dans la deux mille quarante-huitième année ; dans quelque chose comme onze ou douze mois, si l'on en croit Mondior, le ciel deviendra tout noir et les flammes s'abattront sur nous. Je crois que c'est le 19 Theptar que c'est censé se produire.

– Theremon ? Le journaliste ?

– Oui. C'est un ami à moi ; il s'intéresse à toute cette affaire et il a interviewé un de leurs grands prêtres ou je ne sais trop quoi. Theremon m'a dit... »

La main de Siferra partit comme une flèche pour venir agripper le bras de Beenay, où ses doigts se plantèrent avec une force surprenante.

« Promettez-moi de ne pas lui souffler mot de tout ceci, Beenay !

– A Theremon ? Non, bien sûr ! Vous n'avez pas encore rendu publiques vos découvertes, il ne serait donc pas convenable de ma part d'en parler à quiconque ! Mais c'est un homme d'honneur. »

Elle relâcha quelque peu sa poigne de fer – quelque peu seulement.

« Parfois, entre amis, on tient des propos censés rester confidentiels ; mais, vous savez, Beenay, la notion de " propos confidentiels ", ça n'existe pas lorsqu'on parle à quelqu'un comme Theremon. S'il voit une bonne raison d'en faire usage, il en fera usage, quoi qu'il ait promis... et même si vous le considérez comme un " homme d'honneur ".

– Eh bien... peut-être...

– Faites-moi confiance ! Et si Theremon venait à découvrir ce que j'ai là en main, vous pouvez parier vos deux oreilles que ça s'étalerait dans *La Chronique* une demi-journée plus tard. Ça ruinerait ma carrière, Beenay. Il ne m'en faudrait pas plus pour être étiquetée comme le savant ayant fourni aux Apôtres des preuves pour étayer leurs absurdes assertions. J'éprouve pour les Apôtres une parfaite répugnance, Beenay. Je m'en voudrais de leur apporter aide ou appui d'aucune sorte, et je ne voudrais surtout pas avoir l'air d'épouser publiquement leurs idées loufoques.

– Ne vous inquiétez pas, promit Beenay. Je n'en soufflerai pas un mot.

– Il ne le faut pas. Comme je l'ai dit, ça me coulerait. Je suis revenue à l'université pour faire renouveler ma subvention de recherches. Ce que j'ai découvert à Thombo soulève déjà des controverses au sein de la faculté, parce que cela remet en question l'idée reçue selon laquelle Beklimot est le centre urbain le plus ancien. Mais si, par-dessus le marché, Theremon trouve le moyen de m'accrocher autour du cou les Apôtres de la Flamme, alors... »

Beenay l'écoutait à peine. Il ne ferait certes rien pour lui créer des difficultés : Theremon n'apprendrait rien de Beenay sur les recherches de Siferra. Mais ce qui le troublait au plus haut point, c'étaient les expressions que Theremon avait employées en lui exposant les doctrines des Apôtres, et qui continuaient à tournoyer dans sa mémoire.

« ... *Dans quelque chose comme quatorze mois, les soleils disparaîtront tous...*

... *dans un ciel tout noir, les Étoiles apparaîtront pour cracher la flamme...*

... *l'heure exacte de la catastrophe peut être calculée scientifiquement...*

... *un ciel noir...*

.... *les soleils disparaîtront tous.*

« Les Ténèbres! grommela Beenay avec aigreur. Cela se peut-il ? »

A cette exclamation, Siferra, qui avait poursuivi ses propos, s'interrompit en plein milieu d'une phrase.

« Vous ne m'écoutez pas, Beenay!

– Je... quoi ? Oh! mais si, bien sûr, j'écoute! Vous disiez qu'il ne fallait surtout pas que je dise un mot de tout cela à Theremon, parce que cela ruinerait votre réputation, et... et... Écoutez, Siferra, pensez-vous que nous pourrions continuer à discuter de tout ça une autre fois ? Ce soir... ou demain après-midi... ou à tout autre moment ? Il faut que je me rende à l'Observatoire à l'instant!

– En ce cas, je m'en voudrais de vous retenir, fit-elle d'un ton glacial.

– Non, ne le prenez pas ainsi. Ce que vous m'avez dit présente pour moi un immense intérêt; c'est d'une très grande importance, d'une importance capitale, que je ne peux même pas mesurer pour l'instant. Mais il faut que je vérifie quelque chose, quelque chose qui a un rapport direct avec tout ce dont nous avons discuté. »

Elle lui adressa un regard scrutateur. « Vous avez le feu aux joues, Beenay, et une étrange lueur dans les yeux! Vous êtes bien bizarre, tout à coup! En esprit, vous êtes parti à des millions de kilomètres! Que se passe-t-il ?

– Je vous le dirai plus tard, répondit-il, déjà en train de franchir la porte. Plus tard! Je vous le promets! »

16

A l'heure où Beenay s'y rendit, l'Observatoire était pratiquement désert, mis à part Faro et Thilanda. A son grand soulagement, il n'aperçut Athor nulle part. Tant mieux, se dit-il : le vieil homme était suffisamment épuisé par les efforts qu'il avait déployés pour mettre au point l'idée de Kalgash II; il n'avait pas besoin qu'on lui fît supporter une tension supplémentaire ce soir. Quant à la présence de Faro et Thilanda, c'était juste ce qu'il fallait. Faro représentait précisément le genre d'esprit vif et sans entraves dont Beenay avait besoin en cet instant; et Thilanda, qui avait passé tant d'années à scruter le grand vide des cieux avec son télescope et ses appareils photographiques, pourrait peut-être combler des lacunes avec des matériaux conceptuels nécessaires à Beenay.

Thilanda lui dit d'emblée : « J'ai passé toute la journée à développer des plaques, Beenay, mais en vain. J'en donnerais ma tête à couper, il n'y a là-haut dans le ciel rien d'autre que les six soleils. Tu ne penses pas que le vieux a fini par perdre la tête, non?

– Je pense que son esprit n'a rien perdu de son acuité.

– Mais regarde-moi ces photos! Ça fait des jours et des jours que je donne des coups de sonde dans tous les quadrants de l'univers, selon un programme de balayage total : cliché, déplacement de quelque deux degrés, cliché, déplacement, cliché... Tout le ciel est méthodiquement passé au peigne fin. Et voici ce que j'obtiens : des photos du néant!

– Si le satellite inconnu est invisible, Thilanda, on ne peut pas le voir. C'est aussi simple que ça!

– Invisible à l'œil nu, peut-être; mais l'objectif devrait pouvoir...

– Écoute, peu importe tout ça maintenant. J'ai besoin de votre aide à tous les deux : des trucs purement théoriques, en rapport avec la théorie d'Athor.

– Mais si le nouveau satellite n'est qu'un château en Espagne... protesta Thilanda.

– Un château qu'on ne voit pas peut n'en être pas moins réel! coupa Beenay. Et s'il surgit du néant, et nous fonce dessus, et nous rentre dedans, ça fera mal! Veux-tu m'aider, oui ou non?

– Eh bien...

– Bon! Ce que je désire que tu fasses, c'est de préparer une projection informatique des mouvements des six soleils sur une période de quatre mille deux cents ans. »

Thilanda, n'en croyant pas ses oreilles, le regarda bouche bée « Tu as bien dit quatre mille deux cents ans?

– Je sais très bien qu'on ne possède pas de documents consignant les mouvements stellaires sur une telle période. Mais j'ai parlé de projection informatique, Thilanda. Tu disposes au moins de cent ans d'archives fiables, non?

– Plus que ça.

– C'est encore mieux! En les exploitant, fais une projection en avant et en arrière dans le temps. Demande à l'ordinateur les combinaisons quotidiennes des six soleils pendant les vingt et un derniers siècles et les vingt et un siècles à venir. Si tu ne peux y parvenir, je suis sûr que Faro se fera un plaisir de t'aider à composer le programme.

– Je crois que j'en suis capable, répondit Thilanda d'un ton glacial. Mais ça ne te ferait rien de m'expliquer à quoi tout cela rime? On se lance dans l'édition d'almanachs? Et encore, un almanach se contente d'indiquer les configurations astrales pour les quelques années qui suivent. Alors, qu'est-ce que tu mijotes?

– Je te le dirai plus tard, répondit Beenay. C'est promis. »

Il la laissa rageant et pestant à son bureau, et, traversant l'Observatoire, il gagna les lieux de travail d'Athor. Il s'assit devant les trois écrans d'ordinateur sur lesquels ce dernier avait calculé la théorie de Kalgash II. Pensif, il resta longtemps en contemplation devant l'écran central, où se dessinait l'orbite de Kalgash compte tenu des perturbations provoquées par l'hypothétique Kalgash II.

Puis il appuya sur une touche, et la courbe représentant l'orbite supposée de Kalgash II s'afficha en vert fluorescent : une immense ellipse excentrique s'étalant en travers de l'orbite de Kalgash luimême, plus ramassée et presque circulaire. Il l'examina un moment; puis, tapant sur d'autres boutons, il fit surgir les soleils sur l'écran, et médita devant pendant peut-être une heure, en affichant leurs diverses configurations : Onos dans le ciel avec Tano et Sitha, Onos avec Trey et Patru, Onos et Dovim avec Trey et Patru, Dovim avec Trey et Patru, Dovim avec Tano et Sitha, Patru et Trey seuls...

Les agencements normaux, oui... et les agencements anormaux?

Tano et Sitha seuls? Non, ça ne pouvait se produire : le rapport entre la position dans le cosmos de ce couple de soleils et celle des soleils plus rapprochés était tel que Tano et Sitha ne pouvaient jamais apparaître dans cet hémisphère sans Onos ou Dovim, ou les deux en même temps. Peut-être cela avait-il été possible des centaines, des milliers d'années auparavant, songea Beenay, encore que ce fût douteux; et c'était tout à fait exclu, à présent.

Trey plus Patru plus Tano plus Sitha?

Là encore, non. Les deux systèmes solaires doubles étaient de part et d'autre de Kalgash : chaque fois que l'un des couples était dans le ciel, l'autre était généralement caché par la planète. De temps en temps ils parvenaient à se montrer tous les quatre ensemble, mais seulement en présence d'Onos : c'étaient les fameuses journées quinquasolaires, liées dans l'autre hémisphère aux journées tout aussi remarquables où Dovim était seul à briller : cela ne se produisait qu'à plusieurs années d'intervalle.

Trey sans Patru? Tano sans Sitha?

Techniquement parlant, oui. Lorsqu'un des deux couples de soleils était proche de l'horizon, un de ses astres jumeaux se trouvait au-dessus de celui-ci et l'autre au-dessous pendant une courte période. Mais ce n'était pas un phénomène stellaire significatif : les deux soleils étaient toujours ensemble, quoique temporairement séparés par la ligne d'horizon.

Les six soleils dans le ciel tous à la fois?

Impossible!

Pire même : inimaginable!

Et pourtant, il venait de l'imaginer! A cette pensée, Beenay eut un frisson. Si tous les six se trouvaient simultanément au-dessus de l'horizon, alors il devrait y avoir une région dans l'autre hémisphère où l'on ne pourrait voir aucune lumière solaire du tout. Les Ténèbres! Les Ténèbres! Mais les Ténèbres étaient inconnues sur tout Kalgash, sauf à titre de concept abstrait. Il ne pouvait y avoir jamais eu une occasion où les six soleils eussent convergé et où une grande partie du monde eût été plongée dans l'obscurité complète. Cela ne se pouvait pas, n'est-ce pas?

Cela se pouvait-il?

Beenay se mit à ruminer cette hypothèse qui lui donnait le frisson. Il entendit une fois encore Theremon lui expliquer de sa voix profonde les théories des Apôtres :

« ... *les soleils disparaîtront tous...* »

« ... *dans un ciel tout noir, les Étoiles cracheront la flamme...* »

Il secoua la tête. Tout ce qu'il savait des mouvements des soleils dans les cieux s'insurgeait contre cette idée : cela ne pouvait tout simplement pas se produire, à moins d'un miracle – et Beenay ne croyait pas aux miracles.

Rayer l'hypothèse six-soleils-ici/Ténèbres-là!

Que restait-il?

Dovim seul. Le petit soleil rouge tout seul dans le ciel?

Oui, ma foi, cela arrivait bel et bien, mais pas souvent. Les rares jours quinquasolaires, où Tano, Sitha, Trey, Patru et Onos étaient réunis dans le même hémisphère, il ne restait plus que Dovim pour l'autre partie du monde.

Était-ce là le retour des Ténèbres ? Dovim répandait si peu de lumière – juste sa faible et tiède lueur d'un violet rougeâtre – que les gens auraient pu s'y tromper.

Mais cette explication n'était pas vraiment satisfaisante. Même le petit Dovim devrait pouvoir fournir assez de clarté pour empêcher les gens de sombrer dans la terreur. Et les jours de ce genre revenaient à quelques années d'intervalle : c'était peu fréquent, mais pas exceptionnel. Si la vue isolée d'un petit soleil tout pâle pouvait provoquer de vastes bouleversements psychiques, le retour de cet événement – dans un an environ, Beenay s'en souvenait – aurait créé une attente fébrile, alors qu'en fait personne ne s'en préoccupait le moins du monde.

Mais à supposer que Dovim fût seul dans le ciel, et que quelque chose se produisît, quelque chose de singulier, quelque péripétie vraiment insolite, pour occulter le peu de lumière qu'il fournissait...

Thilanda, surgie à son côté, lui annonça d'un ton revêche : « Voilà, Beenay, tes projections des mouvements solaires sont toutes prêtes ; et pas seulement sur quatre mille deux cents ans : une extrapolation à l'infini. Faro m'a aidée pour la partie mathématique, et nous avons établi le programme de telle sorte que ça s'étende jusqu'à la fin des temps si tu le désires, ou que ça remonte jusqu'au commencement de l'univers.

– Parfait ! Envoie-moi ça sur l'ordinateur dont je suis en train de me servir, veux-tu ? Et vous, Faro, venez ici, voulez-vous ? »

Le petit diplômé dodu s'avança de son pas peu rapide, mais ses yeux sombres pétillaient de curiosité. De toute évidence, il débordait de questions sur ce que faisait Beenay ; mais il respecta les règles de conduite entre étudiant et professeur, et attendit en silence ce que Beenay avait à lui dire.

« Ce que j'ai ici sur mon écran, commença ce dernier, c'est l'orbite calculée par Athor pour l'hypothétique Kalgash II. J'ai également – ou j'aurai, lorsque Thilanda aura effectué le transfert de données – le programme que vous et elle venez d'élaborer quant aux mouvements solaires sur de longues périodes. Ce que je vais faire maintenant, c'est essayer d'établir une corrélation entre la présence d'un seul soleil dans le ciel et le passage de Kalgash II à proximité de notre planète, de façon à...

– De façon à pouvoir calculer la fréquence des éclipses ? lâcha Faro. C'est ça, monsieur ? »

La vivacité du jeune homme était amusante, et déconcertante aussi. « A vrai dire, oui ! C'est à des éclipses que vous pensiez vous aussi, non ?

– C'est ce que j'avais derrière la tête lorsque Athor nous a entretenus pour la première fois de Kalgash II. Simbron a évoqué la possibilité que cet étrange satellite masque la lumière de certains des soleils ; vous avez dit que ça s'appellerait une éclipse.

Alors je me suis mis à envisager certaines éventualités, mais Athor m'a interrompu avant que je puisse préciser quoi que ce soit, parce qu'il était fatigué et voulait rentrer chez lui.

– Et vous n'en avez plus parlé depuis ?

– Personne ne m'a rien demandé, répondit Faro.

– Eh bien, voici l'occasion que vous attendiez ! Je vais transférer sur votre ordinateur tout ce qui est sur le mien ; et vous et moi, installés ensemble dans cette pièce, mais chacun de notre côté, nous allons nous mettre à manipuler les chiffres. Ce que je cherche, c'est un cas très particulier où Kalgash II soit dans sa position la plus proche de Kalgash et où il n'y ait qu'un soleil dans le ciel. »

Faro fit de la tête un signe d'assentiment, et se dirigea vers son ordinateur à une allure à laquelle Beenay ne l'avait encore jamais vu se déplacer.

Beenay n'escomptait pas terminer les calculs le premier, Faro était bien connu pour sa rapidité en ce domaine. Mais le but de l'opération était que le problème soit traité par chacun des deux séparément, l'autonomie des résultats garantissant leur validité. Aussi, lorsque, au bout de peu de temps, Faro, avec un grognement de triomphe, bondit sur ses pieds pour dire quelque chose, Beenay lui fit, non sans irritation, signe de se taire, et poursuivit son travail. Il lui fallut – embarrassante éternité ! – dix minutes de plus.

Puis les chiffres se mirent à apparaître sur son écran.

Si tous les présupposés dont il avait nourri l'ordinateur étaient exacts, alors la venue des Ténèbres n'était guère probable. La seule possibilité, c'était une journée où Dovim fût seul. Mais cette circonstance était si rare que ses chances de se produire au moment où, au cours de sa longue orbite, Kalgash II passerait au plus près de Kalgash étaient infinitésimales.

Infinitésimales, vraiment ?

Beenay examina avec attention les chiffres qui s'affichaient sur l'écran : il semblait y avoir une mince possibilité de convergence. Les calculs n'étaient pas achevés, mais chaque fois que Kalgash II, après avoir parcouru toute son orbite, revenait au voisinage de Kalgash, il le faisait à une date toujours plus proche d'un jour de Dovim seul. Et, tandis que l'ordinateur passait en revue toutes les possibilités astronomiques, les chiffres continuaient à défiler sous les yeux d'un Beenay de plus en plus médusé et incrédule.

Et voilà, en fin de compte, ça y était : les trois corps célestes alignés dans le bon ordre, Kalgash-Kalgash II-Dovim !

Configuration possible, donc, mais extrêmement rare : il fallait que Dovim fût seul dans son hémisphère et à distance maximale, et Kalgash II à sa distance minimale. Le diamètre apparent de Kalgash II serait alors sept fois celui de Dovim – assez pour masquer la lumière du petit soleil pendant largement plus d'une demi-journée, de sorte qu'aucun point de la planète n'échapperait aux effets des Ténèbres. L'ordinateur indiquait qu'une conjoncture aussi particulière ne pouvait se produire qu'une fois tous les...

Beenay hoqueta. Il se refusait à le croire.

Il se tourna vers Faro. La figure ronde du jeune diplômé, toute blême, respirait l'effarement.

D'une voix rauque, Beenay lui dit : « Bon, j'ai fini, j'ai mon résultat chiffré. Mais donnez-moi d'abord le vôtre.

– Éclipse de Dovim par Kalgash II : périodicité de deux mille quarante-neuf ans.

– Oui, répondit Beenay comme s'il avait du plomb dans la bouche. C'est exactement le chiffre que j'obtiens : une fois tous les deux mille quarante-neuf ans. »

La tête lui tournait, comme si l'univers entier vacillait autour de lui.

Une fois tous les deux mille quarante-neuf ans – la durée exacte d'une Année Sacrée, selon les Apôtres de la Flamme ! Le chiffre même qui figurait dans le Livre des Révélations !

« ... les soleils disparaîtront tous... »

« ... dans un ciel tout noir les Étoiles cracheront la flamme... »

Il ignorait ce que pouvaient être les Étoiles ; mais Siferra avait découvert une colline dans la péninsule du Sagikan qui avait été le site de villes détruites par le feu avec une régularité stupéfiante, tous les deux mille ans environ. Lorsqu'elle aurait eu la possibilité de faire procéder à une datation exacte au carbone 14, le nombre précis d'années séprarant chaque incendie de la colline de Thombo serait-il... deux mille quarante-neuf ?

« ... un ciel noir... »

Beenay fixait sur Faro, assis à l'autre bout de la pièce, un regard désemparé.

« Pour quand le prochain jour de Dovim seul est-il prévu ? lui demanda-t-il.

– Dans onze mois et quatre jours, répondit Faro d'un air sombre. Le 19 Theptar.

– Oui, fit Beenay. Le jour même où, à ce que nous annonce Mondior, le ciel va devenir tout noir et le feu des dieux va descendre sur nous et détruire notre civilisation. »

17

« Pour la première fois de ma vie, déclara Athor, je me surprends à prier de tout mon cœur pour que mes calculs soient faux; mais je crains bien que les dieux n'aient pas eu la miséricorde de m'entendre. Nous nous trouvons inexorablement entraînés vers une conclusion effroyable à envisager. »

Il parcourut la pièce du regard, en l'arrêtant un instant sur chacun de ceux qu'il avait convoqués : le jeune Beenay 25, bien sûr; Sheerin 501, de la faculté de psychologie; Siferra, l'archéologue.

Par la pure force de sa volonté, Athor parvenait de haute lutte à leur cacher l'immense fatigue qui pesait sur lui, son sentiment croissant de désespoir, l'accablant effet de choc produit par tout ce qu'il avait appris ces dernières semaines. C'est à lui-même aussi qu'il s'efforçait de les cacher. De temps en temps, il s'était surpris à penser qu'il avait trop vécu, à regretter que le repos ne lui eût pas été accordé depuis un ou deux ans; mais il balayait implacablement de telles pensées. Une volonté de fer et une inébranlable force de caractère avaient toujours été les traits dominants d'Athor; il se refusait, maintenant que sa vigueur était en butte aux attaques de l'âge, à laisser ces qualités lui glisser entre les doigts.

Se tournant vers Sheerin, il dit : « Votre domaine, à ce que je crois comprendre, est l'étude des Ténèbres? »

Le gros psychologue eut l'air amusé. « On peut envisager les choses ainsi, j'imagine. Ma thèse de doctorat portait effectivement sur les troubles mentaux occasionnés par les Ténèbres. Mais ces recherches ne représentent qu'une des facettes de mes travaux; je m'intéresse aux psychoses collectives de tous ordres, aux réactions irrationnelles de l'esprit humain aux stimuli qui l'excèdent. Toute la gamme de la dinguerie humaine, voilà avec quoi je gagne ma croûte!

– Admettons! répondit Athor avec componction. Quoi qu'il en soit, Beenay 25 assure que c'est vous qui faites autorité à cette université en matière de Ténèbres. Vous venez d'assister à notre petite démonstration astronomique sur l'écran de l'ordinateur et vous comprenez, je suppose, les implications majeures de ce que nous avons découvert. »

Le vieil astronome n'était pas parvenu à ôter à ses propos leur note quelque peu condescendante; mais Sheerin n'eut pas l'air de s'en formaliser. Avec un calme parfait, il résuma ce qu'on venait de lui dire.

Athor opina de la tête. « Vous avez saisi la situation à la perfection.

– C'est bien ce que je craignais! J'espérais avoir mal compris.

– Et maintenant, en ce qui concerne les effets de l'éclipse... » poursuivit Athor.

Sheerin prit une profonde inspiration. « D'accord! L'éclipse – qui ne se produit qu'une fois tous les deux mille quarante-neuf ans, les dieux en soient loués! – va provoquer une période prolongée d'obscurité sur Kalgash. Avec la rotation de la planète, chaque continent sera totalement privé de lumière pour des périodes allant de... combien avez-vous dit?... de neuf à quatorze heures, selon la latitude.

– Pourriez-vous, je vous prie, nous donner votre opinion de psychologue quant à l'effet que cela aura sur l'esprit des êtres humains?

– L'effet, répondit Sheerin sans hésiter, sera la folie. »

Il régna soudain dans la pièce un silence profond.

Enfin, Athor prit la parole : « Folie universelle, c'est ce que vous prévoyez?

– Très probablement. Ténèbres universelles, folie universelle. Je crois pouvoir affirmer que les gens seront affectés à des degrés divers : désorientation et dépression de courte durée à un bout, et à l'autre destruction complète et permanente des facultés de raisonnement. Bien entendu, plus grande est la stabilité psychique au départ, moins on risque l'ébranlement total par suite de l'absence complète de lumière. Mais personne, à mon avis, ne s'en sortira indemne.

– Je ne comprends pas! dit Beenay. Qu'ont donc les Ténèbres pour rendre les gens fous? »

Sheerin sourit. « Nous n'y sommes tout simplement pas adaptés. Imaginez, si vous le pouvez, un monde qui n'ait qu'un soleil : avec la rotation de ce monde sur son axe, chaque hémisphère recevra de la lumière la moitié de la journée, et sera entièrement sombre pendant l'autre moitié. »

Beenay fit involontairement un geste horrifié.

« Vous voyez! s'écria Sheerin. Même cette simple évocation vous est désagréable. Mais les habitants d'une telle planète seraient tout à fait accoutumés à leur dose quotidienne de Ténèbres. Selon toute probabilité, ils trouveraient les heures où ils bénéficieraient de la lumière du jour plus réjouissantes et plus à leur goût, mais ils accueilliraient les Ténèbres avec un haussement d'épaules, sans s'émouvoir, comme un fait ordinaire de tous les jours, rien d'autre qu'une période à traverser en dormant, dans l'attente du retour du matin. Ce n'est pas notre cas. Notre évolution s'est accomplie dans un milieu perpétuellement baigné de lumière solaire, à chaque heure du jour, chaque jour de l'année. Notre esprit, et même notre corps dans sa physiologie, sont conditionnés à une clarté constante; en être privés ne serait-ce qu'un bref instant nous déplaît. Vous dormez avec une lampe numinaire allumée dans votre chambre, je présume?

– Bien sûr! répondit Beenay.

– Bien sûr! Pourquoi " bien sûr "?

– Pourquoi...? Mais *tout le monde* dort avec un numinaire!

– C'est exactement ce à quoi je voulais en venir! Dites-moi une chose : avez-vous jamais été confronté aux Ténèbres, ami Beenay?

Beenay s'adossa au mur à côté de la grande fenêtre panoramique et réfléchit à la question. « Non... Je ne peux pas dire que ça me soit arrivé. Mais je sais ce que c'est : juste... euh... » Il fit de vagues gestes des doigts, puis son visage s'éclaira. « Juste une absence de lumière! Comme dans les cavernes!

– Avez-vous jamais été dans une caverne?

– Dans une *caverne?* Bien sûr que non!

– C'est bien ce que je pensais. Moi, j'ai fait l'expérience, une fois, il y a longtemps, quand je commençais mes travaux sur les troubles provoqués par les Ténèbres; mais je me suis dépêché de sortir! J'ai pénétré dans la caverne jusqu'à ce que son issue ne soit plus qu'une vague tache claire dans le noir omniprésent. » Il eut un petit rire bonhomme. « Je n'aurais jamais cru qu'une personne de ma corpulence pût courir si vite! »

D'un ton presque provocant, Beenay rétorqua : « Si telle est l'idée, je crois que, si j'avais été là, je n'aurais pas pris la fuite. »

Le psychologue adressa au jeune astronome un sourire débonnaire. « Voilà qui est parler! J'admire votre courage, mon ami. » Se tournant vers Athor, Sheerin ajouta : « Puis-je avoir votre permission, monsieur, pour faire une petite expérience psychologique?

– Tout ce que vous voudrez!

– Je vous remercie. »

Sheerin s'adressa alors à nouveau à Beenay : « Voudriez-vous tirer le rideau qui est près de vous, ami Beenay? »

Beenay eut l'air surpris. « Pour quoi faire?

– Tirez simplement le rideau, puis venez vous asseoir près de moi.

– Eh bien, si vous insistez... »

De lourdes tentures rouges pendaient à côté des fenêtres. Athor ne se rappelait pas une seule occasion où elles eussent été fermées, et pourtant cette pièce lui servait de bureau depuis une quarantaine d'années. Beenay haussa les épaules, tendit la main vers le gland qui ornait le bout du cordon et exerça dessus une brusque traction. Les anneaux de cuivre glissèrent en sifflant sur la tringle, et le rideau rouge vint masquer la large baie. Pendant un instant, la crépusculaire lueur rouge de Dovim resta encore visible, puis tout ne fut plus qu'ombres, et les ombres elles-mêmes devinrent indistinctes.

On entendit les pas de Beenay, qui se dirigeait vers la table, résonner dans le silence, puis s'arrêter à mi-chemin.

« Je ne vous vois pas, Sheerin! chuchota-t-il piteusement.

– Trouvez votre chemin à tâtons! commanda Sheerin d'une voix tendue.

– Mais je ne vous vois pas! » Le jeune astronome avait la respiration courte et sifflante. « Je n'y vois rien du tout!

– Qu'est-ce que vous escomptiez? Ce sont là les Ténèbres! » Après un moment d'attente, Sheerin poursuivit : « Allons, venez! Vous savez certainement vous déplacer dans cette pièce les yeux fermés. Rejoignez-moi simplement ici, et asseyez-vous! »

On entendit de nouveau les pas, hésitants; puis le bruit de quelqu'un qui bougeait maladroitement une chaise; et enfin la voix de Beenay, toute menue : « M'y voici!

– Comment vous sentez-vous?

– Ça... hic!... ça va!

– Ça vous plaît, non? »

Un long silence.

« Non!

– Non, Beenay?

– Pas du tout! C'est affreux! C'est comme si les murs... » Il s'interrompit. « ... Comme s'ils se resserraient sur moi! J'éprouve sans cesse le besoin de les repousser. Mais je ne suis pas du tout en train de devenir fou; en fait, je crois que je m'y habitue.

– Très bien! Et vous, Siferra?

– Je peux supporter une petite dose de Ténèbres, il m'est arrivé parfois d'avoir à ramper dans des passages souterrains. Mais je ne peux pas dire que j'aime ça!

– Docteur Athor?

– Moi aussi, j'y survis! Mais je crois que votre démonstration est concluante, docteur Sheerin, répondit le chef de l'Observatoire, non sans raideur.

– Parfait! Beenay, vous pouvez rouvrir les rideaux. »

Des pas circonspects retentirent dans le noir, puis le frou-frou du rideau au contact du corps de Beenay cherchant à tâtons le gland, et enfin – soulagement! – la rapide stridulation des anneaux qui glissaient et le bruissement du rideau qui s'ouvrait. La lumière rouge de Dovim inonda la pièce et, avec un cri de joie, Beenay contempla par la fenêtre le plus petit des six soleils.

Sheerin essuya du revers de la main la sueur de son front et dit d'une voix mal assurée : « Et il ne s'agissait que de quelques minutes dans une pièce sombre!

– On peut le supporter! fit Beenay d'un ton dégagé.

– Oui, dans une pièce sombre, c'est possible... un petit moment, en tout cas. Mais vous avez tous entendu parler de l'Exposition du Centenaire de Jonglor, n'est-ce pas? Le scandale du Tunnel du Mystère? Beenay, je vous ai raconté ça l'été dernier au Club des Six Soleils, un soir où vous étiez avec ce journaliste, Theremon.

– Oui, je m'en souviens : ces gens qui ont fait un tour dans les Ténèbres au parc d'attractions et en sont ressortis fous.

– Il leur est arrivé la même chose qu'à vous quand nous avons fermé le rideau et que vous avez eu l'impression que les murs venaient vous écraser dans le noir. En psychologie, nous avons un terme pour désigner l'horreur instinctive qu'éprouve l'humanité pour l'absence de lumière : nous l'appelons “ claustrophobie ”, parce que le manque de lumière est lié à des lieux clos, et la peur de ceux-ci est aussi la peur de celui-là.

– Et ça a suffi pour les rendre dingues?

– Vous n'avez passé que deux ou trois minutes sans lumière tout à l'heure, et il me semble que vous avez été passablement bouleversé; alors rendez-vous compte, *quinze* minutes!

– Mais ils ne se sont pas remis après?

– Quelques-uns, si. D'autres souffriront pendant des années, voire le restant de leurs jours, d'obsessions claustrophobiques; leur crainte latente des Ténèbres et des lieux clos s'est cristallisée et est devenue, pour autant que nous le sachions, permanente. Il y en a même qui sont morts de saisissement : pas question pour eux de se remettre, hein? Voilà ce que peuvent provoquer quinze minutes d'obscurité!

– Chez certaines personnes », s'obstina à préciser Beenay.

Sheerin soupira, exaspéré. « Imaginez les Ténèbres, partout, aucune lumière, aussi loin que l'on regarde; maisons, arbres et champs, ciel et terre, tout est *noir!* Pouvez-vous concevoir cela?

– Oui, je le peux! affirma Beenay encore plus agressivement.

– Non! Vous ne pouvez pas le concevoir! » cria Sheerin, pris d'un soudain emportement, en abattant son poing sur la table. Vous vous racontez des histoires! C'est quelque chose qu'il vous est impossible de concevoir, parce que votre cerveau n'a pas été fait pour ça, pas plus que... Écoutez, Beenay, vous êtes mathématicien, n'est-ce pas? Eh bien! votre cerveau est-il apte à se représenter véritablement une notion telle que l'infini? Que l'éternité? Vous ne pouvez que la réduire à des équations, et faire comme si les nombres abstraits étaient la réalité, alors qu'en fait ce ne sont que des signes sur le papier. Mais quand vous vous efforcez d'embrasser par la pensée l'idée d'éternité, vous êtes très vite saisi de vertige, j'en suis convaincu. Il en va de même pour les Ténèbres, dont vous venez d'avoir un petit avant-goût. Lorsque cette réalité surviendra pour de bon, votre esprit se verra confronté à un phénomène qui excède absolument les limites de sa compréhension. Vous serez frappé de folie, Beenay; d'une folie complète et irrémédiable : je n'en ai pas le moindre doute ! »

Une fois encore, un silence terrible régna dans la pièce.

Enfin, Athor prit la parole : « C'est votre conclusion définitive, docteur Sheerin ? La folie généralisée ?

– Perte de la raison à un degré rédhibitoire pour soixante-quinze pour cent de la population; peut-être quatre-vingts pour cent; peut-être cent pour cent. »

Athor hocha la tête. « Monstrueux! Effroyable! Une inconcevable calamité! Mais je dois vous dire que je partage un peu le sentiment de Beenay : il me semble que, d'une façon ou d'une autre, nous nous en tirerons, que les effets ne seront pas aussi catastrophiques que votre analyse le laisse augurer. J'ai beau être vieux, je ne peux m'empêcher de garder un certain optimisme, un fonds d'espoir... »

Siferra fit soudain entendre sa voix : « Puis-je prendre la parole, docteur Athor ?

– Certes, certes! C'est pour cela que vous êtes ici ! »

L'archéologue se leva et vint se placer au milieu de la pièce. « Par certains côtés, je suis surprise de me trouver ici. La première fois que j'ai discuté avec Beenay de ce que j'avais mis au jour dans la péninsule du Sagikan, je lui ai demandé de garder le secret. Je craignais pour ma réputation scientifique, car je voyais bien que mes découvertes pouvaient favoriser le mouvement religieux le plus irrationnel, le plus effrayant, le plus dangereux qui existe au sein de notre société : j'ai nommé, naturellement, les Apôtres de la Flamme. Mais lorsque Beenay m'a exposé un peu plus tard sa propre découverte, il m'est apparu qu'il me fallait révéler ce que je savais. J'ai ici des photographies et des diagrammes de mes fouilles de la colline de Thombo. Beenay, vous les avez déjà vus, mais si vous voulez bien les passer au docteur Athor et au docteur Sheerin... »

Siferra attendit que ces derniers aient pu jeter un coup d'œil aux documents; puis elle reprit la parole.

« Les diagrammes seront plus faciles à comprendre si vous vous représentez la colline de Thombo comme une gigantesque pièce montée de bourgs anciens, chacun d'entre eux bâti par-dessus le précédent : en tout, au moins sept périodes d'implantation humaine différentes, voire davantage.

« Chacune de ces agglomérations, messieurs, a été détruite par le feu. Ma première conjecture, c'était que ces grands incendies ont dû se produire à quelque deux mille ans d'intervalle, le plus récent datant d'environ deux mille ans.

« Mais le charbon de bois se prête particulièrement bien à la datation par le carbone radioactif, ce qui nous fournit une indication fort précise quant à l'ancienneté d'un site. Depuis que mes prélèvements sont arrivés ici, le laboratoire de notre faculté consacre ses efforts à des analyses au carbone 14; nous connaissons à présent les chiffres. Je peux vous les indiquer de mémoire. La dernière ville de Thombo a été ravagée par le feu il y a deux mille cinquante ans, avec une marge d'erreur de vingt ans dans un sens ou dans l'autre; la troisième agglomération en partant du haut a été consumée il y a six mille deux cents ans, avec une marge de plus ou moins quatre-vingts ans; la quatrième présente un âge radioactif de huit mille trois cents ans, avec une marge de cent ans; la cinquième...

– Grands dieux! s'exclama Sheerin. Est-ce qu'elles se situent toutes à des intervalles aussi réguliers?

– Toutes sans exception : les incendies se sont produits tous les vingt siècles et quelque. En tenant compte de la légère imprécision inévitable dans la datation par le carbone radioactif, il est même parfaitement légitime de postuler qu'en fait ils ont eu lieu *exactement* à deux mille quarante-neuf ans d'intervalle – ce qui, comme Beenay l'a démontré, est précisément le rythme auquel se produisent les éclipses de Dovim. Et aussi, ajouta Siferra d'un ton morne, la longueur de ce que les Apôtres de la Flamme appellent une Année Sacrée, au terme de laquelle le monde est censé être détruit par le feu.

– Résultat de la folie collective, oui! dit Sheerin d'une voix caverneuse. Lorsque les Ténèbres viendront, les gens auront envie de lumière – n'importe quelle sorte de lumière, torches, feux de joie... De brûler n'importe quoi, les meubles... les maisons...!

– Non! marmonna Beenay.

– N'oubliez pas, reprit Sherin, que ces gens n'auront plus leur raison. Ils se comporteront comme de petits enfants, mais ils auront des corps d'adultes, et des vestiges d'esprits adultes. Ils sauront utiliser les allumettes; ils auront oublié ce qui arrive quand on fait des quantités de feux partout.

– Non! » répéta Beenay, d'un ton désespéré. Toute nuance d'incrédulité avait disparu de sa voix.

Siferra reprit la parole : « Au départ, on pouvait soutenir que les incendies de Thombo étaient des événements purement locaux. Curieuse coïncidence que cette récurrence régulière, selon un processus immuable, s'étendant dans le temps sur une immense période, mais confinée dans l'espace à ce seul et unique endroit; peut-être un singulier rite purificateur. Puisqu'on n'a découvert nulle part ailleurs de sites aussi anciens, on ne pouvait affirmer le contraire. Mais les calculs de Beenay ont tout changé. Désormais, nous constatons que, tous les deux mille quarante-neuf ans, le monde est, apparemment, plongé dans les Ténèbres. Comme le dit Sheerin, il est inévitable qu'on allume des feux, et que ceux-ci prennent des proportions débordantes. Aucune localité au monde n'a pu manquer d'être anéantie de la même manière que les bourgades de Thombo, et pour la même raison ; seulement, Thombo est le seul vestige que nous ayons de l'époque préhistorique. C'est, selon les termes des Apôtres de la Flamme, un lieu saint – l'endroit où les dieux se sont manifestés à l'humanité.

– Et se manifestent peut-être à nouveau, dit Athor d'un air sombre, en nous livrant les traces patentes des incendies anciens. »

Beenay le dévisagea. « Alors, vous en êtes venu à avoir foi en la doctrine des Apôtres, monsieur ? »

Ces propos firent à Athor presque le même effet que si on l'avait carrément taxé de folie. Il resta un moment sans pouvoir répondre. Mais ensuite il le fit avec tout le calme possible : « Avoir foi en eux ? Non... non, pas exactement. Mais ils m'intéressent, Beenay. Je trouve insupportable d'avoir à poser cette question : *Et si les Apôtres avaient raison ?* Il s'avère à présent que les Ténèbres surviennent bel et bien tous les deux mille quarante-neuf ans, ce qui est très précisément l'intervalle indiqué dans leur Livre des Révélations. Sheerin, ici présent, nous dit que le monde serait frappé de folie si cela se produisait ; or, nous savons, par le témoignage de Siferra, qu'une petite région du monde, à tout le moins, a effectivement été frappée de folie, à maintes reprises, et ses maisons anéanties par le feu, à deux mille quarante-neuf ans d'intervalle : encore cette même périodicité que nous rencontrons sans cesse !

– Que suggérez-vous ? demanda Beenay. Que nous rejoignions les Apôtres ? »

A nouveau, Athor eut à lutter pour ne pas se mettre en colère. « Non, Beenay ! Simplement que nous examinions leurs croyances afin de voir quel usage nous pouvons en faire.

– En faire usage ? s'écrièrent Sheerin et Siferra presque à l'unisson.

– Oui, en faire usage ! » Joignant ses deux grandes mains noueuses, Athor pivota pour faire face à tous ses interlocuteurs. « Ne comprenez-vous pas que la survie de la race humaine risque de dépendre entièrement de nous quatre ? Voilà ce à quoi ça se réduit, non ? Même si on a l'air de donner dans le mélodrame en le disant, nous sommes à nous quatre en possession de ce qui, de plus en plus, apparaît comme l'irréfutable preuve d'une fin imminente du monde : Ténèbres omniprésentes, d'où folie généralisée, incendie à l'échelle mondiale, nos villes en flammes, notre société pulvérisée ! Or il existe déjà une autre collectivité qui n'a cessé de prédire, en se fondant sur on ne sait quelles données, cette même calamité, à l'année près, au jour près...

– Le 19 Theptar, murmura Beenay.

– Le 19 Theptar, oui ! Le jour où seul Dovin brillera dans le ciel et où sauf erreur de notre part – viendra Kalgash II, surgissant de son invisibilité pour emplir notre ciel et occulter toute lumière. Ce jour-là, nous disent les Apôtres, nos villes seront dévorées par le feu. Comment le savent-ils? Conjecture heureuse? Pur tissu de mythes?

– Il y a dans ce qu'ils affirment des choses qui n'ont aucun sens, fit remarquer Beenay. Par exemple, ils prétendent que des Étoiles apparaîtront dans le ciel. Des Étoiles, qu'est-ce que c'est? Et d'où viendraient-elles? »

Athor haussa les épaules. « Je n'en ai aucune idée! Cet élément de la doctrine des Apôtres pourrait bien n'être qu'une fable. Mais ils semblent avoir une documentation sur les éclipses antérieures, dont ils ont tiré de quoi échafauder leurs sinistres prédictions actuelles. Nous avons besoin d'en savoir davantage là-dessus.

– Pourquoi nous? questionna Beenay.

– Parce que nous pourrons, en tant que scientifiques, exercer une influence dans la lutte à venir pour sauver la civilisation, répondit Athor. C'est seulement si la nature du péril est révélée ici et maintenant que la société a une chance de se protéger contre ce qui va arriver. Mais, dans l'état actuel des choses, seuls les naïfs et les ignorants prêtent attention aux Apôtres. La plupart des gens intelligents, au comportement rationnel, les considèrent de la même façon que nous : comme des illuminés, des sots, des fous, peut-être des escrocs. Ce qu'il nous faut faire, c'est persuader les Apôtres de partager avec nous toutes les connaissances astrologiques et archéologiques qu'ils pourraient avoir. Ceci fait, nous étalons les choses sur la place publique; nous révélons nos découvertes, et nous les étayons avec les données que nous auront éventuellement communiquées les Apôtres. En pratique, nous nouons avec eux une alliance contre le chaos que nous croyons, eux comme nous, imminent. De cette manière, nous pouvons avoir l'oreille de toutes les couches de la société, des esprits les plus crédules aux esprits les plus critiques.

– Vous voulez donc que nous cessions d'être des scientifiques pour rentrer dans l'arène politique? demanda Siferra. Ça ne me plaît guère. Ça n'est pas du tout notre travail. Je préfère livrer ce que nous savons aux autorités gouvernementales, et leur laisser le soin...

– Pfft! le gouvernement! maugréa Beenay.

– Beenay a raison, déclara Sheerin. Je sais ce que valent les politiciens. Ils vont créer une commission, qui pondra un rapport, en y mettant le temps, lequel rapport sera classé, et plus tard une autre commission sera créée pour exhumer les problématiques trouvailles de la première, puis on passera au vote, et... Non! Nous n'avons pas de temps à perdre avec tout ça. Nous devons nous exprimer nous-mêmes. Je sais de première main quels effets les Ténèbres peuvent avoir sur l'esprit. Vous, Athor et Beenay, avez la preuve mathématique que les Ténèbres viendront sous peu. Et vous, Siferra, vous avez vu ce qu'elles ont fait aux civilisations passées.

– Mais pouvons-nous risquer une démarche auprès des Apôtres ? objecta Beenay. Ne mettrions-nous pas en péril notre réputation de sérieux dès l'instant que nous aurions quelque rapport avec eux ?

– Pertinente remarque ! opina Siferra. Il faut éviter tout contact avec eux ! »

Athor fronça les sourcils. « Vous avez sans doute raison : il était naïf de ma part d'envisager que nous puissions nouer de quelconques rapports de collaboration avec ces gens-là. Je retire ma suggestion.

– Un instant ! fit Beenay. J'ai un ami – vous le connaissez, Beenay, c'est le journaliste Theremon – qui a déjà été en contact avec un haut responsable des Apôtres. Il pourrait peut-être ménager une entrevue secrète entre Athor et ce dirigeant. Ça vous permettrait, monsieur, de sonder les Apôtres sur ce qu'ils savent ; et nous pourrons toujours démentir que cette rencontre ait eu lieu s'il s'avère qu'il n'y a rien à en tirer.

– C'est une voie possible, répondit Athor. Bien que ça ne me sourie guère, je serais prêt à les rencontrer. J'imagine donc qu'aucun d'entre vous ne voit à présent d'objection majeure à ma proposition de base : il est essentiel, vous en convenez avec moi, que tous les quatre, au vu de ce que nous savons, nous passions à l'action, n'est-ce pas ?

– J'en conviens, dit Beenay en jetant un coup d'œil à Sheerin. J'ai toujours l'intention de survivre aux Ténèbres ; mais tout ce qu'on a dit ici me conduit à penser que beaucoup n'y survivront pas... non plus que la civilisation elle-même, si nous n'agissons pas. »

Athor hocha la tête. « Parfait ! Parlez-en à votre ami Theremon... avec prudence : Vous connaissez mes sentiments sur la presse. Laissez-lui entendre que j'aimerais avoir une entrevue privée avec cet Apôtre.

– Je n'y manquerai pas, monsieur.

– Quant à vous, Sheerin, rassemblez toute la documentation que vous pouvez trouver sur les effets d'une exposition prolongée aux Ténèbres, et faites-la-moi parvenir.

– Ça ne présente pas de difficulté, docteur !

– Enfin vous, Siferra, pourriez-vous me rédiger un rapport, adapté à la compréhension des profanes, sur vos fouilles de Thombo ?

– Ce sera bientôt prêt, docteur Athor, et il y aura peut-être du nouveau. »

Le front d'Athor se plissa de grosses rides. « De quoi parlez-vous ?

– De tablettes d'argile gravées, répondit-elle. Découvertes dans les troisième et cinquième niveaux. Le docteur Mudrin a entrepris la tâche extrêmement ardue de les traduire. Ce pourrait être une mise en garde d'origine sacerdotale concernant l'embrasement imminent.

– La première édition du Livre des Révélations! s'écria Beenay.

– Ma foi, oui, il se peut que ce soit ça, répondit Siferra avec un rire sans gaieté.

– Tout cela donne l'impression d'un rêve, fit Beenay à mi-voix.

– Un bien mauvais rêve! répliqua Athor. Chaque molécule de mon être hurle que rien de tout ceci n'a vraiment lieu, que c'est pure imagination, que le monde va poursuivre imperturbablement son chemin en doublant le cap du 19 Theptar sans essuyer de dommages. Malheureusement, les chiffres parlent d'eux-mêmes. »

Il regarda par la fenêtre. Onos avait disparu du ciel et Dovim n'était qu'un point à l'horizon. Le crépuscule était tombé, et la seule clarté vraiment perceptible était l'inquiétante lumière spectrale de Patru et Trey.

« Nous n'avons plus aucune possibilité d'en douter, reprit Athor. Les Ténèbres vont venir. Peut-être les Étoiles, quelles qu'elles soient, vont-elles bel et bien surgir dans tout leur éclat. Des incendies vont faire rage. La fin du monde tel que nous le connaissons est proche. La fin du monde! »

Livre Deux

La tombée
de
la nuit

18

« Tu ferais bien de faire attention ! » fit Beenay, qui commençait à se sentir un peu crispé. Le soir arrivait – le soir de l'éclipse, qu'il attendait depuis si longtemps, en tremblant d'appréhension. « Athor t'en veut à mort, Theremon. J'ai peine à croire que tu aies osé venir. Tu sais que tu n'es pas censé mettre les pieds ici – et surtout pas ce soir ! Tu devrais t'en douter, vu le genre d'articles que tu as pondus sur Athor ces derniers temps...

– Je t'ai déjà dit, répondit le journaliste avec un petit gloussement, que j'étais en mesure de le calmer.

– A ta place, je n'en serais pas si sûr. Tu l'as pratiquement traité de vieux cinglé à mettre d'urgence à la retraite, l'as-tu oublié ? En temps normal, il a des nerfs d'acier, le patron ; mais si on le pousse à bout, il est capable de prendre des rages incroyables.

– Écoute, Beenay ! fit Theremon en haussant les épaules. Quand j'étais petit reporter débutant, je m'étais fait une spécialité des interviews impossibles. J'ai bien dit *impossibles*. Je revenais tous les soirs plein de bleus, l'œil poché, parfois même avec un ou deux os cassés – mais j'obtenais toujours mon papier. Il faut avoir passé quelques années à faire régulièrement perdre la tête aux gens rien que pour se procurer de quoi écrire son papier. Je dois pouvoir m'en tirer avec Athor.

– Faire perdre la tête aux gens ? » répéta Beenay, en jetant un coup d'œil significatif au calendrier automatique encastré dans le mur du couloir à bonne hauteur, qui affichait en brillants signes verts cette date : 19 THEPTAR – une date qui, mois après mois, n'avait cessé d'obséder tout le monde, ici à l'Observatoire ; dernier jour de raison pour beaucoup des habitants de Kalgash, la plupart peut-être. « Tu ne crois pas que, ce soir, il y aurait des expressions mieux choisies ?

– Tu as peut-être raison », répondit Theremon avec un sourire. Et, montrant du doigt la porte fermée du bureau d'Athor : « Qui est-ce qui se trouve là à présent ?

– Athor, bien entendu ; Thilanda, une des astronomes ; Davnit, Simbron, Hikkinan, tous membres du personnel de l'Observatoire. C'est à peu près tout.

– Et Siferra ? Elle avait dit qu'elle serait là !

– Eh bien, elle n'est pas là... pas encore. »

Une expression de surprise se peignit sur le visage de Theremon. « Vraiment ? Je lui ai demandé l'autre jour si elle choisirait le Refuge et elle m'a pratiquement ri au nez : elle était fermement résolue à assister ici à l'éclipse. Je ne peux pas croire qu'elle ait changé d'avis, c'est une femme qui n'a peur de rien ! Ma foi, peut-être est-elle occupée à quelques rangements de dernière minute dans son bureau.

– C'est bien probable.

– Et notre plantureux ami Sheerin ? Il n'est pas là non plus ?

– Non. Sheerin, lui, est au Refuge.

– Ce n'est pas un modèle de courage, hein, notre Sheerin ?

– Il a du moins assez de bon sens pour le reconnaître. Raissta est au Refuge, elle aussi, ainsi que Nyilda, la femme d'Athor, et presque toutes les autres personnes de ma connaissance, sauf notre petit groupe de gens de l'Observatoire. Si tu étais malin, tu y serais aussi, Theremon ; lorsque les Ténèbres viendront ce soir, tu regretteras de ne pas t'y trouver.

– L'Apôtre Folimun 66 m'a tenu plus ou moins les mêmes propos il y a plus d'un an, sauf que c'était dans son Refuge à lui qu'il m'invitait. Mais je suis tout à fait prêt, mon vieux, à affronter les pires horreurs que les dieux puissent déchaîner contre moi : il y a de grands événements à couvrir ce soir, et je ne pourrai les couvrir si je reste blotti dans un confortable petit abri souterrain, hein ?

– Il n'y aura demain aucun journal où publier ton papier, Theremon.

– Tu le penses ? »

Agrippant Beenay par le bras, Theremon se rapprocha de lui jusqu'à lui frôler le visage, et demanda à mi-voix, d'un ton pressant : « Voudrais-tu me dire, Beenay, rien qu'entre nous deux, entre amis, si tu penses vraiment, sincèrement, que quelque chose d'aussi incroyable que la Tombée de la Nuit va se produire ce soir ?

– Oui, je le pense.

– Dieux ! Tu parles sérieusement ?

– Je n'ai jamais été aussi sérieux de ma vie.

– Voyons, Beenay, toi, si solide, si conscient de tes responsabilités ! Tout ce que tu as, c'est une poignée de calculs astronomiques tirés par les cheveux, quelques morceaux de charbon de bois déterrés dans un désert à des milliers de kilomètres d'ici, et les folles vaticinations d'une bande de bigots aux yeux fiévreux et à la bouche écumante, et tu en as tiré un foutu salmigondis d'inepties plus dingue que tout ce que j'ai jamais...

– Ça n'a rien de dingue, rétorqua Beenay sans élever la voix, et ce ne sont pas des inepties.

– Alors, c'est vraiment la fin du monde ce soir ?

– La fin du monde que nous connaissons et que nous aimons, oui. »

Theremon lâcha le bras de Beenay et leva les bras au ciel d'un air exaspéré. « Dieux ! Même toi ! Par les Ténèbres, Beenay, je m'efforce depuis plus d'un an d'ajouter quelque foi à toutes ces histoires, et je n'y arrive pas ! J'en suis absolument incapable ! Quoi que tu puisses dire, ou que puisse dire Athor, ou Siferra, ou Folimun 66, ou Mondior, ou...

– Attends ! l'interrompit Beenay. Encore quelques heures !

– Tu es bel et bien sincère ! fit Theremon d'un air incrédule. Par tous les dieux, tu es tout aussi cinglé que Mondior lui-même ! Pfft ! Voilà tout ce que je peux dire, Beenay : *pfft* ! Introduis-moi auprès d'Athor, veux-tu ?

– Je te préviens, il ne veut pas te voir.

– Tu l'as déjà dit ! Fais-moi entrer là-dedans quand même ! »

19

Se retrouver sur des positions hostiles aux savants de l'Observatoire, ce n'est pas vraiment ce que Theremon prévoyait au départ; mais les choses avaient tourné de cette façon, tout doucement, au cours des mois précédant le 19 Theptar.

A la base, il y avait une question de conscience professionnelle, se disait le journaliste. Certes, Beenay était un ami de longue date, le docteur Athor un grand astronome, Sheerin un personnage d'excellente compagnie; et Siferra... ma foi, c'était une femme pleine de charme, un esprit captivant, et une archéologue de haut niveau. Theremon n'avait nul désir de se poser en ennemi de ces gens-là.

Mais il lui fallait écrire ce qu'il pensait; et ce qu'il pensait, jusqu'au tréfonds de son âme, c'était que l'équipe de l'Observatoire déraillait tout autant que les Apôtres de la Flamme, et représentait un égal danger de déstabilisation sociale. Le seul supplément auquel on avait droit chez ces derniers, c'était l'avènement de ce mystérieux phénomène appelé Étoiles. Même les gens de l'Observatoire avaient la bonne grâce de reconnaître qu'ils étaient incapables d'imaginer ce qu'elles pouvaient bien être : quelque autre corps céleste invisible, semblait-il, surgissant brusquement au terme de l'Année Sacrée, lorsque le courroux des dieux s'abattait sur Kalgash.

« C'est impossible », lui avait dit Beenay, un soir, au Club des Six Soleils, alors qu'il restait encore six mois avant la date de l'éclipse. « L'éclipse et les Ténèbres, oui; les Étoiles, non! Il n'existe dans l'univers rien d'autre que notre monde et les six soleils, plus quelques astéroïdes sans importance – et Kalgash II. S'il y a aussi des Étoiles, pourquoi ne pouvons-nous mesurer leur présence ? Pourquoi ne pouvons-nous les détecter d'après les perturbations orbitales, de la même façon que nous avons détecté Kalgash II ? Non, Theremon, s'il y a des Étoiles là-haut, cela implique qu'il y a un défaut dans la théorie de la gravitation universelle; or nous savons qu'elle est juste. »

« Nous *savons* que cette théorie est juste », voilà ce que Beenay avait dit. Exactement la même chose que Folimun déclarant :

« Nous savons que le Livre des Révélations est l'expression de la vérité. »

Au début, Theremon avait bel et bien fait de son mieux pour coopérer. « Athor voudrait rencontrer Folimun, avait dit Beenay. Il cherche à découvrir si les Apôtres ont des archives astronomiques qui pourraient confirmer nos conclusions. Te serait-il possible de faciliter cette entrevue ?

– Quelle idée curieuse ! s'était exclamé Theremon. Le vieil homme de science sourcilleux qui demande à voir le porte-parole de la non-science ? Enfin, je vais voir ce que je peux faire. »

Il s'était avéré étonnamment facile de ménager cette rencontre. Theremon avait de toute façon l'intention d'interviewer Folimun une nouvelle fois. L'Apôtre au visage en lame de couteau accorda au journaliste une audience pour le lendemain.

« Athor ? fit Folimun lorsque Theremon lui eut transmis la demande de Beenay. Pour quelle raison pourrait-il souhaiter une rencontre avec *moi* ?

– Peut-être envisage-t-il de devenir Apôtre ! suggéra Theremon.

– Ça n'est guère probable ! répondit Folimun en riant. A ce que je sais de lui, il préférerait, tant qu'à faire, se passer le corps à la teinture violette et se promener tout nu sur le boulevard de Saro !

– Ma foi, il s'est peut-être brusquement converti ! » dit Theremon. Et il ajouta avec circonspection : « Je tiens de source sûre que lui et son équipe ont découvert des données qui pourraient bien aller dans le sens de votre croyance que les Ténèbres vont s'étendre sur le monde le 19 Theptar prochain. »

Folimun ne se départit de son impassibilité très attentive que pour donner la plus minime des marques d'intérêt : il haussa presque imperceptiblement un sourcil. « Fort intéressant, si c'est vrai, fit-il avec calme.

– Pour le savoir, il vous faudra le rencontrer vous-même.

– C'est peut-être bien ce que je vais faire. »

Et c'est ce qu'il fit. Mais la rencontre eut lieu sans témoins, et ni Athor ni Folimun, apparemment, n'en dirent mot à quiconque par la suite. Beenay, l'informateur principal de Theremon, ne put lui fournir que de vagues conjectures.

« Cela a eu quelque chose à voir avec les archives dont le patron pense que les Apôtres disposent, c'est tout ce que je peux te dire, déclara Beenay. Il subodore une transmission à travers les siècles, depuis la dernière éclipse ou peut-être avant. Certains passages du Livre des Révélations sont en un vieux langage oublié, tu sais.

– Un vieux galimatias oublié, tu veux dire ! Personne n'a jamais pu tirer quoi que ce soit de sensé de tout ce fatras.

– Moi, j'en suis certes incapable, répondit Beenay. Mais certains philologues tout à fait respectables sont d'avis que ces passages pourraient bien être d'authentiques textes préhistoriques. Et si les Apôtres avaient effectivement un moyen de déchiffrer ce langage, tout en le gardant pour eux, dissimulant ainsi toutes données astronomiques éventuellement enregistrées dans le Livre des Révélations ? C'est peut-être cela, la clé que cherche Athor.

– Tu veux dire, interrogea Theremon, estomaqué, que l'astronome le plus éminent de notre temps, sinon de tous les temps, éprouve le besoin de consulter une secte d'hystériques sur une question scientifique ?

– Tout ce que je sais, répondit Beenay en haussant les épaules, c'est qu'Athor n'a pas plus de sympathie que toi pour les Apôtres et leurs doctrines ; mais il a pensé qu'il pouvait être utile d'avoir une entrevue avec ton ami Folimun.

– Ce n'est pas un ami ! Je n'ai avec lui que des relations strictement professionnelles.

– Bref, quel que soit le nom que tu préfères donner... » commença Beenay.

Theremon l'interrompit, en proie à présent à une véritable colère, dont il était quelque peu surpris lui-même. « Et ça ne me plaira pas du tout, permets-moi de te le dire, s'il s'avère que vous autres et les Apôtres avez conclu un accord. En ce qui me concerne, les Apôtres représentent les Ténèbres elles-mêmes : les idées les plus haïssables de la réaction la plus noire ! Qu'on les laisse faire, et ils nous ramèneront tous aux mœurs médiévales, avec à la clé jeûne, chasteté et flagellation. Ça n'est déjà pas tout rose de voir des névrosés comme eux ruiner la tranquillité de la vie quotidienne en vomissant des prophéties délirantes et insensées ; mais si un homme aussi prestigieux qu'Athor respectabilise ces grotesques salopards en incorporant certains de leurs amphigouris dans ses propres théories, je me mettrai, mon ami, à avoir de très sérieux soupçons sur tout ce qui peut émaner de votre Observatoire à partir de cet instant. »

Le visage de Beenay exprimait la plus profonde consternation. « Si seulement tu savais, Theremon, avec quel mépris Athor parle des Apôtres, quelle piètre estime il a pour tout ce qu'ils ont jamais préconisé...

– Alors, pourquoi daigne-t-il parler avec eux ?

– Tu as bien parlé avec Folimun toi-même !

– C'est différent ! Qu'on le veuille ou non, Folimun tient sa place dans l'actualité ces jours-ci ; c'est mon travail de découvrir ce qu'il a derrière la tête.

– Eh bien, répliqua Beenay avec vivacité, Athor agit peut-être dans le même esprit. »

A ce point, ils abandonnèrent la discussion ; elle commençait à s'envenimer, et ni l'un ni l'autre ne souhaitait aller plus loin. Puisque Beenay ignorait quelle sorte d'accord Athor et Folimun avaient bien pu conclure, si tant est qu'ils y fussent parvenus,

Theremon se rendait compte que ça n'avait guère de sens de le houspiller à ce sujet.

Mais c'est précisément à la suite de cette conversation avec Beenay qu'il avait cessé d'être un spectateur plein de sympathie et de curiosité pour se muer en critique méprisant et sarcastique. Même s'il avait contribué à la provoquer, la rencontre entre le directeur de l'Observatoire et l'Apôtre faisait maintenant à Theremon l'effet d'une compromission du plus désastreux effet : Athor avait capitulé naïvement devant les forces de la réaction et de l'ignorance aveugle.

Theremon n'avait pas été convaincu par toutes les prétendues preuves qui lui avaient été soumises, et il avait adopté dans ses articles une position globalement neutre lorsque *La Chronique* avait commencé à faire état de l'éclipse imminente.

> Nouvelle stupéfiante et terrible, si elle est vraie. Comme le dit très justement Athor, toute période prolongée d'obscurité soudaine et universelle serait une calamité comme le monde n'en a encore jamais connu. Mais des antipodes nous parvient ce matin une opinion contradictoire : « Avec tout le respect qu'on doit au grand Athor 77 », déclare Haranian 1104, astronome royal de l'Observatoire impérial de Kanipilitiniuk, « on n'a toujours pas établi avec certitude l'existence du prétendu satellite Kalgash II, sans parler de son aptitude à provoquer une éclipse comme celle que prédit l'équipe de Saro. Il ne faut pas oublier que les soleils, même un petit soleil comme Dovim, sont infiniment plus grands qu'un satellite; et il nous paraît hautement improbable que " Kalgash II " puisse venir occuper dans le ciel précisément la position nécessaire pour intercepter toute la lumière solaire »...

Mais voilà qu'alors il y avait eu le discours du 13 Umilithar, où le Grand Apôtre Mondior 71 déclarait fièrement que l'homme de science le plus éminent du monde avait donné son soutien à la parole du Livre des Révélations. « La voix de la science ne fait maintenant plus qu'une avec la voix du ciel ! s'était écrié Mondior. Je vous en conjure à présent : ne mettez plus votre espoir dans les miracles et les rêves. Ce qui doit arriver doit arriver. Rien ne peut sauver le monde du courroux des dieux, rien sinon la volonté de renoncer au péché, d'abandonner la voie du mal, de se consacrer à la vertu et à la droiture. »

La retentissante déclaration de Mondior avait fait sortir Theremon de sa neutralité. Par amitié pour Beenay, il avait consenti à prendre plus ou moins au sérieux l'hypothèse de l'éclipse, mais il en venait à y voir un beau serpent de mer : une poignée de scientifiques plus zélés que lucides, leurrés par leur propre enthousiasme pour un tas de données qui ne constituaient que des présomptions et pour des raisonnements fondés sur de pures coïncidences, s'étaient bercés d'illusions au point d'ajouter foi à la plus magistrale insanité du siècle.

Le lendemain, la chronique de Theremon abordait la question :

> Vous vous demandez comment les Apôtres de la Flamme ont bien pu obtenir la conversion d'Athor 77 ? Le vénérable patriarche de l'astronomie est sans doute la dernière personne au monde qu'on se serait attendu à voir rallier les rangs de ceux qui soutiennent ces marchands d'illusions encapuchonnés. Le grand savant s'est-il laissé prendre aux belles paroles de quelque envoûtant Apôtre au point d'en perdre la raison ? Ou est-ce simplement, comme je l'ai entendu murmurer derrière les murs couverts de lierre de l'université de Saro, que l'on a fixé l'âge limite de la retraite pour le corps enseignant quelques années trop haut ?

Et ce n'était qu'un commencement.

Theremon voyait quel rôle il avait à jouer à présent. Si les gens se mettaient à prendre au sérieux cette histoire d'éclipse, il y aurait une vaste épidémie de troubles mentaux, sans même qu'il soit besoin de Ténèbres universelles pour la déclencher.

Si l'on attendait la fin du monde pour le soir du 19 Theptar, le monde entier, bien avant cette date, connaîtrait scènes de panique dans les rues, hystérie collective, écroulement de l'ordre légal, période prolongée d'instabilité généralisée et d'inquiétude corrosive – à quoi succéderaient les dieux seuls savaient quels déchaînements d'émotion lorsque viendrait le jour fatidique sans que frappe le destin redouté. La tâche que Theremon avait à accomplir, c'était de dégonfler ce mythe terrifiant, Tombée de la Nuit, Ténèbres, Jugement Dernier, à grands coups de cette lance acérée, la dérision.

Aux terribles fulminations de Mondior sur le courroux des dieux, il répliqua en esquissant d'un ton badin le tableau de ce que serait le monde si les Apôtres parvenaient à le « réformer » à leur guise : baigneurs emmitouflés sur les plages dans des costumes descendant jusqu'aux chevilles, longs intermèdes de prière entrecoupant l'action dans les rencontres sportives, nouvelles moutures de tous les grands classiques de la littérature, de la scène et du spectacle pour les expurger du moindre soupçon d'impiété.

Et quand Athor et son équipe publièrent des diagrammes montrant les mouvements dans l'espace de ce Kalgash II inaperçu et, semblait-il, invisible, en route pour son rendez-vous crépusculaire avec le pâle et rougeâtre Dovim, Theremon fit d'aimables plaisanteries sur les dragons et géants invisibles et autres monstres mythologiques qui cabriolaient dans les cieux.

Lorsque Mondior brandit l'autorité scientifique d'Athor 77 pour démontrer qu'il y avait dans le domaine purement profane de quoi corroborer les doctrines des Apôtres, Theremon réagit en posant cette question : dans quelle mesure peut-on prendre au sérieux l'autorité scientifique d'Athor, maintenant qu'il est de toute évidence aussi dérangé que Mondior lui-même ?

Quand Athor réclama un programme d'urgence pour mettre en réserve vivres, documentation scientifique et technique, et toutes autres ressources nécessaires à l'humanité une fois déchaînée la démence généralisée, Theremon insinua que dans certains milieux la démence généralisée s'était *déjà* déchaînée ; et il publia sa propre liste d'articles de première importance à stocker dans sa cave : « Ouvre-boîtes, punaises, exemplaires de la table de multiplication, cartes à jouer... N'oubliez pas de marquer votre nom sur une plaque à attacher à votre poignet droit, pour le cas où vous l'oublieriez lorsque les Ténèbres viendront. Au poignet gauche, mettez-vous une plaque avec cette inscription : *Pour trouver ton nom, voir plaque à l'autre poignet...* »

Au terme de cette campagne de presse, ses lecteurs ne savaient plus trop quelle clique était la plus grotesque : les Apôtres de la Flamme aux tapageuses prophéties de malheur, ou les pitoyables jobards qui scrutaient les cieux à l'Observatoire de Saro. Mais une chose était sûre : grâce à Theremon, il n'y avait pratiquement plus personne dans le grand public pour croire qu'il allait se passer quoi que ce soit qui sortît de l'ordinaire le soir du 19 Theptar.

20

Athor, avançant une lippe belliqueuse, foudroyait du regard l'envoyé de *La Chronique*. Il ne réprimait sa fureur qu'au prix d'un prodigieux effort.

« Vous ici ? Vous ne manquez pas d'audace ! »

Theremon tendait la main aimablement ; il avait vraiment l'air de croire qu'Athor allait accepter de la lui serrer. Au bout d'un instant, cependant, il la baissa, et resta planté là à dévisager le directeur de l'Observatoire d'un air surpris mais nullement inquiet.

Dans un coin de la pièce, Beenay, se passant nerveusement la langue sur les lèvres, fit une timide intervention : « Mais, monsieur, après tout...

– C'est à votre invitation qu'il est présent ici ? Vous n'étiez pourtant pas sans savoir que j'avais expressément interdit...

– Monsieur, je...

– C'est le docteur Siferra, corrigea Theremon, qui m'a incité très vivement à venir. Je suis son invité.

– Siferra ? Siferra ? Ça m'étonnerait beaucoup ! Elle a eu les mots les plus durs à votre égard. » Athor lança un coup d'œil autour de lui. « Où est-elle, à propos ? » Il n'y eut pas de réponse. « C'est vous qui avez introduit ici ce journaliste, Beenay », reprit Athor en se tournant vers ce dernier. « Je suis absolument stupéfait que vous ayez fait une chose pareille. L'Observatoire est fermé aux journalistes ce soir ; et quant à ce journaliste particulier, il y a longtemps qu'il lui est fermé. Veuillez le reconduire dehors à l'instant !

– Docteur Athor, risqua Theremon, si vous voulez bien me laisser seulement exposer la raison pour laquelle je...

– Je ne pense pas, jeune homme, que vous puissiez faire oublier vos intolérables chroniques quotidiennes de ces deux derniers mois. Vous avez paralysé les efforts que mes collègues et moi tentons pour organiser la défense du monde. Vous avez fait de votre mieux, avec vos attaques hautement personnelles, pour vouer au ridicule les membres de cet Observatoire. »

Il saisit l'exemplaire de *La Chronique de Saro* qui se trouvait sur la table et le brandit avec rage au nez de Theremon. « Même quelqu'un d'une effronterie aussi proverbiale que la vôtre aurait dû hésiter à se présenter à moi pour obtenir l'autorisation de couvrir les événements d'aujourd'hui pour cette publication. Entre tous les gens de presse, *vous* ! »

Athor jeta le journal par terre, gagna à grands pas la fenêtre, et se croisa les bras derrière le dos.

« Veuillez vous retirer à l'instant ! aboya-t-il par-dessus son épaule. Beenay, emmenez-le ! »

Les tempes battantes, Athor se disait qu'il importait de refréner sa colère. Il ne pouvait laisser quoi que ce fût distraire son attention de l'événement exceptionnel et cataclysmique qui allait se produire.

Morose, le regard errant jusqu'à l'horizon de la ville, il fit effort sur lui-même pour retrouver son calme, dans la mesure où il pouvait être calme ce soir-là.

Onos était en train de baisser à l'horizon ; sous peu, il s'estomperait et disparaîtrait dans les brumes lointaines. Athor le considéra.

Il savait qu'il ne le reverrait plus jamais par les yeux d'un homme sain d'esprit.

En regardant au-delà de la ville, on apercevait aussi la lueur blanche et froide de Sitha, bas sur l'horizon à l'autre bout du ciel. Tano, le jumeau de Sitha, n'était visible nulle part; il était déjà couché, et parcourait à présent les cieux de l'autre hémisphère, qui allait bientôt avoir le privilège de ce phénomène exceptionnel : un jour à cinq soleils. Et Sitha aussi était en train de se dérober rapidement à la vue; encore un instant, et elle disparaîtrait également.

Derrière lui, il entendit chuchoter Beenay et Theremon.

« Cet homme est encore là ? demanda Athor d'un ton lourd de menace.

– Monsieur, dit Beenay, je pense que vous devriez écouter ce qu'il a à vous dire.

– Ah! vraiment ? Vous pensez que je devrais l'écouter ? » Athor pivota brusquement, un éclat farouche dans les yeux. « Oh! non, Beenay! Non, c'est lui qui va m'écouter! » Il adressa au journaliste, qui n'avait nullement fait mine de s'en aller, un signe impératif. « Approchez-vous, jeune homme! Vous allez l'avoir, votre papier. »

Theremon s'avança lentement vers lui.

Du geste, Athor désigna le paysage à l'extérieur. « Sitha vient de se coucher. Dans quelques instants, Onos en fera autant Des six soleils, il ne subsistera que Dovim dans le ciel. Le voyez-vous ? »

La question était superflue. L'astre nain rouge avait l'air encore plus petit que d'ordinaire, plus petit qu'il n'avait jamais paru depuis des décennies. Mais il était presque au zénith, et l'on ne pouvait voir sans être impressionné sa lueur flamboyante se déverser de très haut et répandre sur la terre une extraordinaire inondation sanglante à mesure que mouraient les rayons brillants d'Onos.

Le visage qu'Athor levait vers le ciel en était tout empourpré. « Dans moins de deux heures, reprit-il, pour la civilisation telle que nous la connaissions, la fin va sonner; et ceci parce que, comme vous le voyez, Dovim sera le seul soleil dans le ciel. » Il plissa les yeux et les tourna vers l'horizon. Onos avait dardé son dernier rayon jaune. « Voilà, Dovim est seul! Il nous reste quatre heures à présent jusqu'au terme de toute chose. Faites imprimer cela! Mais il n'y aura personne pour le lire.

– Mais s'il s'avère que, dans quatre heures, et même dans huit, il n'arrive rien ? » demanda Theremon sans élever la voix.

A nouveau, Athor refoula la colère qui montait en lui. « Si vous ne videz pas les lieux, monsieur, je vais appeler les vigiles de l'université et... Non! Le dernier soir avant la fin de la civilisation, je veux qu'il ne se passe ici rien de discourtois. Vous avez cinq minutes, jeune homme, pour dire ce que vous êtes venu dire. Passé ce délai, ou je serai convaincu de vous laisser assister à l'éclipse, ou vous partirez de votre plein gré. Est-ce bien compris ? »

Theremon n'hésita qu'un instant. « Rien à redire à ça ! »

Athor sortit sa montre de gousset. « Cinq minutes, alors !

– D'accord ! Bon, premier point : qu'est-ce que ça changerait si vous me permettiez de noter mes impressions en tant que témoin oculaire ? Si vos prédictions se réalisent, ma présence n'aura aucune importance ; le monde prendra fin, il n'y aura pas de journaux demain, je ne pourrai en aucune façon vous nuire. Et si au contraire il n'y avait pas d'éclipse ? Vous serez en butte à une dérision qui dépassera tout ce que le monde a jamais connu. Ne croyez-vous pas qu'il serait sage de laisser un ami manier la dérision ? »

Athor eut un reniflement de mépris. « C'est à vous que vous pensez ?

– Certes ! » Theremon se laissa tomber sans façon dans le meilleur fauteuil de la pièce et se croisa les jambes. « Mes articles ont peut-être été un peu durs par moments, je l'admets, mais je vous ai accordé le bénéfice du doute aussi souvent que c'était possible. Je vous le demande, docteur Athor, vous qui êtes une des sommités scientifiques de tous les temps, comment pouvez-vous tourner le dos à la certitude que le siècle où nous vivons est une époque éclairée, où la raison prend le pas sur les superstitions, la réalité sur l'imagination, le savoir sur les terreurs aveugles ? Les Apôtres de la Flamme sont un ridicule anachronisme, le Livre des Révélations un absurde fatras d'inepties. Nul être intelligent, nul esprit *moderne* n'ignore cela. C'est pourquoi il y a un malaise dans le public, de la colère même, quand on voit des savants faire volte-face et proclamer que cette secte prêche la vérité. C'est...

– Ça n'est pas exact, jeune homme ! interrompit Athor. Certes, nous devons aux Apôtres une partie de nos données, mais leur mysticisme est totalement étranger à nos conclusions. Les faits sont les faits, et il est indéniable qu'il y a un certain nombre de faits derrière les prétendues " inepties " des Apôtres. C'est à notre vif dépit que nous l'avons constaté, permettez-moi de vous le dire. Mais nous avons dédaigné leur affabulation mythologique et essayé de faire le tri entre leurs mises en garde contre le désastre imminent, parfaitement véridiques, et leur programme parfaitement grotesque et indéfendable de transformation et de « réforme » de la société. Je peux vous assurer que les Apôtres éprouvent maintenant pour nous encore plus de haine que vous.

– Je n'ai pas de haine pour vous ; j'essaie seulement de vous prévenir qu'il règne un état d'esprit inquiétant. Les gens sont furieux. »

Athor eut une grimace méprisante. « Peu importe leur fureur!

– Oui, mais demain?

– Il n'y aura pas de lendemain!

– Et s'il y en a un? Supposez qu'il y en ait un, à titre de simple hypothèse de travail. Cette fureur pourrait prendre des formes très graves. Après tout, vous ne l'ignorez pas, le monde financier tout entier a subi une chute vertigineuse ces derniers mois. Il y a eu un krach boursier trois fois de suite, vous ne vous en êtes pas aperçu? Les investisseurs sensés ne croient pas vraiment à la fin du monde, mais ils pensent que *d'autres* investisseurs pourraient bien se mettre à y croire; c'est pourquoi les malins vendent avant la panique, provoquant eux-mêmes la panique; ils rachètent par la suite, pour revendre encore dès que le marché remonte, ce qui provoque un nouveau cycle de baisse, et ainsi de suite. Et que croyez-vous qu'il soit arrivé dans le monde des affaires? Monsieur Consommateur Moyen ne vous croit pas non plus, mais à quoi bon renouveler dès maintenant ses meubles de jardin? Mieux vaut garder son argent – on ne sait jamais – ou l'utiliser à acheter des conserves et des munitions; les meubles, ça peut attendre.

« Vous voyez ce que je veux dire, docteur Athor? Dès que tout ceci sera passé, les milieux d'affaires voudront votre peau. Ils diront que si des timbrés – sauf votre respect! –, des timbrés se faisant passer pour des savants sérieux peuvent perturber à leur guise toute l'économie du pays rien qu'en lançant une prédiction loufoque, c'est au pays d'empêcher que cela ne se reproduise. Ça va faire des étincelles, docteur! »

Athor adressa au journaliste un regard impassible. « Et quels sont au juste vos projets pour remédier à cette situation?

– Eh bien, fit Theremon avec un large sourire, voici ce que j'ai en tête. A partir de demain, je vous servirai officieusement de responsable des relations publiques! Je peux m'efforcer d'apaiser la colère que vous allez avoir à affronter, comme je me suis efforcé d'apaiser la tension qui régnait dans la nation, par l'humour, par la dérision si besoin est. Je sais, je sais : ce serait dur à supporter, car il faudrait que je vous fasse passer pour une bande de bavards débiles; mais si je parviens à vous ridiculiser, les gens pourraient bien oublier leur colère. Tout ce que je demande en échange, c'est l'exclusivité du reportage à l'Observatoire ce soir. »

Athor garda le silence. Beenay explosa : « Ça vaut la peine d'être envisagé, monsieur! Je sais bien que nous avons étudié toutes les possibilités, mais il reste toujours une chance sur un million, voire sur un milliard, qu'il y ait une erreur quelque part dans nos théories, ou dans nos calculs. Et si c'est le cas... »

Parmi les personnes présentes dans la pièce couraient maintenant des murmures, et Athor perçut un flottement. Par les dieux, la faculté se retournerait-elle contre lui? L'expression qui se peignit sur son visage était celle d'un homme qui a un goût amer dans la bouche et ne peut s'en débarrasser.

« Vous permettre de demeurer parmi nous afin que vous soyez en meilleure position demain pour nous ridiculiser ? Vous devez m'attribuer une sénilité fort avancée, jeune homme !

– Je vous en prie, fit une nouvelle voix, permettez-lui de rester, docteur Athor. »

Ce dernier se retourna. A son insu, Siferra était entrée.

« Désolée d'être en retard, nous avons eu au bureau d'archéologie une difficulté de dernière minute, et... » Après un échange de regards avec Theremon, elle dit à Athor : « Je vous en prie, ne vous offensez pas. Il nous a cruellement raillés, je le sais; mais je lui ai demandé de venir ici ce soir afin de constater par lui-même que nous avions raison. Il est... mon invité, docteur. »

Athor ferma les yeux un instant. L'invité de Siferra ! C'en était trop ! Pourquoi ne pas inviter Folimun pendant qu'on y était ? Pourquoi pas Mondior ?

Mais quelle importance cela pouvait-il avoir ?

Quelle importance quoi que ce soit pouvait-il avoir à présent ?

Résigné, Athor dit à Theremon : « Très bien, restez si c'est ce que vous désirez. Vous voudrez bien vous tenir à l'écart dans toute la mesure du possible, et ne pas oublier non plus que je dirige ici toutes les activités : j'attends de vous une collaboration sans restriction... »

21

Siferra traversa la pièce et, se plaçant à côté de Theremon, elle lui dit doucement : « Je ne pensais pas sérieusement vous voir ici ce soir.

– Pourquoi ? Vous m'avez invité, non ?

– Certes ! Mais vous vous êtes montré si féroce... si cruel...

– " Inconscient ", avez-vous précisé ! »

Elle rougit. « Cela aussi ! J'ai du mal à concevoir que vous puissiez encore regarder Athor en face.

– Je ferai plus que le regarder en face s'il est prouvé qu'avec ses sombres prédictions il a mis en plein dans le mille : je me mettrai à genoux devant lui et lui demanderai humblement pardon.

– Et si ses prédictions ont manqué la cible ?

– Alors, il aura besoin de moi, répondit Theremon. Comme vous tous, d'ailleurs. C'est bien ici que je dois être ce soir. »

Siferra adressa au journaliste un regard étonné : il disait toujours ce à quoi on s'attendait le moins. Certes, elle avait de l'antipathie pour lui, cela allait sans dire. Tout en lui – sa profession, sa façon de parler, les vêtements voyants qu'il portait habituellement – lui paraissait tapageur et vulgaire. Tout son personnage était pour elle un symbole : celui d'un monde fruste, grossier, morne, médiocre, repoussant, le monde qui s'étendait au-delà des murs de l'université et qu'elle avait toujours détesté.

Et pourtant, et pourtant, et pourtant...

Bon gré mal gré, elle était bien forcée d'admirer certains traits de ce Theremon. D'abord, c'était un type coriace, qui, lorsqu'il poursuivait un but quelconque, était absolument inflexible : voilà au moins une chose qu'elle appréciait. Et puis, sa franchise presque brutale : quel contraste avec ces universitaires fuyants, manœuvriers, arrivistes, dont elle voyait grouiller le campus ! De plus, il était intelligent, ça ne faisait aucun doute, même s'il avait choisi un domaine aussi vulgaire et dénué de valeur que la presse écrite. Enfin, Siferra respectait sa robuste constitution physique : il était grand, il avait l'air solide, il respirait la santé ; et Siferra n'avait jamais eu beaucoup d'estime pour les gringalets, au nombre desquels elle avait pris grand soin de ne pas figurer.

En vérité, elle se rendait compte, avec un certain malaise, qu'elle était plus ou moins attirée par lui. L'attraction des contraires ? Oui, oui, cette façon de le dire ne manquait pas de justesse. Mais ce n'était pas entièrement exact. Par-delà les dissemblances superficielles, elle avait plus en commun avec Theremon qu'il ne lui plaisait de l'admettre.

Elle tourna vers la fenêtre un regard inquiet. « Il se met à faire bien sombre là-dehors ! dit-elle. Je ne me souviens pas qu'il ait jamais fait aussi sombre.

– Vous avez peur ? lui demanda Theremon.

– Des Ténèbres ? Non, pas vraiment. Mais de ce qui va suivre. Vous devriez avoir peur vous aussi.

– Ce qui va suivre, répondit-il, c'est le lever d'Onos, et d'autres soleils brilleront également, et tout sera comme avant.

– Vous parlez comme si vous n'aviez absolument aucun doute ! »

Theremon se mit à rire. « Onos s'est levé chaque matin de ma vie ; pourquoi douterais-je qu'il va se lever demain ? »

Siferra hocha la tête. Ce type commençait à l'agacer avec son entêtement ; elle avait du mal à croire que, quelques instants auparavant, elle l'avait trouvé attirant.

Elle répondit avec froideur : « Onos va bel et bien se lever demain... sur un spectacle de désolation qu'une imagination aussi limitée que la vôtre n'est évidemment pas en mesure d'envisager.

– Le feu partout, vous voulez dire, et partout des gens qui errent, la bave aux lèvres, en baragouinant, pendant que la ville brûle ?

– Les découvertes archéologiques montrent...

– Des incendies, oui. Une succession d'holocaustes. Mais seulement sur un site très restreint, à des milliers de kilomètres d'ici, il y a des milliers d'années. » Theremon avait soudain les yeux qui étincelaient de vitalité. « Et où sont vos découvertes archéologiques prouvant des accès de folie collective ? Serait-ce que vous extrapolez à partir de ces incendies ? »

Elle le considéra avec le plus grand sang-froid. « Il existe aussi des preuves archéologiques de cela... de cette aberration mentale généralisée.

– Vraiment ?

– Le texte des tablettes : ce matin même, nous avons fini de le déchiffrer grâce aux clés philologiques fournies par les Apôtres de la Flamme... »

Theremon s'esclaffa. « Les Apôtres de la Flamme ! Merveilleux ! Ainsi donc, vous en êtes aussi ? Quel dommage, Siferra ! Une femme aussi bien faite que vous ! Voilà que désormais il va vous falloir dissimuler votre silhouette dans une de ces horribles robes qui leur sont chères...

– Oh ! fit-elle, en refoulant une éruption de colère et de haine. Tout ce que vous savez faire, c'est de railler, hein ? Vous êtes tellement convaincu d'être dans le droit chemin que, même lorsque vous avez la vérité sous les yeux, tout ce que vous savez faire, c'est une mauvaise plaisanterie ! Oh ! vous êtes... vous êtes... insupportable ! »

Elle tourna les talons et s'en fut précipitamment à l'autre bout de la pièce.

« Siferra... Siferra, attendez ! »

Elle fit la sourde oreille. Le cœur battant de fureur, elle s'avisait à présent que cela avait été une grave erreur d'inviter quelqu'un comme Theremon, ici, le soir de l'éclipse ; une erreur, même, d'avoir jamais eu quoi que ce soit à faire avec lui.

Tout était la faute de Beenay, se dit-elle.

C'était Beenay, après tout, qui lui avait présenté Theremon, au Cercle des Enseignants, des mois auparavant. Ce qui défrayait alors la chronique, c'était la prédiction de Mondior 71 selon laquelle la fin du monde était pour le 19 Theptar. A peu près au même moment, Beenay avait présenté ses observations sur les irrégularités apparentes de l'orbite de Kalgash, et Siferra avait fait état de sa propre découverte sur la colline de Thombo. Or l'une et l'autre de ces révélations présentaient la particularité troublante de renforcer la crédibilité des Apôtres.

Theremon semblait parfaitement au courant. Un jour, il était entré au Cercle des Enseignants, Beenay lui avait présenté Siferra et il avait aussitôt répondu : « Ah ! oui, les villages incendiés construits les uns au-dessus des autres sur cette colline antique ! »

Siferra avait souri sans chaleur. « Vous en avez donc entendu parler ?

– C'est moi qui lui en ai parlé, se hâta de lui avouer Beenay. Je sais, j'avais promis de ne pas lui en souffler mot ! Mais comprenez-moi, Siferra : j'ai toute confiance en cet homme, absolument toute confiance, et je n'avais aucun doute que...

– Ça ne fait rien, Beenay, interrompit Siferra, s'efforçant de ne pas laisser paraître sa réelle irritation. Vous n'auriez rien dû dire. Mais je vous pardonne.

– Ça n'a causé aucun mal, souligna Theremon. Beenay m'a fait jurer solennellement de ne rien publier de toute cette affaire. Mais c'est passionnant ! Absolument passionnant ! A combien de milliers d'années remonte l'agglomération qui est tout au fond ? Cinquante mille ans ?

– Plutôt de l'ordre de quinze ou seize mille, répondit Siferra. Vous ne projetez pas d'écrire un article sur mes découvertes, hein ?

– Je n'en avais pas l'intention. Je vous l'ai dit, j'avais donné ma parole à Beenay. De plus, cela semblait un peu abstrait pour les lecteurs de *La Chronique*, un peu éloigné de leurs préoccupations quotidiennes. Mais il me paraît maintenant qu'il y a vraiment là matière à un papier. Si vous vouliez bien accepter de me rencontrer pour me fournir les détails...

– Je préférerais n'en rien faire, répondit très vite Siferra.

– Ne pas faire quoi ? Me rencontrer, ou me fournir les détails ? »

Sa rapide repartie éclaira soudain la conversation d'un jour nouveau. Elle s'aperçut, non sans une légère irritation et quelque surprise, que le journaliste éprouvait de l'attirance pour elle. Elle se rendait compte, en repassant les minutes précédentes dans son esprit, que Theremon avait dû se demander s'il n'y avait pas quelque chose entre elle et Beenay, pour qu'il les ait trouvés assis ensemble au Cercle, et avait fini par conclure qu'il n'y avait rien de sentimental là-dessous, ce qui l'avait décidé à lancer cette amorce de marivaudage.

Ma foi, c'était son affaire à lui, se dit Siferra. Et c'est avec une indifférence étudiée qu'elle répliqua : « Je n'ai pas encore publié dans les revues scientifiques quoi que ce soit sur mes travaux à Thombo. Mieux vaudrait, par conséquent, qu'il n'en filtre rien dans la presse destinée au grand public.

– Je comprends parfaitement; mais si je vous promets de respecter le délai de publication que vous me fixerez, accepteriez-vous de me donner à l'avance un aperçu général de vos trouvailles ?

– Ma foi... » Elle jeta un coup d'œil à Beenay : que valait la parole d'un journaliste ?

« Vous pouvez faire confiance à Theremon, dit Beenay. Je vous l'ai déjà dit : on ne trouve pas plus intègre dans sa profession.

– Ce qui ne signifie pas grand-chose ! ajouta Theremon en riant. Mais je ne suis pas assez bête pour manquer à ma parole en matière de publication scientifique. Si je violais la priorité sur vos révélations, Beenay ici présent traînerait mon nom dans la boue dans toute l'université ; et je suis tributaire de mes sources universitaires pour certains de mes meilleurs papiers. Alors, puis-je compter sur une interview de vous ? Disons, après-demain ? »

Et c'est ainsi que tout avait commencé.

Theremon savait se montrer très persuasif. Elle finit par accepter de déjeuner avec lui ; et, petit à petit, sans avoir l'air d'y toucher, il lui soutira tous les détails de sa campagne de fouilles à Thombo. Elle le regretta par la suite, s'attendant à voir paraître dès le lendemain dans *La Chronique* un article à sensation parfaitement inepte ; mais Theremon tint parole et n'écrivit rien sur elle. Il demanda cependant à visiter son laboratoire ; et, à nouveau, elle céda. Il examina les schémas, les photographies, les échantillons de cendre, et posa des questions pertinentes.

« Vous n'allez pas faire du battage sur moi, hein ? dit-elle avec inquiétude. Maintenant que vous avez vu tout ça !

– J'ai promis, et je n'en démords pas. Mais dès que vous me préviendrez que tout est réglé pour que vos découvertes soient publiées dans une revue scientifique, je me considérerai libre de tout raconter. Que diriez-vous d'un dîner au Club des Six Soleils demain soir ?

– Ma foi...

– Ou après-demain soir ? »

Siferra ne fréquentait guère les lieux de ce genre. Elle répugnait à donner l'impression qu'elle aimait se laisser entraîner dans les engagements mondains.

Mais Theremon n'était pas homme à se laisser éconduire si facilement. En douceur, dans la bonne humeur, avec doigté, il manœuvra si bien qu'elle n'eut plus d'autre issue que d'accepter un rendez-vous pour dans dix jours. Et puis après ? se dit-elle. Il était assez beau garçon ; et, si elle rompait un peu le rythme de son dur labeur quotidien, ça ne lui ferait pas de mal. Elle le rencontra aux Six Soleils, où tout le monde semblait le connaître. Apéritif, dîner arrosé d'un bon vin de la province Thamienne. Il menait la conversation d'un sujet à un autre, très habilement : quelques aperçus sur la vie qu'elle avait vécue, ce qui la passionnait dans l'archéologie, les fouilles qu'elle avait conduites à Beklimot. Il apprit qu'elle n'avait jamais été mariée, que le mariage ne l'avait jamais intéressée. Il lui parla des Apôtres, de leurs délirantes prophéties, de l'étonnant rapport qu'il y avait entre ses découvertes de Thombo et les assertions de Mondior. Tous les propos qu'il tenait étaient pleins de tact, de pénétration et d'intérêt. C'était un grand charmeur... et aussi, se dit-elle, un grand intrigant.

Au terme de la soirée, il lui avait demandé – en douceur, dans la bonne humeur, avec doigté – s'il pouvait l'accompagner chez elle. Mais c'est là qu'elle tirait le trait.

Il ne parut pas s'en offusquer. Il se contenta de lui proposer de sortir à nouveau avec lui.

C'est ce qu'ils avaient fait deux ou trois fois encore par la suite, en l'espace de deux mois peut-être. A chaque fois la même formule : dîner dans un endroit chic, conversation bien conduite, et pour finir invitation élégamment tournée à passer ensemble la période de sommeil, invitation que Siferra déclinait non moins élégamment. Cela devenait un aimable divertissement, cette galanterie badine; Siferra se demandait combien de temps cela allait durer. Elle n'était toujours pas particulièrement encline à partager son lit; mais, chose curieuse, elle n'était plus particulièrement encline non plus à *ne pas* partager son lit – ce qu'elle n'avait ressenti à l'égard d'aucun homme depuis belle lurette.

Et voilà que parut la première série d'articles où Theremon clouait au pilori les théories de l'Observatoire, mettait en doute la santé mentale d'Athor, comparait les prévisions des savants sur l'éclipse aux vaticinations des Apôtres de la Flamme.

Au départ, Siferra ne pouvait y croire. Comment l'ami de Beenay – son ami à elle, maintenant – pouvait-il les attaquer avec une telle hargne ?

Deux mois environ s'écoulèrent. Les attaques continuaient. Theremon ne prenait plus contact avec elle.

Elle finit par ne plus pouvoir garder le silence.

Elle lui téléphona au journal.

« Siferra ! Quelle bonne surprise ! J'allais justement – me croirez-vous ? – vous appeler plus tard dans l'après-midi pour vous demander si ça vous dirait d'aller...

– Ça ne me dirait rien ! coupa-t-elle. Qu'est-ce que vous manigancez, Theremon ?

– De quoi voulez-vous parler ?

– De ces articles sur Athor et l'Observatoire. »

Il y eut à l'autre bout du fil un silence prolongé.

Puis il répondit : « Ah ! Ça vous a contrariée ?

– Contrariée ? Je suis folle de rage !

– Vous trouvez que j'y ai été un peu trop fort ? Écoutez, Siferra, quand on écrit pour un vaste public de lecteurs moyens, très moyens même pour certains, il faut du tout noir et du tout blanc, sous peine de ne pas se faire comprendre. Je ne peux pas me contenter de déclarer qu'Athor et Beenay se trompent; je suis obligé de préciser qu'ils sont dingues. Est-ce que vous me suivez ?

– Depuis quand pensez-vous qu'ils se trompent?

– Eh bien...

– Ça fait des mois que vous traitez ce sujet. Et vous avez pris un virage à cent quatre-vingts degrés. A vous entendre, on croirait que tout le monde au campus est disciple de Mondior, et que nous avons tous perdu la raison par-dessus le marché. Si vous aviez besoin d'une tête de Turc, que ne l'avez-vous cherchée ailleurs?

– Ce ne sont pas simplement des plaisanteries, Siferra, fit doucement Theremon.

– Vous croyez à ce que vous écrivez?

– Oui, j'y crois, sincèrement. Il n'y aura pas de cataclysme, telle est mon opinion. Et voilà Athor qui déclenche la sirène d'incendie dans un théâtre bondé! Par mes plaisanteries, quelques petites piques joviales çà et là, j'essaie de faire comprendre aux gens qu'il ne faut pas nécessairement le prendre au sérieux : pas de panique, restons calmes...

– Quoi? s'exclama-t-elle. Mais il va bel et bien y avoir un incendie, Theremon! Et vous jouez un jeu dangereux avec vos railleries : il y va du salut de tous. Écoutez-moi : j'ai vu les cendres des incendies. Je sais ce qui va arriver : les Flammes viendront, sans le moindre doute. Vous aussi, vous avez eu les preuves sous les yeux. Adopter la position qui est la vôtre actuellement, c'est ce que vous pouviez faire de plus destructeur, Theremon. C'est méchant, c'est stupide, c'est odieux; et c'est de l'inconscience.

– Siferra...

– Je vous prenais pour un homme intelligent; je m'aperçois à présent que vous êtes exactement comme tout le reste de cette populace.

– Sifer... »

Elle coupa la communication.

Et la communication resta coupée entre eux. Elle refusa de répondre à tous ses appels – jusqu'à ce que, quelques semaines seulement avant la date fatidique...

Vers le début du mois de Theptar, Theremon téléphona une fois encore, et Siferra l'eut en ligne avant de savoir de qui il s'agissait.

« Ne raccrochez pas! dit-il promptement. Accordez-moi une petite minute!

– Je n'en ai guère envie.

– Écoutez, Siferra, vous pouvez me détester autant que ça vous chante, mais il y a une chose que je veux que vous sachiez : je ne suis pas méchant, et je ne suis pas stupide.

– Qui a dit que vous l'étiez?

– Vous-même, il y a des mois, la dernière fois que nous nous sommes parlé. Mais ce n'est pas le cas : tout ce que j'ai écrit dans ma chronique au sujet de l'éclipse s'y trouve parce que c'est ce que je pense.

– Dans ces conditions, vous êtes bel et bien stupide, ou simplement borné, ce qui est peut-être légèrement différent mais ne vaut pas mieux.

– J'ai examiné vos preuves et, à mon avis, vous en avez tiré des conclusions bien hâtivement. »

Elle répondit avec froideur : « Eh bien! nous saurons tous ce qu'il en est le 19, n'est-ce pas?

– Je souhaiterais vous croire, parce que vous êtes des gens bien, avec la vocation, le brillant et le reste; mais je ne peux pas. Je suis sceptique par nature, je l'ai été toute ma vie, et il m'est impossible d'admettre aucune sorte de dogme. C'est chez moi un sérieux défaut de caractère, j'imagine : ça me donne l'air frivole. Et peut-être suis-je frivole; mais du moins suis-je droit : je ne peux tout simplement pas imaginer qu'il va y avoir une éclipse, ni une vague de folie, ni des incendies.

– Ce n'est pas un dogme, Theremon, c'est une hypothèse.

– Vous jonglez avec les mots! Je suis désolé si ce que j'ai écrit vous a offensée, Siferra, mais je ne peux pas faire autrement. »

Elle garda le silence un instant. Quelque chose dans la voix de Theremon l'avait curieusement émue. Enfin, elle reprit la parole : « Dogme, hypothèse, peu importe ce que c'est : ça va être mis à l'épreuve dans quelques jours. Je serai à l'Observatoire le soir du 19. Venez-y aussi, et nous verrons bien lequel de nous deux a raison.

– Mais Athor m'a déclaré persona non grata à l'Observatoire!

– Vous êtes-vous jamais laissé arrêter par ce genre de chose?

– Il refuse même de me parler. Vous savez, j'ai une proposition à lui faire, quelque chose qui pourrait lui être d'un grand secours après le 19, lorsque tout ce formidable montage va s'écrouler en un flop retentissant, et que le monde entier hurlera qu'il veut sa peau.

– Vous direz que vous êtes mon invité. Que je vous ai donné rendez-vous, ajouta-t-elle non sans aigreur. Athor aura trop à faire pour que ça le dérange. Je veux que vous soyez présent lorsque le ciel deviendra noir et que les incendies éclateront; je veux voir la tête que vous ferez; je veux voir si vous êtes aussi expert en excuses qu'en séduction, Theremon. »

Cela, c'était une semaine avant. Et maintenant, Siferra, furieuse, avait mis toute la largeur de la pièce entre elle et Theremon. Elle se retrouvait tout près d'Athor, et justement il leva les yeux et l'aperçut. Elle se sentit rougir. Il montra du doigt le ciel par la fenêtre. « Si sombre, si sombre! Et pourtant, ce n'est que le commencement! Je me demande où sont Faro et Yimot; vous ne les avez pas vus, si? Non? Dites-moi, Siferra, quand vous êtes arrivée, vous avez parlé d'une difficulté de dernière minute au bureau; rien de grave, j'espère?

– Les tablettes de Thombo ont disparu, répondit-elle.

– *Disparu ?*

– Elles étaient rangées, bien entendu, dans le coffre des artefacts anciens. Juste avant de m'en aller, j'ai reçu la visite du docteur Mudrin, qui se rendait au Refuge mais voulait vérifier un dernier point dans sa traduction, car il lui était venu une nouvelle idée. Nous avons donc ouvert le coffre, et... rien ! Envolées toutes les six ! Nous en avons bien entendu des copies ; mais quand même... les originaux, les objets anciens authentiques...

– Comment cela a-t-il pu se produire ? » demanda Athor.

D'une voix âpre, Siferra répondit : « N'est-ce pas évident ? Ce sont les Apôtres qui les ont volées – probablement pour les utiliser comme des sortes de talismans une fois que le... les Ténèbres auront fait leur œuvre.

– Y a-t-il des indices ?

– Je ne suis pas détective, docteur Athor ! Je n'ai rien vu de concluant ; mais c'est la seule hypothèse plausible. Les Apôtres guignent ces tablettes depuis l'instant où ils ont su qu'elles étaient en ma possession. Oh ! comme je regrette d'en avoir parlé !

– Ils ont les tablettes ? Eh bien, tant pis, qu'ils les gardent, Siferra ! reprit Athor. Ça ne peut faire aucune différence, à présent. Grâce à l'homme qui est là, *rien* ne peut faire de différence, hein ? »

Elle haussa les épaules. « Quand même, ça me fait quelque chose de penser qu'un voleur en robe d'Apôtre a fureté dans mon bureau, crocheté mon coffre, dérobé des objets que j'avais déterrés de mes propres mains. Je ressens ça comme un viol, presque charnellement. Est-ce que vous comprenez ça, docteur Athor ? Avoir été dépouillée de ces tablettes, c'est pour moi presque comme d'avoir été violée.

– Je sais combien vous êtes bouleversée », répondit Athor sur un ton qui montrait qu'en fait il ne comprenait pas du tout. Regardez... regardez par ici. Comme Dovim brille, ce soir ! Et sous peu, comme tout sera sombre ! »

Elle se força à sourire vaguement, et s'éloigna de lui.

Tout autour d'elle, c'était une ruche bourdonnante de gens qui allaient et venaient, vérifiant ceci, discutant cela, courant à la fenêtre, montrant le ciel du doigt, murmurant ; de temps à autre quelqu'un entrait en courant pour apporter, de la coupole aux télescopes, de nouvelles données. Elle se sentait totalement étrangère au milieu de tous ces astronomes ; totalement morose, et désespérée. Le fatalisme d'Athor a dû déteindre sur moi, se dit-elle. Il avait l'air si perdu, si désorienté ! Ça ne lui ressemblait pas du tout, d'être comme ça.

Elle aurait voulu lui rappeler que ce n'était pas le monde qui allait prendre fin ce soir, mais seulement le cycle actuel de civilisation. On rebâtirait ! Ceux qui s'étaient mis à l'abri sortiraient de leurs cachettes et recommenceraient tout, comme cela s'était déjà produit une douzaine ou une vingtaine de fois, ou une centaine de fois, depuis l'aube de la civilisation sur Kalgash.

Mais Athor avait espéré que le monde entier se préparerait à la catastrophe ; au lieu de quoi, seul un petit groupe avait prêté attention à ses avertissements – rien que les quelques personnes qui avaient gagné le Refuge de l'université, ou tout autre refuge qu'on avait pu mettre en place ailleurs...

Beenay s'approcha d'elle. « Quelle est cette histoire que m'apprend Athor ? Les tablettes ont disparu ?

– Disparu, oui ! Volées ! Je savais bien que je n'aurais jamais dû accepter la moindre relation avec les Apôtres.

– Vous croyez que ce sont eux qui les ont volées ? questionna Beenay.

– J'en suis certaine, répondit-elle avec amertume. Ils m'ont fait savoir qu'ils avaient des renseignements susceptibles de m'être utiles. Ce qu'ils voulaient, c'était conclure avec moi un accord semblable à celui qu'Athor avait mis au point avec ce... grand-prêtre, si tel est bien son titre : Folimun 66. " Nous avons encore connaissance de la vieille langue, assurait-il, le langage qu'on parlait au cours de la précédente Année Sacrée. " Et, de fait, ils avaient apparemment conservé des textes d'une sorte ou d'une autre, des dictionnaires, des alphabets de l'ancienne écriture, bien d'autres choses encore, peut-être.

– Et Athor est arrivé à en obtenir communication ?

– En partie. Assez, en tout cas, pour s'assurer que les Apôtres avaient bel et bien d'authentiques documents astronomiques sur la précédente éclipse ; assez, selon Athor, pour prouver que le monde avait subi un cataclysme identique au moins une fois déjà. »

Elle avait reçu d'Athor, continua-t-elle, copie des quelques fragments de textes astronomiques que lui-même tenait de Folimun ; et elle les avait montrés à Mudrin. Celui-ci les avait effectivement trouvés précieux pour sa propre traduction des tablettes. Les Apôtres prétendaient disposer d'une clé permettant de déchiffrer les inscriptions des tablettes anciennes ; et peut-être était-ce effectivement le cas. Mais Folimun avait insisté pour qu'elle lui remît les tablettes originales afin de les copier et de les traduire, plutôt que de livrer à Siferra les instruments de décodage qu'il possédait. Il refusait de se contenter d'une copie des textes : il exigeait les véritables tablettes, sinon il n'y avait rien de fait.

« Et vous avez estimé que ça dépassait les bornes ? demanda Beenay.

– Absolument ! Les tablettes ne devaient pas sortir de l'université. " Donnez-nous la clé, ai-je dit à Folimun, et nous vous fournirons la copie des textes des tablettes. Comme ça, nous pourrons chacun de notre côté chercher une traduction. " »

Mais Folimun avait refusé : il n'avait rien à faire de copies des textes, car il n'était que trop facile, pour les rejeter, de déclarer qu'il s'agissait de faux. Quant à confier à Siferra ses propres documents, non, mille fois non. Il s'agissait, selon lui, d'objets sacrés, auxquels seuls des Apôtres avaient le droit de toucher. Qu'elle lui remette les tablettes, et elle recevrait une traduction.

« J'ai eu un instant la tentation de rejoindre les Apôtres, dit Siferra, afin d'avoir accès à la clé.

– Vous, une Apôtre ? s'exclama Beenay.

– Rien que pour avoir droit à leurs documents ! Mais cette perspective me répugnait : j'ai éconduit Folimun. » C'est ainsi que Mudrin avait dû continuer à peiner sur ses traductions sans l'aide de l'appareil textuel dont pouvaient éventuellement disposer les Apôtres. Il s'avéra que les tablettes semblaient bel et bien se rapporter à quelque embrasement fatal dont les dieux avaient frappé le monde. Mais les traductions de Mudrin étaient sommaires, hésitantes, lacunaires.

Eh bien, à présent, les Apôtres les avaient, ces tablettes, fort probablement ! C'était dur à avaler : au milieu du chaos imminent, ils allaient brandir ces tablettes – *ses* tablettes – comme preuve supplémentaire de leur sagesse et de leur sainteté.

« Je suis désolé, Siferra, dit Beenay. Mais peut-être y a-t-il encore une chance qu'elles n'aient pas été volées par les Apôtres... et se trouvent quelque part...

– Je n'y compte guère ! » répondit Siferra en lui adressant un sourire sans joie avant de se retourner pour regarder le ciel qui s'obscurcissait.

Le mieux qu'elle pût faire était de prendre le même parti qu'Athor. De toute façon, ce serait sous peu la fin du monde, et rien n'avait plus tellement d'importance. Mais quelle piètre consolation ! Au fond d'elle-même, quelque chose se rebiffait contre ce parti pris du désespoir ; l'important était de continuer à penser au surlendemain : à la survie, à la reconstruction, à la lutte et à son couronnement. Il n'était pas bon de s'abandonner à l'accablement, comme Athor, de se résigner à la perdition de l'humanité, de hausser les épaules et renoncer à tout espoir.

Le cours de ses pensées mélancoliques fut interrompu par une voix de ténor qui claironnait : « Salut tout le monde ! Salut ! Salut ! Salut !

– Sheerin ! s'écria Beenay. Que faites-vous ici ? »

Les joues rebondies du nouvel arrivant s'épanouirent en un sourire ravi. « Quelle ambiance ! On se croirait à la morgue, ici. Personne n'est en train de flancher, j'espère ? »

Athor le dévisagea d'un air consterné et lui lança avec humeur : « Oui, que diable faites-vous ici, Sheerin ? Je croyais que vous deviez rester au Refuge ? »

En riant, le petit homme replet se laissa tomber dans un fauteuil. « Au diable le Refuge! Je m'y ennuyais; c'est ici que je voulais être, ici où ça commence à chauffer. Moi aussi, j'ai ma petite part de curiosité! Après tout, j'ai fait le trajet dans le Tunnel du Mystère, moi; alors je survivrai bien à une autre dose de Ténèbres! Et je veux voir ces fameuses Étoiles dont les Apôtres n'arrêtent pas de se gargariser. » Il se frotta les mains et ajouta avec bien moins d'entrain : « On gèle, dehors! Avec ce vent, j'ai bien failli avoir des glaçons au bout du nez! Dovim ne paraît fournir aucune chaleur, à la distance où il se trouve ce soir. »

Le vieux directeur grinça des dents : « Pourquoi avez-vous voulu à toute force faire une bêtise comme ça, Sheerin? A quoi pouvez-vous bien servir ici?

– Et à quoi puis-je bien servir là-bas? » Sheerin, écartant les mains paumes en avant, mima comiquement la résignation. « Au Refuge, un psychologue ne vaut pas un clou. Pour le moment, il n'y a rien que je puisse faire pour ces gens-là. Ils sont tous douillettement blottis sous terre, bien à l'abri, sans le moindre souci à se faire.

– Et si la foule y faisait irruption pendant la période de Ténèbres? »

Sheerin se mit à rire. « Je doute fort que quiconque puisse trouver le Refuge même en plein jour sans en connaître à l'avance l'entrée; alors, à plus forte raison quand les soleils auront disparu. Mais au cas où ça se produirait, ce qu'il faudrait, ce sont des hommes d'action pour assurer la défense; moi, je pèse cinquante kilos de trop pour ça. Alors, pourquoi aller m'entasser avec les autres là-bas dedans? Je préfère être ici. »

Siferra sentait son propre moral remonter en entendant les propos de Sheerin. Elle aussi avait choisi de passer la soirée des Ténèbres à l'Observatoire plutôt qu'au Refuge. Peut-être était-ce folle bravade, peut-être était-ce présomption; mais elle était persuadée de pouvoir endurer les heures de l'éclipse – et même la venue des Étoiles, si tant est que cette partie du mythe eût un quelconque fondement – sans perdre la raison. C'est pourquoi elle avait décidé ne pas laisser passer cette occasion.

Et voici que Sheerin, qui était loin d'être un parangon de courage, avait adopté la même démarche – ce qui pouvait signifier qu'il avait fini par conclure qu'après tout les Ténèbres n'auraient pas un effet aussi délétère qu'il l'annonçait depuis des mois. Elle connaissait ses propos sur le Tunnel du Mystère; et pourtant, il était là! Il devait en être venu à penser qu'il y aurait des gens plus résistants qu'il ne l'avait prévu d'abord.

Peut-être aussi était-il tout simplement téméraire. Peut-être aimait-il mieux perdre la raison d'un seul coup ce soir, que de la garder et d'avoir à faire face aux problèmes innombrables et sans doute insolubles de la dure période qu'ils allaient entamer.

Non, non! La voilà qui retombait dans le pessimisme morbide! Elle écarta cette pensée.

« Sheerin ! » Theremon traversa la pièce à la rencontre du psychologue. « Vous vous souvenez de moi ? Theremon 762 !

– Bien sûr que oui, dit Sheerin en lui tendant la main. Par tous les dieux, mon gaillard, vous n'avez pas été tendre avec nous ces derniers temps, hein ? Mais, un soir comme celui-ci, autant ne pas revenir sur le passé !

– Que *ce type-là* soit du passé et ne revienne pas, voilà ce que je souhaiterais », marmonna Siferra entre ses dents. Et, avec un regard chargé d'hostilité, elle recula de quelques pas.

Theremon serra la main à Sheerin. « Qu'est-ce que c'est que ce Refuge où vous étiez censé vous retirer ? J'en ai un peu entendu parler ce soir, mais je ne sais pas vraiment de quoi il s'agit.

– Eh bien, répondit Sheerin, nous sommes parvenus à convaincre au moins un petit nombre de gens que nous avons vu juste. Et ces personnes ont pris les mesures appropriées. Il s'agit essentiellement de proches parents de membres du personnel de l'Observatoire, de certains enseignants de l'université de Saro, plus quelques autres. Ma compagne Liliath 221 s'y trouve d'ailleurs en ce moment, et moi-même j'y serais aussi, j'imagine, sans ma satanée curiosité. En tout, il y a là-bas environ trois cents personnes.

– Je vois. Et elles sont censées rester cachées là où ne peuvent les atteindre ni les Ténèbres ni les ... euh... Étoiles, puis tenir le coup pendant que le reste du monde partira en morceaux.

– Exactement ! Les Apôtres ont aussi une sorte de planque à eux, vous savez. Nous ignorons combien de gens elle contient : juste un petit nombre si nous avons de la chance, mais plus probablement ceux qu'ils ont mis à l'abri se comptent par millions. Ce sont ceux-là qui resurgiront et hériteront de la terre après les Ténèbres.

– Et le groupe d'universitaires, dit Theremon, est censé contrebalancer cette force ? »

Sheerin acquiesça. « Si possible. Ça va être dur ! Presque toute l'humanité frappée de folie, les grandes villes dévorées par les flammes, et peut-être une immense horde d'Apôtres pour imposer leur conception de l'ordre à ce qui subsiste du monde. Non, il ne sera pas facile de survivre ! Mais du moins ont-ils des vivres, de l'eau, un abri, des armes...

– Ils ont plus que ça ! intervint Athor. Ils détiennent toute notre documentation, à part les éléments que nous allons réunir aujourd'hui. Cette documentation sera d'une importance capitale pour le prochain cycle, et c'est *ça* qui doit survivre ; tout le reste peut bien aller au diable ! »

Theremon poussa un sifflement prolongé. « Vous êtes donc tout à fait persuadés, vous autres, que ce que vous avez prédit va se produire exactement comme vous l'avez dit ?

– Quelle autre attitude pouvions-nous avoir ? contra Siferra avec hargne. Une fois que nous avons vu que le désastre serait inévitable...

– Oui, dit le journaliste, il fallait vous y préparer... parce que vous étiez en possession de la Vérité... Tout comme les Apôtres sont en possession de la Vérité! J'aimerais bien avoir sur n'importe quel sujet ne serait-ce que la moitié de la certitude que vous avez tous, vous autres détenteurs de la Vérité, au sujet de ce soir. »

Elle le foudroya du regard. « Et moi, je voudrais bien que vous soyez là dehors ce soir, à errer dans les rues en flammes! Mais non, non, vous serez ici, en sécurité. C'est plus que vous n'en méritez!

– Doucement! » fit Sheerin en prenant Theremon par le bras. Baissant le ton, il ajouta : « Il n'est pas sage de provoquer les gens en ce moment, mon ami. Retirons-nous quelque part où nous ne dérangerons personne et où nous pourrons discuter!

– Bonne idée! » approuva Theremon.

Mais il ne faisait pas mine de quitter la pièce. Une partie d'échecs stochastiques avait commencé autour de la table, et il resta un moment à la regarder, dans la plus manifeste incompréhension des coups qui se succédaient rapidement et en silence. Ce qui apparemment frappait Theremon d'ébahissement, c'était de voir les joueurs se concentrer sur un divertissement, alors qu'ils devaient être persuadés qu'ils n'en avaient plus que pour quelques heures avant la fin du monde.

« Venez donc! reprit Sheerin.

– Oui, oui! » répondit Theremon.

Tous deux sortirent dans le hall, suivis un instant plus tard par Beenay.

Quel être exaspérant! songea Siferra. Ella avait les yeux fixés sur le globe ardent de Dovim. Le ciel s'était-il encore assombri? Non, ce n'était qu'un tour de son imagination. Le ciel prenait un aspect bizarre, maintenant que Dovim était seul à y briller. Siferra ne l'avait encore jamais vu d'un violet ausi intense. Pourtant il y avait encore assez de lumière pour laisser le paysage visible malgré la relative pâleur du petit soleil unique.

Ses pensées revinrent aux tablettes perdues, mais elle les chassa de son esprit.

Les joueurs d'échecs ont bien raison, se dit-elle. Assieds-toi et détends-toi. Si tu peux.

23

Sheerin conduisit le petit groupe dans la pièce voisine. On y trouvait des fauteuils plus moelleux, d'épais rideaux rouges aux fenêtres, et un tapis couleur chocolat par terre. Sous l'étrange lumière aux tons de brique que répandait Dovim, tout semblait couvert de sang séché.

Sheerin avait été surpris de rencontrer Theremon à l'Observatoire ce soir. Comment Athor avait-il pu accepter sa présence? C'était là chose étrange, et quelque peu troublante. Cela pouvait signifier que le caractère bien trempé du vieil astronome commençait à donner des signes de faiblesse; que sa fureur n'était pas seule à mollir à l'approche de la catastrophe, mais aussi toute la structure interne de son caractère.

A vrai dire, Sheerin n'était pas peu étonné aussi de sa propre présence en ces lieux : il avait cédé à une impulsion, ce qui n'était pas dans ses habitudes. Liliath en avait été horrifiée; et il n'était pas loin d'en être horrifié lui-même, car il n'avait pas oublié les terreurs qu'avaient suscitées en lui les quelques minutes passées dans le Tunnel du Mystère.

Toutefois, il avait pris conscience, en fin de compte, qu'il ne pouvait pas ne pas être ici, tout comme il ne pouvait pas ne pas faire le tour dans le Tunnel. Pour tout autre, il n'était peut-être qu'une vieille bête d'universitaire bonasse et replet; mais, à ses propres yeux, sous tout son lard, il restait un savant. Il s'était intéressé à l'étude des Ténèbres pendant toute sa carrière professionnelle; comment, dès lors, pourrait-il jamais par la suite se pardonner d'avoir choisi, pendant la plus célèbre période de Ténèbres en plus de deux mille ans, la douillette sécurité d'une cachette souterraine?

Non! Il fallait qu'il soit ici, à assister à l'éclipse, à sentir les Ténèbres prendre possession du monde.

En entrant à la suite de Sheerin dans la pièce voisine, Theremon dit avec une franchise inattendue : « Je commence à me demander si j'ai eu raison d'être aussi sceptique, Sheerin.

– Vous devriez vous le demander, en effet!

– Eh bien, c'est ce que je fais! C'est de voir Dovim tout seul dans le ciel comme ça... de voir tout baigner dans cette insolite lueur rouge! Vous savez, je donnerais bien dix crédits pour avoir en cet instant une honnête dose de blanche : un bon Tano Spécial bien raide! A vrai dire, j'aimerais aussi voir Tano et Sitha dans le ciel; ou, mieux encore, Onos.

– Onos sera là dans la matinée. »

C'était Beenay, entré à son tour dans la pièce, qui intervenait.

« Oui, mais nous y serons-nous? » repartit Sheerin, faisant aussitôt suivre sa question d'un large sourire pour en compenser l'âpreté. Et, se tournant vers Beenay : « Notre ami le journaliste a fort envie d'un petit verre.

– Athor en fera une maladie; il a donné l'ordre que tout le monde ici s'abstienne d'alcool ce soir.

– Alors, il n'y a rien à boire que de l'eau? fit Sheerin.

– Eh bien...

– Allons, Beenay! Athor n'entrera pas ici.

– Je le pense. »

Beenay gagna la fenêtre voisine à pas feutrés, s'accroupit devant et sortit d'un placard bas encastré dessous une bouteille de liquide rouge qui fit des glouglous évocateurs quand il la manipula.

« Je me disais bien qu'Athor n'était pas au courant de ça! souligna-t-il en retournant vivement à la table. Voilà! Nous n'avons qu'un seul verre; alors, comme c'est toi l'invité, tu peux le prendre, Theremon; Sheerin et moi, nous boirons à la bouteille. »

Et il remplit le petit gobelet avec tout le soin qui convenait.

« Tu ne buvais pas une goutte d'alcool quand nous nous sommes connus, Beenay ! fit remarquer Theremon en riant.

– Maintenant et alors, ça fait deux! Et maintenant, les temps sont durs, Theremon! J'en apprends tous les jours. Rien de tel qu'un bon petit verre par les temps qui courent!

– C'est ce que j'ai entendu dire », approuva Theremon d'un ton badin.

Il but une gorgée. C'était du gros vin rouge râpeux, probablement quelque vin de table bon marché d'une des provinces méridionales; exactement le type de boisson que sont susceptibles d'acheter des gens jusqu'ici très sobres comme Beenay, parce qu'ils n'y connaissent rien. Enfin, c'était mieux que rien du tout!

Beenay s'octroya une grande goulée, puis passa la bouteille à Sheerin. Le psychologue la porta à ses lèvres et, renversant la tête en arrière, il but lentement et longuement. Puis il la reposa avec un grognement de satisfaction et, faisant claquer ses lèvres, il dit à Beenay : « Athor semble bizarre ce soir... même dans ces circonstances. Qu'est-ce qu'il a?

– Il s'inquiète pour Faro et Yimot, je suppose.

– Qui ça?

– Deux jeunes étudiants diplômés, qui devraient être là depuis des heures. Athor manque terriblement de personnel, puisque, à part les gens vraiment essentiels, tout le monde est allé au Refuge.

– Tu ne crois pas qu'ils ont déserté, hein ? suggéra Theremon.

– Qui ? Faro et Yimot ? Bien sûr que non ! Ce n'est pas leur genre. Ils donneraient n'importe quoi pour être ici ce soir à faire des calculs de mesures quand se produira l'éclipse. Mais si des émeutes ont éclaté en ville à Saro et qu'ils ont été pris dedans ? » Beenay eut un mouvement d'épaules. « Enfin, ils vont bien arriver tôt ou tard, j'imagine. Sinon, quand on approchera de la phase critique, le travail va s'accumuler et on passera un sale quart d'heure. C'est sans doute ce qui préoccupe Athor.

– Je n'en suis pas si sûr, déclara Sheerin. Deux absents, il y a de quoi le tracasser, oui ; mais il y a autre chose. Il a pris un coup de vieux, brusquement. Il respire la lassitude... le défaitisme, même. La dernière fois que je l'ai vu, c'était un battant, qui ne parlait que de reconstruire la société après l'éclipse : le vrai Athor, l'homme de fer. Maintenant, tout ce que je vois, c'est un vieillard triste et à bout de forces, une pitoyable épave, qui se contente d'attendre la fin qui vient. Le fait qu'il ne se soit même pas donné la peine de jeter Theremon dehors...

– Il a essayé, coupa Theremon. Beenay l'en a dissuadé. Ainsi que Siferra.

– Nous y voilà justement ! Connaissez-vous quelqu'un, Beenay, qui ait jamais pu dissuader Athor de quoi que ce soit ? Tiens, passez-moi le vin !

– C'est peut-être ma faute, reconnut Theremon. Avec tout ce que j'ai écrit pour discréditer son projet d'installer dans le pays des abris du genre du Refuge ! S'il est profondément convaincu qu'il va y avoir dans quelques heures des Ténèbres universelles et qu'une violente crise de folie va s'emparer de toute l'humanité...

– Il l'est ! décréta Beenay. Comme nous tous, d'ailleurs.

– Alors, le fait que le gouvernement n'ait pas pris ses prédictions au sérieux doit représenter pour Athor un terrible revers ; et j'en suis responsable autant que n'importe qui ! S'il est prouvé que vous aviez raison, je ne me le pardonnerai jamais. »

Sheerin le reprit : « Vous vous flattez, Theremon ! Même si vous aviez plaidé sur cinq colonnes tous les jours pour une colossale campagne de prévoyance, le gouvernement n'aurait *quand même* rien fait. Peut-être aurait-il pris les avertissements d'Athor encore moins au sérieux, si cela est possible, en voyant qu'un éditorialiste populaire avait pris son parti.

– Merci ! répondit Theremon. Vos paroles me vont droit au cœur. Au fait, il reste du vin ? » Et, se tournant vers Beenay : « Bien entendu, j'ai aussi des ennuis avec Siferra. Elle ne trouve pas de mots pour m'exprimer son mépris !

– Il fut un temps où elle semblait s'intéresser sérieusement à toi, fit remarquer Beenay. A vrai dire, je me suis posé des questions là-dessus quelque temps. Je me demandais si, elle et toi, vous étiez... euh...

– Non! déclara Theremon avec un sourire jusqu'aux oreilles. Et maintenant, ça ne se fera jamais. Mais nous avons été très bons amis. C'est vraiment une femme fascinante... fascinante... A propos, et sa fameuse théorie cyclique de la préhistoire? Qu'est-ce que ça vaut?

– Pas grand-chose, si l'on en croit certains de ses collègues, répondit Sheerin. Ils traitent ça par le mépris. Bien entendu, ils ont tous intérêt à ce que l'archéologie ne sorte pas du cadre traditionnel, selon lequel Beklimot a été le premier centre urbain et, si l'on remonte à plus de deux millénaires dans le passé, on ne trouve pas du tout de civilisation, rien que des hommes des bois primitifs et velus.

– Et que disent-ils de Thombo? demanda Theremon.

– Les scientifiques qui croient détenir la vérité trouvent toujours des arguments contre tout ce qui est susceptible d'ébranler leurs croyances, répondit Sheerin. Si l'on gratte un peu le vernis d'un universitaire ancré dans ses convictions, on trouve par-dessous quelque chose qui ressemble fort à un Apôtre de la Flamme : il n'y a que les robes qui diffèrent! » Il prit la bouteille que Theremon avait distraitement gardée en main, et y but à nouveau. « Au diable ces gens-là! Même un profane comme moi voit bien que les découvertes que Siferra a faites à Thombo bouleversent totalement notre vision de la préhistoire. La question n'est pas de savoir s'il y a eu des incendies à répétition au cours de tous ces millénaires; c'est de savoir *pourquoi*.

– Ce ne sont pas les explications qui ont manqué ces derniers temps, fit remarquer Theremon. Quelqu'un de l'université de Kitro a allégué qu'il se produit des averses de feu à intervalles de quelques millénaires. Nous avons au journal la lettre d'un lecteur qui se prétend astronome indépendant, et déclare avoir démontré que Kalgash traverse périodiquement un des soleils. Et je crois qu'on a proposé des hypothèses plus délirantes encore.

– Il n'y en a qu'une qui soit sensée, dit Beenay sans élever la voix. N'oubliez pas le principe de l'Épée de Thargola : il faut se garder des théories qui ont besoin de tout un attirail supplémentaire pour faire bonne figure. L'hypothèse de l'éclipse, elle, se trouve parfaitement corroborée par les constatations mathématiques que l'on peut faire sur l'orbite de Kalgash.

– Nous allons voir ça sous peu, hein? repartit Theremon. Mais applique donc l'Épée de Thargola à ce que tu viens de dire : rien dans l'hypothèse de l'éclipse ne nous indique qu'il doive y avoir de formidables incendies immédiatement après.

– Non, dit Sheerin, la théorie ne comporte rien de semblable. C'est le bon sens qui nous le dit : l'éclipse va amener les Ténèbres, les Ténèbres vont amener la folie, et la folie va amener les

Flammes. Et voilà de nouveau ruinés deux millénaires d'efforts! Demain, tout retourne au néant! Demain, il ne se dressera plus sur tout Kalgash une seule cité intacte!

– On croirait entendre les Apôtres! fit hargneusement Theremon. Pourquoi perdrais-je la boule uniquement parce qu'il n'y a pas de soleil dans le ciel ? Et même si ça m'arrive – car je n'oublie pas ces pauvres bougres du Tunnel du Mystère – et que ça arrive à tout le monde, quel mal cela peut-il faire aux villes ? Allons-nous les démolir ? »

Par la fenêtre, il laissa son regard errer par-dessus les pentes boisées du mont de l'Observatoire jusqu'aux flèches de la ville de Saro que baignait à l'horizon un éclat sanglant. Le journaliste sentit la tension monter en lui lorsqu'il jeta un rapide coup d'œil à Dovim qui brillait au zénith, sinistre et rouge, ratatiné et maléfique.

Beenay intervint : « Voyons, si tu étais dans les Ténèbres, qu'est-ce que tu désirerais plus que tout, qu'est-ce que tous tes instincts réclameraient ?

– Eh bien... de la lumière, j'imagine!

– Oui! fit Sheerin, qui criait à présent. De la lumière, oui! De la lumière!

– Et alors ?

– Alors, comment faire pour avoir de la lumière ? »

Theremon tendit le doigt vers le mur où se trouvait un interrupteur. « J'appuierais là-dessus!

– Parfait! persifla Sheerin. Et les dieux, dans leur infinie bonté, vous fourniraient tout le courant dont vous auriez besoin! Car les centrales en seraient certainement bien incapables, alors que tous les générateurs déclareraient forfait, et que tous les employés chargés de les faire fonctionner erreraient en trébuchant et en bredouillant dans le noir, de même que tous les contrôleurs du réseau de distribution. Vous me suivez ? »

Theremon baissa la tête.

Sheerin enfonça le clou : « D'où viendra la lumière, lorsque tous les générateurs s'arrêteront ? Des numinaires, sans doute : ils ont tous des piles. Mais vous n'aurez peut-être pas un numinaire sous la main : vous serez dehors, dans la rue, dans les Ténèbres, et votre numinaire se trouvera bien sagement chez vous, au chevet de votre lit. Or il vous faut de la lumière! Alors, vous faites brûler quelque chose, hein, monsieur Theremon ? Vous avez déjà vu un incendie de forêt ? Il vous est déjà arrivé de camper et de faire cuire un ragoût sur un feu de bois ? Le bois qui brûle, ça ne donne pas que de la chaleur, vous savez! Ça donne de la lumière, et les gens en sont bien conscients. Et quand il fait sombre, il leur faut de la lumière; et, s'ils en veulent, ils en auront!

– Bon, ils vont brûler des bûches, fit Theremon sans grande conviction.

– Ils brûleront tout ce qu'ils pourront trouver : il leur faut de la lumière ! Il leur faut brûler quelque chose, et on ne trouve guère de bois dans les rues des villes. Alors, ils brûleront tout ce qui leur tombera sous la main. Une pile de journaux ? Pourquoi pas ? *La Chronique* fournira quelque temps un peu de clarté ! Et les kiosques à journaux où sont stockés les journaux à vendre ? Qu'on les brûle aussi ! Qu'on brûle vêtements, livres, bardeaux des toits... n'importe quoi ! Les gens veulent leur lumière... et toutes les agglomérations se mettent à flamber ! Les voilà, vos incendies, monsieur le Journaliste ! Et c'est la fin du monde où vous avez vécu.

– *Si* l'éclipse se produit », répliqua Theremon, d'une voix où transparaissait l'obstination.

« *Si*, en effet, dit Sheerin. Je ne suis pas un astronome, ni non plus un Apôtre ; mais je parie pour l'éclipse. »

Il fixa Theremon droit dans les yeux, et chacun soutint le regard de l'autre comme si toute l'affaire se résumait à un affrontement personnel entre deux volontés. Ce fut Theremon qui finit par rompre, sans prononcer un mot. Le souffle rauque, il porta les mains à son front et le pressa avec force.

C'est alors qu'un brouhaha leur parvint de la pièce voisine.

« Il m'a semblé entendre la voix de Yimot, dit Beenay. Faro et lui ont dû finir par arriver. Allons voir ce qui les a retardés.

– Ça vaudra mieux ! » marmonna Theremon. Il inspira longuement. La tension était rompue... pour le moment.

24

La grande salle était en effervescence. Tout le monde se pressait autour de Faro et Yimot ; ceux-ci, en enlevant leur pardessus, s'efforçaient de parer les questions qui fusaient de partout.

Athor se fraya un passage parmi la foule et dévisagea les nouveaux arrivants d'un air furieux. « Vous rendez-vous compte qu'il est pratiquement l'heure E ? Où êtes-vous allés ? »

Faro 24 prit un siège et se frictionna les mains, ses bonnes joues rondes toutes rougies de froid; il avait aux lèvres un étrange sourire avantageux, et se montrait curieusement calme, comme s'il avait été drogué.

« Je ne l'ai encore jamais vu comme ça, chuchota Beenay à Sheerin. Il a toujours été très obséquieux : le portrait même de l'humble assistant-astronome plein de déférence pour les grands hommes qui l'entourent... même moi! Tandis qu'à présent...

– Chut! fit Sheerin. Écoutez! »

Faro avait pris la parole : « Yimot et moi, nous venons de mener à bien une drôle de petite expérience. Nous avons essayé de voir si nous ne pourrions pas aménager un dispositif permettant de simuler la venue des Ténèbres et des Étoiles de façon à avoir à l'avance une idée de leur aspect. »

Un murmure confus s'éleva parmi ses auditeurs.

« Les Étoiles? demanda Theremon. Vous savez ce que sont les Étoiles? Comment l'avez-vous découvert? »

Reprenant son sourire suffisant, Faro répondit : « En lisant le Livre des Révélations! Il semble tout à fait clair que les Étoiles sont des éléments très brillants, comme les soleils, mais en plus petit, qui apparaissent dans le ciel lorsque Kalgash pénètre dans la Caverne des Ténèbres.

– C'est absurde! fit une voix.

– Impossible! s'écria quelqu'un d'autre.

– Le Livre des Révélations! C'est à ça qu'ils ont consacré leurs recherches! Peut-on imaginer...

– Du calme! » ordonna Athor, une soudaine lueur d'intérêt dans les yeux. « Continuez, Faro! En quoi consistait votre fameux dispositif? Comment vous y êtes-vous pris?

– Eh bien, nous avons eu cette idée, Yimot et moi, il y a peut-être deux mois, et nous y avons consacré nos moments de loisir. Yimot connaissait, là-bas en ville, une maison basse, sans étage, au toit en forme de dôme... une sorte d'entrepôt, je crois. Bref, nous l'avons achetée...

– Avec quoi? interrompit Athor d'un ton impérieux. Où avez-vous pris l'argent?

– Sur nos comptes en banque, grogna son maigre compagnon aux membres en tuyaux de pipe. Ça nous a coûté deux mille crédits. » Puis comme pour se défendre : « Et après? Demain, deux mille crédits, ce seront deux mille bouts de papier, rien de plus!

– Exactement! fit Faro. Donc, nous avons acheté cette bâtisse et avons tendu l'intérieur de velours noir de haut en bas, afin de le rendre aussi ténébreux que possible. Puis nous avons percé des petits trous dans le plafond et le toit, et y avons posé des opercules en métal conçus pour glisser de côté tous ensemble sous l'action d'une commande électrique. Enfin, ces travaux-là, nous ne les avons pas faits nous-mêmes; nous avons embauché un charpentier, un électricien et quelques autres ouvriers; l'argent n'avait pas d'importance. Ce qui comptait le plus, c'était de faire apparaître la lumière à travers ces trous de façon à obtenir un effet d'Étoiles.

– Du moins, ce que nous pensions être un effet d'Étoiles », corrigea Yimot.

Un silence suivit; tout le monde retenait son souffle.

Puis, avec raideur, Athor prit la parole : « Vous n'aviez pas le droit de faire en privé...

– Je sais bien, monsieur, répondit Faro, l'air confus. Mais, à dire vrai, nous pensions, Yimot et moi, que cette expérience n'était pas sans danger : si l'effet était vraiment atteint, nous nous attendions un peu à devenir fous; si l'on suivait le docteur Sheerin, c'était le plus probable. Nous avons donc estimé que nous seuls devions courir ce risque. Bien entendu, s'il s'avérait que nous ne perdions pas la raison, l'idée nous était venue que nous pourrions peut-être acquérir une immunité au phénomène véritable, et vous faire alors subir à tous la même expérience. Mais ça n'a pas marché du tout...

– Pourquoi? Qu'est-ce qui est arrivé? »

Yimot répondit : « Nous nous sommes enfermés et nous avons laissé nos yeux s'habituer à l'obscurité. C'est une sensation fort éprouvante, car dans les Ténèbres complètes on a l'impression que les murs et le plafond se resserrent pour vous écraser. Mais nous avons fini par nous y faire, et avons actionné la commande. Les opercules se sont écartés, et tout le toit s'est mis à scintiller de petits points de lumière.

– Et alors?

– Alors... rien! C'est ça qui était dingue : à ce que nous pensions comprendre du Livre des Révélations, nous étions en train de subir l'effet des Étoiles vues sur un fond de Ténèbres; mais rien ne se produisait. Ce n'était qu'un toit avec des trous dedans, et des points brillants là où la lumière passait à travers, et c'est tout ce à quoi ça ressemblait. Nous avons renouvelé nos essais maintes et maintes fois – ce qui explique notre retard – mais toujours sans le moindre effet. »

Tout le monde était muet de stupeur. Chacun tournait son regard vers Sheerin, qui restait immobile, bouche bée.

Theremon prit la parole le premier. « Vous savez ce que ça signifie pour la belle théorie que vous avez édifiée, hein, Sheerin? » Il avait un grand sourire de soulagement.

Mais Sheerin leva la main. « Pas si vite, Theremon! Laissez-moi seulement réfléchir à tout ça. Les prétendues Étoiles élaborées par ces garçons... la durée totale de leur exposition aux Ténèbres... »

Il se tut; tous les yeux étaient braqués sur lui. Puis il fit claquer ses doigts et, quand il releva la tête, il n'y avait ni surprise ni incertitude dans ses yeux. « Bien sûr... »

Il ne put achever. Thilanda, qui travaillait en haut, sous la coupole de l'Observatoire, à fixer sur plaques photographiques des vues du ciel de dix secondes en dix secondes maintenant que l'éclipse approchait, fit une entrée précipitée, agitant follement les bras en moulinets dignes d'un Yimot au comble de l'agitation.

« Docteur Athor! Docteur Athor! »

Athor se retourna. « Que se passe-t-il?

– Nous venons de découvrir... il est venu carrément dans le dôme... vous ne le croirez pas, docteur Athor...

– Doucement, mon enfant! Qu'est-ce qui est arrivé? Qui a pénétré dans le dôme? »

Il y eut un bruit de bousculade dans le hall, puis celui, plus aigu, d'un choc métallique. Beenay, se levant d'un bond, se rua dehors et, à peine la porte franchie, s'arrêta pile en criant : « Que diable! »

Davnit et Hikkinan, qui auraient dû être sous la coupole avec Thilanda, se trouvaient là, aux prises avec un autre homme – allure athlétique et souple à presque quarante ans, curieuse chevelure rousse et bouclée, visage mince et anguleux, yeux d'un bleu glacial. Les deux astronomes forcèrent leur prisonnier à pénétrer dans la salle et le maintinrent debout entre eux, les bras fermement serrés dans le dos.

L'intrus portait le froc sombre des Apôtres de la Flamme.

« Folimun 66! » s'écria Athor.

A l'unisson, Theremon s'exclama : « Folimun! Au nom des Ténèbres, que faites-vous ici? »

Sans marquer d'émotion, d'une voix empreinte d'une froide autorité, l'Apôtre répliqua : « Ce n'est pas au nom des Ténèbres que je viens vers vous ce soir, mais au nom de la lumière. »

Athor dévisagea Thilanda. « Où avez-vous trouvé cet homme?

– Je vous l'ai dit, docteur Athor. Nous étions très absorbés par les plaques photographiques quand nous l'avons entendu : il était entré carrément et se tenait derrière nous. " Où est Athor? a-t-il dit. Il faut que je voie Athor. "

– Appelez les vigiles! fit Athor, le visage empourpré de fureur. L'Observatoire est censé être bouclé ce soir. Je veux savoir comment cet homme a réussi à franchir les cordons de sécurité.

– De toute évidence, il y a un ou deux Apôtres dans l'effectif! remarqua Theremon d'un ton badin. Et, bien entendu, ils n'auront été que trop heureux de rendre service lorsque l'Apôtre Folimun s'est présenté à l'entrée et leur a demandé de lui ouvrir. »

Athor le foudroya du regard; mais, à l'expression de son visage, on voyait bien que le vieil astronome acceptait l'hypothèse de Theremon.

Un cercle s'était formé dans la salle autour de Folimun. Tout le monde le considérait avec ébahissement – Siferra, Theremon, Beenay, Athor, et les autres.

Folimun déclara avec le plus grand calme : « Je suis Folimun 66, adjoint particulier de Sa Sérénité Mondior 71. Je suis venu ce soir non comme un malfaiteur, ainsi que vous semblez le penser, mais en tant que délégué de Sa Sérénité. Croyez-vous que vous pourriez persuader ces deux disciples zélés que vous avez là de me lâcher, Athor ? »

Athor eut un geste irrité. « Laissez-le !

– Merci ! » fit Folimun. Il se frictionna les bras, remit son froc en place, puis s'inclina devant Athor avec gratitude – ou peut-être en une parodie de gratitude. L'atmosphère autour de lui semblait vibrer de quelque électricité particulière.

« Et maintenant, dit Athor, que faites-vous ici ? Que voulez-vous ?

– Rien, j'imagine, que vous soyez disposé à me donner de votre propre gré.

– Vous avez sans doute raison sur ce point. »

Folimun reprit : « Quand vous et moi nous sommes rencontrés il y a quelques mois, Athor, ce fut, dirais-je, une rencontre très tendue, la rencontre de deux hommes qui auraient bien pu se considérer comme princes de deux royaumes hostiles. Pour vous, j'étais un dangereux fanatique ; pour moi, vous étiez le chef d'une bande de pécheurs athées. Et pourtant, nous sommes parvenus à trouver un certain terrain d'entente : c'était, vous vous en souvenez, l'idée que, le 19 Theptar au soir, les Ténèbres s'abattraient sur Kalgash et persisteraient plusieurs heures. »

Athor fronça les sourcils. « Venez-en au fait, si fait il y a, Folimun ! Les Ténèbres sont bel et bien sur le point de venir, et nous n'avons plus beaucoup de temps. »

Folimun répondit : « Pour moi, les Ténèbres imminentes nous étaient infligées par la volonté des dieux ; pour vous, elles n'étaient rien de plus que les mouvements astronomiques de corps célestes sans âme. Bon, d'accord pour reconnaître notre désaccord, je vous ai fourni certaines données que les Apôtres détenaient depuis la précédente Année Sacrée, certaines tables des mouvements des soleils dans le ciel, et autres choses plus abstruses encore ; et, en échange, vous avez promis de démontrer la vérité de la principale doctrine de notre foi et de rendre publique cette démonstration pour la population de Kalgash. »

Athor jeta un coup d'œil à sa montre et dit : « C'est bien ce que j'ai fait ! Qu'est-ce que votre maître veut encore de moi ? J'ai rempli ma part du contrat. »

Folimun eut un vague sourire mais ne dit pas un mot.

Dans la salle, un certain trouble se manifestait.

« Eh bien, oui ! Je lui ai demandé des renseignements astronomiques, confirma Athor en parcourant du regard ceux qui l'entouraient, renseignements dont les Apôtres étaient les seuls à disposer ; et on me les a fournis. En échange, j'ai effectivement accepté de faire connaître ma confirmation mathématique du dogme fondamental des Apôtres, selon lequel les Ténèbres viendront le 19 Theptar. »

La réplique, pleine de superbe, ne tarda pas : « Nous n'avions en fait nul besoin de vous donner quoi que ce soit. Notre dogme fondamental, comme vous l'appelez, se passait fort bien de preuve ; il est prouvé par le Livre des Révélations.

– Pour la poignée de gens qui appartiennent à votre secte, oui ! rétorqua sèchement Athor. Ne feignez pas de vous méprendre sur mes propos ! J'ai proposé de présenter une justification scientifique de vos croyances, et je l'ai fait ! »

Le religieux plissa les yeux avec amertume. « Oui, vous l'avez fait... avec la malice du renard – car votre prétendue explication, en même temps qu'elle confirmait nos croyances, les privait de toute nécessité ! Vous avez fait des Ténèbres et des Étoiles un phénomène naturel, vous leur avez ôté leur véritable signification. C'était un blasphème !

– Si tel est le cas, ce n'est pas ma faute : les faits sont là ; je ne puis que les constater.

– Vos “ faits ” ne sont que supercherie et illusion. »

La fureur marbra de sombre le visage d'Athor. « Qu'est-ce que vous en savez, *vous ?* »

La réponse jaillit, avec la certitude absolue de la foi : « Je *sais.* »

Le directeur s'empourpra davantage encore. Beenay voulut se porter à ses côtés, mais Athor l'arrêta d'un geste.

« Et qu'attend de nous Mondior ? Il pense toujours, j'imagine, qu'en tentant de prévenir le monde qu'il faut prendre des mesures contre les risques de folie, nous faisons obstacle à ses projets de s'emparer du pouvoir après l'éclipse. Eh bien, notre échec est complet ! J'espère qu'il est satisfait !

– La tentative elle-même a causé assez de mal ! Et ce que vous essayez de réaliser ici ce soir va en causer davantage encore.

– Que savez-vous de ce que nous essayons de réaliser ici ce soir ? » demanda Athor.

Sans se troubler, Folimun répondit : « Nous savons que vous n'avez jamais abandonné l'espoir d'influencer la population. N'ayant pas réussi à le faire avant les Ténèbres et les Flammes, vous projetez de vous présenter après coup munis de photographies représentant le passage de la clarté aux Ténèbres, et de proposer aux survivants une explication rationnelle de ce qui est arrivé ; vous vous proposez de mettre en lieu sûr les prétendues preuves de vos opinions, afin qu'au terme de la *prochaine* Année Sacrée, vos successeurs dans le domaine scientifique puissent se manifester et guider l'humanité de telle façon que l'on puisse résister aux Ténèbres.

– Il y a eu des fuites ! » chuchota Beenay.

Folimun poursuivait : « Tout cela, évidemment, contrecarre les intérêts de Mondior 71 ; or c'est Mondior 71 qui est le prophète choisi par les dieux, c'est lui qui est destiné à conduire l'humanité par les temps qui viennent.

– Il serait grand temps d'en venir à votre propos », dit Athor d'un ton glacial.

Folimun acquiesça. « Mon propos est tout simple : il faut que cessent vos efforts inconsidérés et blasphématoires pour réunir des informations au moyen de vos diaboliques instruments. Je regrette seulement de n'avoir pu détruire de mes mains vos machines infernales.

– C'est cela que vous aviez en tête ? Ça ne vous aurait pas servi à grand-chose. Tous nos documents, sauf les données immédiates que nous avons l'intention de recueillir à présent, sont déjà dans une cachette sûre, bien à l'abri de tout dommage.

– Sortez-les de là ! Détruisez-les !

– *Quoi ?*

– Détruisez tout votre travail ! Détruisez les instruments ! En échange de quoi je veillerai à ce que vous et tous les vôtres soyez protégés des désordres qui ne manqueront pas d'éclater lorsque les Ténèbres viendront. »

Cette fois, l'hilarité régna dans la salle. « Dingue ! fit une voix. Complètement cinoque !

– Pas du tout ! répliqua Folimun. Fervent, oui ; dévoué à une cause qui dépasse votre entendement, oui ; mais pas fou ! Je suis parfaitement sain d'esprit, je vous l'assure. Je pense que l'homme que voici (il désignait Theremon) pourrait en témoigner, et il n'a pas la réputation d'être particulièrement crédule. Mais je mets au-dessus de tout la cause que je sers. Ce soir, l'histoire du monde est à un tournant crucial ; lorsque le jour se lèvera demain, il faut que la Sainteté triomphe. Je vous donne un ultimatum : vous tous devez mettre un terme à votre tentative impie de fournir des explications rationnelles à la venue des Ténèbres ce soir, et reconnaître Sa Sérénité Mondior 71 comme le véritable porte-parole de la volonté des dieux. Quand viendra le matin, vous partirez exécuter parmi les hommes la tâche de Mondior, et l'on n'entendra plus parler d'éclipses, d'orbites, de loi de la gravitation universelle ni d'aucune autre de vos fariboles.

– Et si nous refusons ? » demanda Athor, qui semblait presque s'amuser de la présomption de Folimun.

« Alors, répondit froidement ce dernier, une foule courroucée, conduite par les Apôtres de la Flamme, montera à l'assaut de cette colline et détruira votre Observatoire avec tout ce qu'il contient.

– Suffit ! cria Athor. Appelez les vigiles ! Qu'on jette cet homme dehors !

– Vous avez exactement une heure, reprit Folimun, imperturbable. Passé ce délai, l'Armée de la Sainteté passera à l'attaque.

– Il bluffe ! » fit soudain Sheerin.

Comme s'il n'avait pas entendu, Athor répéta : « Appelez les vigiles! Je ne veux plus voir cet homme ici.

– Sapristi, Athor, qu'est-ce qui vous prend? s'écria Sheerin. Si vous le libérez, il va partir attiser les flammes : le chaos, ne comprenez-vous pas, les Apôtres ont toujours vécu pour ça; et cet homme est passé maître dans l'art de le répandre.

– Que suggérez-vous?

– L'enfermer! répondit Sheerin. Le fourrer dans un réduit, y mettre un cadenas, et le laisser là-dedans pendant toute la période de Ténèbres! C'est ce qu'on peut lui faire de pire : s'il est enfermé ainsi, il ne verra pas les Ténèbres, et il ne verra pas les Étoiles; nul besoin d'être très bien ferré sur la doctrine des Apôtres pour comprendre qu'en lui faisant manquer l'apparition des Étoiles nous le condamnons, de son point de vue, à perdre son âme immortelle. Enfermez-le, Athor! C'est non seulement ce qu'il y a de plus sûr pour nous, mais aussi tout ce qu'il mérite.

– Et après ça, cracha Folimun, le souffle court, quand vous aurez tous perdu la tête, il n'y aura personne pour me libérer! C'est une condamnation à mort! Je sais aussi bien que vous ce que signifiera la venue des Étoiles; je le sais même bien mieux que vous! Et quand vous n'aurez plus votre raison, il ne vous viendra même pas à l'idée de me laisser sortir. Étouffer ou mourir lentement de faim, hein? C'est bien le genre de choses que je pouvais attendre d'une bande de... de *savants*! » Ce mot prenait, dans sa bouche, un air obscène. « Mais ça ne marchera pas : j'ai pris la précaution de faire savoir à mes partisans qu'ils devaient attaquer l'Observatoire dans une heure exactement, *sauf si* je me présente et que je leur *ordonne* de n'en rien faire. Donc, ça ne vous donnera rien de bon de m'enfermer : vous ne ferez là que causer votre propre perte dans un délai d'une heure, et c'est tout! Et alors, les miens me libéreront et, tous ensemble, dans la joie, dans l'extase, nous assisterons à la venue des Étoiles. » Folimun avait à la tempe une veine qui battait. « Et ensuite, demain, alors que vous ne serez plus que de déments bredouillant des mots sans suite, nous entreprendrons, nous, de bâtir un admirable monde nouveau. »

Sheerin jeta un coup d'œil dubitatif à Athor; mais ce dernier avait lui aussi l'air hésitant.

Beenay, qui se tenait à côté de Theremon, murmura : « Qu'est-ce que tu en penses? Il bluffe? »

Mais le journaliste ne répondit pas; il était tout pâle, même ses lèvres avaient blêmi. « Regardez! » fit-il d'une voix blanche et brisée par l'émotion, en tendant vers la fenêtre un doigt qui tremblait.

Il y eut un halètement général de surprise. Tous les yeux s'étaient tournés dans la direction indiquée par ce doigt et y restaient braqués, comme pétrifiés.

Dovim présentait un bord ébréché!

25

L'intrusion de l'ombre avait beau se limiter à un minuscule fragment de la largeur d'un ongle, elle prenait aux yeux des observateurs médusés les dimensions d'une première faille dans un monde condamné.

Quant à Theremon, il encaissa la vue de ce petit arc sombre comme un coup d'une force terrible. Il tressaillit, porta la main à son front et s'éloigna de la fenêtre. Il était ébranlé jusqu'au tréfonds par cette petite brèche au bord de Dovim. Theremon le sceptique... Theremon le railleur... Theremon l'esprit fort qui disséquait les folies des autres.

Dieux! Quelle erreur était la mienne!

Quand il se retourna, son regard croisa celui de Siferra. Elle était à l'autre bout de la pièce, les yeux fixés sur lui, pleins de mépris... ou de pitié peut-être? Au prix d'un gros effort sur lui-même, il soutint son regard, en hochant la tête tristement, comme pour avouer, avec toute l'humilité dont il était rempli : *J'ai tout gâché, et j'en suis désolé... désolé... désolé...*

Il lui sembla qu'elle souriait. Peut-être avait-elle compris ce qu'il essayait de lui communiquer.

Puis toute la salle ne fut plus que cris et confusion, chacun se précipitait frénétiquement de droite et de gauche. Au bout d'un moment, cependant, ce remue-ménage fit place à un tourbillon d'activité bien organisé : les astronomes couraient vaquer aux tâches qui leur étaient assignées, se précipitant vers la coupole, les ordinateurs, ou les instruments manuels. A cet instant crucial, on n'avait pas le temps de se livrer à l'émotion. Ils n'étaient plus que des scientifiques ayant un travail à accomplir. Theremon, abandonné, se mit à la recherche de Beenay et finit par le trouver installé devant un clavier, en train de se livrer à des calculs fiévreux. Quant à Athor, il n'y en avait pas trace.

Theremon entendit Sheerin, apparu soudain à ses côtés, lui dire, très terre à terre : « La tangence a dû se produire il y a cinq ou dix minutes, un peu plus tôt que prévu. J'imagine que les calculs impliquaient des quantités d'impondérables, malgré tout le mal qu'on s'est donné. » Et, avec un sourire : « Vous devriez vous écarter de cette fenêtre, mon vieux.

– Et pourquoi donc ? demanda Theremon, qui avait de nouveau fait demi-tour pour contempler Dovim.

– Athor est furieux, chuchota le psychologue. Il a manqué l'instant de la tangence à cause du tumulte causé par Folimun. Debout en cet endroit, vous êtes en position critique : si Athor passe par là, il est bien capable de vous jeter par la fenêtre ! »

Theremon fit un bref signe de tête et s'assit. Sheerin fixa sur lui des yeux écarquillés de surprise.

« Diable, diable ! Mais vous tremblez, mon vieux !

– Hein ? » Theremon humecta ses lèvres sèches et s'efforça de sourire. « Je ne me sens pas très bien, c'est exact. »

Le regard du psychologue se durcit. « Vous n'êtes pas en train de craquer, au moins ?

– Non ! s'écria Theremon avec une flambée d'indignation. Laissez-moi ma chance, voulez-vous ? Vous savez, Sheerin, j'aurai vraiment voulu croire à toute cette histoire d'éclipse, mais j'en étais incapable, sincèrement incapable : ce n'était pour moi que galimatias nébuleux et fantasmagorique. J'aurais voulu y croire par égard pour Beenay, pour Siferra... même pour Athor, aussi paradoxal que ça puisse paraître ; mais ça m'était impossible... jusqu'à cet instant. Alors, laissez-moi m'habituer à cette idée, d'accord ? Vous avez eu des mois pour ce faire ; moi, ça me tombe dessus d'un seul coup.

– Je vois ce que vous voulez dire, fit Sheerin d'un air pensif. Écoutez... vous avez de la famille, parents, femme, enfants ? »

Theremon secoua la tête. « Non, personne pour qui je doive m'inquiéter. Enfin, j'ai bien une sœur, mais elle habite à trois mille kilomètres d'ici, et il y a près de deux ans que je n'ai même pas eu de conversation avec elle.

– Eh bien... et vous-même ?

– Que voulez-vous dire ?

– Vous pourriez essayer de rejoindre notre Refuge ; on aurait de la place pour vous là-bas. Il est sans doute encore temps : je pourrais appeler pour annoncer que vous êtes en route, et on ouvrirait la porte pour vous...

– Alors, vous pensez que je crève de trouille, hein ?

– Vous avez dit vous-même que vous ne vous sentiez pas très bien.

– C'est possible, mais je suis ici pour faire un reportage, et c'est ce que j'ai l'intention de faire. »

Un vague sourire se dessina sur le visage du psychologue. « Je vois ! Conscience professionnelle, hein ?

– On peut l'appeler comme ça, acquiesça Theremon avec lassitude. Par ailleurs, j'ai largement contribué à saper la campagne de prévoyance d'Athor, l'avez-vous oublié ? Et vous croyez que j'aurais à présent le toupet de courir m'abriter dans ce Refuge même que je tournais en dérision, Sheerin ?

– Je n'avais pas vu les choses sous cet angle.

– Je me demande s'il reste encore de cette piquette cachée quelque part dans les parages. Si jamais quiconque a eu besoin de boire un coup...

– Chut! fit Sheerin, en donnant un bon coup de coude à Theremon. Vous entendez ça? Écoutez! »

En tournant les yeux dans la direction que Sheerin indiquait, Theremon aperçut Folimun, debout près de la fenêtre, le visage empreint d'une folle exaltation. D'une voix basse et monotone, l'Apôtre murmurait pour lui seul une sorte de mélopée qui donna au journaliste la chair de poule.

« Qu'est-ce qu'il dit? chuchota-t-il. Pouvez-vous distinguer les paroles?

– Il cite le Livre des Révélations, chapitre v », répondit Sheerin. Puis, avec instance : « Taisez-vous et écoutez, voulez-vous? »

L'Apôtre, redoublant de ferveur, éleva soudain la voix :

« *Or il advint en ces temps-là que le soleil Dovim fit dans le ciel des veilles solitaires de plus en plus longues à mesure que passaient les révolutions, jusqu'à ce qu'enfin, tout réduit et froid, il fût seul pendant toute une demi-révolution à briller sur Kalgash.*

Et les hommes s'assemblaient sur les routes et les places publiques, pour s'entretenir et s'émerveiller de ce qu'ils voyaient, car leur âme était prise d'étrange crainte et tristesse. Le trouble régnait dans leur esprit et la confusion dans leurs propos, car leur âme attendait la venue des Étoiles.

Et dans la ville de Trigon, en plein midi, s'avança Vedret 2, qui dit aux hommes de Trigon : " Oyez, pécheurs! Vous dédaignez les voies de la piété, mais voici qu'arrive le jour du jugement. Oui, en cet instant même, voici venir la Caverne qui engloutira Kalgash et tout ce qui l'habite.

Et, alors même qu'il parlait, la gueule de la Caverne des Ténèbres mordit sur Dovim, de sorte que le bord en fut dérobé à la vue de tout Kalgash. A cette disparition, cris et lamentations s'élevèrent haut et fort, et grande était la peur qui étreignait les âmes.

Puis il advint que les Ténèbres de la Caverne s'abattirent sur Kalgash dans toute leur accablante plénitude, de sorte que toute lumière disparut de la face du monde. Les hommes étaient comme frappés de cécité, et nul d'entre eux ne voyait le voisin dont il sentait pourtant le souffle sur son visage.

Et dans l'obscurité apparurent les Étoiles en nombre incalculable, et leur éclat était pareil à l'éclat de tous les dieux réunis en assemblée; et il vint avec les Étoiles une musique d'une si merveilleuse beauté que les feuilles mêmes des arbres se changèrent en langues pour crier leur admiration.

Et, à cet instant, les âmes des hommes prirent leur essor vers les Étoiles, et leurs corps abandonnés devinrent pareils aux animaux; oui, pareils aux bêtes brutes des bois et des monts; de sorte qu'ils rôdaient par les rues obscures des villes de Kalgash en les emplissant de cris sauvages semblables aux cris des bêtes.

C'est alors que des Étoiles s'abattirent les Flammes Célestes, porteuses de la volonté des dieux; et où les Flammes frappaient, les villes de Kalgash étaient consumées et détruites de fond en comble, de sorte que de l'homme et des œuvres de l'homme il ne resta rien.

Alors même... »

Il y eut un changement subtil dans le ton de Folimun. Bien qu'il n'eût pas tourné les yeux, il avait apparemment, d'une façon ou d'une autre, pris conscience de l'attention soutenue avec laquelle les deux hommes l'écoutaient. En douceur, sans même une pause pour reprendre son souffle, il modifia le timbre de sa voix, qui passa à un diapason plus élevé, cependant que les syllabes se faisaient plus fluides.

Pris par surprise, Theremon fronça les sourcils : les mots lui semblaient juste au bord de ce qui lui était familier ; il n'y avait rien eu de plus qu'un indéfinissable changement de prononciation, un léger déplacement de l'accent des voyelles ; et pourtant, il n'avait plus la moindre idée de ce que disait Folimun.

« Peut-être que Siferra serait en mesure de le comprendre, dit Sheerin. C'est probablement à la langue liturgique qu'il est passé, l'ancien langage de la précédente Année Sacrée, duquel le Livre des Révélations est censé avoir été traduit. »

Theremon adressa au psychologue un drôle de regard. « Vous avez l'air d'en savoir long là-dessus, hein ? Alors, de quoi parle-t-il ?

– Vous croyez que je peux vous le dire ? J'ai un peu étudié la question ces derniers temps, oui ; mais pas tellement. Tout ce dont je suis capable, c'est d'essayer de deviner ce qu'il dit. Au fait, n'était-il pas question de l'enfermer dans un réduit ?

– Laissons-le tranquille ! répondit Theremon. Qu'est-ce que ça peut changer maintenant ? C'est le moment crucial de sa vie, qu'il en profite ! » Il repoussa sa chaise en arrière et se passa les doigts dans les cheveux. Ses mains ne tremblaient plus. « C'est drôle, maintenant que tout a vraiment commencé, je n'ai plus les nerfs en pelote.

– Vraiment ?

– Pourquoi en serait-il autrement ? fit-il, avec dans la voix une note de gaieté débridée. Je ne peux empêcher ce qui va arriver, n'est-ce pas ? Tout ce que je peux faire, c'est d'essayer de m'en sortir au mieux. A propos, vous croyez que les Étoiles vont vraiment apparaître ?

– Je n'en ai aucune idée, répondit Sheerin. Peut-être Beenay le saurait-il ?

– Ou Athor ?

– Laissez Athor tranquille ! fit le psychologue en riant. Il vient de vous lancer un de ces coups d'œil, en traversant la pièce ! Si ses yeux avaient été des pistolets... »

Theremon fit la grimace. « J'aurai pas mal de couleuvres à avaler quand tout sera terminé, je le sais. Qu'en pensez-vous, Sheerin ? Peut-on sans danger contempler le spectacle extérieur ?

– Lorsque les Ténèbres régneront complètement ?

– Je ne parle pas des Ténèbres : les Ténèbres, je suis capable d'y faire face. Je veux parler des Étoiles.

– Les Étoiles ? répéta Sheerin non sans impatience. Je vous l'ai dit, je ne sais rien d'elles.

– Elles ne sont probablement pas aussi terrifiantes que le Livre des Révélations voudrait nous en convaincre. S'il faut en croire cette expérience des petits trous au plafond faite par les deux étudiants... » Il ouvrit les mains, paumes tournées vers le haut, comme si elles pouvaient contenir la réponse. « Dites-moi, Sheerin, qu'en pensez-vous ? Certains ne seront-ils pas immunisés contre les effets des Ténèbres et des Étoiles ? »

Avec un mouvement d'épaules, Sheerin montra le sol devant eux. Dovim avait maintenant dépassé le zénith, et le carré de lumière sanglante qui dessinait par terre la forme de la fenêtre s'était déplacé de quelques pieds vers le centre de la pièce : on aurait dit la sinistre tache de quelque crime épouvantable. Theremon contempla sa couleur sombre d'un air pensif. Puis il pivota et, clignant les yeux, les fixa de nouveau sur le soleil.

La petite ébréchure du bord s'était étendue comme une invasion de noirceur à un tiers du disque invisible. Theremon frissonna : un jour, en plaisantant, il avait parlé à Beenay de dragons dans le ciel; à présent, il lui semblait que le dragon était venu, qu'il avait déjà dévoré cinq des six soleils, et qu'il mordait avec appétit dans le seul restant.

Sheerin prit la parole : « Il y a probablement deux millions de personnes à Saro qui veulent toutes en même temps rallier les rangs des Apôtres; il doit y avoir une cérémonie de conversion monstre au quartier général de Mondior, je parie. Si je crois qu'il y a une immunité aux effets des Ténèbres ? Ma foi, nous sommes sur le point de le vérifier, non ?

– C'est sûrement le cas. Sinon, comment les Apôtres transmettraient-ils le Livre des Révélations de cycle en cycle; et comment, en premier lieu, a-t-il été écrit ? Il *doit* exister une forme d'immunité : si tout le monde était devenu fou, il n'y aurait eu personne pour écrire le livre !

– Il est fort probable que les membres de la secte secrète se sont cachés dans des refuges jusqu'à ce que ce soit terminé, tout comme certains de nous le font ce soir, dit Sheerin.

– Explication insuffisante : le Livre des Révélations se présente comme le récit d'un témoin oculaire, ce qui semble indiquer une expérience directe de la folie à laquelle on ait survécu.

– Eh bien, dit le psychologue, il y a trois catégories de sujets susceptibles de sortir relativement indemnes. D'abord, le petit nombre de ceux qui n'ont pas l'occasion de voir les Étoiles : les aveugles, disons, ou encore ceux qui se mettent à boire dès le début de l'éclipse et demeurent ivres morts jusqu'à la fin.

– Ceux là ne comptent pas, ce ne sont pas vraiment des témoins.

– Je l'admets. Mais venons-en au second groupe : les enfants en bas âge pour qui le monde dans son ensemble est si nouveau et si étrange qu'ils n'auraient pas peur des Ténèbres ni même des Étoiles : ce ne seraient que deux événements curieux de plus dans un monde qui n'est qu'une succession sans fin de surprises. Vous me suivez sur ce point, non ? »

Theremon opina de la tête sans grande conviction. « Sans doute.

– Enfin, il y a ceux qui ont l'esprit trop fruste pour être profondément bouleversés. Ceux qui sont très insensibles ne risquent guère d'être affectés. Les vrais ploucs se contenteraient de hausser les épaules et d'attendre le lever d'Onos, j'imagine.

– Alors, le Livre des Révélations est l'œuvre de ploucs insensibles ? demanda Theremon avec un sourire jusqu'aux oreilles.

– Nullement ! Il a sans doute été écrit par certains des esprits les plus fins du nouveau cycle, en se fondant probablement sur les souvenirs fugaces des enfants, unis aux radotages confus et incohérents des demi-fous et peut-être, oui, certains des contes débités par les ploucs.

– Il ne faudrait pas que Folimun vous entende dire ça !

– Naturellement, le texte a dû être considérablement remanié à maintes reprises au cours des ans ; et même transmis de cycle en cycle, peut-être, à la façon dont Athor et son équipe espèrent transmettre le secret de la gravitation. Mais ce livre, même fondé sur des faits réels, ne peut qu'accumuler les déformations. Prenez par exemple cette expérience des trous dans le toit dont nous parlaient Faro et Yimot, celle qui n'a pas marché.

– Que voulez-vous dire ?

– Eh bien, la raison pour laquelle elle n'a pas... » Sheerin s'interrompit et se dressa, l'air inquiet. « Ho ho !

– Quelque chose qui ne va pas ? demanda Theremon.

– Voilà Athor qui vient par ici. Regardez donc la tête qu'il fait ! »

Theremon se retourna. Le vieil astronome se dirigeait vers eux tel un esprit vengeur tout droit sorti de quelque mythe médiéval. Blanc comme un linge, un éclat fiévreux dans les yeux, les traits altérés, il portait le masque même de la consternation. Il lança un regard venimeux à Folimun, toujours debout en solitaire dans son coin au bout de la fenêtre, et un semblable à Theremon.

S'adressant à Sheerin, il dit : « Je viens de passer un quart d'heure à communiquer avec le Refuge, les gens de la Sécurité et le centre ville de Saro.

– Et... ?

– Le journaliste ici présent peut être satisfait de son œuvre. A ce qu'on m'a rapporté, la ville est en plein chaos ; partout des émeutiers, des pillards, des foules affolées...

– Et au Refuge ? demanda anxieusement Sheerin.

– Tout va bien. Il a été hermétiquement fermé comme prévu, et ses occupants vont y rester cachés jusqu'au retour du jour au moins : ils n'ont rien à craindre. Mais en ville, Sheerin... vous ne pouvez imaginer... » Athor avait du mal à parler.

Theremon prit la parole : « Je voudrais tant, monsieur, que vous me croyiez quand je vous affirme combien je regrette...

– On n'a pas le temps de parler de ça maintenant ! » coupa Sheerin avec impatience. Il posa la main sur le bras d'Athor. « Et vous, comment vous sentez-vous, docteur Athor ?

– Quelle importance ? » Athor se pencha vers la fenêtre, comme s'il tentait d'apercevoir les émeutes au loin. D'une voix blanche, il reprit : « Dès l'instant où l'éclipse a commencé, tout le monde là-bas a compris que la suite allait se dérouler exactement comme nous l'avions annoncé – nous et les Apôtres – et ça a été l'hystérie. Bientôt, ce sera le tour des incendies. Et je suppose que la clique de Folimun va venir aussi. Qu'allons-nous faire, Sheerin ? Suggérez-moi quelque chose ! »

Sheerin baissa la tête et, les yeux fixés sur le bout de ses pieds, se perdit longuement dans ses pensées. Pendant un moment, il se tapota du doigt le menton. Puis il releva la tête et déclara d'un ton sec : « Que faire ? Que voulez-vous qu'on puisse faire ? Barricader les portes et se nourrir d'espoir !

– Et si on disait à ces gens-là que s'ils essayaient d'entrer de force, on tuerait Folimun ?

– Le feriez-vous ? » demanda Sheerin.

Les yeux d'Athor étincelèrent de surprise. « Ma foi... je suppose...

– Non, dit Sheerin. Vous ne le feriez pas.

– Mais en utilisant la menace...

– Non, non ! Ce sont des fanatiques, Athor. Ils savent déjà que nous le gardons en otage. En le tuant à l'instant où ils se lanceront à l'assaut de l'Observatoire, nous agirions comme ils s'y attendent, et ça ne leur fait ni chaud ni froid. Et vous savez que vous n'en feriez rien de toute façon.

– Évidemment, non !

– Alors, vous voyez bien ! Combien reste-t-il de temps avant l'éclipse totale ?

– Un peu moins d'une heure.

– Nous avons une chance à courir. Il faudra du temps aux Apôtres pour rassembler leur bande. Ce ne sera pas un groupe d'Apôtres, je le parierais, mais une multitude de gens de la ville, de simples particuliers qu'une poignée d'Apôtres aura ameutés en leur faisant miroiter toutes sortes de promesses : l'état de grâce immédiat, le salut, n'importe quoi. Il leur faudra encore du temps pour les conduire ici, le mont de l'Observatoire est à huit bons kilomètres de la ville... »

Sheerin avait les yeux tournés vers l'extérieur, flambants de colère. A ses côtés, Theremon se mit aussi à regarder par la fenêtre. Au bas des pentes, les parcelles cultivées cédaient la place à des groupes de maisons blanches ; au-delà des banlieues, la grande ville n'était qu'une tache estompée, une lointaine nébulosité dans l'embrasement déclinant de Dovim. Une lumière insolite, comme dans un cauchemar, baignait tout le paysage.

Sans se retourner, Sheerin reprit la parole : « Oui, il leur faudra du temps pour parvenir jusqu'ici. Tenez les portes bien fermées, continuez à travailler, et priez pour que l'éclipse totale arrive avant eux ! Une fois que les Étoiles brilleront, même les Apôtres ne pourront plus maîtriser la foule au point de la faire pénétrer ici. »

Dovim était coupé en deux ; la ligne de partage, légèrement concave, empiétait au milieu sur la partie encore brillante du soleil : c'était comme si une gigantesque paupière s'abaissait inexorablement sur l'œil qui donnait du jour à tout un monde.

Theremon, qui ne pouvait plus détourner les yeux, demeurait pétrifié. Les quelques bruits de la salle dans son dos faiblirent et disparurent, et il ne perçut plus que le silence pesant des champs au-dehors : même les insectes, horreur ! se taisaient. Et tout devenait de plus en plus obscur, tout était maculé de sang par l'inquiétante lueur.

« Ne regardez pas trop longtemps de suite, lui murmura Sheerin à l'oreille.

– Le soleil, vous voulez dire ?

– La ville... le ciel... Ce n'est pas pour vos yeux que je m'inquiète, Theremon ; c'est pour votre intégrité mentale.

– Tout va bien du côté mental, merci !

– Et vous voulez que ça reste le cas. Que ressentez-vous ?

– Ma foi... »

Theremon plissa les yeux. Il avait la gorge un peu sèche. Il se passa le doigt à l'intérieur du col : ça serrait, ça serrait ! Une main qui commençait à se refermer sur sa gorge, était-ce cela qu'il ressentait ? Il tourna le cou dans tous les sens, mais sans y trouver de soulagement.

« Un peu de difficulté à respirer, peut-être.

– Une gêne respiratoire est un des premiers symptômes d'une crise de claustrophobie. Lorsque vous aurez l'impression d'avoir la poitrine oppressée, il sera sage de vous détourner de la fenêtre.

– Je veux voir ce qui se passe.

– Très bien, très bien ! Faites comme bon vous semblera ! »

Theremon ouvrit les yeux tout grands et respira à fond à deux ou trois reprises. « Vous ne croyez pas que je sois de taille à faire face, hein ? »

D'un air de grande lassitude, Sheerin répondit : « Je ne sais rien sur quoi que ce soit, Theremon. Tout change d'un moment à l'autre, n'est-ce pas ? Tiens, voilà Beenay ! »

26

L'astronome venait de se placer entre la source de lumière et le coin où se tenaient les deux hommes. Sheerin le regarda en clignant des yeux avec une certaine gêne. « Salut, Beenay !

– Je peux me joindre à vous ? demanda ce dernier. Tous mes calculs sont en place, et je n'ai plus rien à faire avant que l'éclipse soit totale. » Il s'interrompit et observa d'un œil peu amène l'Apôtre, plongé dans la lecture d'un petit livre relié de cuir qu'il avait tiré d'une manche de sa robe. « Dites donc, on devait le mettre sous clé, celui-là, non ?

– Nous avons décidé de n'en rien faire, répondit Theremon. Sais-tu où est Siferra, Beenay ? Je l'ai aperçue il n'y a pas longtemps, mais elle semble avoir disparu.

– En haut, sous la coupole. Elle voulait se livrer à des observations avec le gros télescope – bien qu'il n'y ait pas grand-chose à voir que l'on ne puisse discerner à l'œil nu.

– Et Kalgash II ? demanda Theremon.

– Que peut-on en voir ? Ténèbres sur Ténèbres ! Ce qu'on constate, ce sont les effets de sa présence, tandis qu'il s'interpose devant Dovim ; mais Kalgash II lui-même n'est qu'une masse de nuit dans la nuit céleste.

– *La nuit*... répéta Sheerin d'un air méditatif. Voilà un mot bien étrange !

– Il ne l'est plus, rétorqua Theremon. Alors, en fait, vous ne voyez pas du tout le satellite vagabond, même avec le gros télescope ? »

Beenay perdit contenance. « Nos télescopes ne sont pas sensationnels, tu sais! Ils vont pour les observations solaires, mais s'il se met à faire un peu sombre... » Il secoua la tête. Les épaules rejetées en arrière, il donnait l'impression de peiner pour aspirer de l'air dans ses poumons. « Mais Kalgash II est bel et bien réel : l'étrange zone des Ténèbres qui passe entre nous et Dovim, c'est Kalgash II! »

Sheerin intervint : « Vous avez du mal à respirer depuis quelque temps, Beenay?

– Un peu. » Il renifla. « J'ai pris froid, je pense.

– C'est plutôt un petit accès de claustrophobie.

– Vous croyez?

– J'en suis presque certain. Il y a d'autres choses bizarres?

– Eh bien... répondit Beenay, j'ai l'impression que mes yeux me jouent des tours : tout semble s'estomper, et... enfin, rien n'est aussi clair qu'il le devrait. Et puis, j'ai froid.

– Ah! mais ça, ce n'est pas une illusion. Il fait bel et bien froid, dit Theremon avec une grimace. On croirait que mes orteils ont traversé tout le pays dans un wagon frigorifique!

– Ce dont nous avons besoin en ce moment, déclara Sheerin avec conviction, c'est de ne pas nous obnubiler sur les effets que nous ressentons. Avoir une activité intellectuelle, voilà ce qui compte! Je vous parlais, il y a quelques instants, Theremon, de la raison pour laquelle les expériences de Faro sur les trous dans le toit n'ont rien donné.

– Vous veniez de commencer », répondit Theremon, jouant le jeu.

Il se pelotonna, un genou entre les bras et le menton posé dessus. Ce que je devrais faire, pensa-t-il, c'est prendre congé et monter voir Siferra, car il ne reste plus beaucoup de temps avant que l'éclipse soit complète. Mais il se découvrait une étrange inertie, il n'avait pas envie de bouger. A moins, se demanda-t-il, que j'aie tout simplement peur de la regarder en face?

« Ce que j'allais suggérer, dit Sheerin, c'est que l'erreur de Faro et Yimot a peut-être été de prendre le Livre des Révélations trop au pied de la lettre. Il n'était probablement pas raisonnable d'attribuer un contenu matériel au concept d'Étoiles. Il se pourrait, voyez-vous, qu'en présence de Ténèbres complètes et durables, l'esprit soit dans la nécessité absolue de créer de la lumière; et les Étoiles pourraient bien n'être que cette illusion de lumière.

– En d'autres termes, dit Theremon, qui commençait à se prendre au jeu, vous suggérez que les Étoiles sont le résultat de la folie et non l'une de ses causes? Alors, à quoi serviront les photos que les astronomes prennent ce soir?

– Peut-être justement à prouver que les Étoiles sont une illusion; ou, pour autant que je sache, à prouver le contraire. D'un autre côté... »

Beenay avait rapproché sa chaise, et c'était soudain l'enthousiasme que l'on lisait sur son visage. « Puisque vous avez abordé le sujet des Étoiles... commença-t-il, j'y ai moi-même réfléchi, et il m'est venu une idée fort intéressante. Ce n'est bien sûr qu'une conjecture extravagante, et je ne tente en aucune façon de la soutenir sérieusement. Mais elle vaut la peine d'être considérée. Voulez-vous la connaître ?

– Pourquoi pas ? » répondit Sheerin en s'adossant confortablement.

Beenay avait l'air quelque peu hésitant. Avec un sourire de timidité, il dit : « Bon, eh bien, supposons qu'il y ait d'autres soleils dans l'univers... »

Theremon eut du mal à ne pas éclater de rire. « Tu as dit que c'était tout à fait extravagant, mais je ne croyais tout de même pas...

– Non, ce n'est pas aussi fou que cela. Je ne veux pas parler d'autres soleils qui seraient à proximité et que, pour quelque mystérieuse raison, nous ne pourrions voir. Je parle de soleils si éloignés que leur lumière ne serait pas assez vive pour que nous l'apercevions. S'ils étaient proches, ils seraient aussi éblouissants qu'Onos, peut-être, ou que Tano et Sitha. Mais, en l'occurrence, la lumière qu'ils émettent ne pourrait nous apparaître que comme un petit point brillant, et elle se noierait dans l'illumination constante produite par nos six soleils.

– Et la loi de la gravitation universelle ? objecta Sheerin. Vous l'oubliez ? Si ces autres soleils existent, ne perturberaient-ils pas l'orbite de notre monde comme le fait Kalgash II et, en ce cas, pourquoi cela a-t-il échappé à vos observations ?

– Bonne remarque ! fit Beenay. Mais ces soleils, disons, sont vraiment très loin : peut-être à quatre années-lumière, ou davantage encore.

– Combien d'années fait une année-lumière ? interrogea Theremon.

– La question n'est pas de savoir si c'est *long*, mais si c'est *loin* ! Une année-lumière n'est pas une mesure de *durée*, mais de *distance* : celle que parcourt la lumière en un an – c'est-à-dire un nombre énorme de kilomètres, car la vitesse de la lumière est très grande : nous l'avons évaluée à trois cent mille kilomètres-seconde. Ce n'est évidemment qu'un chiffre rond ; si nous avions de meilleurs instruments, nous pourrions arriver à une précision plus grande. Mais cette approximation nous suffit pour nous rendre compte qu'Onos est à environ dix *minutes*-lumière de nous, et Tano et Sitha onze fois plus, et ainsi de suite. Donc, un soleil qui serait à quelques *années*-lumière, ma foi, ça ferait vraiment loin ! Jamais nous ne serions capables de détecter les perturbations que de tels soleils pourraient causer à l'orbite de Kalgash, tant elles seraient minimes. Supposons qu'il y ait de nombreux soleils partout autour de nous dans les cieux, à une distance de quatre à huit années-lumière : disons une ou deux douzaines, peut-être ! »

Theremon poussa un sifflement. « Quelle magnifique idée pour un grand article dans un supplément du dimanche ! Deux douzaines de soleils dans un univers de huit années-lumière de diamètre ! Bons dieux ! *Notre* univers s'en trouverait réduit à une taille insignifiante ! Imaginez-vous ça : Kalgash et ses soleils, dérisoire banlieue du véritable univers ; et nous qui avons toujours cru représenter la totalité, nous et nos six soleils, seuls dans le cosmos !

– Ce n'est qu'une idée extravagante, dit Beenay avec un large sourire, mais vous voyez où je veux en venir, j'espère. Pendant l'éclipse, ces deux douzaines de soleils deviendraient soudain visibles parce que, pendant un moment, il n'y aurait pas de *véritable* clarté solaire pour noyer la leur. Ils sont si loin qu'ils paraîtraient petits, comme des billes. Mais voilà, vous les auriez, vos Étoiles : les points de lumière surgissant brusquement, tels que les Apôtres nous les ont promis.

– Les Apôtres parlent d'un “ nombre incalculable ” d'Étoiles, objecta Sheerin. Nous sommes loin, me semble-t-il, d'une douzaine ou deux ; on penserait plutôt à quelques millions, non ?

– Exagération poétique ! répondit Beenay. Il n'y a tout bonnement pas la place dans l'univers pour un million de soleils, même s'ils étaient tassés et serrés l'un contre l'autre au point de se toucher.

– En outre, suggéra Theremon, une fois qu'on arrive à une ou deux douzaines, est-on vraiment conscient de différences numériques ? Deux douzaines d'Étoiles feraient l'effet d'un “ nombre incalculable ”, je parie... surtout s'il se produit une éclipse et que tout le monde est déjà dingue à force de scruter les Ténèbres. Vous savez, il y a dans les forêts vierges des tribus qui ne disposent dans leur vocabulaire que de trois nombres : “ un ”, “ deux ”, “ beaucoup ”. Nous sommes sans doute un peu plus évolués que ça : une ou deux douzaines, nous saisissons ce que ça représente ; et, au-dessus, nous avons l'impression d'un “ nombre incalculable ”. Une douzaine de soleils ! poursuivit-il avec un frémissement d'intérêt. Imaginez donc ça !

– Ce n'est pas tout, reprit Beenay. Une autre petite idée originale : avez-vous déjà songé à la simplicité que présenterait le problème de la gravitation si l'on se trouvait en présence d'un système solaire réduit au minimum ? Imaginez un univers où il n'y aurait qu'une planète et un soleil : la planète décrirait une ellipse parfaite, et la nature exacte de la force de gravitation serait si évidente qu'elle s'imposerait comme un axiome. Sur un tel monde, les astronomes prendraient probablement la gravitation pour base de départ avant même d'avoir inventé le télescope ; l'observation à l'œil nu suffirait à leur donner une bonne idée des choses. »

Sheerin avait l'air dubitatif. « Mais un tel système pourrait-il être en équilibre dynamique ?

– Certes! On appelle ça le cas de figure “ un-plus-un ”. On a pu en formuler le modèle mathématique, qui s’est avéré cohérent. Mais ce sont les implications philosophiques qui m’intéressent.

– C’est un beau sujet de spéculation, reconnut Sheerin, en tant que pur concept abstrait, comme un gaz parfait ou le zéro absolu.

– Bien entendu, poursuivit Beenay, le hic, c’est que la vie serait impossible sur une telle planète. Elle ne recevrait pas assez de chaleur et de lumière et, si elle tournait sur elle-même, les Ténèbres régneraient la moitié de la journée. C’est la planète que vous m’avez demandé un jour d’imaginer, Sheerin, vous vous en souvenez? Une planète dont les autochtones seraient parfaitement adaptés à l’alternance du jour et de la nuit. J’y ai réfléchi : il n’y aurait *pas* d’autochtones! On ne peut escompter l’éclosion de la vie, qui dépend essentiellement de la lumière, dans un milieu qui en serait privé à ce point : la moitié de chaque période de rotation passée dans les Ténèbres! Non, rien ne pourrait exister dans des conditions pareilles! Mais poursuivons, comme simple hypothèse d’école : ce système “ un-plus-un ” serait...

– Un instant! interrompit Sheerin. C’est un peu simpliste de votre part d’affirmer que la vie ne se serait pas développée dans un tel lieu. Qu’en savez-vous? Qu’est-ce qui rendrait rigoureusement impossible l’évolution de la vie là où les Ténèbres règnent la moitié du temps?

– Je vous l’ai dit, Sheerin : la vie dépend essentiellement de la lumière; et, par conséquent, dans un monde où...

– La vie dépend essentiellement de la lumière *ici*; mais qu’est-ce que ça a à voir avec une planète qui...

– C’est la raison qui le dit, Sheerin!

– Ce qui le dit, c’est la raison qui tourne en rond! rétorqua Sheerin. Vous commencez par définir la vie comme un certain genre de phénomène qui se présente sur Kalgash! et là-dessus vous prétendez démontrer que sur un monde totalement différent de Kalgash la vie serait... »

Theremon se mit soudain à ricaner bruyamment.

« Qu’y a-t-il de si drôle? demanda Beenay.

– C’est vous! Tous les deux! Un astronome et un psychologue qui ont une discussion acharnée à propos de biologie! Il doit s’agir du fameux dialogue interdisciplinaire dont j’ai tant entendu parler, la grande fermentation intellectuelle à laquelle cette université doit sa célébrité. »

Le journaliste se leva. Il commençait de toute façon à ne plus pouvoir tenir en place, et la longue dissertation de Beenay sur des sujets abstraits ajoutait encore à son agacement. « Excusez-moi, je vous prie. J’ai besoin de me dégourdir les jambes.

– On n’est pas loin de l’éclipse totale, fit observer Beenay. Il n’est peut-être pas très souhaitable pour toi d’être en vadrouille tout seul quand ça se produira.

– Juste une petite balade et je reviens », l'assura Theremon.

Il n'avait pas fait trois pas que Beenay et Sheerin reprenaient leur discussion. Theremon sourit : c'était une façon de relâcher la tension, se dit-il. Tout le monde était sous pression, chaque tic-tac de la pendule rapprochait le monde de la venue des Ténèbres absolues... de la venue de...

Des Étoiles ?

De la folie ?

Des Flammes Célestes ?

Theremon haussa les épaules. Il était passé par cent brusques changements d'humeur ; maintenant, il se sentait étrangement calme, presque fataliste. Il s'était toujours cru maître de son destin, capable d'orienter le cours de sa vie : c'est ainsi qu'il avait réussi à pénétrer en des lieux où d'autres journalistes n'avaient pas eu la moindre chance d'accéder. Mais à présent plus rien ne dépendait de lui, et il le savait. Que viennent les Ténèbres, que viennent les Étoiles, que viennent les Flammes, tout allait se faire sans qu'il ait son mot à dire. Alors, à quoi bon s'épuiser à scruter anxieusement l'avenir ? Autant se détendre, se mettre à l'aise pour attendre et assister au spectacle.

Et alors, se dit-il... alors faire en sorte de survivre à toutes les tourmentes à venir.

« Vous montez sous la coupole ? »

Il cligna des yeux dans la pénombre pour voir qui avait parlé. C'était ce petit bonhomme rondouillard, étudiant diplômé en astronomie... comment s'appelait-il donc ? Faro ?

« Oui, en effet », répondit Theremon, bien qu'en réalité il fût parti sans but bien précis en tête.

« J'y vais aussi. Suivez-moi, je vais vous y emmener. »

Un escalier métallique en colimaçon conduisait au dernier étage de l'immense bâtiment, couvert d'un dôme élevé. Faro, avec ses petites jambes, grimpa en soufflant comme une locomotive et en martelant pesamment les marches ; Theremon le suivit à grandes enjambées tranquilles. Il s'était déjà rendu sous la coupole de l'Observatoire une fois, des années avant : Beenay voulait lui montrer quelque chose. Mais il n'avait des lieux qu'un très vague souvenir.

Faro ouvrit une lourde porte coulissante, et Theremon entra derrière lui.

« Vous êtes venu voir les Étoiles de plus près ? »

C'était Siferra qui l'apostrophait. A peine la porte franchie, Theremon avait vu se dresser sa silhouette familière. Il rougit : il n'avait pas du tout envie de se trouver face à face avec Siferra en cet instant. Il se le rappelait maintenant, mais trop tard : Beenay lui avait dit qu'elle était montée là.

Mais elle ne montrait plus trace de rancœur. A présent que le monde plongeait à corps perdu dans la Caverne des Ténèbres, peut-être avait-elle le sentiment que rien de ce qui s'était passe avant l'éclipse n'avait plus d'importance, que la catastrophe imminente annulait toutes les erreurs, toutes les disputes, tous les péchés.

« Voilà un endroit comme on n'en voit guère! fit Theremon.

– Stupéfiant, hein? Je ne sais d'ailleurs pas grand-chose de ce qui s'y passe. Il y a un gros solariscope braqué sur Dovim; c'est plutôt un appareil photographique qu'une lunette, m'a-t-on dit: on ne peut pas simplement y mettre un œil pour regarder les cieux. Et puis, il y a ces télescopes plus petits dont la mise au point est faite pour de plus grandes distances : ils servent à guetter les premiers signes de l'apparition des Étoiles.

– Et en a-t-on repéré?

– Pas pour le moment, répondit Siferra.

Theremon parcourut du regard les alentours. C'était le cœur de l'Observatoire, la salle où l'on scrutait effectivement les cieux. C'était la pièce la plus sombre où il se fût jamais trouvé – pas totalement sombre, bien sûr : il y avait des appliques de bronze disposées en une double rangée sur tout le pourtour du mur curviligne; mais les lampes qu'elles contenaient ne répandaient qu'une faible lueur symbolique. Dans la pénombre, il distingua un grand tube de métal s'élever à travers un panneau ouvert dans le toit du bâtiment, où il put aussi apercevoir le ciel – un ciel devenu rouge sombre : le globe de Dovim, qui diminuait sans cesse, était encore visible, mais le petit soleil semblait s'être retiré très loin.

« Comme c'est étrange! murmura-t-il. Le ciel a une texture que je n'avais encore jamais vue : il a l'air épais... comme une sorte de couverture!

– Une couverture qui nous étouffera tous!

– Vous avez peur? demanda-t-il.

– Bien sûr! Pas vous?

– Oui et non! répondit Theremon. Écoutez, je ne cherche pas à me poser en héros, mais je suis nettement moins crispé qu'il y a une heure ou deux: engourdi plutôt qu'autre chose.

– Je crois comprendre ce que vous voulez dire.

– D'après Athor, des émeutes ont déjà éclaté en ville.

– Ce n'est qu'un commencement! Je ne puis m'ôter de l'esprit ces cendres, Theremon! Les cendres de la colline de Thombo: les gros blocs de pierre, fondations de la ville cyclopéenne... et, à leur base, des cendres partout!

– Et, en dessous, des cendres plus anciennes, et d'autres plus bas, et encore et toujours...

– Oui », fit-elle.

Il s'aperçut qu'elle s'était un peu rapprochée de lui; il s'aperçut aussi que l'animosité qu'elle avait manifestée à son égard au cours des derniers mois semblait avoir complètement disparu, et – se pouvait-il? – qu'elle paraissait sensible à un fantôme de l'attrait qu'il avait naguère exercé sur elle. Il en discernait les symptômes; il avait trop d'expérience pour ne pas les reconnaître.

Parfait! se dit Theremon. La fin du monde arrive et voici que soudain Siferra est enfin disposée à se dépouiller de son costume de Reine des Glaces.

Une étrange silhouette décharnée, à la taille disproportionnée et à la démarche gauche et saccadée, les frôla en passant et les salua avec des gloussements nerveux. C'était Yimot, l'autre jeune étudiant diplômé.

« Toujours pas de trace des Étoiles! dit-il. Peut-être n'aurons-nous nullement l'heur de les voir! Tout cela va faire long feu, comme l'expérience que Faro et moi avions combinée dans ce bâtiment obscur.

– On voit encore une bonne portion de Dovim, fit observer Theremon. Nous sommes loin des Ténèbres absolues!

– A vous entendre, on dirait que vous les désirez impatiemment! » insinua Siferra.

Theremon se tourna vers elle. « C'est cette période d'attente dont je suis impatient de voir la fin. »

Une voix cria : « Holà! Mon ordinateur fait des siennes!

– Les lumières...! s'exclama quelqu'un d'autre.

– Que se passe-t-il? interrogea Siferra.

– Panne de courant! répondit Theremon. Tout comme l'avait prédit Sheerin! Il doit y avoir des ennuis à la centrale électrique : la première vague de déments qui se déchaîne en ville! »

De fait, la pâle lumière des appliques semblait moribonde. D'abord, elle se fit très vive, comme sous l'effet d'un bref sursaut d'énergie avant la fin; puis elle faiblit, reprit ensuite de la vigueur, mais moins que l'instant d'avant; et finalement se réduisit à une petite fraction de son intensité normale. Theremon sentit la main de Siferra lui agripper le bras avec force.

« L'éclairage nous lâche! fit une voix.

– Les ordinateurs aussi! Il faut brancher les groupes électrogènes! Holà! Quelqu'un pour les groupes de secours!

– Vite! Le solariscope ne règle plus sa visée! Et les obturateurs photographiques ne vont pas fonctionner!

– Pourquoi n'a-t-on rien préparé pour une éventualité comme celle-ci? » questionna Theremon.

En fait, le cas avait été prévu. Une pulsation sourde s'éleva des profondeurs du bâtiment, et les écrans des ordinateurs dispersés dans la salle se remirent à clignoter. Mais les lampes des appliques, elles, restèrent éteintes : elles dépendaient de toute évidence d'un autre circuit, et le générateur d'urgence installé au sous-sol ne pouvait leur redonner vie.

L'Observatoire était pratiquement dans les Ténèbres.

La main de Siferra reposait toujours sur le poignet de Theremon. Celui-ci se demandait s'il allait, pour la réconforter, lui mettre le bras autour des épaules.

C'est alors que la voix d'Athor retentit : « Bon, donnez-moi un coup de main, vous autres, ici! On va arranger ça en une minute.

– Qu'est-ce qu'il a donc là? » interrogea Theremon.

On entendit la voix de Yimot : « Athor a apporté les lumières! »

Theremon se retourna pour scruter la pénombre, où il était difficile de distinguer quoi que ce fût; cependant, au bout d'un moment ses yeux s'habituèrent à cet éclairage plus que réduit. Athor portait sur ses bras une demi-douzaine de bâtons épais d'un pouce et longs d'un pied et, par-dessus son fardeau, il foudroyait du regard les membres de son équipe.

« Faro! Yimot! Qu'est-ce que vous attendez pour venir m'aider? »

Les deux jeunes gens se précipitèrent auprès de leur directeur et le débarrassèrent des bâtons. Yimot les tendit un par un, à la verticale, à Faro; celui-ci, dans un silence complet, frotta une grosse allumette fort primitive qui prit feu en crachotant. On eût dit qu'il accomplissait le rite le plus sacré d'une cérémonie religieuse. Quand il approcha l'allumette d'un bâton, il y eut un instant d'hésitation où la flamme joua en vain autour de l'extrémité; et soudain, celle-ci s'embrasa en crépitant, rehaussant d'éclats jaunes le visage ridé d'Athor. Une grande acclamation spontanée résonna dans l'immense salle.

Le bâton était couronné d'une flamme dansante de quinze centimètres de haut!

« Du feu? s'étonna Theremon. En ce lieu? Pourquoi ne pas utiliser des numinaires ou quelque chose de ce genre?

– Nous en avons discuté, dit Siferra. Mais les numinaires n'éclairent pas assez : ils vont bien pour une petite chambre à coucher, une simple présence rassurante qui tient compagnie pendant la période de sommeil – pas pour une salle de ces dimensions...

– Et à l'étage inférieur, on allume aussi des torches?

– Je pense que oui. »

Theremon hocha la tête. « Rien d'étonnant à ce que la ville doive brûler ce soir : si même vous autres avez recours à un moyen aussi primitif que le feu pour combattre les Ténèbres... »

La lumière était bien pâle, plus pâle encore que celle du soleil à son minimum; les flammes dansaient follement, projetant des ombres qui vacillaient comme si elles étaient prises d'ivresse; les torches dégageaient une fumée d'enfer et puaient comme une cuisine peu ragoûtante – mais le résultat, c'était cette lumière jaune.

La lumière jaune, ça avait quelque chose de réjouissant, se disait Theremon. Surtout après avoir connu pendant près de quatre heures la lueur déclinante du sombre Dovim.

Siferra se réchauffa les mains à la torche la plus proche, sans se soucier de la suie qui s'y déposait en une fine poudre grise, en murmurant avec extase : « Que c'est beau ! Que c'est beau ! Jamais encore je ne m'étais rendu compte que le jaune est une couleur merveilleuse. »

Mais Theremon considérait toujours les torches avec méfiance. Il renifla en pinçant les narines l'odeur rance et demanda : « En quoi ces machins-là sont-ils faits ?

– En bois, répondit-elle.

– Oh ! non, pas en bois : ils ne brûlent pas, les deux ou trois centimètres du haut sont carbonisés et la flamme continue à surgir, à naître de rien.

– C'est ce qui fait la beauté de la chose ! C'est vraiment un système d'éclairage très efficace. On en a fabriqué quelques centaines, mais la plupart ont été destinés au Refuge, bien entendu. Voyez donc ! » Elle se retourna pour épousseter ses mains noircies. « Vous enlevez la moelle de roseaux communs, vous les faites bien sécher, et vous les imprégnez de suif ; puis vous y mettez le feu, et la graisse se consume peu à peu. Ces torches brûlent pendant près d'une demi-heure. Ingénieux, non ?

– Merveilleux ! répondit Theremon d'un ton morne. Très moderne ! Très impressionnant ! »

Il ne pouvait plus rester dans cette salle. La même impatience qui l'avait poussé à y monter le tourmentait à nouveau. L'âcre odeur des torches était déjà bien désagréable ; mais il y avait en plus le courant d'air froid qui provenait du panneau ouvert dans la coupole, âpre souffle de l'hiver, doigt glacial de la nuit : il frissonna. Il regrettait d'avoir fini si vite, avec Sheerin et Beenay, toute cette bouteille de mauvais vin.

« Je vais redescendre, dit-il à Siferra. Il n'y a rien à voir ici si l'on n'est pas astronome.

– D'accord ! Je pars avec vous. »

A la tremblotante lueur jaune, il vit un sourire se dessiner sur le visage de Siferra, un sourire cette fois sans ambiguïté, qui ne laissait pas place au doute.

27

Par l'escalier en colimaçon qui résonnait sous leurs pas, ils regagnèrent la salle du dessous, où ils ne trouvèrent guère de changement, sinon qu'on y avait allumé aussi des torches. Beenay s'affairait à trois ordinateurs à la fois, pour traiter les données fournies par les télescopes de l'étage supérieur. D'autres astronomes vaquaient à d'autres tâches, toutes également incompréhensibles à Theremon. Sheerin, livré à lui-même, errait comme une âme en peine. Folimun avait transporté son siège juste au-dessous d'une torche et continuait à lire ; on voyait ses lèvres bouger tandis qu'il débitait d'interminables invocations aux Étoiles.

Dans sa tête, Theremon voyait défiler des bribes de description, esquisses de l'article qu'il avait projeté d'écrire pour *La Chronique de Saro* du lendemain. Ce n'était pas la première fois de la soirée que cette machine à écrire se mettait à cliqueter dans son cerveau – processus parfaitement organisé, parfaitement conscient et, en l'occurrence, il ne le savait que trop, parfaitement inutile : il eût été tout à fait grotesque de s'imaginer qu'il allait y avoir une édition de *La Chronique* le lendemain.

Siferra et lui échangèrent un coup d'œil.

« Le ciel ! murmura-t-elle.

– Oui, je le vois ! »

Il avait de nouveau changé de couleur, plus sombre encore à présent, d'un horrible rouge empourpré très intense : abominable ton, qui suggérait quelque monstrueuse blessure déversant des flots de sang dans le tissu des cieux.

L'air, de quelque façon, était devenu plus dense. La pénombre, comme une entité matérielle, pénétrait dans la salle, et le cercle dansant de lumière jaune qui entourait les torches se découpait avec une netteté croissante sur la grisaille qui s'épaississait alentour. Theremon trouvait l'odeur de fumée tout aussi écœurante qu'en haut, et les petits chuintements que faisaient les torches en brûlant lui portaient sur les nerfs, ainsi que le bruit sourd des pas du corpulent psychologue qui n'arrêtait pas de tourner autour de la table centrale.

Torches ou pas, on y voyait de moins en moins.

Voici donc venu le moment, se dit Theremon. Le moment où vont triompher les Ténèbres, et où les Étoiles vont paraître.

Un instant, il songea qu'il serait plus sage de chercher quelque bonne petite resserre où s'enfermer jusqu'à ce que tout soit terminé : demeurer à l'écart, éviter la vue des Étoiles, se blottir dans son coin et attendre que les choses redeviennent normales. Mais un moment de réflexion lui permit de comprendre que ce n'était pas une bonne idée. Une resserre, comme d'ailleurs n'importe quel endroit entièrement clos, serait tout aussi sombre ; au lieu d'être un abri sûr et douillet, cela pourrait devenir un lieu de terreur bien plus épouvantable que les salles de l'Observatoire.

D'ailleurs, si quelque chose d'important devait arriver, quelque chose qui pouvait remodeler l'histoire du monde, il ne voulait surtout pas se trouver cloîtré, la tête enfouie entre les bras, loin de tout ce qui se passait. Ce serait lâche, ce serait stupide, et ce pourrait être un sujet de regret pour le reste de sa vie. Il n'avait jamais été homme à fuir le danger, lorsqu'il pensait qu'il y avait matière à faire de la copie. En outre, il possédait juste ce qu'il fallait de confiance en soi pour se juger capable de résister à ce qui pourrait se produire, et juste assez de scepticisme pour douter encore, au moins une part de lui-même, qu'il dût se produire quoi que ce fût de significatif

Il se tint donc immobile, percevant de temps en temps une brusque inspiration de Siferra, un souffle bref et rapide marquant l'effort de conserver la maîtrise de soi dans un monde qui n'était que trop prompt à s'enfoncer dans l'ombre.

Puis lui parvint un son différent, nouveau. Ce n'était qu'une sensation auditive floue et informe, une vague impression qui aurait fort bien pu passer inaperçue n'eût été le silence de mort qui régnait dans la salle, ainsi que l'exceptionnelle concentration d'esprit à laquelle Theremon était parvenu à l'approche de l'éclipse totale.

Le journaliste se figea, retenant son souffle, l'oreille tendue. Au bout d'un moment, il se rendit avec circonspection à la fenêtre et scruta les alentours.

Son cri de surprise déchira le silence : « *Sheerin!* »

Au calme de la salle succéda le tumulte. Tous les regards étaient braqués sur Theremon, les doigts se tendaient dans sa direction, les questions fusaient. En un clin d'œil, Sheerin fut à ses côtés, suivi de Siferra. Même Beenay, toujours penché sur ses ordinateurs, se retourna pour voir.

Dehors, Dovim, réduit à un minuscule tison, semblait jeter sur Kalgash un dernier regard désespéré. L'horizon à l'est, en direction de la ville, se perdait dans les Ténèbres, et la route qui montait de Saro à l'Observatoire n'était plus qu'une terne ligne rouge. Les arbres des étendues boisées qui bordaient la route avaient perdu toute existence distincte pour se fondre en une masse d'ombre continue.

Mais l'attention se fixait sur la route elle-même, parcourue par une autre masse d'ombre, infiniment menaçante, comme une étrange bête à l'allure pesante qui assaillait les pentes du mont de l'Observatoire.

« Regardez! cria Theremon d'une voix rauque. Qu'on prévienne Athor! Les déments de la ville! Les hommes de Folimun! Ils arrivent!

– Combien de temps encore avant l'éclipse totale? demanda Sheerin.

– Quinze minutes, répondit Beenay d'une voix étranglée. Mais il ne leur en faut que cinq pour être ici.

– Ne vous en souciez pas! Que tout le monde poursuive son travail! » dit Sheerin, d'un ton ferme et assuré, avec une autorité inattendue, comme s'il avait su puiser à quelque réservoir profond de force intérieure en ce moment critique. « Nous allons les tenir en échec: cet endroit est bâti comme une forteresse. Vous, Siferra, montez prévenir Athor! Vous, Beenay, surveillez Folimun! Assommez-le et asseyez-vous dessus s'il le faut, mais gardez-le à vue! Theremon, venez avec moi! »

Sheerin avait déjà gagné la porte, et Theremon lui emboîta le pas. Devant eux, l'escalier descendait en spirales serrées autour de son axe et disparaissait dans une grisaille humide et oppressante.

Emportés par leur élan, ils étaient descendus d'une quinzaine de mètres, et la pâle et vacillante lueur jaune venue de la porte restée ouverte avait disparu; de tous côtés, l'ombre fuligineuse se resserra sur eux.

Sheerin fit halte, une main grasse crispée sur la poitrine, les yeux exorbités, la voix sèche et rauque, tout le corps frémissant de peur : la source où il avait puisé sa résolution un instant auparavant, quelle qu'elle fût, semblait tarie.

« Je n'arrive pas... à respirer... Descendez... Assurez-vous... que toutes les portes... sont bien fermées... »

Theremon continua quelques marches... puis se retourna. « Attendez! Pouvez-vous tenir une minute? » Il haletait lui-même. L'air qu'il aspirait et expirait n'était que de la mélasse, et une petite graine de panique hystérique germait dans son esprit à l'idée de poursuivre tout seul.

Et si, pour une raison quelconque, les gardes avaient laissé ouverte la porte principale?

Ce n'était pas la foule qui lui faisait peur, c'était...

Les Ténèbres!

Theremon se rendait compte qu'il avait, après tout, peur du noir!

« Restez ici! » dit-il à Sheerin – ce qui était bien superflu, car ce dernier était misérablement pelotonné sur l'escalier là où il l'avait laissé. « Je serai de retour dans un instant. »

Il remonta quatre à quatre, le cœur battant (pas uniquement à cause de l'effort), jusqu'à la grande salle où il déboula, arrachant aussitôt une torche à son support. Siferra, abasourdie, le dévisagea en écarquillant les yeux.

« Voulez-vous que j'aille avec vous ? dit-elle.

– Oui... Non, non ! »

Il repartit en courant. La torche puait, la fumée lui piquait les yeux, l'aveuglait presque ; mais il étreignait cette torche avec joie comme s'il allait l'embrasser. Il dévala les escaliers si vite que la flamme se couchait en arrière.

Sheerin n'avait pas bougé. Il ouvrit les yeux et gémit lorsque le journaliste se pencha sur lui. Theremon le secoua sans ménagements. « Allons ! Ressaisissez-vous ! Nous avons de la lumière. »

Levant bien haut la torche, et tenant par le coude le psychologue mal assuré sur ses jambes, il reprit la descente, sous la protection cette fois du cercle de lumière projeté par la flamme crépitante.

Au rez-de-chaussée, tout était noir. Theremon sentit la terreur le gagner à nouveau. Mais la torche lui fraya un chemin en tranchant les Ténèbres.

« Les vigiles... » fit Sheerin.

Où étaient-ils ? Avaient-ils fui ? C'est bien ce qu'il semblait ! Non, deux des gardes postés là par Athor se serraient dans le coin du vestibule, tremblant comme des feuilles, regard vide, langue pendante. Des autres, pas de trace.

« Tenez ! fit Theremon avec brusquerie en tendant la torche à Sheerin. Vous les entendez, dehors, ceux-là ? »

Oui, on les entendait. Des bribes de clameurs rauques et inarticulées.

Mais ce que Sheerin avait dit était exact : l'Observatoire était bâti comme une forteresse. On l'avait construit au siècle précédent, à l'apogée du style néo-gavottien dans toute sa laideur ; on avait visé non à la beauté, mais à la solidité et à la durée.

Les fenêtres étaient protégées par un entrecroisement de barreaux de fer épais d'un pouce et scellés dans la masse du béton ; les murs étaient d'une facture massive qui pouvait résister à un tremblement de terre ; et la porte principale était un énorme bloc de chêne bardé de fer aux points critiques. Theremon vérifia les verrous : ils étaient toujours en place.

« En tout cas, ces gens ne pourront pas entrer ici comme dans un moulin à la manière de Folimun », déclara-t-il en haletant. Mais écoutez-les ! ils sont juste là dehors !

– Il faut faire quelque chose.

– Très juste ! répondit Theremon. Ne restez pas planté là ! Aidez-moi à pousser ces vitrines d'exposition contre les portes ! Et éloignez cette torche de mes yeux, je ne peux pas supporter cette fumée ! »

Les vitrines étaient pleines de livres, d'instruments scientifiques, et bien d'autres choses encore : un vrai musée de l'astronomie. Les dieux seuls savaient quel poids elles pouvaient atteindre; mais, mû par quelque force surnaturelle en cet instant de crise, Theremon, plus ou moins aidé par Sheerin, tira, poussa, souleva, comme si elles ne pesaient pas plus que des coussins de plume. Petits télescopes et autres dispositifs à l'intérieur dégringolaient à qui mieux mieux tandis qu'il mettait en place sans ménagements les meubles pesants, et l'on entendait des tintements de verre brisé.

Beenay va m'étrangler, lui qui est en adoration devant tout ce bazar, pensait Theremon.

Mais ce n'était pas le moment de faire le délicat. Il flanqua vitrine après vitrine contre la porte, et au bout de quelques minutes, il eut édifié une barricade qui pourrait, espérait-il, contenir la meute si celle-ci réussissait à démolir les battants.

Quelque part, très loin, indistinctement, il entendait des poings nus marteler la porte... des cris... des hurlements...

On aurait dit un cauchemar.

La foule s'était mise en branle à Saro poussée par la soif du salut, le salut offert dès maintenant par les Apôtres de la Flamme à la seule condition de détruire l'Observatoire. Les gens étaient devenus fous de terreur devant l'approche des Ténèbres et avaient perdu toute faculté de raisonner : pas le temps de se doter de véhicules, d'armes, de chefs, d'organisation même! On s'était rué vers l'Observatoire à pied, on s'y attaquait à main nue.

A présent ils étaient là, et la dernière lueur de Dovim, la dernière goutte de lumière rubis scintillait faiblement sur une humanité à qui il ne restait plus rien d'autre qu'une épouvante absolue et universelle.

Theremon gémit : « Remontons là-haut! »

Mais il n'y avait plus trace dans la grande salle de tous ceux qui y étaient auparavant réunis. Ils s'étaient rassemblés tout en haut, sous la coupole même de l'Observatoire. Theremon s'y précipita, et fut frappé par le calme insolite qui semblait y régner. C'était comme un tableau vivant : Yimot était installé dans le petit siège orientable aux commandes du gigantesque solariscope comme s'il ne s'agissait que d'une soirée ordinaire de recherche astronomique; les autres étaient groupés autour des télescopes plus petits, et Beenay donnait des instructions d'une voix tendue et saccadée.

« Suivez-moi bien, vous tous! Il est capital de photographier Dovim juste avant l'éclipse totale et de changer la plaque. Tenez, vous... et vous... un à chaque appareil! Même si ça fait double emploi, c'est bon à prendre. Vous connaissez tous les... les temps de pose... »

Les autres, haletants, acquiescèrent d'un murmure.

Beenay se pasa la main sur les yeux. « Les torches brûlent-elles toujours? Ah! inutile, je les vois! » Il se cambrait contre son dossier. « A présent, n'oubliez pas : ne... ne cherchez pas le cliché extraordinaire ! Quand les Étoiles apparaîtront, ne perdez pas de t-temps à essayer d'en avoir d-deux à la fois dans votre champ : une suffit. Et... et si vous sentez que vous craquez, *éloignez-vous de l'appareil !* »

A la porte, Sheerin chuchota à Theremon : « Menez-moi à Athor, je ne le vois pas ! »

Le journaliste ne répondit pas tout de suite. Les vagues silhouettes des astronomes vacillaient et s'estompaient, et les torches au-dessus de leur tête n'étaient plus que d'informes taches jaunes. Il régnait dans la salle un froid mortel. Theremon sentit la main de Siferra effleurer la sienne un instant – rien qu'un instant – puis la jeune femme disparut.

« Il fait noir ! » geignit-il.

Sheerin tendit les mains. « Athor ! » Il avança en trébuchant. « Athor ! »

Theremon lui emboîta le pas et le prit par le bras. « Attendez ! Je vais vous conduire. » Il parvint tant bien que mal à traverser la pièce. Il fermait les yeux devant les Ténèbres, et il fermait son esprit aux coups de bélier du chaos qui montait en lui.

Personne ne les entendait ni ne faisait attention à eux. Sheerin trébucha et se heurta au mur.

« Athor !

– Est-ce vous, Sheerin ?

– Oui, oui ! Athor ?

– Qu'y a-t-il, Sheerin ? » C'était la voix d'Athor, on ne pouvait s'y tromper.

« Je voulais juste vous dire... ne vous inquiétez pas de la foule... les portes sont assez solides pour qu'elle n'entre pas...

– Oui, bien sûr », marmonna Athor, et Theremon se dit qu'il avait l'air d'être à cent lieues de là.

A des *années-lumière* de là !

Soudain, il y eut parmi eux une autre présence : une silhouette aux mouvements rapides, qui agitait frénétiquement les bras. Theremon se dit d'abord que ce devait être Yimot, peut-être même Beenay ; puis il entra en contact avec un tissu rêche : un froc d'Apôtre ! Il comprit alors que ce devait être Folimun.

« Les Étoiles ! clama ce dernier. Voici venir les Étoiles ! Écartez-vous de mon chemin ! »

Theremon se rendit compte que l'Apôtre essayait de rejoindre Beenay... pour détruire les blasphématoires appareils photographiques !

« Attention ! » cria Theremon. Mais Beenay ne broncha pas, toujours penché sur les ordinateurs qui actionnaient les appareils, ne pensant qu'à prendre cliché sur cliché tandis que les Ténèbres absolues s'abattaient sur le monde.

Alors Theremon lança le bras en avant, referma la main sur la robe de Folimun, tira, tordit. Soudain, des doigts l'agrippèrent à la gorge. Il tituba comme un ivrogne. Il n'y avait devant lui rien d'autre que des ombres; le sol même qu'il avait sous les pieds manquait de consistance. Un genou s'enfonça brutalement dans son ventre; il poussa un grognement de souffrance et, aveuglé, engourdi, le souffle coupé, il faillit s'effondrer.

Pourtant, après les premiers instants de douleur atroce, il retrouva ses forces. Saisissant l'Apôtre par les épaules, il parvint à le faire pivoter, et de son bras lui enserra la gorge. Au même moment, Beenay s'écria d'une voix rauque : « Ça y est, je l'ai! A vos appareils, vous tous! »

Tout semblait se présenter à la fois à la conscience de Theremon. Le monde entier s'engouffrait dans son esprit pantelant – et rien n'échappait au chaos, tout hurlait de terreur.

Comme un fil trop étiré, le dernier rayon du soleil – singulière impression – s'était rompu.

Simultanément, il entendit un dernier halètement étranglé échappé à Folimun, un barrissement de surprise poussé par Beenay, un drôle de petit cri émis par Sheerin, un ricanement hystérique qui s'achevait en râle...

Et un silence soudain, un silence insolite, mortel, venu du dehors.

Le journaliste sentit Folimun tout flasque dans son étreinte qui se relâchait. Il plongea les yeux dans ceux de l'Apôtre, et fut frappé par leur vacuité et leur fixité : tournés vers le haut, ils reflétaient la pâle lueur jaune des torches. Il vit l'écume sur les lèvres de Folimun, il perçut le gémissement animal étouffé qui montait de sa gorge.

Lentement, avec une fascination angoissée, il se redressa sur un bras et tourna la tête vers l'effrayante noirceur des cieux.

On y voyait briller les Étoiles!

Non pas une ou deux douzaines comme le prévoyait la pitoyable théorie de Beenay. Il y en avait des milliers, qui flambaient d'un incroyable éclat, une et puis une autre et puis une autre et puis une autre... Un mur sans fin d'Étoiles, un éblouissant écran de terrifiante lumière emplissait tout le firmament. Des milliers de soleils répandaient une splendeur qui pétrifiait l'âme, plus implacablement froide dans sa terrible indifférence que l'âpre vent qui balayait le monde désolé et frissonnant.

Elles cognaient sur les racines de son être. Elles martelaient son cerveau tels des fléaux. Leur monstrueuse lumière glacée était semblable à un million d'énormes gongs qui résonnaient tous à la fois.

Ô dieux! songeait-il. Ô dieux, ô dieux, ô dieux!

Mais il ne pouvait détourner les yeux de cette vision infernale. Tous les muscles raidis et figés, il braquait par l'ouverture de la coupole un regard d'impuissance, d'ébahissement et d'horreur sur cette multitude furieuse qui emplissait le ciel. Son esprit se retractait sous cet assaut sans trêve jusqu'à n'être plus qu'un minuscule point glacé. Son cerveau, pas plus gros qu'une bille, bringuebalait bruyamment dans la coque vide de son crâne. Ses poumons refusaient de fonctionner. Son sang circulait à l'envers dans ses veines.

Il arriva enfin à fermer les yeux. Il resta à genoux longtemps, haletant, parlant tout seul à mi-voix, luttant pour se reprendre en main.

Puis il se remit sur pied en chancelant, la gorge serrée au point d'étouffer, tous les muscles crispés en un paroxysme de terreur, de peur à l'état brut, qui excédait les limites du supportable. Il était vaguement conscient de la présence de Siferra non loin de lui, mais il lui fallut faire un effort pour se rappeler qui elle était. Il lui fallait faire un effort pour se rappeler qui il était lui-même! Du rez-de-chaussée montait le bruit insistant de coups violents sur la porte, un effrayant martèlement régulier, comme quelque étrange bête sauvage à mille têtes qui voulait à toute force entrer...

Peu importait!

Plus rien n'importait!

Il devenait fou, et il en était conscient! Quelque part en lui, une bribe de raison résistait tant bien que mal, en hurlant, à la marée de terreur noire qui ne permettait nul espoir. C'était une chose épouvantable de devenir fou et de le savoir, de savoir que dans une courte minute on serait toujours présent physiquement, et que pourtant la véritable essence du moi serait morte, noyée dans la noire démence. Car voici que les Ténèbres étaient là : les Ténèbres et le Froid et la Fin des Temps. Les murs de clarté de l'univers étaient ébranlés et leurs effroyables débris tombaient pour écraser, aplatir et anéantir Theremon.

Quelqu'un s'approcha de lui en se traînant sur les mains et les genoux et vint le heurter. Theremon s'écarta. Il porta les mains à sa gorge torturée et se dirigea en chancelant vers la torche dont la flamme emplissait ses yeux déments.

« La lumière! » hurla-t-il.

Quelque part Athor pleurait, poussait d'horribles gémissements, comme un enfant qui meurt de peur. « Les Étoiles! Toutes les Étoiles! Nous ne savions pas! Nous ne savions rien du tout! Nous pensions que six étoiles, c'est un univers... c'est quelque chose... que les Étoiles ne remarquaient pas... c'est les Ténèbres pour toujours et à jamais... et les murs s'effondrent sur nous... et nous ne savions pas... nous ne pouvions pas savoir... et rien... »

Quelqu'un agrippa la torche; elle tomba et s'éteignit. A cet instant, la terrifiante splendeur des Étoiles indifférentes fit un bond en avant vers eux.

D'autres bruits parvinrent du rez-de-chaussée : cris, clameurs, verre brisé. La foule en folie, sur laquelle nul ne pouvait avoir prise, venait de faire irruption dans l'Observatoire.

Theremon regarda autour de lui. A la lueur inquiétante des Étoiles, il aperçut les silhouettes des savants frappés d'horreur qui erraient çà et là, muets et titubants. Il réussit à gagner le couloir. Fouetté par un courant d'air glacial qui s'engouffrait par une fenêtre ouverte, il s'arrêta pour le laisser baigner son visage, en riant tout bas de sa rigueur polaire.

« Theremon ? dit une voix derrière lui. Theremon ? »

Il continua à rire.

« Regardez! dit-il au bout d'un moment. Voilà les Étoiles! Et voici la Flamme! »

On voyait par la fenêtre, dans la direction de la ville de Saro, l'horizon s'empourprer d'une lueur qui prenait peu à peu de l'ampleur et de l'éclat, et qui n'était pas celle d'un soleil.

La longue nuit avait recommencé.

Livre Trois

Le point du jour

28

La première chose dont Theremon prit d'abord conscience, après n'avoir été longtemps conscient de rien, ce fut une énorme et flamboyante boule d'or suspendue au-dessus de lui dans le ciel.

Il lui était totalement impossible de la regarder plus d'une fraction de seconde, tant elle était brillante. Et il en émanait, vague sur vague, une chaleur brûlante.

Accroupi par terre, il se recroquevilla sur lui-même, la tête baissée, les poignets croisés devant les yeux, pour se protéger de toute cette chaleur et de toute cette lumière qui se déversaient de là-haut. Là-haut ? Comment la chose pouvait-elle y rester ? Qu'est-ce qui pouvait bien l'empêcher de tomber ?

Et si elle tombe, se dit-il, elle va me tomber dessus !

Où puis-je me cacher ? Comment me protéger ?

Il demeura de longs instants blotti là où il se trouvait, osant à peine penser. Puis, avec prudence, il ouvrit les yeux – juste une mince fente entre ses paupières.

Le gigantesque objet était toujours dans le ciel! Il n'avait pas bougé d'un pouce! Il n'allait pas lui tomber dessus!

Malgré la chaleur, Theremon fut pris de frissons.

Une âcre et suffocante odeur lui parvint : il y avait quelque chose, non loin, qui brûlait.

Le ciel, se dit-il. Le ciel brûlait.

La boule d'or est en train de mettre le feu au monde!

Non, non! Il y avait une autre raison à cette fumée. Il s'en souviendrait bientôt, si seulement son esprit parvenait à se dégager de la brume. Ce n'était pas la boule d'or qui avait provoqué les incendies, elle n'était même pas là quand ils avaient éclaté. C'étaient ces choses blanches, scintillantes et froides qui emplissaient le ciel d'un bout à l'autre et qui avaient lancé les flammes...

Quel était leur nom? Les Étoiles... oui.

Les Étoiles.

Et la mémoire lui revint un peu, juste un peu, il eut un nouveau frisson, un grand frisson convulsif. Il se souvenait du moment où les Étoiles étaient apparues, et où son cerveau s'était réduit à une bille, et où ses poumons s'étaient refusés à pomper l'air, et où un hurlement était monté de son âme plongée au tréfonds de l'horreur.

Mais les Étoiles étaient reparties, et à la place il y avait cette boule d'or étincelante dans le ciel.

Onos, tel était son nom. Onos, le soleil... le soleil principal... l'un des six soleils... Oui! Theremon sourit : il commençait à se rappeler. Onos était parfaitement à sa place dans le ciel; ce n'était pas le cas des Étoiles. Le soleil, ce bon Onos, si chaud, si bienfaisant! était de retour. Alors, tout allait bien dans le monde, même si, par endroits, il semblait être en feu.

Six soleils? Mais alors, où se trouvaient les cinq autres?

Theremon pouvait citer leurs noms: Dovim, Trey, Patru, Tano, Sitha. Il voyait bien Onos, juste au-dessus de lui, qui paraissait emplir la moitié du ciel. Mais les autres? Theremon se redressa, non sans chanceler, non sans craindre encore à demi la brûlante boule d'or. Il se demandait si, en se mettant debout, il n'allait pas la toucher et s'y brûler. Non, non! Quelles idées riducules! Onos était bon, Onos était bienfaisant! Theremon sourit.

Il regarda autour de lui. Encore des soleils, là-haut?

Il y en avait un, très loin, tout petit... sans rien d'effrayant celui-là, à la différence de ce qu'avaient été les Étoiles, à la différence même de ce globe de feu ardent qui le surplombait; un riant point blanc dans le ciel, et rien de plus, assez petit pour le fourrer dans sa poche, si seulement il parvenait à l'atteindre.

Trey, se dit-il. Celui-ci est Trey. Alors, sa sœur Patru ne devrait pas être loin...

Ah! oui, la voilà : là en bas, au coin du ciel, juste à gauche de Trey... A moins que ce ne soit Trey, et que l'autre soit Patru!

Bah! les noms ne comptent pas; ensemble, ce sont Trey et Patru. Et le plus gros des soleils est Onos. Et les trois autres doivent être ailleurs en ce moment, car je ne les vois pas. Et moi, je m'appelle...

Theremon.

Oui, c'est exact : je suis Theremon.

Mais il y a un chiffre, en plus.

Planté là, sourcils froncés, il réfléchissait. Son code familial, voilà ce qu'il cherchait. Ce nombre, il le connaissait depuis toujours... mais quel était-il?

762.

Oui.

Je suis Theremon 762.

Puis une autre pensée, plus complexe, se glissa tout naturellement à la suite. Je suis Theremon 762 de *La Chronique de Saro.*

De quelque façon, il se sentit un peu mieux après avoir formulé cette assertion, bien qu'elle renfermât pour lui beaucoup d'obscurités.

Saro? *La Chronique?*

Il savait presque ce que voulaient dire ces mots... presque... Il se mit à les répéter comme une psalmodie destinée à lui seul : *Saro saro saro... Chronique chronique chronique... La Chronique de Saro...*

Et si je marchais un peu? se dit-il. Non sans hésitation, il fit un pas... un autre... un autre... Il avait les jambes flageolantes. En regardant autour de lui, il s'aperçut qu'il était sur un coteau, quelque part dans la campagne. Il distingua une route, des buissons, des arbres, un lac plus loin sur la gauche. Certains des arbres et des buissons paraissaient avoir été saccagés et brisés; des branches pendaient dans des positions bizarres, d'autres gisaient sur le sol. On eût dit que des géants avaient récemment traversé cette région en piétinant tout sur leur passage.

Derrière Theremon se dressait un bâtiment au faîte arrondi. De la fumée s'échappait par un trou dans le toit. L'extérieur de ce bâtiment était noirci comme si on avait fait des feux tout autour, mais les murs de pierre avaient fort bien résisté aux flammes. Theremon remarqua quelques silhouettes humaines affalées çà et là sur les marches, telles des poupées au rebut. D'autres gisaient parmi les buissons, d'autres encore le long du chemin qui descendait de la colline. Certaines remuaient faiblement, mais la plupart restaient sans mouvements.

De l'autre côté, à l'horizon, il devina les tours d'une grande ville malgré l'épais nuage de fumée qui les enveloppait; et, en plissant les yeux, il crut voir des langues de feu jaillir par les fenêtres des édifices les plus élevés, alors que sa raison lui soufflait qu'il était impossible de discerner un détail de ce genre à une distance pareille : la ville devait être à des kilomètres.

La ville de Saro, se dit-il soudain.

Là où est publiée *La Chronique.*

Là où je travaille. Là où je vis.

Il secoua la tête, lentement, de droite et de gauche, comme aurait pu le faire quelque animal blessé, pour s'efforcer d'en chasser la brume et la torpeur dont elle était envahie. Comme il était exaspérant de ne pouvoir réfléchir normalement, de ne pas être libre de ses mouvements à l'intérieur de sa propre mémoire! L'éclat des Étoiles dressait à travers son esprit un mur qui barrait l'accès à ses propres souvenirs.

Mais ce mur à présent n'était plus totalement infranchissable. Des fragments du passé, aux arêtes vives, chatoyant d'une énergie démente, dansaient et tournoyaient dans son cerveau, et il s'efforçait de les immobiliser assez longtemps pour les saisir.

L'image d'une chambre se présenta à lui. *Sa* chambre, avec des journaux, des magazines, deux terminaux d'ordinateurs, un coffret de courrier encore sans réponse. Une autre chambre, un lit. La petite cuisine dont il ne se servait presque jamais. Voici, se dit-il, l'appartement de Theremon 762, le collaborateur bien connu de *La Chronique de Saro.* Theremon lui-même n'est pas chez lui pour l'instant, mesdames et messieurs! En ce moment, Theremon se tient non loin des ruines de l'Observatoire de l'université de Saro, et il s'efforce de comprendre...

Les ruines...

L'Observatoire de l'université de Saro...

« Siferra ? cria-t-il. Siferra, où êtes-vous ? »

Pas de réponse. Il se demanda qui était Siferra. Quelqu'un qu'il devait connaître avant que les ruines fussent ruines, sans doute. Ce nom était remonté comme une bulle des profondeurs de son esprit perturbé.

Il fit encore quelques pas hésitants. Un homme gisait sous un buisson un peu plus bas sur le versant. Theremon s'approcha de lui : il avait les yeux clos; il tenait à la main une torche consumée; sa robe était déchirée.

Était-il endormi ? Ou mort ? Theremon le toucha du pied avec précaution. Oui, mort. C'était bizarre, tous ces morts qui gisaient partout; d'habitude, on ne voyait pas des morts dans tous les coins comme ça. Et, là-bas, une voiture renversée : elle avait l'air morte, elle aussi, avec son châssis pitoyablement retourné vers le ciel, et des volutes de fumée qui s'élevaient paresseusement de l'intérieur.

« Siferra ? » appela-t-il à nouveau.

Il s'était produit quelque chose d'épouvantable. Cela du moins lui semblait parfaitement clair, même si rien d'autre ou presque ne l'était. Il s'accroupit de nouveau, pressant ses tempes de ses mains. Dans sa tête, la sarabande des souvenirs fragmentaires et erratiques s'était ralentie : à une gigue frénétique avait succédé une majestueuse dérive, comme celle d'icebergs flottant au hasard sur le Grand Océan du Sud. Si seulement il pouvait obliger quelques-uns de ces fragments à se rapprocher, les réunir en un ensemble qui ait quelque sens...

Il passa en revue ce qu'il avait déjà réussi à reconstituer : son nom, le nom de la ville, celui des six soleils, le journal, son appartement.

La veille au soir...

Les Étoiles...

Siferra... Beenay... Sheerin... Athor... des noms...

Brusquement des connexions se formèrent dans sa tête.

Les souvenirs fragmentaires de son passé récent avaient enfin commencé à se réunir ; mais, pour l'instant, rien n'avait encore de sens et il ne parvenait pas à faire régner ordre et cohérence. Plus il s'y efforçait, plus tout redevenait confus. Une fois qu'il s'en fut rendu compte, il abandonna l'idée d'obtenir de force quoi que ce soit.

Détends-toi, se dit-il. Laisse les choses suivre leur cours naturel.

Il était, comprenait-il, sous le coup d'un grave traumatisme psychique. Il ne souffrait certes d'aucune contusion, il n'avait pas de bosse derrière le crâne ; mais, il le savait, il avait d'une façon ou d'une autre dû subir une lésion. Tous ses souvenirs avaient été découpés en mille morceaux comme par une épée vengeresse, et ces morceaux avaient été mêlés et dispersés telles les pièces d'un puzzle. Pourtant, d'instant en instant, il avançait vers la guérison. D'instant en instant, l'entité qui avait nom Theremon 762, de *La Chronique de Saro*, réaffirmait son existence, retrouvait de sa force et rassemblait les fragments épars de son esprit.

Garde ton calme. Laisse les choses suivre leur cours naturel.

Il inspira, retint son souffle, expira lentement. Inspira de nouveau. Retint son souffle, expira. Inspira, retint, expira. Inspira, retint, expira.

Et voilà que sa vision intérieure lui montra l'intérieur de l'Observatoire. Il se souvenait, à présent ! C'était le soir ; il n'y avait dans le ciel que le petit soleil rouge – Dovim. La grande femme était Siferra. Et le gros bonhomme, Sheerin ; et l'homme jeune et mince plein d'ardeur, c'était Beenay ; et le vieillard à l'air farouche et à la crinière blanche de patriarche, c'était le grand, le célèbre astronome, le patron de l'Observatoire... Ithor ? Uthor ? *Athor!* Oui, Athor.

Et l'éclipse approchait. Les Ténèbres. Les Étoiles.

Oh ! oui. Oh ! oui. Tout concordait, à présent. Les souvenirs affluaient : la foule sous les murs de l'Observatoire, conduite par des fanatiques en froc noir – les Apôtres de la Flamme, c'est ainsi qu'on les nommait. Et l'un de ces fanatiques était à l'intérieur de l'Observatoire... Folimun, voilà son nom, Folimun 66.

Il se rappelait...

L'instant de l'éclipse totale; la tombée de la nuit, soudaine et totale, l'entrée du monde dans la Caverne des Ténèbres.

Les Étoiles...

La folie... les hurlements... la foule...

Theremon tressaillit devant cette image : les hordes venues de Saro, folles de terreur, qui brisaient les portes, faisaient irruption dans l'Observatoire, se bousculaient et se piétinaient dans leur hâte à détruire les instruments scientifiques impies et les savants impies qui niaient l'existence des dieux...

Maintenant que les souvenirs revenaient à flots, il regrettait presque de les avoir retrouvés : le choc de l'apparition des Étoiles dans tout leur éclat... l'éruption des douleurs dans sa tête... les effroyables décharges d'extraordinaire énergie froide qui fusaient dans son champ de vision... Et puis la ruée de la foule... le déchaînement de folie... les efforts pour s'échapper, avec Siferra auprès de lui et Beenay non loin... la foule qui déferlait autour d'eux comme une rivière en crue, qui les séparait, les entraînait dans des directions opposées...

Dans l'esprit de Theremon surgit un dernier aperçu unique du vieil Athor, ses yeux hagards brillant de l'éclat vitreux de la démence totale, majestueusement juché sur une chaise pour ordonner avec fureur aux intrus de vider les lieux, comme si à l'Observatoire il n'était pas seulement directeur mais roi; et Beenay, debout près d'Athor, qui le tirait par le bras et le pressait de fuir. Puis cette scène se dissipait; Theremon n'était plus dans la grande salle; il se voyait emporté le long d'un couloir, se débattant pour prendre un escalier, cherchant des yeux Siferra, toute personne de connaissance...

L'Apôtre, le fanatique, Folimun 66, qui apparaissait soudain devant lui, lui barrant le passage au milieu du chaos... qui lui tendait une main en riant, en une sarcastique parodie de geste d'amitié... Puis Folimun avait lui aussi disparu, et Theremon avait poursuivi sa course effrénée. Il avait dévalé l'escalier en colimaçon, trébuchant et dégringolant à chaque instant, il avait littéralement escaladé les grappes de gens venus de la ville, qui se pressaient au rez-de-chaussée en rangs si serrés qu'ils ne pouvaient faire un mouvement, il avait tant bien que mal franchi la porte, et s'était retrouvé dans la nuit glacée, nu-tête, tout frissonnant dans les Ténèbres – les Ténèbres qui n'étaient plus les Ténèbres, car tout à présent baignait dans la terrible, dans la hideuse, dans l'inconcevable lueur froide de ces milliers d'Étoiles impitoyables qui emplissaient le ciel.

Impossible de s'y dérober : même en fermant les yeux, on percevait leur abominable éclat. Les seules Ténèbres, ce n'était rien à côté de l'implacable pression exercée par cette inimaginable voûte de lumière qui embrassait la totalité du ciel.

Theremon se rappelait avoir eu l'impression que le ciel, Étoiles comprises, était sur le point de lui tomber dessus. Il s'était jeté à genoux et avait couvert sa tête de ses mains, tout en sachant la futilité de ce geste Il se rappelait aussi la panique qui régnait autour de lui : les gens se précipitant de droite et de gauche, les hurlements, les pleurs... Les flammes de la ville incendiée s'élançaient très haut à l'horizon... Et, par-dessus tout, le martèlement incessant de ces vagues de terreur que faisaient descendre du ciel ces Étoiles sans merci qui avaient envahi le monde.

Et puis, plus rien. La suite n'était qu'un vide, un vide absolu, jusqu'à l'instant où Theremon s'était éveillé, pour voir à nouveau Onos dans le ciel, et tenter de rassembler les débris de sa conscience fracassée.

Je suis Theremon 762, se répéta-t-il. *Jusqu'à maintenant, je vivais à Saro et je tenais une chronique dans un journal.*

Il n'y avait plus de ville de Saro. Il n'y avait plus de journal.

La fin du monde était arrivée. Mais lui, il vivait encore; et sa raison, espérait-il, lui revenait.

Et maintenant, que faire? Où aller?

« Siferra ? » cria-t-il.

Personne ne répondit. Il se remit à descendre la colline, d'un pas lent et las. Passant devant les arbres brisés, les voitures renversées et incendiées, les cadavres épars, il se disait : Si c'est comme ça ici à la campagne, qu'est-ce que ça doit être en ville?

Dieux! répéta-t-il en lui-même.

Ô vous, tous les dieux! Que nous avez-vous fait?

29

Parfois, il y a avantage à être lâche, se disait Sheerin en déverrouillant la porte de l'entrepôt où il avait passé toute la période des Ténèbres, dans le sous-sol de l'Observatoire. Il se sentait encore fragile, mais ne pouvait douter d'être resté sain d'esprit – aussi sain, en tout cas, qu'il l'avait jamais été.

Tout semblait calme, là dehors; et, bien que l'entrepôt fût dépourvu de fenêtres, il y filtrait suffisamment de lumière, par un soupirail grillagé qui s'ouvrait en haut d'un des murs, pour que Sheerin eût toute raison de penser que le matin était venu, que les soleils brillaient à nouveau dans le ciel. Peut-être la folie s'était-elle calmée; peut-être pouvait-il sortir sans danger.

Il pointa le nez dans le vestibule, prudemment, et jeta un coup d'œil aux alentours.

La première chose qui frappa ses sens fut une odeur de fumée; une odeur âcre et nauséabonde de fumée chargée d'humidité stagnant dans un air renfermé : celle d'un feu qui a été éteint. Non seulement l'Observatoire était un bâtiment de pierre, mais encore il était équipé d'un système de sécurité très efficace, qui avait dû se déclencher et asperger les incendies dès que les émeutiers s'étaient mis à en allumer.

Les émeutiers! Sheerin frémit à ce souvenir.

Le psychologue rondouillard savait qu'il n'oublierait jamais cet instant où la foule avait fait irruption dans l'Observatoire; cette scène le hanterait jusqu'à la fin de sa vie : ces visages crispés et déformés, ces yeux déments, ces hurlements de rage... Il y avait là des gens dont la fragile raison avait lâché prise avant même que l'éclipse fût complète. Les Ténèbres qui s'épaississaient avaient suffi à les faire basculer – conjuguées à l'art d'ameuter la populace déployé par les Apôtres de la Flamme, triomphants à l'heure où leurs prophéties se réalisaient. Et les émeutiers étaient accourus par milliers, pour éliminer ces misérables scientifiques dans leur repaire : et les voilà qui s'y ruaient en brandissant torches, bâtons, balais, tout ce qui pouvait servir à frapper, à briser, à détruire.

Paradoxalement, l'irruption de cette meute avait permis à Sheerin de se ressaisir. Il avait connu un moment fort difficile en descendant avec Theremon barricader les portes. D'abord étrangement allègre, il avait brusquement subi l'impact des Ténèbres comme une bouffée de gaz toxique, et ç'avait été la déconfiture : assis sur les marches, replié sur lui-même, glacé de terreur au souvenir de son trajet dans le Tunnel du Mystère et à l'idée que, cette fois, il n'en avait pas pour quelques minutes, mais pour une intolérable suite d'heures.

Bon, Theremon l'avait tiré de là, mais alors étaient survenues l'éclipse complète... et les Étoiles! Sheerin avait bien détourné la tête, il n'avait pu cependant éviter complètement cette vision dévastatrice. Et, pendant un instant, il avait senti son esprit lâcher prise, le fil fragile de la raison commencer à se rompre...

Alors les émeutiers avaient surgi, et Sheerin avait pris conscience qu'il s'agissait de conserver non seulement la raison, mais la vie. S'il voulait survivre, il n'avait pas d'autre solution que de reprendre son sang-froid et de trouver un refuge. Adieu au projet naïf d'observer les phénomènes liés aux Ténèbres avec tout le détachement du savant impassible qu'il prétendait être!

C'est ainsi que, tant bien que mal, il était parvenu à gagner les sous-sols, et ce petit entrepôt avec sa bonne petite lampe numinaire à la lueur faible mais bien réconfortante; il avait verrouillé la porte, et s'était armé de patience.

Il avait même dormi, un peu.

Et maintenant, c'était le matin... ou l'après-midi, pour ce qu'il en savait. Une certitude : l'épouvantable nuit était terminée, et tout était calme, au moins dans les parages de l'Observatoire. Sheerin s'avança dans le vestibule à pas de loup, s'arrêta, tendit l'oreille, se mit avec circonspection à gravir l'escalier.

Partout le silence; des mares d'eau sale, dues aux extincteurs; une âcre puanteur de fumée stagnante.

Il fit halte dans l'escalier pour se munir d'une hache d'incendie suspendue au mur. Il doutait fort de pouvoir jamais se résoudre à en faire usage contre un être vivant, toutefois il pouvait se révéler utile de porter un tel objet, si la situation à l'extérieur était aussi anarchique qu'il l'escomptait.

Sheerin poursuivit son ascension jusqu'au rez-de-chaussée, ouvrit cette même porte qu'il avait claquée derrière lui la veille au soir dans sa fuite éperdue vers les sous-sols, et regarda dans le hall.

Ce qui l'attendait là, c'était l'horreur.

La grande entrée de l'Observatoire était jonchée de corps humains emmêlés, vautrés par terre dans toutes les positions, comme si elle avait été toute la nuit le théâtre de quelque colossale orgie. Mais ces gens n'étaient pas soûls : beaucoup étaient affalés en des postures effroyablement contournées, impossibles à tout autre qu'un cadavre; certains étaient empilés sur deux ou trois épaisseurs, semblables à des tapis inutilisés – morts aussi, apparemment, ou perdus dans l'inconscience qui précède la mort; d'autres encore, manifestement vivants ceux-là, restaient assis à gémir et piailler tels des êtres dont le ressort est brisé.

Tout ce qui était auparavant exposé dans l'entrée – instruments scientifiques, portraits des grands pionniers de l'astronomie, complexes cartes célestes – avait été jeté à terre et brûlé, ou simplement mis en pièces et piétiné; Sheerin voyait les débris carbonisés et fracassés se dresser çà et là parmi la cohue de corps humains.

La grande porte était ouverte; on apercevait au-delà la lumière chaude et réconfortante du soleil.

Sheerin se fraya prudemment un chemin vers la sortie parmi l'épouvantable chaos.

« Docteur Sheerin ? » fit soudain une voix.

Surpris, Sheerin pivota en brandissant la hache avec tant de fougue qu'il faillit rire de sa contenance belliqueuse.

« Qui est là ?

– Moi, Yimot !

– Qui ça ?

– Yimot ! Vous vous souvenez de moi, non ?

– Ah ! oui, Yimot ! »

Ce jeune étudiant diplômé en astronomie, maigre et dégingandé, sorti de son bled de province ! Sheerin apercevait à présent ce garçon, le visage noirci de cendres et de suie, les vêtements déchirés, l'air très secoué et abasourdi, mais à part cela indemne. De fait, en s'avançant vers Sheerin, il avait une démarche beaucoup moins ridicule que naguère : finis les tics et les manies, finis les grands moulinets des bras, les mouvements saccadés de la tête ! La terreur a parfois de curieux effets sur les gens, se dit Sheerin.

« Êtes-vous resté caché ici toute la nuit ?

– J'ai essayé de sortir du bâtiment quand les Étoiles ont surgi, mais je me suis trouvé coincé ici. Avez-vous vu Faro, docteur Sheerin ?

– Votre ami ? Non, je n'ai vu personne.

– Nous sommes demeurés ensemble un moment ; ensuite, avec toute la bousculade, tout le tumulte... » Yimot parvint à esquisser un étrange sourire. « J'ai cru que le bâtiment allait brûler ; puis les extincteurs sont entrés en action. »

Et, montrant les gens de la ville qui gisaient alentour : « Ils sont tous morts, vous croyez ?

– Certains d'entre eux sont seulement frappés de folie ; ils ont vu les Étoiles.

– Moi aussi, je les ai vues, un instant, déclara Yimot. Juste un instant.

– Comment étaient-elles ? demanda Sheerin

– Vous ne les avez pas vues, docteur ? Ou bien est-ce seulement que vous ne vous en souvenez plus ?

– J'étais dans les sous-sols, bien à l'abri. »

Yimot tendit un long cou vers le plafond de l'entrée, comme si les Étoiles y flamboyaient encore. « Elles étaient... terrifiantes, chuchota-t-il. Je sais bien que ça ne vous apprend pas grand-chose, pourtant c'est le seul terme que je puisse utiliser. Je ne les ai regardées que deux secondes, trois peut-être, et j'en ai eu la tête qui tournait, j'avais l'impression que le sommet de mon crâne se soulevait ; alors j'ai détourné les yeux : je ne suis pas très courageux, voyez-vous, docteur Sheerin !

– Moi non plus !

– Mais je suis heureux d'avoir eu droit à ces deux ou trois secondes. Les Étoiles sont certes effrayantes, mais elles sont aussi très belles – pour un astronome, du moins. Rien à voir avec ces ridicules trous d'épingle que Faro et moi nous avions faits pour notre stupide expérience. Nous devons être en plein milieu d'un immense amas d'étoiles, vous savez! Nous avons nos six soleils en grappe serrée près de nous – enfin, quelques-uns plus près que d'autres – et plus loin, à cinq ou dix années-lumière d'ici, ou davantage, il y a cette gigantesque sphère d'Étoiles, qui sont des soleils, des milliers de soleils : un extraordinaire globe de soleils, qui nous entoure complètement, mais qui est invisible pour nous en temps normal à cause de la lumière de nos propres soleils qui ne cesse de briller. C'est exactement ce qu'a dit Beenay. Beenay est un astronome épatant, vous savez! Il surpassera un jour le docteur Athor. Vous n'avez pas vu du tout les Étoiles?

– Juste un petit coup d'œil ultra-bref, répondit Sheerin non sans quelque regret. Puis je suis allé me cacher. Dites donc, mon garçon, il faut que nous quittions ces lieux.

– Je voudrais d'abord retrouver Faro.

– S'il est sain et sauf, il est dehors. Sinon, il n'y a rien que vous puissiez faire pour lui.

– Et s'il était pris sous l'un de ces entassements...

– Non! fit Sheerin. Vous ne pouvez pas aller fourrager parmi ces gens-là. Ils sont encore sous le choc, mais si vous les irritez, qui sait ce qu'ils sont capables de faire? Le plus sûr est de sortir d'ici. Je vais essayer de gagner le Refuge; si vous aviez de la jugeote, vous viendriez avec moi.

– Mais Faro...

– Très bien! fit Sheerin avec un soupir. On va chercher Faro, ou Beenay, ou Athor, ou Theremon, tous les autres. »

La tâche était sans espoir. Ils passèrent une dizaine de minutes à fouiller parmi les amas de corps, sans vie, inconscients ou à demi conscients, qui jonchaient le vestibule; ils ne découvrirent personne de l'université. Effroyable vision que ces visages horriblement déformés par la terreur et la folie! Parmi les victimes, certaines réagissaient lorsqu'on les touchait, se mettaient à écumer et à pousser de terribles grognements. L'une d'elles agrippa la hache de Sheerin, qui dut la repousser du bout du manche. Il était impossible de monter aux étages supérieurs : l'escalier était encombré de corps et de débris de plâtre. L'âcre et pénétrante odeur de fumée était insupportable.

« C'est vous qui avez raison, finit par admettre Yimot. Mieux vaut nous en aller! »

Sheerin ouvrit la marche, et ils émergèrent à la lumière du soleil. Après les heures qu'on venait de vivre, la vision dorée d'Onos était la bienvenue, plus que nulle autre au monde. Cependant, le psychologue s'aperçut que ses yeux, déshabitués à une telle clarté après les Ténèbres, en ressentaient l'impact presque comme le coup d'un objet tangible. Il demeura quelques instants planté à la sortie, à cligner les paupières, en attendant que sa vue se réadapte. Lorsque, au bout d'un moment, il put voir normalement, ce qu'il aperçut lui coupa le souffle.

« C'est affreux ! » murmura Yimot.

Encore des cadavres ! Des fous errants qui tournaient en rond en chantonnant ! Des véhicules incendiés au bord de la route ! Arbres et taillis ravagés comme par de monstrueuses forces aveugles ! Et, au loin, un sinistre manteau de fumée brune au-dessus des flèches de Saro.

Le chaos, le chaos, le chaos !

« Voilà donc à quoi ressemble la fin du monde, fit Sheerin à voix basse. Et nous qui sommes là : des survivants ! » Il eut un rire amer. « Quel beau couple nous formons moi avec mes cinquante kilos d'excédent, vous avec un égal déficit ! Mais nous sommes encore là. Je me demande si Theremon s'en est sorti vivant : si quelqu'un devait y arriver, c'était bien lui, en revanche, je n'aurais pas parié grand-chose sur vos chances et les miennes. Le Refuge est à mi-chemin entre Saro et l'Observatoire ; nous pouvons l'atteindre en une demi-heure de marche, si rien de fâcheux ne se produit. Tenez, emportez ça ! »

Il ramassa une grosse matraque grise qui gisait auprès du corps d'un des émeutiers et la lança à Yimot, qui l'attrapa gauchement et la regarda en écarquillant les yeux comme s'il n'avait aucune idée de ce que ça pouvait bien être.

« A quoi cela va-t-il me servir ? » finit-il par demander.

Sheerin lui répondit : « Ayez l'air prêt à défoncer le crâne à quiconque nous chercherait noise – tout comme j'aurai l'air prêt à utiliser cette hache si j'ai à me défendre... et si besoin est, je le ferai ! C'est un monde nouveau qui nous attend là, Yimot ! Allez, en route ! Et restez sur vos gardes à chaque instant ! »

30

Les Ténèbres régnaient encore sur le monde, les Étoiles baignaient encore Kalgash de leurs flots de lumière diabolique, quand Siferra 89 sortit en trébuchant de l'Observatoire ravagé. Mais déjà on voyait poindre à l'horizon, à l'est, la faible lueur rose de l'aurore, premier présage heureux d'un retour éventuel des soleils.

Debout au milieu de la pelouse, jambes bien écartées, tête rejetée en arrière, Siferra respira à pleins poumons.

L'esprit tout engourdi, elle n'avait aucune idée du nombre d'heures qui s'étaient écoulées depuis que le ciel s'était obscurci et que, tel un million de trompettes sonnant à la fois, les Étoiles avaient surgi. Toute la nuit, Siferra avait erré dans les couloirs de l'Observatoire, hébétée, incapable de trouver le moyen de sortir, se débattant contre les déments qui grouillaient autour d'elle de tous côtés. Était-elle aussi devenue folle ? Elle refusait de s'arrêter à cette question. La seule idée qu'elle eût en tête était de survivre : repousser les mains qui l'agrippaient, parer les coups de gourdin en brandissant le gourdin qu'elle-même avait arraché à un homme tombé, éviter les ruées frénétiques de déments hurlants qui parcouraient les couloirs par groupes de six ou huit en renversant et piétinant tout sur leur passage.

Siferra avait l'impression qu'un million d'habitants de la ville avaient été lâchés dans l'Observatoire : où qu'elle tournât ses regards, ce n'étaient que visages turgides, yeux exorbités, bouches béantes, langues pendantes, doigts crispés en serres monstrueuses. Et ces gens brisaient tout!

Elle n'avait aucun souvenir très clair. Pendant toute la durée de l'éclipse, elle avait couru de-ci de-là, tel un rat prisonnier d'un labyrinthe. Sortir de l'Observatoire n'aurait pas dû présenter de difficulté pour elle – si elle avait eu toute sa raison. Mais à présent que les Étoiles dardaient sur elle leur éclat implacable par chaque fenêtre, c'était comme si on lui avait enfoncé un pic à glace dans le cerveau. Elle était incapable de penser... incapable de penser... incapable de penser... Et cela avait continué pendant des heures et des heures, comme si elle était prisonnière d'un cauchemar qui ne voulait pas finir.

A présent, elle était enfin dehors! Elle ignorait comment elle était sortie : soudain, elle avait eu devant elle une porte, au bout d'un couloir qu'elle était sûre d'avoir emprunté mille fois déjà; elle avait poussé cette porte, qui n'avait pas résisté; elle avait senti un courant d'air frais la frapper, et elle avait franchi le seuil en vacillant.

La ville était en feu. Elle voyait les flammes au loin, tache brillante d'un rouge orageux sur le fond sombre du ciel.

Elle entendait de tous côtés hurlements, sanglots, rires déments.

Plus bas sur la pente, des vandales s'employaient frénétiquement à abattre un arbre, en tirant violemment sur les branches, en arrachant les racines du sol, par leur force brute, sans qu'elle en pût deviner la raison, que d'ailleurs ils ignoraient probablement eux-mêmes.

Sur le parc de stationnement de l'Observatoire, il y avait

d'autres hommes qui renversaient les voitures. Siferra se demanda si l'une d'elles lui appartenait; elle n'aurait su le dire. Elle ne se souvenait de presque rien : se rappeler son propre nom exigeait quelque effort.

« Siferra! dit-elle à voix haute. Siferra 89! Siferra 89! » Elle en trouvait le son agréable. C'était un beau nom. Il avait été porté par sa mère... ou sa grand-mère, elle n'en était plus très sûre.

Elle essaya de se rappeler son adresse... impossible : un absurde méli-mélo de chiffres!

« Regarde les Étoiles! brailla une femme qui passait devant elle. Regarde les Étoiles et meurs!

– Non! répondit Siferra sans perdre son calme. Pourquoi souhaiterais-je mourir? »

Mais elle regarda quand même les Étoiles. Elle s'était presque habituée à leur vue, maintenant. C'étaient comme de très vives lumières – *très* vives –, si rapprochées les unes des autres qu'elles semblaient se fondre en une masse de clarté d'un seul tenant, former comme un manteau brillant drapé sur le firmament. Lorsqu'elle les fixait plus d'une ou deux secondes, Siferra avait l'impression de pouvoir distinguer des points lumineux particuliers, plus brillants que ceux qui les entouraient, présentant des pulsations d'une insolite vigueur. Mais le mieux qu'elle pût faire était de regarder pendant cinq ou six secondes. Après cela, elle était écrasée par la force de toutes ces impulsions lumineuses : elle avait des fourmillements dans le cuir chevelu et le visage en feu, et elle était forcée de baisser la tête et de se frotter avec les doigts entre les yeux, là où de furieux élancements lui causaient une douleur cuisante.

Elle traversa le parc de stationnement, sans s'occuper de l'agitation frénétique qui régnait autour d'elle, et déboucha sur une route pavée en corniche au flanc du mont de l'Observatoire. D'un coin encore intact de son cerveau émergea la notion qu'il s'agissait de la route conduisant de l'Observatoire au secteur principal du campus. Siferra apercevait à présent devant elle, là-haut, les bâtiments universitaires les plus élevés.

Des flammes dansaient au faîte de certains d'entre eux : le beffroi brûlait, ainsi que le théâtre, et le centre des dossiers estudiantins.

Il faut que tu sauves les tablettes, lui dit une voix intérieure.

Les tablettes? Quelles tablettes?

Les tablettes de Thombo.

Ah! oui, bien sûr! Elle était archéologue, n'est-ce pas? Oui, oui! Et le travail des archéologues, c'était de mettre au jour des objets antiques. Elle avait fait des fouilles dans un pays lointain – Sagimot? Beklikan? quelque chose comme ça – et avait découvert des tablettes... des objets antiques... des pièces archéologiques... des documents très importants... en un lieu appelé Thombo.

Comment est-ce que je me débrouille? s'interrogea-t-elle.
Et la réponse fusa : *Tu te débrouilles comme un chef!*
Elle sourit. D'un instant à l'autre, elle se sentait mieux. C'était la lueur rosée de l'aurore à l'horizon qui lui apportait la guérison, se dit-elle. Le matin approchait; le soleil, Onos, apparut dans le ciel. Et, à mesure qu'Onos se levait, les Étoiles se faisaient moins brillantes, moins effrayantes. Même à l'autre bout du ciel, où les Ténèbres régnaient encore et où les Étoiles pullulaient comme alevins en vivier, celles-ci commençaient à perdre de leur redoutable éclat. Siferra pouvait garder les yeux fixés sur le ciel un bon moment sans éprouver de douloureux élancements. Elle avait aussi l'esprit moins confus : elle se rappelait clairement où elle habitait, où elle travaillait, et ce qu'elle avait fait la veille au soir.
A l'Observatoire... avec ses amis les astronomes, qui avaient prédit l'éclipse...
L'éclipse...
Voilà ce qu'elle avait fait, elle s'en rendait compte maintenant : attendre l'éclipse... les Ténèbres... les Étoiles...
Oui. Attendre les Flammes. Et à présent, les Flammes étaient là! Tout s'était accompli exactement comme prévu : le monde était en feu, ainsi qu'il l'avait été tant de fois auparavant... incendié non par la main des dieux ou le pouvoir des Étoiles, mais par des hommes et des femmes parfaitement ordinaires, que la folie des Étoiles avait frappés, et qu'une panique sans bornes poussait à tenter désespérément de faire renaître, par tous les moyens, la lumière normale du jour.
Cependant, Siferra gardait son calme. Traumatisée, engourdie, presque hébétée, elle ne pouvait réagir pleinement au cataclysme provoqué par les Ténèbres. Elle marchait, marchait sans cesse, elle descendait cette route, elle pénétrait dans la cour principale du campus, elle traversait le théâtre de ravages et de destructions épouvantables sans être accablée par le choc, par le regret de tout ce qui avait été perdu, par la crainte des temps difficiles auxquels on devait s'attendre : elle n'avait pas encore recouvré une part suffisante de sa conscience pour éprouver de tels sentiments. Elle était pure observatrice, froide et détachée. Cet édifice qui brûlait, là-bas, c'était la nouvelle bibliothèque universitaire, qu'elle avait contribué à concevoir; mais ce spectacle ne suscitait en elle aucune émotion : elle aurait pu tout aussi bien être en train de parcourir un site archéologique vieux de deux mille ans, dont le destin, scellé depuis belle lurette, n'était plus qu'un élément des annales historiques. Il ne lui serait pas venu à l'esprit de pleurer sur des ruines vieilles de deux mille ans; il ne lui venait pas à l'esprit de pleurer sur l'université qui partait en flammes autour d'elle.
Elle était à présent au milieu du campus, empruntant des chemins familiers. Comme une somnambule, elle tourna à gauche au

centre administratif, à droite au gymnase, à gauche encore aux Mathématiques, et zigzagua entre la Géologie et l'Anthropologie pour aboutir à son propre secteur, le Centre d'archéologie. La grande porte était ouverte. Elle entra.

Le bâtiment semblait à peu près intact : certaines des vitrines de l'entrée avaient été fracassées – non par des pillards, car apparemment aucun des objets exposés ne manquait; la porte de l'ascenseur avait été arrachée de ses gonds; le panneau d'affichage proche de l'escalier était par terre; à part cela, rien ne semblait avoir souffert. Et Siferra n'entendait aucun bruit : les lieux étaient déserts.

Son bureau était au second étage. En montant l'escalier, elle découvrit le corps d'un vieil homme qui gisait sur le dos sur le palier du premier étage. « Il me semble vous connaître, dit Siferra. Comment vous appelez-vous ? » Il n'y eut pas de réponse. « Êtes-vous mort ? Dites-moi oui ou non ! » Les yeux étaient ouverts, mais toute lueur en était absente. Siferra appuya du doigt sur la joue du vieil homme. « Votre nom, c'est Mudrin... ou plutôt *c'était* Mudrin. Bah ! de toute façon vous étiez déjà bien vieux... » Et, haussant les épaules, elle reprit son ascension.

La porte de son bureau était béante... et il y avait un homme à l'intérieur.

Lui aussi paraissait familier à Siferra; et il était vivant. Accroupi devant les classeurs à casiers dans une curieuse position ramassée, c'était un homme trapu et large de poitrine, aux avant-bras puissants et aux pommettes accentuées. Il avait la figure luisante de sueur et un éclat fiévreux dans le regard.

« Siferra ? Toi, ici ?

– Je suis venue chercher les tablettes, lui dit-elle. Les tablettes sont très importantes; il faut les préserver. »

Il se redressa et fit vers elle quelques pas mal assurés. « Les tablettes ? Les tablettes ne sont plus là, Siferra ! Les Apôtres les ont dérobées, rappelle-toi !

– Plus là ?

– Plus là, non ! Comme ta raison ! Tu as perdu la raison, hein ? Tu as le visage sans expression, les yeux vides de toute présence, je le vois bien. Tu ne sais même pas qui je suis !

– Tu es Balik ! » fit-elle. Le nom lui était venu spontanément aux lèvres.

« Alors, tu te souviens donc !

– Balik, oui; et Mudrin est dans l'escalier. Mudrin est mort, tu le sais ?

– J'imagine, fit Balik avec un mouvement d'épaules. Nous serons tous morts sous peu. Le monde entier, dehors, est frappé de folie. Mais pourquoi est-ce que je me donne la peine de te dire tout ça ? Tu es folle aussi ! »

Il avait les lèvres qui frémissaient, les mains qui tremblaient;

un curieux petit gloussement lui échappa, et il serra les mâchoires comme pour le réprimer.

« Je suis resté ici toute la période des Ténèbres, reprit-il. Je m'étais attardé pour travailler. Et quand la lumière s'est mise à défaillir... dieux! Les Étoiles, les Étoiles! Je n'y ai jeté qu'un bref coup d'œil... et puis je me suis caché sous le bureau, et j'y suis resté jusqu'au bout. »

Il gagna la fenêtre.

« Mais Onos se lève maintenant : le pire doit être passé. Est-ce que tout est en feu dehors, Siferra ?

– C'est pour les tablettes que je suis venue, insista-t-elle.

– Elles-ne-sont-plus-là! répéta Balik en détachant les syllabes. Est-ce que tu comprends ce que je dis ? Plus là! Parties, pffuitt! Volées!

– Alors, je vais prendre les graphiques que nous avons faits. Il me faut préserver le savoir.

– Tu es folle à lier, hein ? Où étais-tu, à l'Observatoire ? Ça t'a permis de bien voir les Étoiles, n'est-ce pas ? »

Il ricana de nouveau, et se mit à traverser la pièce en diagonale dans la direction de Siferra. Celle-ci fit une grimace de dégoût en percevant son odeur, maintenant qu'il était près d'elle, une odeur aigre et pénétrante de sueur, comme s'il n'avait pas pris de bain depuis une semaine. Elle eut un mouvement de recul.

« Viens donc! fit-il. Je ne vais pas te faire de mal!

– Je veux les graphiques, Balik.

– Mais oui, je vais te donner les graphiques... et les photos, et tout et tout! Mais d'abord, je vais te donner quelque chose d'autre. Viens donc, Siferra! »

Il tendit les bras vers elle, et l'attira contre lui. Elle sentit des mains sur ses seins, une joue râpeuse sur son visage. La fureur la prit : de quel droit se permettait-il de la toucher ainsi ? Elle le repoussa violemment.

« Holà! Pas de ça, Siferra! Allons, sois gentille! Pour ce qu'on en sait, il n'y a plus que nous deux au monde. Toi et moi, nous allons vivre dans la forêt, tuer du petit gibier, ramasser des noix et des baies... Vivre de cueillette et de chasse, oui, et plus tard nous inventerons l'agriculture! »

Il éclata de rire. Ses yeux, dans cette étrange lumière, avaient l'air jaunes, et sa peau aussi. De nouveau, il allongea les bras vers elle, avidement, lui saisit un sein tout en glissant l'autre main le long de son dos jusqu'à ses reins. Du nez et de la bouche, il lui fouissait le cou en grognant comme une bête. De ses hanches qui se soulevaient, il venait donner contre elle, de façon obscène. En même temps, il s'efforçait de la pousser vers le coin de la pièce.

Soudain, Siferra pensa au gourdin qu'elle avait ramassé elle ne savait trop où au cours de la nuit : elle le tenait toujours, ballant au bout de son bras. Vivement, elle le ramena vers le haut et frappa Balik à la pointe du menton, avec violence. Le coup lui rejeta la tête en arrière et fit claquer ses dents les unes contre les autres.

Il lâcha la jeune femme et recula de quelques pas en titubant. Il avait les yeux écarquillés de surprise et de douleur; il s'était mordu la lèvre et saignait abondamment d'un côté.

« Hé! sale garce, qu'est-ce qui t'a pris de me frapper?

– Tu as porté les mains sur moi!

– Et comment j'ai porté les mains sur toi! Il était plus que temps! »

Il se frottait la mâchoire.

« Allons, Siferra, pose ce bâton, et cesse de me regarder comme ça! Je suis ton ami... ton allié... Le monde n'est qu'une jungle à présent, et il n'y a plus que nous deux. Nous avons besoin l'un de l'autre. Il est trop dangereux de faire cavalier seul. Tu ne peux pas te permettre de courir un tel risque. »

Il recommençait à s'approcher, les mains levées, pour s'emparer d'elle.

Elle le frappa de nouveau. Elle fit un moulinet avec le gourdin, qui l'atteignit à la joue, touchant l'os avec un bruit sec nettement audible, et une telle vigueur que Balik chancela. La tête à demi détournée d'elle, il la regarda de côté complètement abasourdi, et recula en titubant. Mais il était toujours debout. Faisant décrire au gourdin une grande courbe, elle lui assena de toutes ses forces un troisième coup, au-dessus de l'oreille, alors qu'il s'écroulait, et elle sentit que tout cédait sous l'impact. Il ferma les yeux et fit entendre un faible son, fort étrange, comme un ballon crevé qui se dégonfle; puis il s'affaissa contre le mur, dans le coin, la tête d'un côté et les épaules de l'autre.

« Ne me touche plus jamais! » lui enjoignit Siferra en le tâtant du bout de son bâton. Balik ne répondit pas; il ne remua pas non plus.

Siferra cessa de s'occuper de lui.

Et maintenant, les tablettes, se dit-elle, avec une merveilleuse sérénité.

Non, les tablettes n'étaient plus là, avait dit Balik : volées. Et, elle s'en souvenait à présent, c'était la vérité : elles avaient disparu juste avant l'éclipse. Bon, alors les graphiques : tous ces beaux schémas qu'on avait tracés à la colline de Thombo – les murs de pierre, les cendres au niveau des fondations... ces incendies des temps passés, analogues à celui qui ravageait la ville de Saro en ce même instant.

Où étaient-ils?

Oh! mais ici, à leur place, dans la cartothèque!

Elle y plongea les mains, saisit une liasse de feuilles semblables à du parchemin, en fit un rouleau qu'elle fourra sous son bras. Elle repensa alors à l'homme étendu sur le sol et lui jeta un coup d'œil; Balik n'avait toujours pas bougé : il semblait ne jamais devoir le faire, d'ailleurs.

Siferra franchit la porte du bureau et dévala les escaliers. Mudrin était toujours affalé sur le palier, immobile et raide. Elle le contourna et continua son chemin vers le rez-de-chaussée.

Dehors, elle trouva la matinée déjà bien avancée : Onos poursuivait à bonne allure son ascension dans le ciel, et son éclat rendait les Étoiles toutes pâles. L'air paraissait plus pur et plus frais, bien que la brise charriât une forte odeur de fumée. Vers le bâtiment des Mathématiques, elle aperçut une bande d'hommes en train de briser les fenêtres. Bientôt, ils la repérèrent à leur tour, et se mirent à l'apostropher : des clameurs rauques, incohérentes. Quelques-uns d'entre eux s'élancèrent dans sa direction.

Elle avait encore mal à la poitrine, là où Balik l'avait empoignée; elle ne voulait plus que quiconque porte la main sur elle désormais. Elle fit demi-tour, tourna prestement le coin de l'Archéologie; au bout du sentier qui longeait l'arrière de la bâtisse, elle se fraya un passage parmi les buissons, traversa une pelouse au pas de course, et arriva devant un bâtiment gris et massif qu'elle reconnut comme celui de la Botanique. Il y avait derrière un petit jardin et, au-delà, sur le coteau, un arboretum expérimental, en bordure de la forêt qui entourait le campus.

En regardant par-dessus son épaule, Siferra crut voir ses poursuivants sur sa trace. Elle galopa jusqu'à la barrière du jardin botanique qu'elle sauta en beauté.

Un homme qui conduisait une motofaucheuse lui adressa un signe de la main : il avait l'uniforme vert olive des jardiniers de l'université, et il s'employait à couper méthodiquement les arbustes, laissant derrière lui à chaque aller et retour une large bande de terrain ravagé en plein cœur du jardin, accompagnant son travail de petits gloussements satisfaits.

Siferra fit un détour pour l'éviter. A partir de là, il n'y avait plus qu'une courte distance à parcourir pour pénétrer dans l'arboretum. Est-ce qu'on était toujours à ses trousses ? Elle ne voulut pas perdre de temps à le vérifier. Courir, courir, courir, c'est ce qu'elle avait de mieux à faire. Portée par ses longues jambes musclées, elle progressait avec aisance à longues foulées régulières, entre les rangées d'arbres plantés en bon ordre. Quel plaisir de courir ainsi! Courir... Courir...

Et puis elle parvint à un secteur plus sauvage de l'arboretum, tout en ronces et en épines : la végétation y était étroitement entrelacée. Sans hésiter, Siferra s'y lança à corps perdu, sachant que personne ne l'y suivrait. Les branches lui griffaient la figure, déchiraient ses vêtements. En se frayant un passage à travers un fouillis particulièrement dense, elle lâcha le rouleau de graphiques, et se retrouva sans eux de l'autre côté.

Tant pis! se dit-elle. Ils ne signifient plus rien, de toute façon.

Mais à présent, elle avait besoin de repos. Haletante, pantelante, épuisée, elle sauta en prenant appui sur les mains un petit ruisseau qui coulait à la limite de l'arboretum et s'affala sur un tapis de fraîche mousse verte. Personne ne l'avait rattrapée : elle était seule.

Elle leva les yeux. Entre les branches, elle vit le ciel, baigné de la lumière dorée d'Onos; on n'apercevait plus du tout les Étoiles : la nuit était enfin terminée, et le cauchemar avec elle.

Non, corrigea-t-elle. Le cauchemar ne fait que commencer.

Des vagues d'horreur et de dégoût se mirent à déferler en elle. L'étrange engourdissement mental dont elle avait été affectée pendant toute la nuit se dissipait peu à peu. Elle se représentait le campus en ruine, et les flammes qui s'élevaient de la ville, au loin... les éléments qui erraient partout... le chaos... les ravages...

Balik : son ignoble rictus lorsqu'il avait tenté de la peloter... et son expression ébahie lorsqu'elle l'avait frappé!

Aujourd'hui, j'ai tué un homme! se dit Siferra, stupéfaite et atterrée. *Moi! Comment ai-je pu faire une chose pareille?*

Elle fut prise d'un tremblement. Ce souvenir la brûlait comme un fer rouge : le bruit qu'avait fait le gourdin lorsqu'elle avait frappé Balik, ses pas chancelants, les autres coups, le sang, l'inclinaison anormale de la tête de cet homme, tombé comme une bête à l'abattoir sous son matraquage mortel, et la parfaite impassibilité avec laquelle elle l'avait regardé, gisant à ses pieds, sa satisfaction même d'avoir définitivement mis un terme à ses importunités...

Et Siferra se dit que celui qu'elle avait tué n'était pas Balik, le collègue avec lequel elle avait travaillé pendant un an et demi à dégager les ruines de Beklimot, mais seulement un dément qui occupait le corps de Balik, et qui l'avait pétrie et meurtrie, la bave aux lèvres et les yeux hagards. Elle non plus, d'ailleurs, n'était pas Siferra lorsqu'elle avait manié le gourdin, mais une Siferra fantôme, une Siferra de cauchemar, qui avait traversé comme une somnambule toutes les horreurs de cette aurore.

Maintenant que sa raison revenait, elle ressentait l'impact des événements de la nuit précédente : non seulement la mort de Balik, mais la mort de toute une civilisation.

Elle entendit des voix au loin, des voix grasses, bestiales, celles de ceux qui, après les ravages mentaux causés par les Étoiles, ne recouvreraient jamais entièrement leurs facultés.

Il lui fallait son gourdin. L'avait-elle lâché aussi dans sa fuite éperdue? Ah! non, il était bien là! Elle s'en saisit et se redressa.

La forêt semblait lui faire signe. C'est vers elle que Siferra se tourna, c'est dans ses halliers sombres et frais qu'elle courut chercher refuge.

Et elle continua à courir jusqu'à épuisement de ses forces.

Qu'y avait-il d'autre à faire, sinon continuer à courir? A courir... A courir...

31

Vers la fin de l'après-midi, le troisième jour après l'éclipse, Beenay suivait d'un pas claudiquant la tranquille route de campagne qui menait au Refuge. Il avançait lentement, prudemment, en regardant autour de lui. Trois soleils brillaient dans le ciel, et les Étoiles étaient retournées à leur obscurité séculaire. Mais le monde avait subi un changement irrévocable – et Beenay aussi.

C'était la première journée complète où le jeune astronome jouissait de toutes ses facultés. Les deux jours précédents n'étaient pour lui qu'une période de brouillard, ponctuée par le lever et le coucher d'Onos, avec de temps en temps le passage d'autres soleils dans le ciel.

Il avait le dos endolori, la jambe gauche pleine d'ecchymoses, et le côté du visage couvert d'écorchures et de sang caillé. Il avait mal partout, mais la souffrance aiguë des premières heures avait cédé la place à de sourdes douleurs irradiantes émanant de différentes parties de son corps.

Que s'était-il passé ?

Il se souvenait de la bataille de l'Observatoire avec cette horde hurlante de déments vociférants venus de la ville. Quel effroyable instant que celui où ils avaient fait irruption en masse à l'intérieur, et s'étaient mis à fracasser les appareils photographiques qui venaient d'enregistrer des informations sans prix sur l'éclipse, à arracher du toit de l'Observatoire le tube du grand solariscope, à soulever au-dessus de leur tête des terminaux d'ordinateur pour les précipiter au sol !

Beenay se souvenait d'avoir imploré Athor de partir avec lui, de fuir pendant qu'ils avaient peut-être encore une chance. « Lâchez-moi, jeune homme ! avait rugi Athor, qui ne semblait pas le reconnaître. Otez vos mains de moi, monsieur ! » Alors, Beenay avait compris : Athor était devenu fou. Ce qui restait de lui avait perdu toute volonté de survivre, de s'aventurer dans ce nouveau monde effrayant, le monde barbare d'après l'éclipse. C'était le plus tragique, la capitulation du grand astronome devant cet holocauste de la civilisation.

Ensuite, Beenay se souvenait avoir jeté un ultime regard à la grande salle de l'Observatoire au moment où Athor disparaissait sous une nuée d'émeutiers, puis avoir fait demi-tour, s'être engouffré par une petite porte de côté, avoir dévalé l'échelle d'incendie, être sorti par-derrière sur l'aire de stationnement...

Où l'attendaient les Étoiles, dans toute leur terrible majesté!

Beenay avait totalement sous-estimé leur puissance. A l'intérieur de l'Observatoire, il avait été trop absorbé par son travail pour être exposé à leur pouvoir nocif; il les avait simplement enregistrées comme un phénomène remarquable, à étudier en détail plus tard. Mais une fois dehors, sans rien entre lui et le firmament impitoyable, il avait subi de plein fouet toute la force des Étoiles.

L'implacable lumière froide s'abattit sur lui et le fit tomber à genoux. Il se mit à ramper au sol, suffoquant de terreur, ne respirant qu'à petits coups hachés et sifflants. Lorsque, poussé par quelque bribe de l'esprit scientifique qui naguère avait été le sien, il levait la tête vers cette colossale voûte de clarté pour analyser le phénomène, il était forcé de se couvrir les yeux au bout d'une ou deux secondes.

Cela du moins, il se le rappelait : ses efforts pour regarder les Étoiles, ses échecs, sa défaite.

Après cela, tout était obscur : un jour ou deux, supposait-il, d'errance dans la forêt. Voix au loin, rires caquetants, chants criards et discordants. Flammes crépitant à l'horizon, âcre odeur de fumée partout. Fraîche caresse de l'eau courant sur sa joue quand il s'était agenouillé au bord d'un ruisseau pour y plonger son visage. Petite meute autour de lui – non des bêtes sauvages, conclut-il par la suite, mais de petits animaux familiers qui s'étaient échappés – lui aboyant après comme pour le mettre en pièces.

Cueillir des baies sur une plante grimpante. Grimper sur un arbre pour le dépouiller de tendres fruits dorés, et en dégringoler : chute bruyante et désastreuse; longues heures de souffrance avant de pouvoir se remettre sur pied et reprendre sa route.

Un combat acharné qui avait éclaté brusquement au plus profond des bois sombres : grêle de coups de poing, coups de coude dans les côtes, coups de pied furieux, puis jets de pierres, hurlements bestiaux, visage d'homme s'approchant tout contre le sien, yeux de braise, sauvage corps à corps; lui et son ennemi qui roulaient longuement sur le sol; une grosse pierre saisie et abattue d'un seul coup décisif.

Des jours. Des heures. Une hébétude fébrile.

Enfin, le matin du troisième jour, il s'était rappelé qui il était; il avait pensé à Raissta, sa compagne contractuelle, qu'il devait rejoindre au Refuge une fois achevé son travail à l'Observatoire.

Le Refuge, au fait, où était-ce donc?

Beenay se rappelait que l'abri était à mi-chemin entre le campus et la ville de Saro, en pleine campagne, dans une région de plaines vallonnées et de riches prairies. Il s'agissait du vieil accélérateur de particules de la faculté de physique, vaste local souterrain abandonné quelques années auparavant lorsqu'on avait construit le nouveau centre de recherches sur les hauteurs de Saro. Il n'avait pas été difficile d'aménager les résonnantes salles bétonnées afin que plusieurs centaines de personnes puissent y faire un court séjour; et, puisque l'accès au site avait toujours été restreint pour des raisons de sécurité, il était aisé d'assurer sa protection contre toute invasion par les gens frappés de folie.

Mais pour trouver le Refuge, il fallait d'abord que Beenay découvrît où il était lui-même. Or, depuis deux jours, davantage peut-être, il errait à l'aventure, plongé dans une morose hébétude : où pouvait-il donc avoir échoué ?

Aux premières heures de la matinée, il sortit de la forêt, presque par hasard, dans un secteur résidentiel naguère soigné, à présent désert et plongé dans un effrayant chaos, encombré de voitures abandonnées n'importe où et de cadavres gisant sur la chaussée sous une noire nuée de mouches. On n'y décelait aucun signe de vie.

Beenay passa la matinée à cheminer péniblement le long d'une route bordée de constructions noircies, sans apercevoir un seul repère familier. A midi, au moment où Trey et Patru s'élevaient dans le ciel, il pénétra dans une maison ouverte et fit main basse sur la nourriture qui y restait. Le robinet de la cuisine ne donnait plus rien, mais au sous-sol Beenay tomba sur un stock de bouteilles d'eau minérale, et il en but autant qu'il le pouvait. Il utilisa le reste pour faire sa toilette.

Il reprit son chemin sur une route qui montait en lacet jusqu'au sommet d'une colline et aboutissait à un groupe d'habitations spacieuses et imposantes, réduites à des carcasses calcinées.

L'atmosphère était parfaitement calme : aucun avion dans le ciel, aucun bruit de véhicules terrestres; dans toutes les directions, un insolite silence assaillait l'oreille.

Et soudain Beenay comprit où il était. Tout se mit en place.

Sur sa gauche il pouvait voir l'université, bel ensemble de bâtiments de brique, dont beaucoup à présent étaient souillés de grandes traînées de fumée, et dont certains semblaient entièrement détruits. Au-delà, haut sur son tertre, se dressait l'Observatoire. Beenay n'y jeta qu'un bref coup d'œil avant de détourner la tête, se félicitant de ne pouvoir, à cette distance, apprécier clairement l'état des lieux.

Loin sur la droite s'étendait la ville de Saro, et au-dessous de lui, entre la ville et le campus, la forêt où il avait erré pendant son délire. Sans aucun doute, elle grouillait encore de déments, d'égorgeurs, d'animaux familiers retournés à la sauvagerie, et autres sources d'ennuis. Mais de son point de vue élevé, Beenay voyait la route : il suffisait de ne pas s'écarter des chaussées, se dit-il, pour s'en tirer sans mal.

Et ce fut le cas. Onos était encore dans le ciel lorsque Beenay s'engagea sur la petite départementale qui conduisait au Refuge. L'après-midi avait à peine commencé à allonger les ombres lorsqu'il parvint au portail extérieur. Une fois franchi celui-ci, il lui faudrait suivre une longue allée non pavée qui l'amènerait à un second portail et, au-delà, contourner quelques dépendances pour atteindre en contrebas l'entrée du Refuge lui-même.

Le portail extérieur, haute grille garnie de treillage métallique, était ouvert lorsqu'il y parvint : la foule déchaînée s'était-elle introduite ici ?

Pourtant, il n'y avait pas trace de vandalisme. Perplexe, Beenay le franchit et emprunta le chemin de terre.

Le portail intérieur, du moins, était fermé.

« Je suis Beenay 25 », déclara-t-il à l'adresse du portail, et il indiqua son numéro matricule universitaire. Les secondes s'écoulaient, devenaient des minutes, et rien ne se passait. Le vidéocapteur, dont l'œil électronique vert dominait Beenay, semblait pourtant fonctionner : on voyait aller et venir la lentille de balayage. Mais peut-être les ordinateurs chargés de l'identification et de l'admission éventuelle du visiteur étaient-ils à court d'énergie, voire détruits. Beenay prit patience un moment.

« Je suis Beenay 25, finit-il par répéter. J'ai qualité pour entrer ici. »

Il se souvint alors que nom et matricule ne suffisaient pas ; il fallait aussi prononcer un mot de passe. Mais quel était-il ?

Il se sentit pris de panique car il ne parvenait pas à se le rappeler ! C'était vraiment ridicule d'être arrivé jusqu'ici pour se trouver bloqué au portail par sa propre stupidité !

Le mot de passe... le mot de passe...

Ah ! oui, ça se rapportait à la catastrophe, bien sûr ! « Éclipse » ? Non, ce n'était pas ça. Il se creusait la cervelle, douloureusement. « Kalgash II » ? Ça n'avait pas l'air juste. « Dovim » ? « Onos » ? « Étoiles » ?

Il brûlait.

Et brusquement, ça lui revint.

« *Nuit tombante !* » fit-il triomphalement.

Pendant un long temps encore, rien ne se produisit.

Puis, au bout de ce qui lui parut une éternité, le portail s'ouvrit pour le laisser entrer.

Il zigzagua entre les dépendances jusqu'à la porte métallique ovale du Refuge proprement dit. Elle était inclinée à quarante-cinq degrés et encastrée dans le sol. Un autre œil vert l'examina. Fallait-il à nouveau décliner son identité ? De toute évidence, oui ! « Je suis Beenay 25 », répéta-t-il, et il se disposa à subir une fois encore une longue attente.

Mais la porte se mit aussitôt à rouler en arrière. Beenay plongea son regard dans le vestibule au sol bétonné.

Raissta 717 l'y attendait, elle était à peine à dix mètres de lui.

« Beenay! cria-t-elle en se précipitant vers lui. Oh! Beenay, Beenay... »

Depuis qu'ils avaient conclu un contrat de vie commune, deux ans auparavant, ils n'étaient jamais restés séparés plus de dix-huit heures; cette fois, il fallait compter en journées entières. Il attira contre lui la svelte silhouette et la serra dans ses bras; et il demeura longtemps sans se résoudre à la lâcher.

Il s'avisa alors qu'ils se tenaient à l'entrée ouverte du Refuge. « Ne faudrait-il pas que nous entrions et que nous fermions cette porte derrière nous? Et si l'on m'avait suivi? Je n'en ai pas l'impression, mais...

– Cela n'a aucune importance. Il n'y a personne d'autre ici.

– Quoi?

– Tout le monde est parti hier, expliqua-t-elle. Dès qu'Onos s'est levé. On m'a proposé d'aller avec les autres, mais j'ai répondu que je voulais t'attendre, et c'est ce que j'ai fait. »

Il la dévisagea bouche bée.

Il se rendit compte alors comme elle avait les traits tirés, l'air hâve et maigre. Ses cheveux naguère lustrés pendaient en mèches dépeignées; son visage non fardé était blême, ses yeux rougis et gonflés. Elle semblait avoir vieilli de cinq ou dix ans.

« Raissta, l'éclipse a eu lieu il y a combien de temps?

– C'est aujourd'hui le troisième jour.

– Trois jours, c'est plus ou moins ce que j'estimais. »

Sa voix résonnait bizarrement. Il jeta un coup d'œil, derrière Raissta, au Refuge abandonné. La galerie souterraine courait à perte de vue, éclairée par un chapelet d'ampoules suspendues; aussi loin que l'on pût voir, il n'y avait apparemment personne. Ce n'était pas du tout ce à quoi Beenay s'était attendu : il avait été prévu que nul ne quitterait l'abri tant que le danger ne serait pas écarté. Très étonné, il demanda : « Et où sont-ils partis?

– A Amgando, répondit Raissta.

– Le parc national? Mais c'est à des centaines de kilomètres! C'est de la folie d'avoir abandonné cette cachette dès le deuxième jour et de s'être mis en marche pour un endroit qui est à l'autre bout du pays! As-tu idée de ce qui se passe là-bas, Raissta? »

Le parc d'Amgando était une réserve naturelle, loin vers le sud, où erraient librement les bêtes sauvages, et où l'on veillait jalousement à la survie de la flore régionale d'origine; seuls quelques sentiers de randonnée y avaient été tracés. Beenay y avait été une fois avec son père quand il était petit.

Raissta répondit : « On pensait que c'était un lieu plus sûr.

– Plus sûr?

– On a entendu dire que tous ceux qui avaient conservé la raison, tous ceux qui voulaient participer à la reconstruction de la société, devaient se donner rendez-vous à Amgando. Il semblerait que l'on converge de partout vers ce lieu : surtout des gens d'autres universités; et aussi des cadres gouvernementaux.

– Merveilleux ! Toute une horde d'enseignants et de politiciens qui vont piétiner le parc ! Maintenant que le reste est saccagé, pourquoi ne pas saccager aussi la dernière parcelle de terrain intacte ?

– Ce n'est pas le problème, Beenay. Ce qui importe, c'est que le parc d'Amgando soit aux mains de gens sains d'esprit : une enclave civilisée dans un monde de folie. Et ces gens-là connaissaient notre existence, ils nous ont demandé de nous joindre à eux. Nous avons voté, et les oui l'ont emporté à deux contre un.

– Deux contre un ! fit Beenay d'un air sombre. Bien que vous n'ayez pas vu les Étoiles, vous avez trouvé le moyen de devenir dingues quand même ! Pourquoi ne pas avoir patienté un mois, ou six, n'importe ? Vous aviez ici assez de vivres et d'eau pour tenir un an.

– C'est bien ce que nous avons dit, répondit Raissta. Mais les gens d'Amgando ont répliqué que c'était le moment ou jamais d'y aller. Si nous retardions le départ ne serait-ce que de quelques semaines, les Apôtres de la Flamme auraient probablement établi un nouveau gouvernement répressif, doté d'une armée et d'une police propres; et on se saisirait de nous dès l'instant où nous poserions le pied hors du Refuge. Mieux valait avoir affaire à des bandits à moitié fous, dispersés et indépendants qu'à des armées organisées. Nous avons donc décidé de partir.

– Tout le monde sauf toi !

– J'étais résolue à t'attendre. »

Il lui prit la main. « Comment savais-tu que je viendrais ?

– Tu l'avais promis, Beenay ! Dès que tu aurais fini de photographier l'éclipse. Et tu tiens toujours tes promesses.

– Oui », fit Beenay, d'un air lointain.

Il était encore sous le choc d'avoir découvert le Refuge désert. Son espoir avait été de s'y reposer, d'y soigner son corps meurtri et d'y achever la guérison de son esprit ébranlé par les Étoiles. Qu'étaient-ils censés faire à présent tous les deux : vivre ensemble ici, seuls dans ce sonore caveau de béton, ou tenter d'atteindre seuls Amgando ? La décision d'évacuer le Refuge présentait une certaine logique dans sa folie : à supposer que cela eût un sens quelconque de se rassembler à Amgando, mieux valait probablement faire le voyage maintenant, pendant que le pays était désorganisé, que d'attendre un moment où de nouvelles forces politiques – Apôtres ou chefs de bande locaux – interdiraient tout déplacement à longue distance. Mais il avait espéré rencontrer ici ses amis, se plonger au sein d'une communauté aux visages familiers jusqu'à ce qu'il se fût remis des épreuves des derniers jours.

D'un ton morne, il demanda : « As-tu vraiment idée de ce qui se passe à l'extérieur, Raissta ?

– Nous avons eu des nouvelles jusqu'à ce que le réseau de communications cesse de fonctionner. Il en ressort que la ville a été complètement détruite par le feu, et que l'université a subi des dégâts considérables. Tout cela est vrai, n'est-ce pas ? »

Beenay acquiesça de la tête. « Pour autant que je sache, c'est vrai. Dieux, Raissta, quelle nuit de folie ! Et la folie continue !

– A t'entendre, tu as l'air d'aller, lui dit-elle. Bien secoué, oui, mais pas...

– Timbré ? Mais je l'ai été ! Depuis le moment où je suis sorti dans la clarté des Étoiles jusqu'à celui où je me suis éveillé aujourd'hui : c'est alors seulement que les choses ont commencé à se remettre en place dans ma tête. Mais je pense que c'est bien pire dans la plupart des cas. Comme l'a expliqué ton oncle Sheerin, il doit y avoir toute une gamme de réactions, du bref égarement à la démence totale et permanente. »

D'une voix égale, Raissta déclara : « Il était avec toi à l'Observatoire pendant l'éclipse, n'est-ce pas ?

– Oui.

– Et après ?

– Je ne sais pas. Apparemment, il n'était pas dans les parages lors de l'irruption des émeutiers.

– Peut-être s'est-il esquivé en profitant de la confusion, suggéra Raissta avec un faible sourire. Je serais navrée qu'il lui soit arrivé quelque chose.

– Raissta, c'est au monde entier qu'il est arrivé quelque chose. C'est peut-être Athor qui a eu raison, en se laissant submerger et emporter : ainsi, on n'a pas à lutter contre le chaos et la folie universelle.

– Tu n'as pas le droit de dire ça, Beenay !

– Non, c'est vrai, je n'en ai pas le droit. »

Il s'approcha d'elle et lui caressa doucement les épaules, se pencha et la bécota tendrement derrière l'oreille. « Raissta, qu'allons-nous faire ?

– Je crois que je le devine ! » fit-elle.

En dépit de tout, il se mit à rire. « *Après*, je veux dire !

– Eh bien, on s'en souciera *après !* » lui répondit-elle.

32

Theremon n'avait jamais été très amateur de vie au grand air ; il se considérait comme cent pour cent citadin. Herbe, arbres, air pur, ciel ouvert, il n'était pas vraiment contre, mais ça ne lui disait pas grand-chose non plus. Depuis des années, ses allées et venues ne s'écartaient pas d'un itinéraire familier, aussi rigide qu'une orbite, qui circonscrivait sa vie à un triangle strictement urbain dont les trois sommets étaient son petit appartement, son bureau à *La Chronique* et le Club des Six Soleils.

Et le voilà soudain qui vivait dans la forêt !

Le plus étrange, c'est que ça lui plaisait presque.

Ce que les habitants de Saro appelaient « la forêt » n'était autre qu'une zone boisée de bonne taille qui débutait juste au sud de la ville et s'étendait sur une vingtaine de kilomètres le long de la rive sud du Sappitan. Elle avait été jadis beaucoup plus considérable : une vaste région sauvage, qui prenait en écharpe le cœur de la province et descendait en une grande diagonale presque jusqu'à la mer. Mais elle avait pour l'essentiel été conquise par l'agriculture, ou divisée en banlieues résidentielles, et l'université avait largement mordu dessus une cinquantaine d'années auparavant pour y installer alors son nouveau campus. Celui-ci allait-il être englouti par l'urbanisation tentaculaire ? Les universitaires avaient mené campagne afin que le peu qui subsistait de la forêt fût préservé comme parc naturel. Et comme à Saro, depuis belle lurette, l'université obtenait à peu près tout ce qu'elle désirait, on n'avait pas touché au dernier lambeau.

Voilà où Theremon se trouvait à présent transplanté !

Les deux premiers jours avaient été difficiles ! Encore sous le choc de la vision des Étoiles, il était incapable de tout projet précis. L'essentiel était de rester en vie.

La ville était en feu. Il y avait de la fumée partout ; l'air était brûlant ; de certains endroits où l'on bénéficiait d'une bonne vue, on apercevait même les flammes qui dansaient et couraient sur le faîte des édifices. Ce n'eût donc pas été une très bonne idée d'y retourner ! Il avait fini par pénétrer dans la forêt.

Beaucoup avaient fait de même : universitaires, individus appartenant à la meute qui s'était lancée à l'assaut de l'Observatoire, banlieusards chassés de chez eux par les incendies. Tous ceux que voyait Theremon semblaient souffrir d'un désarroi mental au moins égal au sien, certains même tout à fait hors d'état de se prendre en charge.

Ils n'avaient pas constitué de bandes organisées. Il s'agissait essentiellement de solitaires, qui parcouraient à travers bois leurs propres pistes, ou des groupes de deux ou trois. La troupe la plus nombreuse qu'aperçut Theremon était forte de huit personnes, et, à en juger par leur aspect et leur habillement, il devait s'agir de membres d'une même famille.

C'était une chose atroce que de rencontrer ceux qui étaient vraiment fous. Les yeux vides d'expression, la bave aux lèvres, les mâchoires pendantes, les vêtements souillés, ils traversaient les clairières d'un pas pesant tels des morts vivants, parlant tout seuls, chantant, tombant parfois à quatre pattes pour arracher des mottes de gazon et les mâcher. Il y en avait partout. Cet endroit était comme un immense asile, se disait Theremon; le monde entier, probablement, en était un à une autre échelle.

Les gens de cette espèce étaient en général inoffensifs : ils étaient trop gravement atteints pour avoir la moindre envie de se montrer violents; et, de toute façon, leur coordination motrice était tellement perturbée qu'il leur était matériellement impossible de se livrer à des voies de fait.

Mais il y en avait d'autres qui n'étaient pas aussi fous, qui à première vue pouvaient sembler normaux, et qui en fait recelaient de redoutables dangers.

Ceux-là, comme Theremon s'en aperçut bien vite, se répartissaient en deux catégories.

La première comprenait des gens qui n'avaient pas de mauvaises intentions à l'égard de quiconque, mais qui poussaient jusqu'à l'hystérie l'obsession d'un retour éventuel des Ténèbres et des Étoiles : c'étaient eux les incendiaires.

Selon toute probabilité, ils avaient mené avant la catastrophe une existence paisible et rangée : vie de famille, travail consciencieux, bon voisinage. Tant que brillait Onos, ils étaient parfaitement calmes; mais, dès l'instant où le soleil principal commençait à décliner à l'ouest et que le soir approchait, leur terreur prenait le dessus, et ils cherchaient désespérément quelque chose à brûler. N'importe quoi... absolument n'importe quoi. Il avait beau rester éventuellement deux ou trois autres astres dans le ciel quand Onos se couchait, cela ne suffisait pas pour apaiser leur panique.

Ils avaient détruit leur propre ville par le feu; ils avaient, en désespoir de cause, brûlé livres, papiers, meubles, et jusqu'au toit de leurs maisons. A présent, chassés dans la forêt par l'holocauste, ils faisaient tout pour incendier la forêt aussi. Mais c'était une tâche moins aisée. La forêt était drue, luxuriante, ses taillis et ses futaies bien irrigués par les mille bras du large cours d'eau qui la bordait. Arracher des branches vertes et tenter d'y mettre le feu, cela ne donnait pas des brasiers dignes de ce nom; quant au tapis de bois sec et de feuilles mortes qui couvrait le sol, il avait été passablement détrempé par les averses récentes. Tout ce qui pouvait brûler fut bien vite ramassé et utilisé pour allumer des feux de joie, sans déclencher aucun incendie; d'ailleurs, dès le second jour, il n'y avait plus guère de débris de ce genre.

Ainsi les pyromanes, empêchés par les conditions du milieu forestier et la confusion de leur propre esprit, n'avaient pas jusqu'à présent été très efficaces. Mais, pour peu qu'il y ait quelques jours de temps chaud et sec, ces gens-là pourraient bien arriver à leurs fins et embraser toute la forêt, comme ils avaient déjà embrasé la ville de Saro.

L'autre espèce de déséquilibrés qui couraient les bois incarnait pour Theremon une menace plus directe. C'étaient ceux qui s'étaient débarrassés de toutes les contraintes sociales – les bandits, les voyous, les égorgeurs, les psychopathes, les tueurs fous – et qui, telles des lames dégainées, rôdaient par les calmes sentiers forestiers, frappant quand bon leur semblait, faisant main basse sur tout ce qui leur convenait, tuant quiconque n'avait pas l'heur de leur plaire.

Comme tout le monde avait dans le regard une certaine fixité, sous l'effet de la simple fatigue, de l'abattement ou de la folie, on ne pouvait jamais évaluer à l'avance les risques d'une rencontre. Tout inconnu sans exception représentait une éventuelle menace. Au beau milieu d'une conversation parfaitement courtoise, votre interlocuteur pouvait soudain s'offenser d'une remarque que vous aviez faite en passant, ou être irrésistiblement attiré par tel ou tel de vos vêtements, ou tout simplement être pris d'une aversion aveugle et irraisonnée pour les traits de votre visage; et, avec un hurlement de bête fauve, le voilà qui se ruait sur vous avec une sauvagerie insensée.

Certains étaient déjà sans doute des malfaiteurs au départ; l'écroulement de la société autour d'eux les avait libérés de toute entrave. Mais d'autres, semblait-il à Theremon, avaient été de fort paisibles citoyens jusqu'au bouleversement mental provoqué par les Étoiles; alors, soudain, toutes les inhibitions levées, toutes les règles rendant possible la vie civilisée oubliées, ils furent à nouveau comme de petits enfants: asociaux, exclusivement préoccupés de leurs propres besoins – mais forts comme le sont les adultes, et opiniâtres comme ceux dont l'esprit est profondément perturbé.

La chose à faire, pour avoir une chance de survivre, c'était d'éviter ceux que l'on savait atteints de folie meurtrière, ou que l'on soupçonnait de l'être; et le vœu à formuler, c'était qu'ils s'entre-tuent tous les premiers jours, laissant aux moins agressifs un monde plus sûr.

Theremon fit au cours des deux premiers jours trois terrifiantes rencontres avec des déments de cette espèce.

Le premier, grand gaillard bien découplé en train de s'ébattre au bord d'un ruisseau que Theremon voulait traverser, exigea du journaliste un droit de passage : « Tes chaussures, disons... Ou pourquoi pas ce bracelet-montre ?

– Et pourquoi pas t'ôter de mon chemin ? » répliqua Theremon.

A ces mots, l'autre devint fou furieux. Saisissant un gourdin qui avait jusqu'à cet instant échappé à l'attention du journaliste, et poussant une espèce de cri de guerre, il chargea.

Le temps lui manquant pour opérer un repli stratégique, Theremon se baissa afin d'éviter le coup à la tête. Il entendit le bâton lui siffler aux oreilles : il s'en était fallu de quelques centimètres. L'arbre voisin encaissa le choc, à grand fracas, et avec une telle violence que le contrecoup remonta dans le bras de l'assaillant, qui hoqueta de douleur et les doigts inertes lâchèrent le gourdin.

Aussitôt, Theremon lui bondit dessus, empoigna le bras meurtri et le tira en arrière et vers le haut, brutalement, impitoyablement. L'homme se plia en deux en poussant des grognements de douleur, et tomba à genoux en gémissant. Theremon continua à peser sur lui jusqu'à ce qu'il ait la tête dans le ruisseau. Et il le maintint dans cette position, longtemps, longtemps.

Comme il serait facile, se dit Theremon avec surprise, de lui tenir la tête sous l'eau jusqu'à ce qu'il se noie !

Il trouvait d'ailleurs en lui-même un avocat qui plaidait pour cette solution : *Cet homme t'aurait tué sans même y accorder une pensée. Débarrasse-toi de lui ! Sinon, que feras-tu une fois que tu l'auras lâché ? Tu reprendras la lutte depuis le début ? Et s'il te suit dans la forêt pour te rendre la pareille ? Noie-le maintenant, Theremon ! Noie-le !*

La tentation était grande. Mais seule une fraction de sa personne acceptait aussi volontiers de s'adapter à la nouvelle éthique du monde, la loi de la jungle. Pour l'essentiel, Theremon répugnait à cette idée. Finalement, il lâcha le bras de son adversaire et recula de quelques pas. Ramassant le gourdin, il attendit.

Mais l'autre avait perdu toute agressivité. Haletant, hoquetant, le nez et la bouche ruisselants, il resta assis en tremblant sur la berge, à frissonner, à tousser, à s'efforcer de retrouver son souffle. Il fixait sur Theremon un regard morose et craintif, sans manifester la moindre velléité de se lever, et encore moins de reprendre la lutte.

Theremon le contourna, franchit le ruisseau d'un bond, et, s'éloignant d'un trot allègre, il s'enfonça dans la forêt.

C'est seulement dix minutes plus tard qu'il prit soudain pleinement conscience de la gravité de ce qu'il avait failli faire. Il s'arrêta brusquement, couvert de sueur, et fut secoué par une violente crise de vomissements, si brutale que pendant un bon moment il fut incapable de se redresser.

Plus tard dans l'après-midi, il s'avisa que ses errances l'avaient conduit à l'orée de la forêt : en jetant un coup d'œil entre les arbres, il apercevait une grand-route, totalement déserte, et de l'autre côté de celle-ci les ruines d'un haut bâtiment de brique édifié sur une vaste esplanade.

Ce bâtiment, il le reconnaissait : c'était le Panthéon, la basilique de Tous les Dieux.

Il n'en restait pas grand-chose. Theremon traversa la routc, écarquillant les yeux, incrédule. On aurait dit qu'un incendie avait pris au cœur du bâtiment – aurait-on utilisé les bancs de prière comme bois d'allumage ? – et s'était engouffré dans la mince tour dominant l'autel, embrasant les poutres de bois. La tour s'était écroulée, entraînant les murs dans sa chute. L'esplanade était jonchée de briques, et Theremon distingua des cadavres émergeant des décombres.

Il n'avait jamais été particulièrement dévot, et ne connaissait personne qui le fût. Comme tout le monde, il lui arrivait de dire « Mon Dieu ! » ou « Dieux ! » ou « Grands dieux ! » Simples interjections n'impliquant nullement l'existence des dieux, ou de tout ce que postulait le système de croyances alors prépondérant : une telle idée n'avait jamais eu le moindre rapport avec la façon dont il menait sa vie. Il voyait en la religion un vestige médiéval, une curiosité, un pittoresque archaïsme. De temps en temps il était amené à se rendre à l'église pour le mariage d'un ami – tout aussi incroyant que lui, bien sûr ! – ou pour quelque cérémonie officielle dont il devait rendre compte dans son journal; mais il n'avait jamais mis les pieds avec des intentions pieuses dans aucun édifice sacré depuis sa propre confirmation à l'âge de dix ans.

Malgré tout, la vue de la cathédrale détruite l'émut profondément. Il avait assisté à sa dédicace, une douzaine d'années auparavant, lorsqu'il était jeune reporter. Il savait combien de millions de crédits la construction avait coûté; il avait admiré les splendides œuvres d'art qu'elle contenait; il avait vibré aux accents sublimes de l'*Hymne aux Dieux* de Ghissimal résonnant dans la grande nef. Même lui qui ne croyait pas au sacré ne pouvait se défendre de l'impression que, s'il y avait sur Kalgash un endroit quelconque où les dieux étaient vraiment présents, ce devait être celui-ci.

Et les dieux avaient laissé détruire ainsi ce lieu ! Les dieux avaient envoyé les Étoiles en sachant pertinemment que la folie qui suivrait aboutirait même à la destruction de leur propre Panthéon !

Qu'est-ce que cela signifiait ? Qu'est-ce que cela indiquait sur la nature insondable et les voies impénétrables des dieux – si toutefois on admettait leur existence ?

Personne ne rebâtirait la basilique, Theremon en était convaincu. Rien ne serait plus jamais comme avant.

« A l'aide! »

Ce faible cri interrompit les méditations de Theremon. Il scruta les alentours du regard.

« Par ici! Par ici! »

Sur sa gauche, oui! Le scintillement de parements dorés au soleil attira l'œil de Theremon. Un homme à demi enfoui sous les décombres, assez loin sur le côté – un des prêtres sans doute, à en juger par sa riche vêture –, cloué au sol au-dessous de la taille par une lourde poutre, faisait un geste d'appel avec les dernières forces qui devaient lui rester.

Theremon se dirigea vers lui. Mais avant d'avoir pu faire plus d'une douzaine de pas, il vit une silhouette apparaître à l'autre bout du bâtiment écroulé : un petit homme maigre et agile, qui se précipita vers le prêtre pris au piège en escaladant les amas de briques avec une prestesse toute animale.

Excellent, se dit Theremon. A deux, nous devrions pouvoir enlever cette poutre.

Mais, alors qu'il n'était plus qu'à cinq ou six mètres, il s'arrêta, frappé d'horreur : l'agile petit homme avait atteint l'accidenté et, se penchant, lui avait tranché la gorge d'un seul coup rapide à l'aide d'un petit couteau, avec autant de désinvolture que s'il se fût agi de décacheter une lettre. Il s'activait à présent à trancher les cordons qui retenaient les riches vêtements sacerdotaux.

Il tourna vers Theremon des yeux furibonds, brûlant d'une exaltation consternante. « C'est à moi! gronda-t-il comme une bête sauvage. A moi! » Et il brandissait le couteau.

Theremon frissonna. Longtemps, il demeura sur place, pétrifié, à observer avec une fascination morbide la manière prompte et efficace dont le pillard dépouillait le corps du prêtre. Puis, la mort dans l'âme, il fit demi-tour et se hâta de regagner la forêt. A quoi bon agir autrement ?

Ce soir-là, quand régna dans le ciel la lueur mélancolique de Dovim, Tano et Sitha, Theremon s'octroya, au plus profond d'un fourré, quelques heures d'un sommeil sporadique, dont le tirait sans cesse l'idée qu'un dément armé d'un couteau se glissait sournoisement vers lui pour lui voler ses chaussures. Le sommeil le déserta longtemps avant le lever d'Onos. Cela lui sembla presque un miracle de se trouver encore en vie lorsque vint enfin le matin.

Une demi-journée plus tard survint sa troisième rencontre avec un tueur de la nouvelle espèce. Cette fois, il traversait une prairie non loin d'un des bras du fleuve lorsqu'il remarqua deux hommes, assis à l'ombre en face, qui jouait aux dés, bien sereins et paisibles en apparence. Mais en s'approchant, Theremon se rendit compte qu'une dispute avait éclaté; et soudain, avec une rapidité inimaginable, un des deux hommes saisit un couteau à pain posé sur une couverture près de lui et le plongea avec une violence meurtrière dans la poitrine de son compagnon.

L'homme au couteau adressa alors un sourire à Theremon. « Il avait triché. Vous savez ce que c'est, ça vous met bigrement en rogne. Moi, je peux pas supporter qu'un type essaie de tricher avec moi. » Il avait l'air de penser que toute l'affaire allait de soi. La mine épanouie, il agita les dés dans le cornet. « Hé! Vous voulez jouer? »

C'était la folie même que Theremon fixait dans les yeux.

« Désolé! fit-il d'un ton aussi dégagé que possible. Je cherche ma copine. » Et il s'apprêta à poursuivre son chemin.

« Hé! Vous aurez tout le temps de la trouver plus tard. Venez donc jouer!

– Oh! Je crois que je la vois! » cria Theremon, en pressant le pas, et il quitta les lieux sans regarder derrière lui.

Après ces incidents, il prit beaucoup moins à la légère les déplacements en forêt. Il découvrit une retraite dans une clairière qui paraissait relativement peu fréquentée, et s'y installa un coin abrité sous un rocher en surplomb. Il y avait à proximité un buisson dont les branches étaient chargées de baies rouges comestibles; et, quand il secouait un arbre qui se dressait juste en face de son abri, il en pleuvait des noix rondes et jaunes dont l'amande sombre était savoureuse. Juste de l'autre côté coulait un petit ruisseau; il se demandait s'il pourrait y pêcher de quoi manger: mais il eut beau l'observer, il n'y vit que fretin minuscule; et quand bien même il aurait pu en attraper, il lui eût fallu le manger cru, car il ne disposait d'aucun combustible, ni d'ailleurs d'aucun moyen d'allumer un feu.

Vivre de baies et de noix, ce n'était pas exactement ainsi que Theremon voyait la belle vie, mais il pouvait le supporter quelques jours. Déjà, son tour de taille présentait un louable amaigrissement : c'était bien le seul avantage de toute cette calamité! Mieux valait rester caché jusqu'à ce que les choses se tassent.

Car elles *allaient* se tasser, il en était bien convaincu. Le retour à la raison ne pouvait manquer de se produire tôt ou tard – du moins il l'espérait. Il était conscient d'être lui-même revenu de très loin, depuis ces premiers instants de confusion mentale provoquée par la vue des Étoiles.

A chaque jour qui passait, il se sentait plus équilibré, plus à même de s'en sortir. Il lui semblait qu'il était à nouveau presque lui-même, comme avant – encore un peu fragile, peut-être, un peu nerveux, mais parfaitement sain d'esprit. Certes, il avait probablement subi un traumatisme moins violent que la plupart des gens, car il avait plus de ressort, il était mieux armé pour résister aux effets dévastateurs de cette terrible expérience. Cependant les autres allaient commencer à se remettre eux aussi, et l'on pourrait alors évaluer ce qu'il convenait de faire pour reconstruire le monde.

Pour le moment, la chose à faire était d'adopter le profil bas, de se garder des tueurs fous qui rôdaient aux alentours : qu'ils s'entre-tuent aussi vite que possible, et lui-même pourrait alors se glisser dehors avec circonspection pour voir ce qui se passait. Ce plan n'était pas des plus courageux; mais il semblait sage.

Theremon se demandait ce qui était arrivé à ceux qui étaient à l'Observatoire avec lui à la tombée de la nuit : Beenay, Sheerin, Athor, Siferra.

Surtout Siferra.

De temps en temps, Theremon avait des velléités de se risquer hors de sa cachette pour partir à la recherche de la jeune femme. Idée fort tentante ! Pendant ses longues heures de solitude, il faisait des rêves rutilants de rencontre avec elle quelque part dans la forêt. Tous deux feraient route ensemble dans ce monde bouleversé, effrayant, liés par un pacte de protection mutuelle...

Il avait d'emblée été attiré par elle, bien sûr. Peine perdue : il aurait mieux fait de ne pas s'en préoccuper, il le savait bien. Elle était belle, mais c'était l'une de ces femmes qui se suffisent à elles-mêmes. Jalouse de son indépendance, elle se débrouillait fort bien sans aucune compagnie masculine, ou féminine d'ailleurs. Il l'avait habilement conduite à sortir avec lui de temps en temps; et elle avait su, en toute sérénité mais avec fermeté, le tenir à distance respectueuse.

Theremon en était depuis longtemps venu à la conclusion que l'on ne pouvait jamais séduire une femme digne de ce nom : il fallait lui laisser l'initiative; et si elle n'y était pas disposée, il n'y avait pas beaucoup d'autres possibilités. Dans ses rapports avec Siferra, Theremon avait glissé toute l'année sur la mauvaise pente.

Il avait pourtant eu, juste à la fin, l'obscure impression qu'elle fléchissait, qu'elle s'intéressait à lui malgré elle. Sinon, pourquoi l'aurait-elle invité à l'Observatoire ? Ce soir-là, d'ailleurs, de véritables relations avaient semblé s'épanouir quelques instants entre elle et lui.

Nous irions bien ensemble, se disait-il. Nous formerions une équipe formidable : coriace, efficace, faite pour survivre. Dans n'importe quelle civilisation, nous nous taillerions une bonne place.

Mais comment la retrouver ? Aucun réseau de communications ne fonctionnait. Siferra n'était qu'une personne parmi les millions qui vaguaient dans la région. Peut-être était-elle partie très loin de là, depuis le temps; ou bien était-elle morte.

Et pourtant, plus Theremon réfléchissait à ses chances de la retrouver, plus la tâche lui semblait facile. Il n'avait rien d'autre à faire que de passer des heures chaque jour assis au bord du ruisseau, à contempler les petits poissons... et à méditer. Et, à force de retourner le problème, il cessa d'être impossible pour n'être plus qu'improbable; l'improbabilité devint difficulté, la difficulté gageure, la gageure entreprise réalisable; et de faisable à facile, il n'y a qu'un pas.

Tout ce qu'il avait à faire, se disait-il, c'était de quitter son abri et de s'aventurer dans la forêt; d'y recruter de l'aide parmi les gens relativement en bonne condition : leur expliquer qui il cherchait, leur donner une description de Siferra; répandre la consigne, en employant ses talents de journaliste, en faisant jouer le prestige dont il jouissait localement. « Je suis Theremon 762, de *La Chronique*, vous savez, dirait-il. Aidez-moi et je vous le revaudrai! Vous voulez voir votre nom dans le journal? Je peux vous rendre célèbre. Certes, le journal ne paraît pas pour le moment, mais tôt ou tard on le publiera de nouveau, et je serai dans le coup. Votre photo figurera au beau milieu de la première page, vous pouvez y compter. Aidez-moi simplement à trouver la femme que je cherche, et... »

« Theremon? » fit une voix familière, aiguë et joviale.

Il s'arrêta, et, plissant les yeux dans la vive clarté du soleil de midi, il scruta les alentours pour repérer celui qui l'appelait.

Il venait de marcher pendant deux heures, mais il n'avait rencontré que six personnes. Deux d'entre elles avaient pris leurs jambes à leur cou dès qu'elles l'avaient aperçu; une troisième était restée assise à chantonner doucement à l'adresse de ses orteils nus; une autre, tapie à la fourche d'un arbre, aiguisait méthodiquement deux couteaux de cuisine l'un contre l'autre avec un soin maniaque; les deux dernières s'étaient contentées de le dévisager lorsqu'il leur avait adressé la parole, l'une avec un air d'incompréhension totale, et l'autre avec un fou rire inextinguible.

Et voilà qu'apparemment quelqu'un l'avait trouvé, *lui*! « Theremon? Par ici, par ici, Theremon! Me voici! Vous ne me voyez pas, mon vieux? Par ici! »

33

Theremon tourna ses regards vers la gauche, scrutant un groupe de buissons aux immenses feuilles épineuses en forme de parasol. Il n'y vit d'abord rien d'insolite ; puis les feuilles se mirent à bouger et s'écartèrent, et un homme replet en émergea.

« Sheerin ? fit Theremon avec surprise.

– Eh bien, en tout cas vous n'êtes pas atteint au point d'avoir oublié mon nom ! »

Le psychologue avait perdu du poids, et il était habillé de bric et de broc : une salopette et un tricot. Mais ce qui contrastait encore plus avec son personnage, c'est qu'il tenait négligemment dans la main gauche une hache à la lame ébréchée : il n'aurait guère été étonné davantage de le voir se balader avec une seconde tête ou une paire de bras supplémentaire !

« Comment allez-vous, Theremon ? dit-il. Grands dieux, vous êtes tout dépenaillé, alors que ça ne fait même pas une semaine ! Mais j'imagine que je ne suis guère mieux loti. » Il baissa les yeux sur sa propre personne. « Vous m'avez déjà vu efflanqué comme ça ? Un régime de baies et de feuilles, ça amincit sérieusement, hein ?

– Vous avez encore à faire avant de paraître efflanqué ! répondit Theremon. Mais vous avez l'air en bonne forme. Comment m'avez-vous trouvé ?

– En ne vous cherchant pas ! C'est la seule méthode, maintenant que tout est complètement aléatoire. Je me suis rendu au Refuge, mais il n'y avait personne. Et me voici en route pour le parc d'Amgando : j'étais en train d'aller mon petit bonhomme de chemin quand je suis tombé sur vous. »

Et le psychologue s'élança en avant, la main tendue.

« Par tous les dieux, Theremon, ça fait plaisir de revoir un visage ami ! Car vous êtes un ami, n'est-ce pas ? Vous n'êtes pas un meurtrier ?

– Je ne crois pas !

– Il y a plus de dingues au mètre carré là-dedans que je n'en ai jamais rencontré de ma vie – et j'en ai rencontré, croyez-moi !

– Vous aviez parlé de folie universelle, lui rappela Theremon.

J'étais là : je vous ai entendu le dire. Vous aviez prédit un effondrement complet de la civilisation.

– C'est une chose très mortifiante, Theremon, pour un intellectuel, de voir ses théories se changer en réalités. Je parlais avec tant de faconde, avec un détachement si serein! “ Demain, disais-je, il ne subsistera plus une seule ville intacte sur tout Kalgash – et ce n'étaient que des mots. La disparition du monde qui a toujours été le vôtre ”, oui, oui! » Sheerin eut un frisson. « Je crois bien que je n'avais jamais vraiment attaché foi à mes propres prédictions, jusqu'au moment où tout s'est écroulé.

– Les Étoiles! fit Theremon. Vous n'aviez jamais pris en compte les Étoiles; et ce sont elles qui ont fait des ravages. Nous aurions peut-être pu supporter les Ténèbres : nous nous serions sentis un peu secoués, un peu désorientés. Mais les Étoiles... les Étoiles...

– Comment les avez-vous supportées?

– Assez mal, ma foi; ça va mieux maintenant. Et vous?

– Je suis resté caché dans les sous-sols pendant la période la plus terrible : ça ne m'a donc pas fait grand-chose. Quand j'ai remis le nez dehors le lendemain, quelle hécatombe partout!

– Et les gens de l'Observatoire : Athor, Beenay et tous les autres... Siferra... ?

– Le seul que j'aie rencontré, c'est Yimot, un des étudiants diplômés, celui qui était si grand et si gauche. Il s'était caché, lui aussi. »

L'expression de Sheerin s'assombrit.

« Nous avons fait route ensemble quelque temps... jusqu'à ce qu'il se fasse tuer.

– Tuer?

– Oui, par une petite fille d'une douzaine d'années armée d'un couteau. Une charmante enfant. Elle s'est approchée de lui en riant, l'a poignardé sans le moindre avertissement, et s'est enfuie, en continuant à rire.

– Dieux!

– Les dieux ne nous écoutent plus, Theremon! Si tant est qu'ils l'aient jamais fait.

– Je suppose que non! Dites-moi, Sheerin, où avez-vous habité ces jours-ci? »

D'un air vague, Sheerin répondit : « Le premier soir, au milieu des ruines. Yimot était avec moi. Le lendemain, nous sommes partis pour le Refuge, mais la route était bouchée, il y avait d'infranchissables montagnes de décombres. On aurait dit une zone de guerre. Alors, nous avons fait un crochet par le sud et pénétré dans la forêt, en pensant qu'un détour par la route de l'Arboretum nous permettrait peut-être de parvenir au Refuge. C'est à ce moment-là que Yimot a été... tué. C'est dans la forêt qu'ont dû se réfugier les gens les plus déséquilibrés.

– C'est là que *tout* le monde est allé! corrigea Theremon. Vous avez bien dit que, lorsque vous avez atteint le Refuge, il était désert?

– C'est exact. Lorsque j'y suis arrivé hier après-midi, le portail extérieur, ainsi que le portail intérieur, et la porte du Refuge lui-même étaient déverrouillés, et il n'y avait plus personne. Une note de Beenay était épinglée à l'entrée.

– De Beenay? Il est parvenu jusque-là sain et sauf?

– Il semble bien, répondit Sheerin. Selon la note, ils avaient décidé d'évacuer le Refuge et de se mettre en route pour le parc d'Amgando, où des gens des régions sud essaient de mettre sur pied un gouvernement provisoire. Ma nièce Raissta avait dû attendre Beenay et tous deux sont maintenant partis pour Amgando. C'est là que je compte me rendre : mon amie Liliath était au Refuge; elle doit être en route pour Amgando avec les autres.

– Qu'est-ce qui leur a pris? fit Theremon. Pour leur sécurité, le Refuge valait bien n'importe quel autre endroit! Pourquoi diantre en sortir pour plonger dans ce chaos dément?

– Je n'en sais rien, mais ils devaient avoir une bonne raison. Quoi qu'il en soit, nous n'avons pas le choix, vous et moi. Tous ceux qui sont encore sains d'esprit se rassemblent là-bas. Ou nous restons ici et nous finirons par nous faire couper en petits morceaux, ou nous prenons le risque de les suivre.

– Vous avez des nouvelles de Siferra? demanda Theremon.

– Aucune. Pourquoi?

– Je la cherche.

– Il se peut qu'elle soit partie pour Amgando : si elle a rencontré Beenay, au hasard de sa route.

– Avez-vous une raison de penser que cela ait pu se produire?

– C'est seulement ce que je présume.

– Ce que je présume, moi, dit Theremon, c'est qu'elle est encore dans les parages. Je veux essayer de retrouver sa trace.

– Mais toutes les probabilités sont contre...

– Moi, vous m'avez bien rencontré, non?

– Simple hasard. Les chances que vous avez de la repérer de la même façon...

– ... sont loin d'être négligeables, coupa Theremon. C'est en tout cas ce que je veux croire. Je peux toujours espérer rejoindre Amgando plus tard. Avec Siferra! »

Sheerin le regarda d'un drôle d'œil, mais ne répliqua pas.

« Vous pensez que je suis cinglé? reprit Theremon. Eh bien, peut-être le suis-je!

– Je n'ai jamais dit ça! Mais je pense que vous risquez votre peau pour rien. Ça devient une jungle préhistorique, ici. Venez donc dans le Sud avec moi, Theremon! D'ici deux-trois heures, nous pouvons être hors de cette forêt, et la route d'Amgando est juste...

– Je veux d'abord chercher Siferra, répéta Theremon avec obstination.

– Oubliez-la !

– Je n'en ai nulle intention ! »

Sheerin haussa les épaules. « Eh bien, restez ! Moi, je m'en vais. J'ai vu Yimot égorgé par une petite fille, ne l'oubliez pas ! A moins de deux cents mètres d'ici ! Ces lieux sont trop dangereux pour moi.

– Et se lancer tout seul dans une randonnée de cinq ou six cents kilomètres, sans personne avec vous, ça ne présente aucun danger ? »

Le psychologue leva sa hache. « Avec moi, j'ai ceci, en cas de besoin. »

Theremon eut du mal à refouler son envie de rire : Sheerin, homme qui poussait la douceur de caractère jusqu'à l'absurde, en train de se défendre à coups de hache, voilà une idée qu'il était impossible de prendre au sérieux.

Au bout d'un moment, il lui dit : « Je vous souhaite beaucoup de chance !

– Vous avez vraiment l'intention de rester ?

– Jusqu'à ce que je retrouve Siferra, oui. »

Sheerin le dévisagea tristement.

« Eh bien, en ce cas, gardez pour vous la chance que vous venez de me souhaiter : je crois que vous allez en avoir davantage besoin que moi ! »

Et, faisant demi-tour, il s'éloigna de son pas pesant.

34

Pendant trois jours, quatre peut-être – la notion du temps s'estompait –, Siferra s'enfonça dans la forêt en direction du sud, sans autre projet que de survivre.

Il était hors de question de regagner son appartement : la ville semblait toujours en flammes. N'ayant pas en tête de destination précise, elle errait à travers la forêt, et s'arrêtait pour camper là où elle trouvait de l'eau à boire. Elle gardait toujours à portée de main le gourdin qu'elle avait ramassé le soir de l'éclipse. Elle mangeait ce qui lui paraissait comestible : graines, noix, fruits, feuilles et écorce même. Elle savait qu'elle était assez robuste pour supporter une semaine ou deux pareille alimentation. Mais, d'ores et déjà, elle constatait que ses quelques kilos superflus fondaient, et qu'elle commençait à avoir moins de ressort. Les baies et les fruits aussi diminuaient, car les milliers de nouveaux habitants de la forêt épuisaient rapidement ces ressources.

C'est alors qu'elle songea au Refuge.

Le rouge lui monta aux joues quand elle s'avisa qu'elle aurait pu fort bien se dispenser de mener toute la semaine cette existence de femme des cavernes.

Elle mit un jour et demi de plus à retraverser la forêt jusqu'à son orée septentrionale. En cours de route, il lui fallut faire usage deux fois de son gourdin pour repousser des agresseurs; elle eut à subir trois affrontements, qui se terminèrent sans violence mais n'en furent pas moins éprouvants, avec des jeunes gens dont elle soutint le regard alors qu'ils la jaugeaient comme une proie éventuelle; et une fois elle s'aventura par mégarde dans un taillis écarté où cinq hommes décharnés et hagards se harcelaient, le couteau à la main, tournant en rond l'un derrière l'autre comme des danseurs aux mouvements réglés par quelque archaïque rituel – étrange ballet qu'elle ne s'attarda pas à contempler.

Elle finit par apercevoir devant elle la large chaussée de la route de l'Université, juste après la limite de la forêt. De cette route, du côté nord, partait le discret chemin rural qui menait au Refuge.

Voilà, c'était lui. Peu visible, bordé de part et d'autre de touffes irrégulières d'herbes folles et de grosses graminées montées en graine.

L'après-midi tirait à sa fin. Onos avait presque disparu du ciel, et la lumière dure et maléfique de Tano et Sitha projetait à travers la campagne des ombres tranchées qui donnaient l'impression d'être en hiver, bien que l'atmosphère fût douce. Le petit œil rouge de Dovim parcourait les cieux au nord, encore très loin, encore très haut.

Siferra se demandait ce qu'il était advenu de l'invisible Kalgash II. Bien évidemment, après avoir accompli son œuvre épouvantable, il avait poursuivi sa route, et se trouvait peut-être à présent à un million de kilomètres dans l'espace, arquant sa trajectoire de plus en plus loin du monde, s'enfonçant de plus en plus sur sa longue orbite dans le vide obscur, pour ne plus revenir avant deux mille quarante-neuf ans – ce qui serait encore deux millions d'années trop tôt, songea Siferra avec amertume.

Elle vit un panneau devant elle :

PROPRIÉTÉ PRIVÉE
DÉFENSE D'ENTRER
PAR ORDRE DU CONSEIL DE DISCIPLINE
UNIVERSITÉ DE SARO

Puis un second panneau, à l'inscription rouge vif :

!!! DANGER !!!
CENTRE DE RECHERCHE HAUTES ÉNERGIES
ACCÈS INTERDIT

Parfait. Elle était dans la bonne direction!

Siferra n'avait jamais été au Refuge, même au temps où c'était encore un laboratoire de physique; mais elle savait à quoi s'attendre : une série de portails, puis un poste de contrôle équipé pour vérifier l'identité de toute personne parvenue jusque-là. Au bout de quelques minutes, elle arriva devant le premier portail – cadre métallique à double gonds, garni de treillis à mailles serrées, deux fois plus haut qu'elle, prolongé de chaque côté par une impressionnante clôture de fil de fer barbelé qui disparaissait dans des broussailles épineuses dont rien ni personne ne freinait la luxuriance.

Et ce portail était entrebâillé!

Elle le franchit, non sans inquiétude.

La route à partir de là n'était plus qu'un chemin de terre, profondément raviné d'ornières et de nids-de-poule. Au bout d'un moment, elle aperçut une enceinte intérieure : c'était cette fois une massive muraille de béton, nue, infranchissable.

Elle n'était interrompue que par une porte de métal sombre, surmontée d'un vidéo-capteur électronique.

Et cette porte était ouverte aussi!

De plus en plus singulier! Qu'étaient donc devenues ces mesures de protection tant vantées, censées isoler le Refuge de la folie collective?

Siferra pénétra à l'intérieur. Tout y semblait parfaitement calme. Devant elle se dressaient quelques granges et remises en bois qui ne payaient pas de mine. Peut-être l'entrée du Refuge proprement dit était-elle située derrière.

Oui, le passage souterrain était bien là : une porte ovale dans le sol, avec un sombre couloir au-delà.

Et il y avait aussi des gens, une douzaine, debout devant l'entrée, qui la regardaient avec une curiosité glaciale fort déplaisante. Ils portaient tous, en guise de foulards, des lambeaux de tissu vert vif attachés autour du cou. Elle ne reconnaissait personne; pour autant qu'elle pût en juger, ils n'appartenaient pas à l'université.

Un petit feu de bois brûlait juste à gauche de la porte. A côté s'élevait une pile bien régulière de bûches fendues, toutes méticuleusement disposées selon leur taille, avec une précision et un soin stupéfiants : plutôt qu'un tas de bois, on eût dit quelque maquette construite par un architecte scrupuleux.

Le cœur au bord des lèvres, Siferra se sentit submergée par la peur. Cet endroit, était-ce vraiment le Refuge ? Et ces gens, qui étaient-ils ?

« Restez où vous êtes ! » fit l'homme qui était à la tête de la petite troupe. Il ne haussait pas le ton, et pourtant sa voix, pleine d'autorité, claquait comme un fouet. « Levez les mains en l'air ! »

Il tenait à la main un joli petit pistolet-laser, braqué droit sur le torse de Siferra.

Celle-ci obtempéra sans un mot.

L'homme, âgé d'une cinquantaine d'années, portait des vêtements coûteux ; le foulard vert qu'il portait avait le lustre de la soie la plus fine. Il respirait le sang-froid et l'assurance.

« Qui êtes-vous ? demanda-t-il calmement.

– Siferra 89, professeur d'archéologie, université de Saro.

– Excellent ! Avez-vous l'intention de faire de l'archéologie par ici, professeur ? »

Les autres se mirent à rire comme s'il avait dit quelque chose d'extrêmement spirituel.

Siferra répondit : « Je recherche le Refuge de l'université. Pouvez-vous m'indiquer où il se trouve ?

– Ça devait être ceci, je pense. Les gens de l'université sont tous partis il y a quelques jours. C'est maintenant le quartier général de la Patrouille du Feu. Dites-moi, avez-vous sur vous quoi que ce soit de pyrogène, professeur ?

– De pyrogène ?

– Allumettes, briquet, magnéto de poche, tout ce qui pourrait servir à allumer du feu. »

Elle secoua la tête. « Je n'ai rien de tout cela.

– Il est interdit d'allumer du feu : article 1 du Code d'Urgence. Toute violation de l'article 1 vous expose à une sanction sévère. »

Siferra le dévisagea d'un air ébahi. De quoi parlait-il donc ?

Un homme maigre au teint jaunâtre, qui se tenait à côté du chef, prit la parole : « Je ne lui fais pas confiance, Altinol. Ce sont ces professeurs qui sont à l'origine de tout ! Je parie qu'elle a quelque chose de caché dans ses vêtements, à un endroit où ça ne se voit pas.

– Je n'ai nulle part sur moi de matériel pour faire du feu », répéta Siferra avec irritation.

Altinol hocha la tête. « Peut-être que c'est vrai, peut-être que non. Nous ne courrons pas ce risque, professeur. Déshabillez-vous ! »

Siferra fixa sur lui un regard interloqué. « Qu'avez-vous dit ?

– Déshabillez-vous! Enlevez vos vêtements! Prouvez que vous ne dissimulez nulle part sur vous d'instruments illégaux. »

Siferra leva son gourdin et passa la main dessus d'un air préoccupé. Clignant les yeux elle dit : « Holà! Doucement! Vous ne parlez pas sérieusement?

– Article 2 du Code d'Urgence : la Patrouille du Feu est habilitée à prendre toute mesure jugée nécessaire pour empêcher toute ignition illicite. Article 3 : ceci peut impliquer l'exécution sommaire immédiate de ceux qui résistent à la Patrouille du Feu. Déshabillez-vous, professeur, et vite! »

Et il fit avec le pistolet-laser un geste qui excluait l'idée d'une plaisanterie.

« Comité civil de surveillance, professeur! Nous sommes des citoyens qui essayons de rétablir la loi et l'ordre à Saro après la débâcle. La ville a subi des destructions considérables, au cas où vous ne le sauriez pas. Les incendies continuent à s'étendre, et il n'y a plus de corps de pompiers à même de faire quoi que ce soit. Et je ne sais si vous l'avez remarqué, mais toute la région grouille de déments qui estiment que nous n'avons pas eu assez d'incendies comme ça, et qui en allument encore d'autres. Ça ne peut plus durer. Nous entendons mettre en œuvre contre les pyromanes tous les moyens dont nous pouvons disposer. Vous êtes soupçonnée de détenir des pyrogènes : l'accusation a été formulée, et vous avez soixante secondes pour vous disculper. A votre place, je n'attendrais pas plus longtemps pour enlever mes vêtements, professeur! »

Siferra voyait qu'il égrenait les secondes en silence.

Se déshabiller, devant une douzaine d'inconnus? Siferra sentit la fureur monter en elle, comme une brume rouge. Il ne s'agissait nullement d'une mesure de sécurité : ces hommes voulaient tout simplement voir à quoi ressemblait son corps, et ils avaient les moyens de la contraindre. C'était intolérable.

Puis son indignation se dissipa : qu'est-ce que ça pouvait bien faire? se dit-elle avec lassitude. La fin du monde était venue; la pudeur était un luxe de civilisés, et la civilisation était une notion dépassée.

Elle s'était aventurée dans un endroit isolé, au bout d'une route de campagne : personne ne pouvait venir à son secours. Les secondes s'écoulaient, et Altinol n'avait pas l'air de bluffer. Valait-il la peine de mourir dans le seul but de soustraire son corps à la vue de ces gens?

Siferra jeta à terre son gourdin.

Puis, animée d'une froide colère, mais sans se permettre la moindre manifestation extérieure, elle se mit très méthodiquement à se dépouiller de ses vêtements et à les laisser tomber à côté du gourdin.

« Mes sous-vêtements aussi? demanda-t-elle d'un ton acerbe.

– Tout!

– Est-ce que j'ai l'air d'avoir un briquet caché là-dedans?

– Il vous reste vingt secondes, professeur! »

Siferra le foudroya du regard et acheva de se dévêtir sans ajouter un mot.

Elle éprouvait une singulière absence de gêne, maintenant que c'était fait, à se tenir nue en présence de ces étrangers : ça lui était indifférent. C'était là, s'avisa-t-elle, ce qu'apportait essentiellement la fin du monde – l'indifférence. Elle se redressa de toute sa taille, presque insolemment, attendant de voir ce qui allait suivre. Altinol la parcourut du regard de la tête aux pieds. Elle se découvrit étrangement indifférente même à cela; elle en était arrivée à un point où toute sensibilité en elle avait été consumée.

« Splendide, professeur! fit-il enfin.

– Merci! Sa voix était glaciale. Puis-je me couvrir, à présent? »

Il fit un geste magnanime. « Bien sûr! Désolé pour ce désagrément! Mais il nous fallait une certitude absolue. »

Il glissa le pistolet à aiguilles dans une écharpe qu'il portait à la taille et resta planté là, bras croisés, à l'observer d'un air détaché se rhabiller. Il reprit alors la parole : « Vous devez penser que vous êtes tombée parmi des sauvages, n'est-ce pas, professeur?

– Ce que je pense vous importe-t-il vraiment?

– Vous remarquerez que personne parmi nous ne vous a lorgnée, n'a bavé ou mouillé ses vêtements pendant que vous montriez... euh... que vous ne dissimuliez sur vous aucun dispositif pyrogène; et que personne non plus n'a tenté de vous faire subir de violences d'aucune sorte.

– Bien aimable à vous!

– Tout cela, je le sais, poursuivit Altinol, ne vous fera aucun effet tant que vous serez à ce point irritée, mais je voudrais vous faire comprendre que vous êtes tombée sur le dernier bastion de la civilisation qui subsiste peut-être dans ce monde abandonné à son triste sort. J'ignore où ont disparu nos gouvernants bien-aimés; je ne considère certes pas nos chers frères, les Apôtres de la Flamme, comme civilisés; et vos amis de l'université, qui s'étaient cachés ici, ont plié bagage. Tous les autres semblent avoir complètement perdu la tête – sauf, bien entendu, vous et nous, professeur.

– Cela me flatte beaucoup d'être du nombre!

– Je ne flatte jamais personne. Vous donnez l'impression d'avoir mieux résisté aux Ténèbres, aux Étoiles et à la débâcle que la plupart des gens. Ce que je veux savoir, c'est si ça vous intéresse de vous joindre à notre groupe. Nous avons besoin de gens comme vous, professeur.

– Pour faire quoi? Récurer les planchers? Faire cuire la soupe? »

Altinol semblait imperméable à ses sarcasmes. « Pour participer à la lutte qui doit assurer la survie de la civilisation, professeur. Je ne voudrais pas employer un langage ronflant, mais nous nous considérons comme investis d'une mission sacrée. Jour après jour, nous opérons des sorties dans cet asile d'aliénés qu'est devenu le monde extérieur, afin de désarmer les fous, en nous réservant le droit exclusif de faire du feu. Nous ne sommes pas en mesure d'éteindre les foyers déjà existants, pas encore ; mais nous pouvons faire de notre mieux pour empêcher qu'on en allume de nouveaux. C'est le premier pas sur la longue route qui conduira à un monde à nouveau habitable. Vous semblez suffisamment saine d'esprit pour prendre place parmi nous, c'est pourquoi je vous y invite. Qu'en dites-vous, professeur ? Voulez-vous faire partie de la Patrouille du Feu ? Ou préférez-vous retourner tenter votre chance dans la forêt ? »

35

C'était une matinée fraîche et brumeuse. D'épaisses nappes de brouillard tourbillonnaient dans les rues en ruine – un brouillard si dense que Sheerin n'aurait su dire quels soleils il y avait dans le ciel. Onos, sans doute, quelque part, mais sa lumière dorée était diffuse ; et cette échappée de ciel plus clair, là-bas vers le sud-ouest, indiquait probablement la présence de l'un des deux couples de soleils jumeaux : Sitha et Tano ? Patru et Trey ? Sheerin n'avait aucun moyen d'en décider.

Il était très fatigué. Il lui apparaissait que son idée de couvrir seul et à pied les centaines de kilomètres qui le séparaient d'Amgando était une chimère.

Au diable Theremon ! Ensemble, ils auraient pu avoir leur chance. Mais le journaliste était sûr de retrouver Siferra dans la forêt. Et ça, comme chimère... !

Les yeux écarquillés, Sheerin scrutait le brouillard devant lui : il lui fallait un endroit pour se reposer. Il ne s'était jamais senti si sale de sa vie, ni si affamé, ni si épuisé, ni si démoralisé.

Pendant la venue des Ténèbres, les états d'âme de Sheerin n'avaient cessé de balancer d'un extrême à l'autre. Son intelligence et son expérience lui dictaient une chose, sa résistance morale naturelle lui en inspirait une autre.

Peut-être Beenay et Athor se trompaient-ils, et le cataclysme ne se produirait-il pas du tout.

Non, il était hors de doute que le cataclysme allait se produire.

Les Ténèbres ne s'avéreraient pas tellement perturbatrices en fin de compte.

Faux! Les Ténèbres provoqueront une vague universelle de folie.

Cette folie sera éphémère, ce ne sera qu'une brève période de désarroi.

Chez la plupart des gens, cette folie aura un caractère permanent.

Le monde ne connaîtra que quelques heures de désordre avant le retour à la normale.

Le chaos qui suivra l'éclipse aboutira à la destruction du monde.

Aller et retour... Haut et bas... Deux Sheerin jumeaux, aux prises en un débat sans fin.

Mais à présent, Sheerin avait touché le fond. Il avait perdu tout ressort sous l'éclat brûlant de ce qu'il avait vu. Il faudrait des décennies, peut-être un siècle ou davantage, pour que les choses reprennent leur cours normal. Le traumatisme mental avait laissé une cicatrice trop profonde, les destructions déjà subies par le tissu social étaient trop étendues. Le monde que Sheerin aimait avait été vaincu par les Ténèbres, irrémédiablement brisé.

On en était à la quatrième journée depuis que Sheerin avait pris congé de Theremon. Il était parvenu à sortir intact de la forêt, malgré quelques mauvais moments où il lui avait fallu brandir sa hache d'un air menaçant – pur bluff de sa part, mais ça avait marché – et, depuis vingt-quatre heures, il cheminait laborieusement à travers les banlieues sud.

La grand-route menant aux provinces du Sud, à ce qu'avait cru Sheerin, partait juste au-dessous du parc. Un trajet de quelques minutes seulement... en voiture. Le malheur, c'était que Sheerin n'était pas en voiture! Il lui avait fallu monter jusqu'aux hauteurs d'Onos : effroyable escalade qu'il avait accomplie pratiquement à quatre pattes, en s'accrochant avec les ongles, au milieu des broussailles. Grimper ces quelques centaines de mètres lui prit une demi-journée.

Une fois au sommet, il se retrouva sur un plateau qui s'étendait à perte de vue; et il avait eu beau marcher, marcher, marcher, il ne parvenait pas à la route.

Était-ce la bonne direction?

Oui, oui. De temps en temps, il tombait au coin d'une rue sur un panneau qui lui annonçait la grand-route du Sud. Mais à quelle distance? Cela, les panneaux ne le disaient pas. Sheerin poursuivait son chemin; il n'avait pas le choix.

Mais la grand-route n'était qu'une première étape, et à ce point, il n'aurait pas encore, réellement, quitté Saro. Et que faire alors? Continuer à marcher? On ne voyait aucun véhicule circuler et les stations-service avaient toutes été incendiées. Dans combien de temps pouvait-il espérer arriver à Amgando? Des semaines? Des mois? Non, il lui faudrait l'éternité. Il serait mort de faim avant de s'être rapproché un tant soit peu.

Et pourtant, il fallait qu'il continue : sans la conscience d'un but à atteindre, c'en était fait de lui, et il le savait.

Depuis l'éclipse, il s'était écoulé environ une semaine, peut-être davantage; il commençait à perdre le compte. Il ne pouvait plus ni manger ni dormir à heures régulières : or il avait toujours mené une vie très réglée.

Ma foi, se disait-il à ses moments de gaieté relative, il devait bien y avoir une raison pour que, pendant tant d'années, il se fût consacré avec tant de zèle à se barder d'une aussi abondante réserve de graisse. A présent, cette raison lui apparaissait clairement.

Mais ses moments de gaieté se faisaient chaque jour plus rares; la faim lui minait le moral. Et il se rendait compte qu'il ne tiendrait pas longtemps à ce régime. Bientôt, il serait trop faible pour continuer à se déplacer, et il lui semblerait plus simple de se blottir sous un buisson pour goûter au repos... au repos... au repos...

Il lui fallait trouver à manger, au plus tôt.

Le secteur qu'il traversait maintenant, bien qu'abandonné comme tout le reste, paraissait un peu moins ravagé, les flammes semblaient avoir sauté capricieusement telle ou telle maison sans leur faire de mal. Patiemment, Sheerin passa de l'une à l'autre, essayant d'ouvrir la porte de toutes celles qui avaient été épargnées.

Elles étaient toutes verrouillées.

Comme tous ces gens étaient méticuleux, se dit-il, comme ils étaient maniaques! Le monde s'écroule autour d'eux, pris d'une panique aveugle ils abandonnent leur foyer pour se précipiter dans la forêt, sur le campus, dans la ville, Dieu sait où... et ils prennent la peine de fermer leur porte à clé avant de partir!

A moins qu'ils ne soient pas partis du tout et soient cachés derrière ces portes verrouillées, blottis au sous-sol comme moi tout récemment, à attendre que les choses reprennent leur cours normal, ou en train de m'observer par les fenêtres d'en haut et de faire des vœux pour que je m'en aille.

Il tenta encore sa chance à une porte, puis une autre. Aucun résultat!

« Holà! Il y a quelqu'un? Laissez-moi entrer! »

Silence.

Il fixa un regard morne sur l'épaisse porte de bois qu'il avait devant lui, se représentant tous les trésors qu'elle recelait : les vivres qui n'étaient pas gâtés et ne demandaient qu'à être mangés, la baignoire, le lit moelleux... Il se sentait un peu dans la peau du petit garçon de la fable à qui a été donnée la clé du jardin des dieux, où coulent des fontaines de miel et où des boules de gomme poussent sur tous les buissons, mais qui n'est pas assez grand pour atteindre la serrure et y introduire la clé. Il en aurait pleuré!

Il s'avisa alors qu'il portait une hache... et il éclata de rire. Quel simple d'esprit il faisait! Ce devait être l'effet de la faim. Le petit garçon de la fable persévère : il offre ses moufles, ses bottes et sa toque de velours à divers animaux qui viennent à passer afin d'obtenir leur aide; ils montent tous l'un sur l'autre, et le petit garçon n'a plus quà grimper sur le dos de celui qui est tout en haut pour pouvoir mettre la clé dans la serrure. Et lui, Sheerin, restait planté, les yeux fixés sur la porte close, alors qu'il tenait une hache à la main!

Démolir la porte? La démolir carrément?

Sheerin considéra la hache comme si elle était devenue un serpent dans sa main. Comment pourrait-il, lui, Sheerin 501, professeur de psychologie à l'université de Saro, défoncer la porte de la maison de quelque honnête citoyen et s'emparer sans ambages de ce qu'il pourrait y trouver?

Facilement! se répondit-il en riant plus fort encore. *Voici comment tu t'y prends!* Et il brandit la hache.

Mais ce n'était pas si facile! Ses muscles affaiblis par la malnutrition se refusaient à l'effort. Lever la hache, ça, il s'en montra capable, et l'abattre aussi; mais le coup se révéla d'une piteuse mollesse; et, lorsque la lame heurta le robuste battant de bois, un trait de feu lui parcourut les bras et le dos. Avait-il fendu la porte? Oh! non! Y avait-il fait une petite fissure? Peut-être. Peut-être une petite encoche. Il brandit la hache à nouveau. Plus fort. Vas-y, Sheerin! Tu commences à piger le truc. Cogne! Cogne!

Après les premiers coups, il n'eut plus tellement conscience de la douleur. Il ferma les yeux, respira à fond et cogna. Cogna de nouveau. A présent, la porte cédait : il y avait une fente tout à fait visible. Encore un coup... encore un autre... peut-être cinq ou six bons coups, et elle se fendrait en deux...

Vivres... Bain... Lit...

Cogner, et cogner, et...

Et la porte s'ouvrit devant son nez!

Pris par surprise, il faillit tomber en avant. Il chancela, tituba, s'arc-bouta au chambranle avec le manche de la hache, et leva les yeux.

Une demi-douzaine de visages hagards et farouches lui rendirent son regard.

« Vous avez frappé, monsieur? » fit un homme, déclenchant une délirante hilarité.

Puis des bras se tendirent vers lui, agrippèrent les siens, le tirèrent à l'intérieur.

« Vous n'avez plus besoin de ceci, lui dit quelqu'un en lui arrachant sans aucune peine la hache des mains. Vous pourriez vous faire mal. » Nouveaux éclats de rire hystériques.

On le poussa au centre de la pièce, et l'on fit cercle autour de lui.

Sheerin compta sept, huit, peut-être neuf personnes, hommes et femmes mélangés, ainsi qu'un adolescent. On voyait au premier coup d'œil que ce n'étaient pas les légitimes occupants de la maison. Celle-ci avait dû être propre et bien tenue avant l'arrivée de ces intrus; maintenant il y avait des taches sur les murs, la moitié des meubles étaient renversés, et un liquide quelconque, du vin peut-être, souillait le tapis.

Sheerin n'eut aucune peine à deviner ce qu'étaient ces gens : des squatters, grossiers et dépenaillés, mal rasés, mal lavés, qui, arrivés là au hasard de leurs pérégrinations, avaient pris possession de la maison après la fuite de ses propriétaires. Un des hommes ne portait pour tout vêtement qu'une chemise; une des femmes, à peine adulte, qu'un short. Ils dégageaient tous une odeur âcre, repoussante. Et dans leurs yeux, Sheerin retrouvait cette tension, cette fixité, ce décalage qui annonçaient la démence.

Mais une autre odeur perçait à travers la puanteur de ces squatters, une odeur infiniment plus agréable, qui rendait Sheerin presque fou lui aussi : des effluves de nourriture en train de cuire. On préparait un repas dans la pièce voisine. Soupe? Ragoût? Quelque chose y mijotait. Sheerin vacilla, étourdi par la faim et par l'espoir soudain de pouvoir enfin l'apaiser.

D'un ton conciliant, il dit : « Je ne savais pas que cette maison était occupée. Mais j'espère que vous me permettrez de rester avec vous ce soir, après quoi je poursuivrai mon chemin.

– Vous êtes de la Patrouille? demanda un gaillard corpulent à la barbe fournie qui semblait être le chef.

– La Patrouille? fit Sheerin d'un ton mal assuré. Non, elle m'est totalement inconnue. Je me nomme Sheerin 501, et je suis membre du corps enseignant de...

– Patrouille! Patrouille! Patrouille! » Ils s'étaient soudain mis à psalmodier en faisant la ronde autour de lui.

« ... l'université de Saro », termina-t-il.

On aurait dit qu'il avait proféré une formule magique : bien que prononcées sans élever la voix, ses paroles arrêtèrent net leurs cris. Ils se turent et fixèrent sur lui des regards inquiétants.

« Vous dites que vous êtes de l'université? questionna le chef d'un ton bizarre.

– C'est exact : de la faculté de psychologie. Je fais de l'enseignement, avec un peu de travail à l'hôpital comme à-côté. Écoutez, je ne voudrais pas vous importuner : ce qu'il me faudrait, c'est un endroit pour me reposer quelques heures, ainsi qu'un peu de nourriture si ce n'est pas trop vous demander... juste un tout petit peu. Je n'ai pas mangé depuis...

– *Université!* cria une femme.

Elle avait lâché le mot comme une obscénité, un blasphème. Ce ton, Sheerin le connaissait : Folimun l'avait employé la nuit de l'éclipse, en parlant des savants. Et rien que de l'entendre, il y avait de quoi frissonner.

« *Université! Université! Université!* »

Ils s'étaient remis à tourner autour de lui et à psalmodier en pointant l'index vers lui et en faisant des signes bizarres avec leurs doigts repliés en crochets. Sheerin ne comprenait plus les paroles; c'était une cauchemardesque suite de syllabes rauques, dépourvues de sens.

Ces gens représentaient-ils un chapitre (ou un sous-chapitre) des Apôtres de la Flamme, assemblé ici pour pratiquer quelque rite ésotérique ? Non, ils avaient l'air trop dépenaillé, trop miteux, trop déséquilibré. Les Apôtres avaient toujours cultivé une allure fringante et dégagée, une maîtrise de soi presque effrayante. D'ailleurs, les Apôtres ne se faisaient guère remarquer depuis l'éclipse : Sheerin avait dans l'idée qu'ils s'étaient tous retirés dans leur thébaïde pour jouir entre eux du triomphe de leurs croyances.

Il n'y avait là que des épaves humaines à la dérive.

« Écoutez, dit-il, si j'ai en aucune façon dérangé une cérémonie, je vous présente mes excuses, et je consens volontiers à me retirer à l'instant. Si j'ai essayé d'entrer, c'est parce que je croyais la maison vide et que j'avais faim. Je n'avais aucune intention de...

– *Université! Université!* »

Il n'avait jamais lu dans un regard une haine aussi intense. Mais il s'y mêlait de la peur : ils se tenaient à distance, crispés, tremblants, comme s'ils craignaient quelque terrible puissance qu'il pourrait déchaîner à l'improviste.

Sheerin tendit vers eux des mains implorantes. Si seulement ils voulaient bien interrompre un instant leur ronde et leurs vociférations! Les effluves de la nourriture cuisant dans la pièce voisine lui faisaient perdre la tête. Il saisit une des femmes par un bras, afin de la supplier de lui donner une croûte, un bol de bouillon, n'importe quoi. Mais elle se dégagea en poussant des sifflements comme si le contact l'avait brûlée, et en frottant frénétiquement l'endroit où Sheerin avait posé les doigts sur son bras.

« Je vous en prie! fit-il. Je n'ai aucune mauvaise intention. Je suis inoffensif, croyez-moi!

– Inoffensif! Le chef cracha littéralement ce mot. Vous? Vous, l'université? Vous êtes pire que la Patrouille. La Patrouille ne cause que quelques petits ennuis aux gens; tandis que vous, vous avez détruit le monde.

– J'ai fait *quoi* ?

– Prends garde, Tasibar! dit une femme. Fais-le décamper avant qu'il nous lance un enchantement.

– Un enchantement ? fit Sheerin. Moi ? »

Tous le montraient de nouveau du doigt. Certains avaient entonné à mi-voix une mélopée grave dont le rythme était celui d'un moteur qui prend de la vitesse et va bientôt s'emballer. La fille vêtue seulement d'un short prit la parole : « C'est l'université qui a appelé sur nous les Ténèbres.

– Et les Étoiles! ajouta l'homme qui ne portait rien d'autre qu'une chemise. Ce sont ces gens-là qui ont fait venir les Étoiles.

– Et celui-ci pourrait bien les ramener, dit la femme qui s'était déjà exprimée auparavant. Qu'on le fasse partir! Qu'on le fasse partir! »

Sheerin les dévisageait, stupéfait. Il aurait dû voir venir ce phénomène trop prévisible : une défiance pathologique à l'égard des savants, une phobie irraisonnée qui devait maintenant avoir infecté comme un virus tous les survivants de cette nuit de terreur.

« Vous pensez que je peux ramener les Étoiles rien qu'en claquant des doigts ? C'est de ça que vous avez peur ?

– Vous êtes de l'université, répondit le nommé Tasibar. Vous saviez les secrets. L'université a amené les Ténèbres, oui. L'université a amené les Étoiles. L'université a amené la fin du monde. »

C'en était trop.

Il était déjà assez déplaisant de respirer l'affolante senteur de cette nourriture sans avoir le droit d'en manger; mais être tenu pour responsable de la catastrophe, être considéré comme un sorcier malveillant...

Sheerin craqua.

Il se mit à les accabler de sarcasmes : « C'est vraiment ça que vous pensez, pauvres crétins ? Vous déraillez complètement! Vous en prendre à l'université! Alors, ce serait nous qui aurions amené les Ténèbres ? Par tous les dieux, quelle idiotie! C'est nous au contraire qui avons essayé de vous prévenir! »

Il accompagnait ces apostrophes de gestes furieux : il serrait les poings, il les cognait violemment l'un contre l'autre.

« Il va les faire revenir, Tasibar! Il va rappeler les Ténèbres! Il faut l'en empêcher, il faut l'en empêcher! »

Soudain, il les vit tous agglomérés autour de lui : le cercle se resserrait, les bras se tendaient vers lui...

Et lui, debout au milieu d'eux, il leur tendit les mains d'un geste d'impuissance et d'excuse. Il ne tentait pas de bouger. Il regrettait de les avoir insultés l'instant d'avant, non parce que cela avait mis sa vie en danger – ils n'avaient sans doute pas même prêté attention aux épithètes dont il les avait gratifiés – mais parce qu'il comprenait que, s'ils étaient ce qu'ils étaient, ce n'était pas leur faute, mais plutôt la sienne : il n'avait pas fait assez d'efforts pour les aider.

Oui, il regrettait, à présent. Mais il était beaucoup trop tard.

Quelqu'un lui donna un coup de poing. La surprise autant que la douleur lui coupa le souffle.

« Liliath... » parvint-il à s'écrier.

Puis ils fondirent sur lui.

36

Il y avait quatre soleils dans le ciel : Onos, Dovim, Patru et Trey. Les jours quadrisolaires, se souvint Theremon, étaient censés être des jours de chance ; et, à coup sûr, c'était bien le cas de celui-ci.

De la viande ! De la vraie viande, enfin !

Merveilleuse vision !

C'est à un pur hasard qu'il devait cette nourriture ; mais peu importait. La vie en plein air – tout nouveau, tout beau ! – avait perdu beaucoup de ses charmes à mesure que sa faim allait croissant. Au point où il en était, n'importe quelle viande était la bienvenue, d'où qu'elle vînt, merci beaucoup !

La forêt regorgeait d'animaux sauvages. La plupart étaient petits ; très peu étaient dangereux ; tous étaient impossibles à attraper, à mains nues du moins. Or Theremon ignorait tout de la confection des pièges.

Ces histoires pour enfants, où l'on voit des gens perdus dans les bois qui s'adaptent illico à la vie dans la nature et se métamorphosent en chasseurs accomplis et en constructeurs experts, c'étaient des fables. Theremon se jugeait relativement habile pour un citadin ; mais il n'avait aucune illusion sur ses chances d'attraper des animaux – pas plus que de remettre en route les générateurs de la ville ! En matière d'habitation, il avait juste été capable de bâtir une espèce d'appentis rudimentaire avec des branches et des rameaux : de quoi s'abriter du plus gros de la pluie un jour d'orage.

A présent, le temps était de nouveau beau et chaud, et Theremon avait de la viande pour son dîner. Un seul problème : comment la faire cuire ? Il voulait bien être pendu s'il la mangeait crue !

Quel paradoxe : dans une ville détruite par le feu, il en était à se demander comment il allait s'y prendre pour faire cuire de la viande ! Mais les pires incendies s'étaient éteints faute de combustible, et la pluie s'était chargée du reste.

Je vais bien trouver quelque chose, se disait Theremon. Frotter deux bâtons l'un contre l'autre ? Faire jaillir une étincelle d'une pierre en la frappant avec du métal et enflammer un chiffon ?

Theremon était fort reconnaissant aux garçons qui avaient tué l'animal pour lui, de l'autre côté d'un lac proche de l'endroit où il campait. Non qu'ils l'eussent fait pour lui rendre service : il était plus que probable qu'ils avaient l'intention de le manger eux-mêmes.

Il s'agissait d'un grabe, une de ces affreuses bêtes au long museau, à la fourrure bleuâtre et à la queue glabre et sinueuse que l'on voyait parfois fureter dans les dépotoirs des banlieues après le coucher d'Onos : mais la beauté, on pouvait s'en passer en l'occurrence ! Les jeunes gens, ayant réussi à la débusquer de son repaire diurne, avaient acculé la stupide créature dans un petit ravin en cul-de-sac.

Theremon les regardait de l'autre rive, à la fois dégoûté et envieux. Ils traquaient sans répit l'animal en le bombardant de pierres. Celui-ci était remarquablement agile pour un fouisseur d'ordures : aux abois, il tentait encore d'échapper à ses agresseurs en se carapatant de-ci de là. Cependant, sa chance finit par tourner ; une pierre ricocha sur sa tête, et il s'écroula, tué net.

Theremon supposait que les jeunes chasseurs allaient dévorer leur proie sur-le-champ. Mais à cet instant, une silhouette hirsute et balourde apparut au-dessus d'eux, resta un moment debout sur le bord du ravin, puis entreprit de descendre vers le lac.

« Sauve qui peut ! Voilà Garpik le Sabreur ! hurla un des adolescents.

– Garpik ! Garpik ! »

Et tous deux décampèrent en abandonnant derrière eux le corps du grabe.

Theremon s'était dissimulé dans l'ombre sur sa rive du lac. Lui aussi connaissait ce Garpik, bien qu'il ignorât jusqu'alors son nom. De tous les habitants de la forêt, il était l'un des plus redoutés. Trapu, d'allure simiesque, il ne portait rien d'autre qu'une ceinture, dans laquelle étaient passés tout un assortiment de couteaux. Psychopathe type, il tuait sans autre motif que le plaisir de tuer.

Garpik resta planté quelque temps à l'entrée du ravin, à caresser en chantonnant un de ses couteaux. Il ne paraissait pas remarquer la bête morte, ou ne s'y intéressait pas. Peut-être attendait-il le retour des jeunes fuyards; mais de toute évidence, ceux-ci avaient d'autres projets. Au bout d'un moment, Garpik haussa les épaules et, de sa démarche avachie, repartit dans la forêt, en quête de quelque chose d'amusant à faire avec ses armes.

Theremon patienta une éternité, pour être sûr que Garpik n'allait pas rebrousser chemin et lui bondir dessus.

Puis, lorsqu'il n'en put plus de voir ce grabe mort gisant par terre en un endroit où toute autre créature prédatrice, à deux ou à quatre pattes, pourrait s'en emparer avant lui, il s'élança, contourna le lac, ramassa vivement la proie et la rapporta à sa cachette.

La bête pesait autant qu'un petit enfant. Elle ferait bien deux ou trois repas, davantage peut-être, à condition de mettre un frein à son appétit, et pourvu que la viande ne se gâte pas trop vite.

Theremon avait la tête qui tournait, tellement il avait faim.

Voyons : faire du feu, à présent...

D'abord, le combustible. Derrière le refuge de Theremon se dressait une muraille rocheuse à la surface plane, parcourue par une profonde fissure latérale dans laquelle poussait un alignement d'herbes folles. Beaucoup avaient séché depuis longtemps. Theremon longea d'un bon pas la paroi en cueillant au passage tiges et feuilles jaunies, dont il fit un petit tas : cette espèce de paille prendrait feu aisément.

Maintenant, des brindilles sèches! C'était plus difficile à trouver, mais Theremon fourragea dans les sous-bois aux alentours, cherchant des branches mortes. Lorsqu'il eut ainsi réuni suffisamment de petit bois, l'après-midi était déjà bien avancé : Dovim avait disparu du ciel; et Trey et Patru, bas sur l'horizon au moment de la chasse au grave, étaient à présent venus se placer au centre, tels deux yeux étincelants qui contemplaient de très haut les tristes événements de Kalgash.

Theremon disposa avec soin son petit bois au-dessus des plantes sèches, comme aurait pu le faire selon lui un adepte de la vie au grand air : les plus grosses branches formant un bâti extérieur, et les plus minces entrecroisées par-dessous au milieu. Non sans difficulté, il embrocha le grabe sur un bâton pointu et relativement droit, et le plaça à courte distance au-dessus de son petit bûcher.

Jusque-là, tout allait bien. Il ne manquait plus qu'un détail : du feu!

Il avait détourné ses pensées de ce problème, espérant qu'il se résoudrait tout seul; mais maintenant, il fallait bien se rendre à l'évidence : une étincelle était nécessaire! Il y avait bien le vieux truc, genre « le Petit Débrouillard », qui consistait à frotter deux bâtons l'un contre l'autre : Theremon était persuadé qu'il s'agissait d'une histoire. Il avait lu quelque part que certaines tribus primitives allumaient jadis du feu en faisant tourner entre les paumes de leurs mains un bâton dont la pointe était appuyée au fond d'une petite cavité creusée dans une planche. Toutefois, il soupçonnait que ce procédé n'était pas si simple ; et, de toute façon, il était probablement indispensable d'être initié à cet art par le patriarche de la tribu quand on était petit, ou quelque chose de ce genre, faute de quoi ça ne marchait pas.

Et avec deux cailloux... était-il possible de faire jaillir une étincelle en les cognant l'un contre l'autre ?

Il en doutait aussi ; mais il se dit qu'il ferait aussi bien d'essayer : il n'avait pas d'autres idées. Il y avait une large pierre plate à proximité ; et, en cherchant un peu, il en trouva une autre, plus petite, et de forme triangulaire, qu'il tenait commodément. Il s'agenouilla auprès de son foyer et se mit à frapper méthodiquement la pierre plate avec la pierre pointue.

Il n'en résulta rien de particulier.

Un sentiment d'impuissance commença à le gagner. Regardez-moi ça ! se dit-il. Voilà un homme qui sait lire et écrire, qui sait conduire, qui sait même se servir d'un ordinateur, plus ou moins... capable de pondre en deux heures un article de journal que tout le monde à Saro va vouloir lire... capable de faire ça jour après jour pendant vingt ans... et incapable de faire du feu dans la nature !

Pourtant, je me refuse à manger ce grabe cru, à moins d'y être absolument contraint. Je ne veux pas ! Non, non et NON !

Et, dans sa rage, il frappait les pierres l'une contre l'autre, frappait, frappait, frappait...

Une étincelle, bon sang ! Du feu ! Des flammes ! Pour cuire cette foutue bestiole !

Et de frapper, frapper, frapper...

« Hé ! Vous, là ! Qu'est-ce que vous êtes en train de faire ? » dit soudain une voix sans aménité, juste derrière son épaule droite.

Theremon sursauta et leva la tête, atterré. La première règle de survie dans cette forêt était de ne jamais s'absorber dans quoi que que ce soit au point de laisser des intrus s'approcher en catimini.

Ceux-là étaient cinq, des hommes à peu près du même âge que lui, aussi déguenillés que tous les habitants de la forêt. Pas d'yeux vitreux, pas de bouche baveuse, seulement une mine rébarbative, un mélange de lassitude et de détermination. Ils ne semblaient pas porter d'autres armes que des gourdins ; mais leur attitude était résolument hostile.

Cinq contre un ! Bon, d'accord, pensa-t-il, prenez-le, ce foutu grabe, et puisse-t-il vous étouffer ! Il n'aurait pas la bêtise d'essayer de résister.

« Je vous ai demandé ce que vous étiez en train de faire », répéta le premier de ces hommes, d'un ton encore plus glacial.

Avec un regard furibond, Theremon répondit : « Qu'est-ce que vous croyez ? J'essaie d'allumer du feu !

– C'est bien ce que nous pensions ! »

L'inconnu s'avança et, posément, de propos délibéré, il envoya un coup de pied dans le petit bûcher de Theremon. Le bois d'allumage que celui-ci avait eu tant de mal à rassembler vola dans tous les sens, et le grabe embroché tomba par terre.

« Hé là ! Un instant... !

– Pas de feu ici, mon vieux. C'est la loi ! » C'était dit sans ambages, avec fermeté, brusquerie même. « La possession de tout moyen d'allumer du feu est interdite. Ce bois était destiné à faire du feu, c'est une évidence. Et d'ailleurs, vous avez avoué être coupable.

– Coupable ? répéta Theremon avec incrédulité.

– Vous avez reconnu que vous essayiez d'allumer du feu. Ces pierres entrent dans les moyens d'allumer du feu, non ? La loi est des plus claires là-dessus. C'est interdit. »

Sur un signe du chef, deux hommes s'avancèrent ; l'un d'eux saisit Theremon par-derrière à la taille et à la gorge, l'autre lui prit des mains les pierres dont il s'était servi et les jeta dans le lac. En les voyant disparaître dans une gerbe d'eau, Theremon ressentit le même sentiment qu'avait dû éprouver Beenay en voyant la foule fracasser ses télescopes.

« Lâ...chez-moi ! grogna-t-il en se débattant.

– Lâchez-le ! » ordonna le chef. Il écrasa du pied et enfonça dans la terre paille et brindilles.

« Nul n'est plus autorisé à faire du feu, reprit-il à l'adresse de Theremon. Nous ne pouvons plus le permettre, vu les risques, les souffrances, les dégâts, l'ignorez-vous ? Essayez de recommencer, nous reviendrons vous casser la figure, vous m'entendez ?

– C'est le feu qui a détruit le monde, dit l'un de ceux qui l'accompagnaient.

– C'est le feu qui nous a chassés de chez nous !

– Le feu, voilà l'ennemi ! Le feu est interdit : le feu est le mal. »

Theremon les dévisagea en écarquillant les yeux. Le feu, un *mal ? Le feu, interdit ?* En fin de compte, ils étaient donc bien fous !

« La sanction, à la première infraction, est une amende, poursuivit celui qui avait parlé le premier. Nous vous fixons comme amende... cet animal ! Ça vous apprendra à mettre en danger des vies innocentes. Prends la bête, Listigon ! Ça lui servira de leçon ! La prochaine fois qu'il attrapera quelque chose, il saura qu'il n'a pas intérêt à évoquer l'Ennemi rien que pour le plaisir de manger de la viande cuite.

– Non ! cria Theremon d'une voix étranglée en voyant le dénommé Listigon se pencher pour s'emparer du grabe. C'est à moi, bande de crétins ! A moi ! A MOI ! »

Et il s'élança furieusement sur eux, oubliant toute prudence sous l'effet de la frustration.

Il reçut un grand coup dans l'abdomen et se plia en deux, secoué de haut-le-cœur, se tenant le ventre à deux mains. Quelqu'un d'autre le frappa dans les reins, et il faillit s'étaler en avant. Mais cette fois, il répliqua par un bon coup de coude, et il eut la satisfaction d'entendre un grognement de douleur.

Il était déjà arrivé à Theremon de participer à des rixes, mais jamais bien longtemps, et jamais seul contre cinq. Le mieux, se dit-il, était de rester debout et de se frayer un chemin à reculons jusqu'à la muraille rocheuse; une fois adossé à celle-ci, il ne pourrait plus être attaqué par-derrière. Et ensuite, s'efforcer de tenir ses adversaires en échec, à coups de poing, à coups de pied, si nécessaire à coups de dents et à coups de gueule, jusqu'à ce qu'ils se décident à le laisser tranquille.

Il y avait en lui une voix qui disait : *Ils sont complètement dingues; ils sont parfaitement capables de ne pas abandonner la partie avant de t'avoir roué de coups et abandonné pour mort.*

Mais il n'y avait plus rien à y faire à présent.

Gardant la tête baissée, il cognait de toutes ses forces en poursuivant sa progression vers la paroi. Les coups pleuvaient, mais il demeurait sur pied. L'avantage numérique n'était pas aussi écrasant qu'il le craignait; dans cet espace restreint, il était difficile pour ses cinq adversaires de l'attaquer tous à la fois, et Theremon pouvait exploiter à son profit cette confusion. Il frappait dans n'importe quelle direction puis se déplaçait aussi promptement que possible pendant que les autres lui tournaient gauchement autour en s'efforçant de ne pas s'atteindre mutuellement.

Malgré cela, Theremon savait bien qu'il ne pourrait pas en encaisser beaucoup plus. Il avait la lèvre fendue, un œil qui commençait à enfler, et le souffle de plus en plus court. Un bon coup de poing encore, et il risquait de se retrouver à terre. Se protégeant la figure d'un bras, il tapait de l'autre, tout en continuant à reculer vers la muraille protectrice. Il flanqua un coup de pied à l'un de ses adversaires : hurlement, juron... Mais un autre le paya de retour; touché à la cuisse, Theremon pivota sur lui-même avec un sifflement de douleur.

Il vacilla, cherchant désespérément à reprendre son souffle; il avait du mal à y voir, du mal à comprendre ce qui se passait. Il était complètement cerné, à présent. Il allait tomber, se faire piétiner, mourir...

Il... allait... mourir...

Et voilà que parvint jusqu'à sa conscience une agitation à l'intérieur de l'agitation : des voix différentes s'élevaient, de nouveaux venus se joignaient à la mêlée, une multitude de silhouettes s'agitaient partout. Merveilleux, se dit-il, une autre bande de dingues qui vient participer aux réjouissances! Mais peut-être pourrais-je profiter de tout ce remue-ménage pour m'esquiver...

« Au nom de la Patrouille du Feu, arrêtez! cria une voix de femme, claire, forte, impérative. C'est un ordre! Arrêtez, tous autant que vous êtes! Écartez-vous de lui... immédiatement! »

Theremon cligna des paupières et se frotta le front. Il jeta autour de lui un regard trouble.

Il y avait dans la clairière quatre nouveaux venus. Alertes et dispos, habillés de vêtements propres et portant autour du cou d'amples foulards verts, ils étaient armés de pistolets-laser.

La femme, qui décidément paraissait en position d'autorité, fit un geste bref et impérieux avec l'arme qu'elle tenait, et les cinq individus qui avaient attaqué Theremon s'écartèrent de lui et allèrent docilement se ranger devant elle. Elle les considéra, la mine sévère, sous les yeux incrédules de Theremon.

« Qu'est-ce qui se passe ici ? demanda-t-elle à leur chef, d'une voix dure et froide comme l'acier.

– Cet homme allumait un feu... enfin, il essayait... il voulait faire rôtir une bête, mais nous l'avons surpris...

– Parfait! Je ne vois pas de feu ici. Les lois ont eu gain de cause. Dégagez! »

L'homme inclina la tête. Il se baissa pour se saisir du grabe.

« Holà! Ça m'appartient ! fit Theremon d'une voix rauque.

– Non! rétorqua l'autre. Ça vous a été confisqué. C'est l'amende à laquelle nous vous avons condamné pour avoir violé les lois anti-incendie.

– C'est moi qui déciderai de la sanction, dit la femme. Posez-moi cette bête, et allez-vous-en! Allez-vous-en!

– Mais...

– Allez-vous-en, sinon c'est *vous* que je vais faire comparaître devant Altinol. Allez, ouste! »

Les cinq hommes s'esquivèrent sans demander leur reste.

La femme au foulard vert s'approcha de Theremon.

« J'ai l'impression que je suis arrivée juste à temps, hein, Theremon ?

– Siferra! fit-il, ébahi. Siferra! »

37

Il avait mal partout. Il ne savait pas trop dans quelle mesure ses os étaient intacts, il avait un œil tellement gonflé qu'il ne pouvait pratiquement pas l'ouvrir. Mais il avait l'impression qu'il survivrait. Assis le dos contre la paroi rocheuse, il attendait que s'apaise la souffrance qui lui embrumait l'esprit.

Siferra s'adressa à lui : « Nous avons de l'eau-de-vie de Jonglor, là-bas au quartier général. Je pense qu'il est en mon pouvoir de vous en faire donner un peu – à usage strictement médical, bien entendu.

– Eau-de-vie ? Quartier général ? Quel quartier général ? Qu'est-ce que c'est que toutes ces histoires, Siferra ? Êtes-vous bien là, devant moi, réellement ?

– Vous me prenez pour une illusion ? » Elle rit et lui enfonça légèrement les ongles dans les avant-bras. « Et ça, c'est une illusion, d'après vous ? »

Il fit la grimace. « Attention ! C'est un endroit plutôt sensible... comme tous les autres en ce moment, d'ailleurs ! Vous êtes tout bonnement tombée du ciel, c'est ça ?

– J'étais de service avec la Patrouille. En traversant la forêt, nous avons entendu des bruits de lutte, et nous sommes venus voir ce qui se passait. Nous essayons de rétablir un semblant d'ordre par ici.

– *Nous ?*

– La Patrouille du Feu. Actuellement c'est elle la plus apte à remplacer le pouvoir local. Elle a pour quartier général le Refuge de l'université ; et celui qui la dirige est un homme du nom d'Altinol, un ancien cadre supérieur d'entreprise ; je suis l'un de ses lieutenants. C'est une sorte de milice, qui a réussi à faire admettre l'idée que l'usage du feu doit être réglementé, et que seuls les membres de la Patrouille du Feu ont le privilège de... »

Theremon leva la main. « Holà ! Doucement, Siferra. Vous dites que les universitaires du Refuge ont formé une milice ? Mais Sheerin m'a dit qu'ils étaient tous partis pour le parc national d'Amgando.

– Sheerin ? Il est ici ?

– Il y était. Il est en route pour Amgando, à présent. Moi, j'ai... décidé de rester un peu dans les parages. » Il ne lui parut pas possible de dire à Siferra que, s'il s'était attardé, c'était dans l'espoir déraisonnable de la retrouver, elle!

Siferra hocha la tête. « En effet les universitaires ont quitté le Refuge. Ils l'ont laissé grand ouvert, et Altinol qui passait par là avec son groupe a pris possession des lieux. La Patrouille du Feu compte une vingtaine de membres, tous en fort bonne condition mentale. Elle est parvenue à imposer son autorité sur un territoire qui couvre la moitié de la forêt environ, ainsi que la partie de la ville qui la borde et où vivent encore des gens.

– Et vous? demanda Theremon. Comment vous êtes-vous jointe à eux?

– Je suis tout simplement allée au Refuge; Altinol et les siens m'y avaient précédée : ils m'ont invitée à accompagner la Patrouille. » Siferra eut un sourire où Theremon crut lire quelque chose d'amer. « Ils ne m'ont guère laissé le choix, précisa-t-elle. Ce ne sont pas des modèles de douceur.

– Les jours que nous vivons ne brillent pas par la douceur!

– Effectivement! Aussi ai-je décidé que j'avais meilleur compte à rester avec eux qu'à m'en aller seule à la dérive. Ils m'ont donné ce foulard vert, respecté de tout le monde par ici, et ce pistolet-laser... non moins respecté!

– Ainsi donc, vous voilà vigile! fit Theremon, songeur. Je ne vous aurais jamais imaginée dans ce genre de rôle.

– Moi non plus!

– Mais vous pensez vraiment que cet Altinol et sa Patrouille du Feu sont des gens de bien, qui contribuent à rétablir la loi et l'ordre, n'est-ce pas? »

Elle sourit une fois encore, et une fois encore ce n'était pas un signe de gaieté.

« Des gens de bien? C'est ainsi qu'ils se considèrent, oui!

– Et vous, non? »

Elle haussa les épaules. « Ils travaillent d'abord pour eux-mêmes, ça ne fait aucun doute. Il y a une vacance du pouvoir, et ils entendent bien y pourvoir. Mais mon impression est que, dans l'etat actuel des choses, ce ne sont pas les plus mauvais candidats à l'établissement d'une structure gouvernementale. Ils sont en tout cas plus acceptables que certaines équipes auxquelles on peut songer.

– Vous voulez parler des Apôtres? Est-ce qu'ils essaient de former un gouvernement, eux aussi?

– C'est fort probable. Mais je n'ai pas entendu parler d'eux depuis les événements. Altinol pense qu'ils se cachent en quelque lieu souterrain, ou que Mondior les a conduits dans une région lointaine pour y fonder leur propre royaume. Mais nous avons deux ou trois groupes de fanatiques qui ne sont pas de la petite bière : vous êtes bien placé pour le savoir, Theremon, avec cette rencontre qui aurait pu très mal se terminer pour vous sans un coup de chance extraordinaire. Ces gens-là pensent que la seule voie de salut pour l'humanité est de renoncer totalement à l'usage du feu, puisque le feu a détruit le monde ; et vous savez comment ils s'y prennent.

– J'essayais seulement de me faire cuire un dîner, fit remarquer Theremon d'un air morne.

– Pour eux, expliqua Siferra, le feu est toujours le feu. Nous, nous représentons l'élite, les seuls chez qui l'usage du feu est toléré.

– Ça sert, d'avoir des pistolets-laser ! commenta Theremon. Avec ça, on a droit à beaucoup de tolérance ! »

Il se frotta le bras là où ça lui faisait mal, puis son regard erra au loin avec morosité. « Et il y a d'autres fanatiques, avez-vous dit ?

– Il y a ceux qui croient que les astronomes de l'université ont fait apparaître les Étoiles : c'est la vieille haine des intellectuels qui remonte à la surface chaque fois qu'on en revient à une mentalité médiévale.

– Grands dieux ! Et il y en a beaucoup comme ça ?

– Plus qu'assez ! Les Ténèbres seules savent ce qu'ils risquent de faire s'ils mettent la main sur des universitaires qui n'auraient pas réussi à rejoindre Amgando : les pendre au plus proche lampadaire, je suppose. »

Theremon dit d'un air sombre : « Et c'est moi qui en serais responsable !

– Vous ?

– Tout ce qui est arrivé est ma faute, Siferra ! Non celle d'Athor, ni de Folimun, ni des dieux, mais la mienne ! A moi, Theremon 762 ! Le jour où vous m'avez traité d'inconscient, vous étiez trop indulgente : je n'ai pas seulement fait preuve d'inconscience, mais d'une criminelle négligence.

– Arrêtez, Theremon ! A quoi bon... »

Mais il continua sur sa lancée : « J'aurais dû écrire article sur article, jour après jour, pour annoncer ce qui allait arriver, pour réclamer à cor et à cri un programme d'urgence de stockage alimentaire et d'équipement en générateurs de secours, de soutien moral et mille autres choses encore... Et au lieu de cela, qu'ai-je fait ? De l'ironie ! J'ai brocardé les astronomes dans leur tour d'ivoire ! J'ai agi de telle sorte qu'il était politiquement impossible à tout dirigeant de prendre Athor au sérieux.

– Theremon...

– Vous auriez dû laisser ces dingues me battre à mort, Siferra ! »

Elle le regarda dans les yeux, l'air furieux. « Ne dites pas de bêtises ! Tous les plans gouvernementaux possibles et imaginables n'auraient rien pu y changer. Moi aussi, je regrette que vous ayez écrit ces articles, Theremon. Mais qu'importe maintenant ? Vous vous trompiez, mais vous étiez sincère. Et, de toute façon, à quoi bon ressasser le passé ? Il faut nous occuper du présent. » Elle se radoucit pour dire : « Êtes-vous capable de marcher ? Il faut qu'on vous ramène au Refuge. Vous y trouverez de quoi vous laver, vous changer, prendre quelque nourriture...

– De la nourriture ?

– Les gens de l'université ont abandonné quantité de provisions derrière eux. »

Theremon gloussa de rire en montrant du doigt le grabe. « Vous voulez dire que je ne suis pas forcé de manger *ça* ?

– Non, à moins que vous y teniez vraiment. Je vous suggère de le donner à quelqu'un qui en a plus besoin que vous, en chemin, avant que nous quittions la forêt.

– Bonne idée ! »

Il se remit sur pied, lentement, péniblement. Dieux ! que ça faisait mal ! Un ou deux pas pour voir : ça irait. Rien ne semblait cassé, en fin de compte. La perspective d'un bain chaud et d'un vrai repas agissait sur son corps douloureux.

Il eut un dernier regard pour son petit appentis de fortune, le ruisseau, les malheureux buissons et les vilaines plantes sauvages : c'est là que, pendant ces quelques jours singuliers, il avait été chez lui. Il ne regretterait guère ce cadre, mais il n'oublierait pas de sitôt la vie qu'il y avait menée.

Là-dessus, il ramassa le grabe et le jeta sur son épaule.

« Je vous suis », dit-il à Siferra.

Ils n'avaient guère fait plus d'une centaine de mètres lorsque Theremon entrevit un groupe d'adolescents qui se cachaient derrière les arbres ; les mêmes, apparemment qui avaient débusqué le grabe de son terrier, l'avaient traqué et mis à mort. De toute évidence, ils étaient revenus pour essayer de le récupérer. A présent, ils guettaient de loin, la mine renfrognée, fort déçus de voir Theremon partir en emportant leur proie. Mais ils n'osaient faire valoir leurs droits, tenus en respect par les foulards verts, insignes de fonction des membres de la Patrouille du Feu, ou, plus probablement, par leurs pistolets-laser.

Theremon les héla : « Hé ! C'est à vous, ça, hein ? J'ai veillé dessus pour vous. »

Il lança le cadavre du grabe dans leur direction, mais à une distance trop courte ; ils restèrent sur leurs positions, désorientés et mal à l'aise, partagés entre le désir de reprendre leur proie et la crainte de s'approcher.

« Et voilà le monde de l'après-Ténèbres ! dit tristement Theremon à Siferra. Ces garçons meurent de faim, mais ils n'osent pas bouger, craignant un piège : ils s'imaginent que, s'ils sortent du couvert pour récupérer la bête, nous allons leur tirer dessus pour le plaisir.

– Qui peut le leur reprocher ? répondit-elle. Tout le monde a peur de tout le monde, à présent. Vous n'avez qu'à laisser cet animal là où il est : ils viendront bien le chercher quand nous aurons disparu. »

Il poursuivit son chemin en boitant à la suite de Siferra. Celle-ci, comme tous les membres de la Patrouille, se déplaçait en toute confiance à travers la forêt ; on aurait dit qu'ils n'avaient rien à craindre. Il était curieux de constater, se disait l'ancien journaliste, à quelle vitesse la société commençait à se reconstituer. En quelques jours seulement, une organisation parfaitement irrégulière comme cette Patrouille du Feu s'était trouvée revêtue d'une autorité quasi gouvernementale – avec l'aide, bien entendu, des pistolets-laser.

Ils finirent par atteindre l'orée de la forêt. L'air se faisait plus frais, et la lumière désagréablement pâle, maintenant que Patru et Trey étaient les seuls soleils présents dans le ciel. Ces soirées bisolaires, depuis l'éclipse, étaient chargées de trouble et de menaces, comme si elles présageaient – chose impossible, il le savait pourtant – un retour imminent des Ténèbres. Les traumatismes dus à la Tombée de la Nuit seraient longs à guérir, même chez les esprits les moins fragiles.

« Le Refuge est un peu plus loin sur cette route, lui dit Siferra. Comment ça va ?

– Ça va, ça va ! répondit Theremon d'un ton acerbe. Ils ne m'ont pas estropié, vous savez ! »

Il lui fallait cependant un effort considérable pour contraindre ses jambes à le porter, malgré meurtrissures et élancements. Ce fut pour lui un grand soulagement d'arriver enfin à l'entrée de ce séjour souterrain : le Refuge.

C'était un véritable labyrinthe, avec des voûtes et des couloirs s'ouvrant dans toutes les directions. Theremon distinguait vaguement au loin un appareillage d'allure scientifique, spires et bobinages complexes, aux mystères insondables, qui couraient le long des parois et des plafonds. Ces lieux, il s'en souvenait à présent, avaient été le site du cyclotron de l'université jusqu'à l'inauguration du nouveau laboratoire expérimental géant sur les hauteurs de Saro. Il semblait que les physiciens avaient laissé derrière eux une bonne quantité de matériel périmé.

Un homme de grande taille, qui respirait l'autorité, apparut. « Voici Altinol 111, dit Siferra. Altinol, je vous présente Theremon 762.

– De *La Chronique* ? fit Altinol. Il ne paraissait pas intimidé, ni même impressionné ; son ton était celui de la constatation.

– J'en étais », corrigea Theremon.

Ils se dévisagèrent de manière fort peu chaleureuse. Altinol avait effectivement l'air d'un dur à cuire. Quadragénaire en pleine forme physique, il portait des vêtements sobres et résistants, et son comportement dénotait l'habitude d'être obéi. Tout en l'examinant, Theremon compulsait rapidement les abondants dossiers dont il avait garni sa mémoire; et, au bout d'un moment, il eut la satisfaction de tomber sur des éléments qui vibraient à l'unisson.

« Les Entreprises Morthaine ? dit-il. Vous êtes cet Altinol-là ? »

Une brève lueur – amusée, ou bien contrariée ? – brilla dans les yeux d'Altinol. « Celui-là même.

– On racontait que vous vouliez accéder au plus haut poste de direction. Eh bien, voilà qui me semble fait... pour la ville de Saro, sinon pour toute la République fédérale.

– Chaque chose en son temps, répondit Altinol, d'un ton mesuré. Il s'agit d'abord d'émerger de l'anarchie; ensuite, il faudra songer à la restructuration de l'ensemble du pays et se préoccuper de savoir qui accédera à la direction suprême. Nous sommes confrontés au problème des Apôtres : ils se sont rendus maîtres de tout le Nord de la ville et du territoire qui s'étend au-delà, et y ont imposé un pouvoir religieux; il ne sera pas facile de les déloger. » Il eut un sourire froid. « Commençons par le commencement, mon ami!

– En ce qui concerne Theremon, enchaîna Siferra, il faut commencer par un bon bain, et ensuite un repas : il vit dans la forêt depuis la Tombée de la Nuit. »

Elle se tourna vers Theremon : « Venez avec moi! »

On avait dressé des cloisons tout le long du tunnel de l'ancien accélérateur de particules, afin de le diviser en une série de petites pièces. Siferra conduisit Theremon dans l'une de celles-ci, où des tuyaux de cuivre suspendus amenaient de l'eau à un réservoir de porcelaine. Elle le prévint : « Ça ne sera pas bien chaud : les chaudières ne fonctionnent qu'environ deux heures par jour, car les réserves de combustible sont à un niveau très bas; mais ça vaudra toujours mieux que de se baigner dans un ruisseau glacial de la forêt. Vous aviez des renseignements sur Altinol?

– Président des Entreprises Morthaine, le grand cartel de transports. On a parlé de lui dans la presse il y a un an ou deux : une affaire de contrat obtenu par des méthodes peut-être irrégulières pour aménager un immense lotissement sur des terrains publics dans la province de Nibro.

– Qu'est-ce qu'une entreprise de transports a à voir avec l'aménagement immobilier? questionna Siferra.

– C'est bien ça le problème, elle n'a rien à y voir. On a accusé Altinol de trafic d'influence : offrir à des sénateurs la gratuité à vie sur ses lignes de croisière, ou quelque chose comme ça... » Theremon haussa les épaules. « Ça n'a vraiment plus aucune importance, à présent. Il n'y a plus d'Entreprises Morthaine, plus d'aménagement immobilier à faire, plus de sénateurs fédéraux à soudoyer. Il n'a pas dû apprécier que je le reconnaisse.

– Ça ne lui a probablement fait ni chaud ni froid. Tout ce qui compte pour lui maintenant, c'est de diriger la Patrouille du Feu.

– Pour le moment, corrigea Theremon. Aujourd'hui, la Patrouille du Feu de Saro, demain le monde. Vous avez bien entendu, quand il a parlé de déloger les Apôtres qui ont mis la main sur l'autre bout de la ville. Ma foi, il faut bien que quelqu'un s'en charge ; et Altinol est le genre d'homme qui aime à diriger. »

Siferra sortit, et Theremon se plongea dans le réservoir de porcelaine. Ce n'était pas à proprement parler voluptueux ; mais bien agréable quand même, après ce qu'il avait enduré ces derniers temps. Il s'appuya en arrière, ferma les yeux, se détendit et fit durer son plaisir.

Après le bain, Siferra emmena Theremon au réfectoire du Refuge, grande pièce toute simple au toit de fer-blanc. Elle l'y laissa, en lui disant qu'elle devait faire à Altinol son rapport de la journée.

Le dîner qui attendait Theremon était un de ces repas tout préparés qui avaient été stockés au Refuge au cours des mois où l'on installait celui-ci : légumes et viande de nature inconnue à peine chauds, boisson sans alcool de couleur vert pâle à la saveur indéfinissable. Theremon trouva cela délicieux. Il se força à manger lentement, à mâcher avec soin, sachant que son estomac n'était plus habitué à de vrais aliments après son séjour dans la forêt.

Quand il eut fini il se renversa contre le dossier et fixa sur la hideuse cloison de fer-blanc un regard morne. Il n'avait plus faim ; et son humeur commençait à s'assombrir. Malgré le bain, malgré le repas, malgré le soulagement de se trouver hors de danger dans ce Refuge bien défendu, il se sentait glisser dans un abîme de désolation. Il était las, il n'avait plus de ressort, il voyait les choses en noir.

Il était bien agréable, se disait-il, le monde qui avait disparu. Pas parfait, loin de là, mais fort acceptable. Les gens, pour la plupart, y étaient raisonnablement heureux et prospères. On ne cessait d'y réaliser des progrès dans tous les domaines : connaissances scientifiques, expansion économique, coopération internationale. L'idée de guerre en était venue à faire figure de curiosité archaïque, et, dans l'ensemble, les vieux fanatismes religieux n'étaient plus de mise.

Or, voici que tout cela avait été anéanti en l'espace de quelques heures.

Un nouveau monde naîtrait des cendres de l'ancien, certes. Il en était toujours ainsi, les fouilles de Siferra à Thombo le montraient.

Mais quelle sorte de monde cela allait-il être ? Un monde où l'on tuait autrui pour un bout de viande, ou pour punir la violation d'un tabou du feu, ou simplement parce que le meurtre semblait une occupation divertissante; un monde où les Altinol sortaient des rangs et profitaient du chaos pour s'emparer du pouvoir; un monde où les Folimun et les Mondior, sans nul doute, tramaient des plans pour s'imposer comme dictateurs de la pensée – en travaillant probablement main dans la main avec les Altinol, ajouta Theremon non sans délectation morose; un monde où...

Non! Il secoua la tête. A quoi menaient ces ruminations, ces sombres pensées, ces lamentations? Siferra avait raison : il ne servait à rien de ressasser le passé; il fallait s'occuper du présent. En tout cas, il était en vie, son esprit avait pratiquement retrouvé son équilibre, et au terme des épreuves qu'il avait connues dans la forêt, il s'en était sorti plus ou moins indemne, à part quelques plaies et bosses qui guériraient en deux ou trois jours. Le désespoir était un état d'âme superflu, un luxe qu'il ne pouvait se permettre, pas davantage que Siferra ne se permettait le luxe de lui en vouloir encore pour les articles qu'il avait écrits.

Ce qui était fait était fait. Il était temps maintenant de se relever et de poursuivre sa route, de se regrouper, de reconstruire, de prendre un nouveau départ. C'était folie de regarder derrière soi; regarder devant soi avec accablement était pure lâcheté.

« Terminé? fit Siferra de retour au réfectoire. Je sais, l'ordinaire n'a rien de bien merveilleux; mais c'est toujours mieux que de manger du grabe!

– Ça, je l'ignore : je n'en ai jamais mangé.

– Vous n'avez pas dû manquer grand-chose. Venez! Je vais vous conduire à votre chambre. »

Ladite chambre s'avéra être un petit compartiment bas de plafond dont l'aménagement ne brillait pas par l'esthétique : un lit avec, au chevet, une lampe numinaire posée par terre, un lavabo, et une seule source lumineuse qui pendait au plafond. Des livres et des journaux gisaient en désordre dans un coin, abandonnés sans doute par ceux qui avaient occupé cette pièce le soir de l'éclipse. Theremon aperçut un exemplaire de *La Chronique* ouvert à la page de sa rubrique, et se crispa : c'était un de ses derniers papiers, une attaque particulièrement virulente contre Athor et son équipe. Il rougit et, du pied, poussa le journal hors de vue.

« Qu'allez-vous faire à présent? demanda Siferra.

– Je n'y ai guère songé. Pourquoi?

– Altinol aimerait savoir si vous avez l'intention de devenir membre de la Patrouille du Feu.

– Est-ce à dire qu'il m'y invite?

– Il est disposé à vous y accueillir. Vous êtes le genre de personne dont il a besoin : fort, capable d'affronter les gens.

– Oui, dit Theremon, je serais à mon affaire ici, hein?

– Mais une chose le tracasse : il n'y a place à la Patrouille que pour un seul chef; et ce chef, c'est lui. Si vous décidez de vous joindre à nous, il veut que vous sachiez dès le départ que la parole d'Altinol fait loi, sans aucune discussion. Il a des doutes sur votre capacité à accepter des ordres.

– Je n'en suis pas très sûr moi non plus! répondit Theremon. Mais je comprends le point de vue d'Altinol.

– Alors, que décidez-vous? Je sais bien que l'organisation d'ensemble de la Patrouille pose un problème; mais c'est une force au service de l'ordre – ce qui est indispensable actuellement. Altinol est impérieux, mais il n'est pas mauvais, j'en suis sûre. Il pense seulement que les circonstances actuelles requièrent des mesures énergiques et une autorité sans faille – choses qui sont dans ses cordes.

– Ça, je n'en doute pas!

– Réfléchissez-y ce soir, dit Siferra, et si vous décidez de vous enrôler, parlez-lui-en demain. Soyez franc avec lui; il sera franc avec vous, vous pouvez en être certain. Pourvu que vous puissiez lui garantir que vous ne constituerez pas une menace directe pour son autorité. Je suis sûre que vous et lui...

– Non! fit soudain Theremon.

– Non quoi? »

Il demeura un moment sans rien dire. Finalement, il déclara : « Je n'ai pas besoin de passer la soirée à réfléchir. Je sais déjà quelle sera ma réponse. »

Siferra attendait, les yeux fixés sur lui.

Il reprit la parole : « Je ne veux pas jouer avec Altinol aux deux béliers. Je connais ce type d'homme, et je suis sûr de ne pouvoir m'entendre bien longtemps avec des gens comme lui. Je n'ignore pas non plus qu'à court terme des organisations du genre Patrouille du Feu sont peut-être nécessaires; mais à long terme elles sont dangereuses; et, une fois institutionnalisées, il est très difficile de s'en débarrasser. Les Altinol de ce monde n'abandonnent pas le pouvoir de leur plein gré : telle n'est pas l'habitude des petits dictateurs. Et je ne veux pas traîner comme un boulet pendant le reste de ma vie le sentiment d'avoir contribué à sa résistible ascension. Réinventer le système féodal ne me fait pas l'effet d'une solution valable des problèmes auxquels nous sommes confrontés. Donc, la réponse est non, Siferra. Je ne porterai pas le foulard vert d'Altinol : il n'y a pas ici d'avenir pour moi. »

Sans élever le ton, Siferra lui demanda : « Alors, qu'allez-vous faire?

– Sheerin m'a appris qu'il y avait un véritable gouvernement provisoire en formation au parc d'Amgando : universitaires, membres de l'ancien gouvernement peut-être, représentants de toutes les régions du pays, qui se rassemblent là-bas. Dès que j'aurai recouvré suffisamment de forces pour voyager, je me mettrai en route pour Amgando. »

Elle ne détourna pas les yeux de lui, et ne répondit rien.

Alors, après avoir respiré à fond, il se jeta à l'eau : « Venez à Amgando avec moi, Siferra ! » Il tendit une main vers elle. Et, doucement, il ajouta : « Restez avec moi ce soir, dans ma vilaine petite chambre ! Et demain matin nous nous mettrons en route ensemble vers le Sud : vous n'êtes pas plus à votre place ici que moi ; et nous avons cinq fois plus de chances d'atteindre Amgando si nous partons ensemble que si l'un ou l'autre de nous deux tentait seul ce voyage. »

Siferra ne disait toujours rien. Theremon ne retira pas sa main.

« Eh bien, qu'en pensez-vous ? »

Theremon voyait jouer sur le visage de Siferra une succession de sentiments contradictoires ; mais il se gardait bien de les interpréter.

De toute évidence, Siferra était en conflit avec elle-même. Et puis, brusquement, cette lutte intérieure cessa.

« Oui, finit-elle par dire. Oui, vous avez raison, Theremon ! »

Elle se rapprocha de lui et lui prit la main. Elle éteignit la lampe qui pendait au-dessus de leur tête ; mais la lueur de la lampe numinaire posée au chevet du lit rayonnait doucement.

38

« Connais-tu le nom de ce quartier ? » demanda Siferra, consternée, en contemplant le lugubre décor noirci de maisons en ruine et de véhicules abandonnés où ils venaient d'arriver, peu avant midi, le troisième jour après leur fuite du Refuge. Chaque mur calciné, chaque fenêtre brisée étaient éclairé sans merci par l'abondante lumière d'Onos.

Theremon secoua la tête. « Ça devait porter un nom ridicule, tu peux en être sûre : Arpents d'Or, ou Domaine de Saro, quelque chose dans ce goût-là. Mais peu importe, à présent, ce n'est plus un quartier. Tu vois, Siferra, ce que nous avons ici, c'était naguère de l'immobilier ; à présent, c'est de l'archéologie : un des faubourgs perdus de Saro. »

Ils se trouvaient à un endroit nettement au sud de la forêt, à la lisière des banlieues de Saro. Au-delà, s'entendaient des régions agricoles, des petites villes et, quelque part au loin, à une distance inconcevable, le parc national d'Amgando.

La traversée de la forêt leur avait pris deux jours. Le premier soir, ils avaient dormi sous l'ancien appentis de Theremon; le second, dans un fourré à mi-hauteur sur la pente rocailleuse qui menait aux hauteurs d'Onos. Rien, pendant tout ce temps, ne leur avait donné à penser qu'ils étaient poursuivis: Altinol n'avait apparemment rien fait, malgré les armes qu'ils avaient emportées avec eux, ainsi que deux sacs à dos bourrés de vivres; et aujourd'hui, songeait Siferra, ils étaient hors d'atteinte.

« La grand-route du Sud devrait être dans les parages, tu ne crois pas? dit-elle.

– Encore quatre ou cinq kilomètres. Si nous avons de la chance, il n'y aura pas d'incendies pour nous bloquer le passage.

– Mais oui, nous aurons de la chance, tu peux en être sûr! »

Il se mit à rire. « Toujours aussi optimiste, hein?

– L'optimisme ne coûte pas plus cher que le pessimisme, répondit-elle. D'une façon ou d'une autre, nous passerons.

– D'accord, d'une façon ou d'une autre! »

Depuis l'instant de leur départ, elle n'avait cessé de faire entendre une note d'espoir, de confiance. Mais, en son for intérieur, elle était loin d'être aussi convaincue. Regarde! se disait-elle. Regarde! Ces ravages... ces blessures... Les bâtiments écroulés, les murs où poussaient déjà les premières herbes folles et où se faufilaient les lézards... Les cadavres tordus par les affres de la mort; la folie au fond des yeux des rares survivants...

Fin de toute gloire, disparition de toute grandeur... comme si l'océan avait monté, et irrémédiablement balayé ce que nous avions réalisé.

Pour Siferra, les ruines étaient familières : elle avait passé sa vie professionnelle à les fouiller. Mais celles où elle avait pratiqué ses excavations étaient anciennes, patinées par le temps, mystérieuses, romanesques. Ce qu'elle avait sous les yeux, faute de distanciation, n'était que trop douloureux à voir. Elle n'avait pas eu de mal à s'accommoder de la chute des civilisations passées, qui ne comportait guère de charge affective pour elle; mais c'était à présent sa propre époque qui avait été jetée à la poubelle de l'histoire, et c'était dur à supporter.

Pourquoi cela s'était-il produit? s'interrogeait-elle.

Étions-nous donc si mauvais? Nous étions-nous donc tant écartés de la voie tracée par les dieux qu'il fût nécessaire de nous châtier ainsi?

Non.

Non!

Il n'y a pas de dieux; il n'y avait pas de châtiment. Siferra en était encore certaine. Elle ne doutait absolument pas que tout ceci fût pur effet du hasard aveugle, simple coïncidence, rencontre fortuite de planètes et de soleils inanimés et indifférents que leurs mouvements rapprochaient tous les deux mille ans sans que volonté ni passion eussent rien à y voir.

Un accident, et rien de plus.

A intervalles réguliers. Les Étoiles apparaissaient dans leur effrayante majesté; et, en un paroxysme de rage engendré par la terreur, l'homme s'acharnait inconsciemment à détruire ses propres œuvres. C'était un cycle sans fin. Les cendres de Thombo avaient révélé toute l'histoire; et l'histoire de Thombo se répétait. Theremon l'avait bien dit : *Ces lieux, c'est maintenant de l'archéologie.*

Le monde qu'ils avaient connu avait disparu.

Mais nous sommes encore là, se disait-elle. Qu'allons-nous faire ? Qu'allons-nous faire ?

Le seul réconfort qu'elle trouvait dans cette désolation, c'était le souvenir de cette première soirée avec Theremon au Refuge – si soudaine, si inattendue, si merveilleuse. Elle ne cessait d'y repenser : son sourire étrangement timide lorsqu'il lui avait demandé de rester avec lui – un sourire qui n'avait rien de rusé ni de séducteur ! – et le regard de ses yeux, et le contact de ses mains sur sa peau, son étreinte, son souffle qui se mêlait au sien...

Il y avait longtemps qu'elle n'avait pas été avec un homme ! Et, les autres fois, elle avait toujours eu cette impression troublante de faire une erreur, de se tromper de chemin, de s'embarquer pour un voyage qu'elle n'aurait pas dû faire. Avec Theremon les barrières s'écroulaient, les masques tombaient, les craintes se dissipaient, il y avait la joie de s'abandonner : le moment enfin venu de reconnaître que dans ce monde déchiré et tourmenté elle ne devait plus faire cavalier seul, qu'une alliance était indispensable, et que Theremon, franc, brusque et même un peu fruste, fort, décidé et constant, était l'allié qui répondait à ses besoins et à ses désirs.

Aussi s'était-elle enfin donnée, sans hésitation et sans regret. Quel paradoxe qu'il ait fallu la fin du monde pour l'amener à tomber amoureuse ! Tout le reste, peut-être, était perdu ; mais elle possédait du moins cela.

« Regarde ! fit-elle en tendant le doigt. Un panneau indicateur ! »

C'était une plaque de métal vert qui pendait de guingois à un lampadaire ; malgré la fumée qui avait maculé sa surface, malgré les trois ou quatre trous faits, selon toute probabilité, par des balles, l'inscription jaune vif était encore lisible : GRAND-ROUTE DU SUD, avec une flèche qui invitait à continuer tout droit.

« Ça ne doit pas être à plus de deux ou trois kilomètres d'ici, remarqua Theremon. Nous pourrions essayer d'y parvenir av... »

Il fut interrompu par un miaulement aigu, suivi d'un fracas retentissant qui se répercuta avec violence. Siferra porta les mains à ses oreilles; un instant après, elle sentit Theremon accrocher son bras et l'attirer à terre.

« Couche-toi! dit-il entre ses dents. On nous tire dessus!

– Qui ça? Où? »

Il avait déjà le pistolet-laser au poing; elle sortit aussi le sien. Levant la tête, elle vit que le projectile avait frappé le panneau routier : il y avait un nouveau trou dedans, entre les deux premiers mots dont plusieurs lettres avaient disparu.

Theremon, ramassé sur lui-même, se mit à progresser rapidement, sans décoller du sol, vers l'angle du bâtiment le plus proche. Siferra fit de même, avec l'impression d'être affreusement exposée; c'était pire que de se tenir toute nue devant Altinol et la Patrouille du Feu, mille fois pire. Le prochain coup de feu pouvait venir à n'importe quel moment, de n'importe quelle direction, et elle n'avait aucun moyen de se protéger. Même quand elle eut franchi l'angle du bâtiment et se trouva blottie contre Theremon dans la ruelle, le souffle court et le cœur battant, elle ne fut pas persuadée d'être en sécurité.

Il désigna de la tête une rangée de maisons de l'autre côté de la rue; il y en avait deux ou trois d'intactes, vers le coin opposé; et, dans la plus éloignée, Siferra finit par apercevoir à une fenêtre des figures que la crasse autant que l'ombre rendait grises.

« Il y a des gens là-dedans! Encore des dingues!

– Je les vois!

– S'ils voulaient vraiment nous atteindre et qu'ils ont seulement réussi à tirer dans le panneau, nous pourrions tenter de prendre le large en piquant un bon galop; mais s'il s'agit d'un avertissement...

– Une balle perdue qui vient justement frapper le panneau, ça semble une coïncidence fort improbable. »

Theremon fronça les sourcils. « J'ai bien envie de leur faire savoir que nous sommes armés, ne serait-ce que pour les dissuader d'envoyer des éclaireurs se faufiler derrière une de ces maisons et nous prendre à revers. »

Il examina son pistolet-laser, le régla sur faisceau large et distance maximale, puis le leva et pressa la détente pour un tir unique. Un trait de lumière rouge fendit l'air en crépitant et frappa le sol juste devant le bâtiment où les têtes étaient apparues. Une menaçante tache sombre se dessina sur le gazon, et des volutes de fumée s'élevèrent.

« Tu crois qu'ils ont compris? demanda Siferra.

– Je le parierais... et ça n'a pas dû leur plaire! »

On distinguait de nouveau des têtes à la fenêtre.

« Reste couchée! cria Theremon. Ils ont une espèce de gros fusil de chasse. »

Un autre miaulement, un autre impact violent.

Le panneau routier, fracassé, tomba par terre.

« Ce sont peut-être des dingues, dit Siferra, mais ils visent sacrément bien.

– Trop bien! La première fois qu'ils ont tiré, ce n'était qu'un jeu, une façon de se moquer de nous. A présent, ils nous font savoir que si nous montrons le bout du nez, ils nous pulvériseront. Ils nous tiennent cloués sur place, et ça les amuse beaucoup.

– Alors, qu'allons-nous faire?

– Mettre le feu à leur maison! répondit Theremon. Les débusquer par les flammes! Et les abattre, s'ils sont trop fous pour se rendre. »

Siferra écarquilla les yeux. « Les abattre?

– S'ils ne nous laissent pas d'autre solution, oui, oui, c'est ce que je ferai! Tu veux passer le reste de ta vie cachée dans cette ruelle?

– Mais tu ne peux pas abattre comme ça des gens, même si tu... même s'ils... »

Sa voix mourut : elle ne savait pas ce qu'elle essayait d'exprimer.

« Même si eux essaient de te tuer, Siferra? Même s'ils trouvent drôle de faire siffler des balles à tes oreilles? »

Elle ne répondit pas. Elle avait cru commencer à comprendre le fonctionnement de ce nouveau monde monstrueux qui avait été engendré le soir de l'éclipse; et elle s'apercevait qu'elle n'y comprenait rien, absolument rien.

Theremon s'était avancé un peu. Il braquait son pistolet-laser.

Le trait de feu frappa la façade blanche. Aussitôt, le bois se mit à noircir. De petites flammèches jaillirent. Theremon traça une ligne incandescente à travers la surface de la bâtisse, attendit un instant, puis tira à nouveau pour couper la première ligne par une seconde.

« Donne-moi ton pistolet, demanda-t-il à Siferra. Le mien frôle la surchauffe. »

Elle lui tendit l'arme. Il la régla et tira une troisième fois. Tout un pan du mur de la façade était en flammes. Theremon dirigea le faisceau vers l'intérieur du bâtiment.

Il n'y a pas si longtemps, songeait Siferra, cette maison de bois peinte en blanc appartenait à quelqu'un; des gens y vivaient, fiers de leur demeure, de leur quartier; ils entretenaient leur pelouse, arrosaient leurs plantes, jouaient avec leurs animaux familiers, invitaient leurs amis à dîner, regardaient, assis dans le patio en buvant un verre, les soleils parcourir le ciel crépusculaire. Et maintenant, rien de tout cela n'avait plus de sens! Maintenant, Theremon, à plat ventre sur le sol jonché de cendres et de gravats, mettait avec beaucoup de méthode et d'efficacité le feu à cette maison. Raison : c'était le seul moyen pour qu'elle et lui puissent sortir sans danger de cette ruelle et poursuivre leur route vers le parc d'Amgando.

Une colonne de fumée s'éleva à l'intérieur de la maison. Tout le côté gauche du mur de façade était en feu.

Et des gens sautaient des fenêtres du premier étage.

Trois... quatre... cinq... toussant, haletant... Deux femmes et trois hommes.. Tombés sur la pelouse, ils y restèrent un moment, comme hébétés. Déguenillés, sales, échevelés, c'étaient des dingues. Avant la Tombée de la Nuit, ils étaient tout autres; maintenant, ils se confondaient dans cette gigantesque horde d'errants aux yeux hagards et à la mine étrange, médusés par le soudain bombardement de brutale clarté déversé par les Étoiles.

« Debout! leur ordonna Theremon. Les mains en l'air! Tout de suite! Allez, levez-les! »

Il s'avança à découvert, brandissant les deux pistolets-laser. Siferra vint se placer à ses côtés. La maison était enveloppée d'une épaisse fumée, et au sein de ce voile sombre s'élevaient, effrayants, de tous les côtés, de grands jaillissements de feu qui flamboyaient comme des bannières écarlates.

Y avait-il encore des gens pris au piège à l'intérieur? Qui aurait su le dire? Et en quoi cela importait-il?

« Alignez-vous là! commanda Theremon. Face à gauche! » En débandade, ils rectifièrent la position ; un traînard se vit frôler par un rayon de pistolet-laser qui le rendit plus coopératif. « Au pas de course, maintenant! Descendez la rue! Plus vite! Plus vite! »

Un flanc de la maison s'effondra dans un terrible grondement, révélant chambres, placards, meubles, comme dans une maison de poupées partagée en deux. Tout brûlait. Les squatters avaient presque atteint le coin de la rue. Theremon continuait de les exhorter à courir encore, en lâchant parfois un éclair de laser sur leurs talons.

Puis il se tourna vers Siferra. « Bon! Maintenant, on fiche le camp! »

Ils rengainèrent leurs armes et partirent en courant dans la direction opposée, vers la grand-route du Sud.

« Et s'ils étaient sortis en tirant? » interrogea Siferra alors qu'ils parcouraient en rase campagne la courte distance qui les séparait de la route. « Tu les aurais vraiment abattus, Theremon?»

Il lui adressa un regard ferme et grave. « Si nous n'avions eu que ce moyen de nous sortir de la ruelle? Je croyais t'avoir déjà donné ma réponse sur ce point! Bien sûr que je l'aurais fait! Je n'aurais pas eu le choix : qu'aurais-je pu faire d'autre?

– Rien, j'imagine », répondit Siferra d'une voix inaudible.

L'image de la maison en feu était comme gravée en elle au fer rouge, avec ces pauvres diables en haillons qui s'enfuyaient dans la rue. Enfin, ils avaient tiré les premiers, ils avaient cherché la bagarre. Comment savoir jusqu'où ils seraient allés, si l'idée n'était pas venue à Theremon de détruire la maison par le feu?

La maison... une maison qui était à quelqu'un...
Une maison qui n'était à personne, corrigea-t-elle.
« Nous y voilà! fit Theremon. La grand-route du Sud! On a cinq heures à rouler, un vrai billard! On pourrait être à Amgando pour le dîner!
– Si seulement on avait quelque chose qui roule, précisa Siferra.
– Si... » répéta-t-il.

39

Theremon avait beau en avoir beaucoup vu avant d'arriver là, l'aspect que présentait la grand-route du Sud lui causa un choc : un responsable de la circulation routière y aurait vu ses pires cauchemars surpassés.

En traversant les banlieues sud, Theremon et Siferra avaient rencontré partout des véhicules abandonnés dans les rues : de nombreux conducteurs, saisis de panique lorsque les Étoiles avaient surgi, avaient dû arrêter leur voiture et prendre la fuite à pied. Mais dans ces quartiers résidentiels tranquilles, la circulation ne devait guère être dense au moment de l'éclipse, puisque celle-ci s'était produite après la fin de la journée de travail; la grand-route du Sud, en revanche, encombrée de circulation suburbaine et interurbaine par les travailleurs qui rentraient tard chez eux, avait dû se transformer en véritable asile d'aliénés dès l'instant du désastre.

« Regarde ça! souffla Theremon, interdit. Mais regarde donc ça, Siferra! »

Il y avait des voitures partout : en agglomérats, en mêlées chaotiques, en monceaux, par endroits deux ou trois l'une sur l'autre. La vaste artère était presque bouchée par une muraille difficilement franchissable de véhicules endommagés, tournés dans toutes les directions, parfois ventre en l'air, ou réduits à l'état de carcasses carbonisées. On voyait briller sur la chaussée des flaques de carburant répandu comme de petits lacs cristallins, et des traînées de verre pilé à l'éclat sinistre.

Des automobiles mortes. Et des conducteurs morts.

La scène était des plus macabres : une grande armée de morts – des corps affalés sur leur volant, coincés entre des véhicules entrés en collision, cloués au sol sous les roues ou jonchant simplement les bords de la route telles des poupées délaissées, les membres figés dans des attitudes absurdes.

Siferra prit la parole : « Il est probable que certains automobilistes se sont arrêtés immédiatement, lorsque les Étoiles sont apparues; mais d'autres ont accéléré, pour essayer de quitter la grand-route et de rentrer chez eux; et en allant tamponner celles qui avaient stoppé, ils ont ajouté à l'amoncellement. Il y en a même qui ont été choqués au point de ne plus savoir conduire; tu vois, ceux-là sont carrément sortis de la route, et celui-ci a dû faire demi-tour et essayer de repartir dans l'autre sens sans se soucier des voitures qui arrivaient en face... »

Theremon frissonna. « Un carambolage géant! Des voitures qui se rentraient dedans de tous les côtés! Des tête-à-queue, des tonneaux, des véhicules projetés de l'autre côté de la route sur les voies opposées! Des gens qui descendaient, qui couraient se mettre à l'abri, et qui se faisaient écraser! Le chambardement général pour cinquante raisons à la fois! »

Il rit amèrement.

Surprise, Siferra lui demanda : « De quoi peux-tu bien rire, Theremon?

– De ma propre sottise! Vois-tu, Siferra, une idée folle m'est venue, il y a une demi-heure, tandis que nous nous rapprochions de la grand-route. Je nous voyais monter dans une voiture abandonnée, qui n'attendait que nous pour partir, avec son plein de carburant, et nous n'avions plus qu'à rouler tranquillement jusqu'à Amgando! Sans aucun problème, rien de plus pratique! Je n'avais pas pensé que la route serait complètement bloquée, que même si nous avions la chance de trouver un véhicule utilisable, nous ne pourrions pas même faire quinze mètres dedans...

– Ça ne sera même pas facile de suivre la route à pied, dans l'état où elle est!

– Il faudra pourtant bien qu'on y parvienne! »

Et ils entreprirent leur longue marche vers le sud.

A la chaude lumière d'Onos, en ce début d'après-midi, ils se frayèrent un chemin à travers le champ de carnage qu'était la grand-route, escaladant les barricades de carcasses embouties et tordues, et faisant leur possible pour oublier les cadavres mutilés et calcinés, les mares de sang séché, l'odeur de mort, l'atrocité de tout ce qui les entourait.

Theremon se rendit compte qu'il y devenait très vite insensible – et c'était plus atroce encore. Au bout de quelque temps, il cessa purement et simplement de remarquer le sang, les regards fixes des morts, l'étendue de la catastrophe qui s'était produite en ces lieux. Escalader des montagnes de voitures encastrées les unes dans les autres et se faufiler entre de dangereuses saillies de métal déchiqueté, cela représentait une tâche si astreignante qu'il devait y consacrer toute son attention, et il cessa bientôt d'en accorder aux victimes de la débâcle.

A part eux, il n'y avait pratiquement pas âme qui vive sur la route. De temps en temps ils apercevaient quelqu'un qui, loin devant eux, cheminait dans la même direction ou venait en sens contraire. Mais jamais ils ne firent de rencontre : les autres se dérobaient en toute hâte à leur vue en se baissant et en se perdant parmi les épaves, ou, s'ils allaient dans le même sens qu'eux, franchissaient les obstacles à une allure frénétique qui témoignait de leur panique, et disparaissaient rapidement au loin.

Que craignent-ils donc ? se demandait Theremon. Que nous les attaquions! Chacun a-t-il donc la main levée contre chacun à présent ?

Une fois, une heure environ après avoir accédé à la grand-route, ils virent un homme qui ne payait pas de mine passer de voiture en voiture. Il allongeait le bras à l'intérieur pour fouiller dans les poches des morts et les dépouiller de leurs biens. Il portait sur le dos un gros sac de butin, si lourd qu'il fléchissait sous le poids.

Theremon poussa un juron furieux et dégaina son pistolet-laser. « Regarde ce détrousseur de cadavres! Mais regarde-le donc!

– Non, Theremon! »

Siferra détourna le bras de Theremon juste au moment où celui-ci tirait sur le pillard. Le coup atteignit une voiture voisine, qui réfléchit l'éclair d'énergie, et pendant un instant ce fut comme l'explosion d'un petit soleil.

« Pourquoi as-tu fait ça ? fit Theremon. J'essayais seulement de lui faire peur.

– J'ai cru... que tu... »

Theremon secoua la tête d'un air morne. « Non, dit-il. Pas encore, en tout cas. Tiens, regarde-le courir! »

La détonation avait fait se retourner brusquement le pillard, surpris et furieux, qui avait fixé sur Theremon et Siferra des yeux vides de toute lueur d'intelligence. Il resta planté là un bon moment, à les fixer bouche bée, un filet de bave aux lèvres; puis, laissant tomber son sac, il se lança dans une fuite éperdue, et fut bientôt hors de vue.

Ils poursuivirent leur chemin; progression terriblement lente, terriblement pénible. Les panneaux indicateurs suspendus à leurs potences semblaient de tout là-haut se moquer de l'allure pitoyable à laquelle ils avançaient en leur indiquant quelle distance ridicule ils avaient parcourue depuis l'accès à l'autoroute : deux kilomètres et demi seulement avant le coucher d'Onos!

« A ce train-là, fit Theremon d'un air sombre, il ne nous faudra pas loin d'un an pour atteindre Amgando!

– Nous irons plus vite quand nous aurons pris le coup », répondit Siferra sans grande conviction.

Si seulement ils avaient pu longer l'autoroute, au lieu d'avoir à marcher sur la chaussée, la tâche aurait été bien plus aisée. Mais c'était impossible : une bonne partie de la grand-route du Sud était une voie aérienne, qui enjambait sur de hautes colonnes régions boisées, bas-fonds marécageux et zones industrielles. Par endroits, la grand-route devenait un pont qui surplombait de longues étendues d'exploitations minières à ciel ouvert, ou enjambait lacs et rivières. Pour la majeure partie du trajet, ils n'auraient pas le choix : il leur faudrait s'en tenir aux voies centrales de l'autoroute et affronter les amoncellements successifs et interminables d'épaves.

Ils s'efforçaient de s'écarter le moins possible du bord de la chaussée, car l'enchevêtrement d'épaves n'y était pas aussi dense qu'ailleurs. En contrebas de la route, ils apercevaient partout des signes que le désordre continuait à régner. Des incendies faisaient encore rage, au bout de tout ce temps, à perte de vue; çà et là, de petites bandes de réfugiés misérables, respirant l'hébétude et la stupeur, se répandaient dans les rues, en une migration opiniâtre et sans espoir; parfois, un rassemblement plus nombreux, de mille personnes ou davantage, campait en rase campagne, chacune repliée sur elle-même, l'air morne, bougeant à peine, comme paralysée, toute volonté et toute énergie brisées.

Siferra montra du doigt un temple incendié sur la crête d'une colline, juste de l'autre côté de l'autoroute. Une petite bande de loqueteux descellaient les derniers blocs de pierre des murs avec des leviers et quand ils les avaient délogés, les précipitaient dans la cour.

« On dirait qu'ils démolissent ce temple, constata Siferra. Pourquoi faire une chose pareille?

– Parce qu'ils haïssent les dieux, répondit Theremon. Ils les tiennent pour responsables de tout ce qui est arrivé. Tu connais le Panthéon, la grande basilique de Tous les Dieux, bâtie juste en bordure de la forêt et ornée des fameuses fresques de Thamilandi? Eh bien! je l'ai vue quelques jours après la Tombée de la Nuit : elle avait été incendiée, détruite de fond en comble, et il y avait un prêtre à demi conscient enseveli jusqu'à mi-corps sous un tas de briques. Je me rends compte à présent que cet incendie n'était pas accidentel : il avait été allumé délibérément. Quant au prêtre... un dingue l'a tué sous mes yeux, et j'ai cru que c'était pour lui voler ses vêtements sacerdotaux; mais c'était par pure haine.

– Mais les prêtres n'y sont pour rien si...

– As-tu déjà oublié les Apôtres? Mondior, qui pendant des mois nous a annoncé la vengeance des dieux? Les prêtres sont les porte-parole des dieux, n'est-ce pas, Siferra? Eh bien! les prêtres doivent sûrement être responsables de la venue des Étoiles. C'est ce que les gens ne peuvent manquer de croire.

– Les Apôtres! répéta Siferra sombrement. Je voudrais bien pouvoir les oublier! Ils ont dû atteindre la fin de la nuit en bonne forme, tant ils s'y étaient préparés. Que disait Altinol? Qu'ils avaient déjà un gouvernement du côté nord de Saro? »

Le regard fixé avec tristesse sur le temple dévasté, Theremon déclara d'une voix blanche : « Je vois d'ici quel genre de gouvernement ça va être : la vertu sur décret; de nouvelles instructions pour la moralité publique publiées par Mondior tous les Onosdis; toute forme de plaisir interdite par la loi; exécution publique des pécheurs chaque semaine. » Il cracha dans le vent. « Par les Ténèbres! Dire que j'avais Folimun sous la main et que je l'ai laissé filer, alors qu'il m'aurait été si facile de l'étrangler...

– Theremon!

– Oui, je sais : à quoi cela aurait-il servi? Un Apôtre de plus ou de moins... Qu'il vive! Qu'il établisse un gouvernement pour dicter à quiconque a la malchance de vivre au nord de Saro quoi faire et quoi penser! Que nous importe? Nous partons pour le Sud, nous. Ce que font les Apôtres ne nous touchera pas. Ce ne sera jamais qu'un des cinquante gouvernements qui se disputeront le pouvoir quand les choses se seront tassées! Je dis cinquante, mais je devrais dire cinquante mille, peut-être : chaque petit bout du pays aura son propre dictateur, son propre empereur! » Soudain, la voix de Theremon devint très sombre. « Oh! Siferra, Siferra... »

Elle lui prit la main, et lui dit doucement : « Tu es de nouveau en train de t'accuser, n'est-ce pas?

– Comment l'as-tu deviné?

– Quand tu te mets ainsi dans tous tes états... Theremon, je t'assure, tu n'es coupable de rien. Un homme à lui seul ne pouvait rien changer. C'était la destinée à laquelle le monde était voué, on ne pouvait l'empêcher et...

– *Destinée?* fit-il avec brusquerie. *Voué?* Mais quel vocabulaire fantasmagorique! La vengeance des dieux, c'est ça dont tu veux parler?

– Il n'est pas question des dieux! Je veux seulement dire que la venue de Kalgash II était inévitable en vertu des lois de l'astronomie, ainsi que l'éclipse, la Tombée de la Nuit et les Étoiles...

– Oui, acquiesça Theremon sans ardeur, c'est sans doute vrai. »

Ils poursuivirent leur chemin sur un tronçon de route où peu de voitures s'étaient échouées. Onos était couché à présent, remplacé par les soleils vespéraux : Sitha, Tano et Dovim. Un vent glacé soufflait de l'ouest. Theremon sentit monter en lui un vague tourment : la faim. Ils n'avaient pas pris le temps de manger de toute la journée. Ils s'arrêtèrent pour camper entre deux voitures embouties, et déballèrent quelques-uns des paquets de nourriture déshydratée qu'ils avaient emportés du Refuge.

Mais, malgré sa faim, Theremon s'aperçut qu'il avait peu d'appétit, et qu'il lui fallait se forcer à avaler bouchée après bouchée, sous le regard fixe des morts. Tant que Siferra et lui avaient été en mouvement, il était parvenu à les oublier; mais à présent qu'ils étaient assis là sur la chaussée, il ne pouvait chasser de son esprit la vision des cadavres qui l'entouraient. Par moments, il avait l'impression d'avoir assassiné ces gens lui-même.

Ils se firent un lit avec des coussins de sièges qui avaient été éjectés, et dormirent serrés l'un contre l'autre, d'un sommeil agité et discontinu. Ils n'auraient guère passé une plus mauvaise nuit s'ils s'étaient couchés à même la dure chaussée de béton!

Parfois des cris, des rires et des chants rauques s'élevaient au loin. Une fois, Theremon, réveillé, alla jeter un coup d'œil pardessus le bord de l'autoroute surélevée, et distingua la lueur de feux de camp dans un champ en contrebas, à une vingtaine de minutes de marche vers l'est. Y avait-il encore quelqu'un pour dormir à l'abri d'un toit? Ou les Étoiles avaient-elles jeté toute la population du globe hors de ses foyers pour camper en plein air sous la lumière familière des soleils éternels?

A l'aube, il finit par s'assoupir. Mais à peine était-il endormi qu'Onos se leva, mettant du rose puis de l'or à l'est, et le tira de rêves fragmentaires et terrifiants.

Siferra était déjà éveillée. Elle avait la figure pâle, les yeux rouges et gonflés.

Il se força à sourire. « Tu es belle, lui dit-il.

– Et encore, tu n'as rien vu! répondit-elle. Attends que je reste quinze jours sans me laver!

– Mais je voulais dire...

– Je sais ce que tu voulais dire. Je crois. »

Ce jour-là, ils ne firent qu'une demi-douzaine de kilomètres, et ce ne fut pas sans mal. Chaque pas demandait un effort.

« Nous avons besoin d'eau, dit Siferra, alors que se levait le vent de l'après-midi. Nous allons devoir emprunter la prochaine bretelle de sortie et tâcher de trouver une source.

– Oui, répondit Theremon. Je suppose que c'est nécessaire. »

Il n'était pas sans inquiétude à la perspective de descendre de l'autoroute que, depuis le début de leur trajet, ils avaient pratiquement pour eux seuls. A présent, il en était venu à s'y sentir presque chez lui. En bas, dans la campagne que parcouraient les bandes de réfugiés (*bizarre*, songea-t-il, *que je les perçoive comme des réfugiés, comme si, moi, je prenais des vacances*), on ne savait pas trop dans quels ennuis on risquait de se fourrer.

Il désigna du doigt un panneau situé à courte distance devant eux. « Un kilomètre d'ici à la prochaine sortie.

– Nous devrions y être en une heure.

– Moins, corrigea-t-il. La route a l'air assez dégagée. »

Ils prirent la direction de la bretelle annoncée, sur un tronçon de route relativement peu encombré. Mais leur progression fut brusquement interrompue · la chaussée était barrée par un si gigantesque amas de voitures télescopées que Theremon put craindre un instant de ne pas pouvoir le franchir.

Il devait y avoir eu là quelque série monstrueuse de carambolages. Deux énormes camions de transport semblaient en constituer le cœur, encastrés l'un dans l'autre face à face, telles deux bêtes de la jungle; et des dizaines de voitures particulières étaient venues se jeter dessus; soulevées de l'arrière par le choc, elles étaient retombées sur celles qui les suivaient, édifiant une immense barricade qui s'étendait d'un côté à l'autre de la route, et même au-delà, par-dessus les barrières qui bordaient la route. Portières arrachées et pare-chocs tordus, tranchants comme des lames, la hérissaient de partout; et un tapis d'éclats de verre faisait entendre des tintements de mauvais augure lorsque le vent y jouait.

« Tiens! cria Theremon. Je crois que j'ai trouvé un moyen de passer : par cette ouverture là-haut, puis par-dessus le camion de gauche... Non, non, ça ne marchera pas, il va falloir qu'on passe dessous... »

Cette solution était lente, pénible et salissante : ils devaient ramper entre les débris de verre et les flaques de carburant. Ils firent une pause à mi-chemin pour se reposer avant de poursuivre.

Theremon émergea le premier de l'autre côté. « Dieux! s'exclama-t-il à mi-voix en contemplant avec ébahissement la scène qui se présentait à lui. Et quoi encore? »

La route était dégagée sur une quinzaine de mètres. Au-delà elle était bouchée par une seconde barricade – mais celle-ci avait été édifiée de propos délibéré; elle était faite de portières et de roues de voitures méthodiquement empilées sur une hauteur de deux ou trois mètres.

Devant cette muraille, Theremon vit deux douzaines de personnes qui avaient établi leur camp carrément sur la chaussée. Il s'était tellement concentré sur le trajet à suivre qu'il n'avait pas pensé à ce qu'il pourrait découvrir de l'autre côté.

Siferra apparut à son tour à quatre pattes. Elle eut un hoquet de saisissement.

« Garde la main sur ton pistolet-laser, lui recommanda Theremon à voix basse. Mais ne le dégaine pas, et ne songe même pas à l'utiliser : ils sont trop nombreux. »

Six ou sept hommes, bâtis en force, s'étaient mis à remonter sans hâte dans leur direction. Theremon les regardait s'avancer sans bouger, sachant qu'il n'y avait pas moyen d'éviter cette confrontation : aucun espoir de faire demi-tour et de s'échapper par ce labyrinthe de ferrailles tranchantes à travers lequel Siferra et lui avaient eu tant de mal à se faufiler. Ils étaient pris au piège dans cet espace dénudé entre les deux barrages.

Un grand gaillard aux épaules de gorille et au regard froid s'approcha nonchalamment de Theremon et, lorsqu'ils furent pratiquement nez à nez, lui dit : « Allez, mon gars, c'est ici un poste de fouille ! » Il accentua singulièrement le mot *fouille*.

« Poste de fouille ? répéta Theremon avec froideur. Et vous fouillez pour chercher quoi ?

– Ne fais pas le malin avec moi, sinon on va te balancer pardessus bord la tête la première en moins de deux ! Tu sais foutrement bien pourquoi on fouille. Alors, ne te crée pas d'ennuis ! »

Et, sur un geste, les autres entourèrent Theremon et Siferra de plus près, et commencèrent à palper leurs vêtements. Avec colère, Theremon écarta les mains fureteuses.

« Laissez-nous passer, dit-il d'un ton sec.

– Personne ne franchit ce point sans être fouillé.

– Sur ordre de qui ?

– Sur mon ordre ! Vous allez obéir ou faut-il qu'on vous aide ?

– Theremon... » chuchota Siferra, inquiète.

Il la repoussa. La fureur montait en lui.

La raison lui soufflait que c'était folie de résister, que l'infériorité numérique était trop écrasante.

Ces gens n'avaient pas vraiment l'air de bandits. Les paroles que leur avait adressées cet homme avaient un accent officiel, comme s'il y avait effectivement là une sorte de frontière, une douane peut-être. Que cherchaient-ils ? Des vivres ? Des armes ? Allaient-ils confisquer les pistolets-laser ? Mieux valait leur abandonner tout ce qu'on portait que de se faire tuer en jouant les héros.

Mais quand même, subir ainsi des voies de fait... être réduit par la force à la soumission, sur une grand-route libre et publique...

Et puis, être dépouillé des armes et des provisions, alors qu'Amgando était encore à des centaines de kilomètres...

« Je vous préviens... » commença le grand gaillard.

– Et moi, coupa Theremon, je vous préviens : gardez-vous de porter les mains sur moi ! Je suis citoyen de la République fédérale de Saro, et nous sommes sur une route dont l'accès est ouvert à tous les citoyens. Vous n'avez aucune autorité sur moi.

– Il parle comme un intellectuel ! fit un membre de la petite troupe. A faire des discours sur ses droits et tout ça ! »

Le chef haussa les épaules. « Nous avons déjà un intellectuel ; ça nous suffit. Assez de bavardages. Emparez-vous d'eux et fouillez-les ! De haut en bas !

– Lâ... chez... moi! »

Une main avait agrippé le bras de Theremon. Son poing atterrit dans les côtes d'un des hommes. Il se retrouvait en terrain familier : de nouveau une rixe, de nouveau une bonne raclée en perspective. Mais il était bien décidé à se battre. Un instant plus tard, un de ses adversaires le frappait au visage et un autre l'attrapait par le coude. Il entendait Siferra hurler de peur et de fureur. Il essaya de se dégager, donna de nouveau un coup, en reçut un, se baissa, pivota, prit en pleine figure un coup sec et cuisant...

« Holà! Attendez une seconde! cria quelqu'un. Arrêtez! »

C'était une voix nouvelle.

« Butella, écarte-toi de cet homme! Fridnor, Talpin, lâchez-le! »

Une voix *familière.*

Mais laquelle?

Les Fouilleurs reculèrent. Theremon, qui vacillait quelque peu sur ses jambes, s'efforça de recouvrer son équilibre et regarda le nouveau venu.

Il vit un homme mince et nerveux, respirant l'intelligence, dont les yeux perçants brillaient dans un visage mal lavé, et qui lui adressait un large sourire.

Quelqu'un qu'il connaissait, oh! oui...

« *Beenay!*

– Theremon! Siferra! »

40

Tout changea en un clin d'œil. Beenay conduisit Theremon et Siferra à un petit nid douillet qui les surprit, aménagé juste au-delà du barrage, avec coussins, rideaux, et boîtes de métal qui semblaient contenir des vivres. Une mince jeune femme y était étendue, la jambe bandée; elle avait l'air affaiblie et fiévreuse, mais leur adressa un bref et pâle sourire quand ils entrèrent.

« Vous vous souvenez de Raissta 717, n'est-ce pas, Theremon?

dit Beenay. Raissta, voici Siferra 89, de la faculté d'archéologie. Raissta est ma compagne contractuelle. »

Theremon avait déjà rencontré Raissta plusieurs fois au cours des deux ou trois années précédentes, mais cela s'était produit dans un monde qui n'existait plus; il la reconnaissait à peine. Elle lui avait laissé le souvenir d'une svelte jeune femme, avenante et élégante, toujours soignée et très bien mise. Mais maintenant, oh! maintenant... Cette fille hâve et frêle, aux traits altérés, aux yeux caves, aux cheveux pendants, n'était plus que le fantôme de la Raissta qu'il avait connue.

« J'ai un peu d'eau-de-vie, Theremon », dit Beenay.

Theremon écarquilla les yeux. « Quel paradoxe, Beenay! Toi, le modèle de sobriété que j'ai persuadé non sans mal de tremper les lèvres dans son premier Tano Spécial, eh bien, c'est toi qui as la dernière bouteille de gnôle cachée ici!

– Siferra? demanda Beenay.

– Juste une goutte, s'il vous plaît.

– Ma foi, nous n'en avons guère plus d'une goutte! »

Et il versa, à chacun d'eux et à lui-même, la valeur d'un dé à coudre d'alcool.

Quand la bienfaisante chaleur eut commencé à se faire sentir, Theremon prit la parole :

« Beenay, que se passe-t-il ici? Qu'est-ce que c'est que cette histoire de Fouille?

– Tu n'as pas entendu parler de la Fouille?

– Pas un mot!

– Où avez-vous donc été tous les deux depuis la Tombée de la Nuit?

– Essentiellement dans la forêt; puis Siferra m'a emmené au Refuge de l'université. Et, depuis deux jours, nous cheminons sur cette route, dans l'espoir d'atteindre un jour Amgando.

– Alors, tu es au courant pour Amgando?

– J'ai rencontré Sheerin dans la forêt. Il est passé au Refuge juste après ton départ, et il a trouvé ton mot concernant Amgando. Il m'en a parlé, j'en ai parlé à Siferra, et nous nous sommes mis en route dans cette direction.

– Avec Sheerin? demanda Beenay.

– Non. Il est parti seul pour Amgando, et je suis resté pour chercher Siferra. Dis donc, tu crois que tu pourrais me donner encore une petite goutte de cet alcool sans que ça te fasse défaut, Beenay? Et tu allais me parler de la Fouille. »

Beenay versa un second petit verre à Theremon, et jeta un coup d'œil interrogatif à Siferra, qui secoua négativement la tête.

Puis il dit avec embarras :

« Si Sheerin est parti seul, il a probablement eu des ennuis. En tout cas, il n'est pas passé par ici depuis que j'y suis; or la grand-route du Sud est le seul itinéraire pour aller de Saro à Amgando.

Il va falloir qu'on envoie une équipe de reconnaissance à sa recherche. Quant à la Fouille, c'est un de ces nouveaux usages qu'ont adopté les gens : il y a un poste de Fouille à l'entrée de chacune des provinces que traverse la grand-route du Sud.

– Mais nous ne sommes qu'à quelques kilomètres de Saro! objecta Theremon. C'est encore la province de Saro, Beenay!

– Plus maintenant! Tous les anciens gouvernements provinciaux ont disparu. Ce qui subsiste de la ville de Saro a été partagé. A ma connaissance, les Apôtres de la Flamme en ont un gros morceau, de l'autre côté de la ville, et la zone qui englobe la forêt et l'université est aux mains d'un certain Altinol, chef d'un groupement paramilitaire qui se baptise la Patrouille du Feu. Vous avez peut-être eu affaire à ces gens-là?

– J'ai été officier dans la Patrouille quelques jours, répondit Siferra. Ce foulard vert en est l'insigne officiel.

– En ce cas, reprit Beenay, vous savez quelle est la situation : fragmentation de l'ancien système gouvernemental en une myriade d'unités minuscules qui ont surgi partout comme des champignons. Vous êtes ici dans la province de Restauration, qui s'étend sur une douzaine de kilomètres le long de l'autoroute. Lorsque vous arrivez au poste de Fouille suivant, vous entrez dans la province des Six-Soleils; au-delà, c'est Terredieux, puis Clarté, puis... ma foi, j'ai oublié! Ça change d'ailleurs tous les trois ou quatre jours, parce que les gens ne restent pas en place.

– Et la Fouille? insista Theremon.

– C'est la nouvelle psychose : tout le monde craint les incendiaires. Vous voyez de qui je veux parler : des dingues qui pensent que la soirée où la Nuit est tombée a été une partie de plaisir, et qui parcourent le pays en brûlant tout sur leur passage. On dit qu'un tiers de la ville de Saro est parti en fumée la nuit de l'éclipse, mais qu'un autre tiers a été détruit *depuis* que les Étoiles sont reparties. Aussi, les gens qui sont demeurés plus ou moins sains d'esprit – et, au cas où vous en douteriez, nous en faisons partie – fouillent tout le monde pour confisquer tout instrument servant à faire du feu. On n'a le droit de détenir ni allumettes, ni briquets mécaniques, ni pistolets-laser, ni quoi que ce soit qui puisse...

– Il se passe la même chose en bordure de la ville, précisa Siferra. Altinol et les siens se sont posés en uniques dépositaires de la prérogative de faire du feu.

– Et moi, j'ai été attaqué dans la forêt alors que j'essayais de me faire cuire un repas. Je suppose que mes agresseurs étaient des Fouilleurs aussi.

– Ma foi, dit Beenay, j'ignore à qui tu as eu affaire dans la forêt; mais la Fouille est par ici le processus rituel pour faire face à ce problème. La méfiance est universelle, personne n'en est exempt. C'est comme une fièvre contagieuse, une épidémie de peur. Seules quelques élites restreintes, comme la Patrouille du

Feu d'Altinol, ont le droit d'avoir sur eux des matières inflammables. Tu ferais mieux de me confier ces pistolets-laser, Theremon; vous n'atteindrez jamais Amgando avec.

– Nous n'atteindrons jamais Amgando sans eux! » rétorqua Theremon.

Beenay haussa les épaules d'un air dubitatif. « Peut-être que oui, peut-être que non; mais vous ne pourrez éviter, en poursuivant votre route vers le sud, de vous dépouiller de ces armes : la prochaine fois que vous serez interpellés, je ne serai pas là pour dire à l'équipe de Fouille de laisser tomber. »

Theremon réfléchit quelques instants à ces paroles.

« A propos, comment as-tu réussi à te faire écouter ? finit-il par demander. C'est toi le Fouilleur en chef ou quoi ? »

Beenay se mit à rire. « Le Fouilleur en chef ? Pas précisément! Mais ces gens me respectent : je suis leur intellectuel. Il y a des endroits où l'on hait les universitaires, le sais-tu ? Il y a des bandes de dingues qui nous abattent à vue, croyant que c'est nous qui avons provoqué l'éclipse et que nous nous préparons à en déclencher une autre. Ici, on considère que, de par mon intelligence, je suis utile. Je sais rédiger des messages diplomatiques pour les provinces voisines; j'ai des idées sur les choses brisées qu'on peut récupérer et remettre en marche; je suis même capable d'expliquer pourquoi les Ténèbres ne reviendront pas et pourquoi personne n'aura de nouveau l'occasion de voir les Étoiles avant deux mille ans, ce qu'ils trouvent très réconfortant à entendre. Voilà pourquoi je me suis installé parmi eux. Ils prennent soin de Raissta, ils nous nourrissent, et moi je pense pour eux : ce sont d'excellentes relations de symbiose.

– Sheerin m'avait dit que tu te rendais à Amgando, objecta Theremon.

– C'est effectivement ce que j'avais entrepris, répondit Beenay. Amgando est bien l'endroit où les gens comme toi et moi devrions aller. Mais Raissta et moi avons eu des ennuis en route. Nous avons bien failli être victimes d'une bande de chasseurs d'universitaires.

– Nous en avons rencontré quelques-uns, observa Theremon.

– Alors, tu es au courant. Donc, nous nous sommes trouvés entourés par un groupe de ces gens-là. Rien qu'à la façon dont nous parlions, ils savaient que nous étions cultivés; et puis, l'un d'entre eux m'a reconnu, à partir d'une photo de journal, illustrant l'un de *tes* articles, Theremon : c'était une fois où tu m'avais interviewé sur l'éclipse! Et cet homme a dit que j'étais de l'Observatoire, que j'étais celui qui avait fait apparaître les Étoiles! »

Le regard de Beenay se perdit un instant dans le vide.

« Nous étions à deux doigts d'être pendus à un lampadaire, je crois! Mais une autre bande est survenue, en conflit avec la première pour une question de territoire; et que je lance des bouteilles, et que je pousse des hurlements, et que je brandis des couteaux! Raissta et moi en avons profité pour nous esquiver. Ces dingues sont comme des enfants : incapables de fixer leur attention bien longtemps sur une même chose. Mais voilà qu'en se faufilant par un étroit passage entre deux bâtiments incendiés, Raissta s'est coupée à la jambe sur du verre brisé ; et nous avons dû nous arrêter ici, la blessure s'était tellement infectée que Raissta ne pouvait plus marcher.

– Je comprends. » Pas étonnant qu'elle ait l'air si mal en point, se dit Theremon.

« Par chance pour nous, les gardes frontières de la province de Restauration avaient besoin d'un intellectuel ; ils nous ont accueillis. Voici huit jours, dix peut-être, que nous sommes ici. Raissta pourra de nouveau marcher dans une semaine si tout va bien, ou une quinzaine de jours plus probablement. A ce moment-là, je demanderai au patron de nous donner un passeport qui nous permettra du moins de traverser sans problème les quelques provinces situées après celle-ci le long de la route, et nous partirons pour Amgando. Vous êtes les bienvenus jusque-là, si vous voulez. Et ensuite, on pourrait faire route tous ensemble vers le sud, ce serait plus sûr. Tu as besoin de moi, Butella ? »

Le grand gaillard qui avait tenté de soumettre Theremon à la Fouille avait passé la tête par-dessus les rideaux.

« Un messager vient d'arriver, professeur ! L'apporte des nouvelles de la ville, par l'intermédiaire de la Province impériale. On n'y comprend pas grand-chose.

– Montre-moi », dit Beenay en tendant la main, tout en expliquant à Theremon : « La plupart des Fouilleurs ici présents ne sont pas très forts en lecture ; l'exposition aux Étoiles semble avoir lésé leurs centres cérébraux du langage, ou quelque chose de ce genre. »

Il se mit à déchiffrer le message, non sans froncer les sourcils, se renfrogner, faire la moue et grommeler contre l'écriture et l'orthographe post-ténébrales. Puis, au bout d'un moment, son expression s'assombrit.

« Bons dieux ! s'exclama-t-il. Voilà une bien mauvaise nouvelle ! »

Les mains tremblantes, il tourna vers Theremon des yeux égarés.

« Que se passe-t-il, Beenay ? » questionna ce dernier.

D'un air accablé, Beenay répondit : « Les Apôtres de la Flamme viennent par ici ! Ils ont levé une armée, et ils marchent sur Amgando en détruisant au passage tous les nouveaux petits gouvernements provinciaux qui se sont créés le long de la grand-route. Et lorsqu'ils parviendront à Amgando, ils briseront toute organisation gouvernementale qui aura pu prendre forme là-bas et se proclameront seul pouvoir dirigeant légitime de toute la République. »

Theremon sentit les doigts de Siferra s'enfoncer dans son bras. Il la regarda et lut l'horreur sur son visage. Lui-même, il le savait, devait avoir une expression fort semblable.

« Ils... viennent... par... ici... fit-il lentement. Une armée d'Apôtres!

– Theremon, Siferra... il faut que vous partiez! dit Beenay. Immédiatement! Si vous êtes encore ici lorsque les Apôtres arriveront, tout est perdu.

– Partir pour Amgando, tu veux dire? demanda Theremon.

– Absolument! Sans perdre une minute! Toute la communauté universitaire qui était au Refuge est maintenant là-bas, ainsi que les membres d'autres universités et des gens cultivés venant de toute la République. Vous devez aller les prévenir pour qu'ils se dispersent rapidement. S'ils sont encore à Amgando quand les Apôtres y parviendront, Mondior ne fera qu'une bouchée de tous ceux susceptibles de constituer le noyau d'un gouvernement légitime éventuel; il pourrait même faire procéder à des exécutions massives d'universitaires. Tenez, je vais vous rédiger des passeports qui vous permettront de franchir sans encombre les quelques postes suivants; mais une fois sortis de notre zone d'influence, il n'y aura pas d'autre solution que de vous soumettre à la Fouille et de laisser ces gens-là vous prendre ce que bon leur semblera. Il n'est pas question d'être retardé en résistant à la Fouille : il *faut* que l'équipe d'Amgando soit prévenue, Theremon!

– Et toi, que vas-tu faire? Juste rester ici? »

Beenay prit un air perplexe. « Que puis-je faire d'autre?

– Mais... et les Apôtres...

– Les Apôtres feront de moi ce qu'ils voudront. Tu ne crois tout de même pas que je vais abandonner Raissta pour m'enfuir à Amgando avec toi?

– Ma foi... non...

– Alors, je n'ai pas le choix. D'accord? »

Theremon fut pris d'un soudain mal de tête. Il porta ses mains à ses yeux.

« Il n'y a pas d'autre moyen, Theremon, remarqua Siferra.

– Je sais, je sais! Mais, tout de même, se dire que Mondior et ses séides risquent de capturer Beenay... de l'exécuter, peut-être... »

Beenay sourit et posa la main sur l'avant-bras de son ami. « Qui sait? Peut-être Mondior aimerait-il garder deux ou trois intellectuels comme animaux de compagnie? Mais peu importe ce qui risque de m'arriver : ma place est auprès de Raissta, comme la tienne est sur la route, à filer vers Amgando de toute la vitesse dont tu es capable. Allez, je vais vous faire donner à manger, et vous procurer des documents qui aient l'air bien officiels. Et après, ouste! Tiens, tu auras besoin de ça aussi. »

Il versa ce qui restait d'alcool dans le verre de Theremon.
« A la tienne, mon vieux! »

41

A la frontière entre la province Restauration et celle des Six-Soleils, on ne fit à Theremon et Siferra aucune difficulté pour passer le poste de Fouille. Le garde frontière, qui d'après sa mine avait peut-être été comptable ou homme de loi dans un monde révolu, se contenta de jeter un coup d'œil au passeport, inclina la tête en apercevant au bas de la page la signature « Beenay 25 » et son paraphe riche en fioritures, et leur fit signe de poursuivre leur chemin.

Deux jours plus tard, le passage de Six-Soleils à Terredieux fut chose moins aisée : la patrouille avait tout d'une bande d'égorgeurs, et semblait plus disposée à précipiter le couple par-dessus le bord de l'autoroute aérienne qu'à examiner ses papiers. Il y eut un moment de malaise prolongé, où Theremon resta planté là à brandir le passeport comme si c'était quelque baguette magique. La magie finit par opérer... plus ou moins.

« C'est un sauf-conduit, c't'affaire? demanda l'égorgeur en chef.

« Un passeport, oui : exemption de Fouille.

– Donné par qui?

– Beenay 25, directeur administratif de Fouille, province Restauration; c'est la seconde en amont sur la route.

– Je sais où c'est, Restauration. Lisez-moi ça.

– *A toute personne concernée : Je, soussigné Beenay 25, certifie que les porteurs de ce document, Theremon 762 et Siferra 89, sont les émissaires dûment accrédités de la Patrouille du Feu de la ville de Saro, et qu'ils ont droit à...*

– La Patrouille du Feu? Qu'estqu' c'est qu' ça?

– La bande à Altinol, marmonna un des coupe-jarret.

– Ah? » Le chef désigna d'un mouvement de la tête les pistolets-laser que Theremon et Siferra portaient bien en vue à la hanche. « Alors, comme ça, Altinol veut vous faire passer à travers des pays qui sont à d'autres que lui avec des armes capables de foutre le feu à toute une région ? »

Siferra prit la parole :

« Nous avons une mission urgente. Il est d'importance vitale que nous parvenions sains et saufs au parc national d'Amgando. » Elle porta la main à son foulard vert. « Vous connaissez la signification de cet insigne ? Il s'agit pour nous d'empêcher les incendies, non d'en provoquer. Et si nous ne contactons pas à temps les gens d'Amgando, les Apôtres de la Flamme vont s'avancer en force sur cette route en détruisant tout ce que vous essayez de créer. »

Ça n'avait pas grand sens, se dit Theremon : ce n'est pas en atteignant Amgando, loin au sud, qu'ils allaient sauver des Apôtres les petites républiques de la grand-route. Mais Siferra avait trouvé des accents de passion qui la rendaient crédible.

Le garde frontière ne réagit d'abord que par le silence : il s'efforçait de se faire une idée de ce qu'elle pouvait bien raconter. Puis il eut un froncement de sourcils et dans le regard un mélange de perplexité et d'irritation. Et soudain, presque avec impétuosité : « Bon, d'accord, passez ! Foutez-moi le camp d'ici, et que je ne vous revoie plus jamais où que ce soit dans la province des Six-Soleils, sinon on vous le fera regretter. Les Apôtres ! Amgando !

– Merci infiniment », dit Theremon avec une obséquiosité qui frisait le sarcasme à tel point que Siferra se hâta de l'entraîner de l'autre côté du barrage avant que sa conduite ne leur attire de sérieux ennuis.

Ils marchaient à présent sur un tronçon où il leur était possible de se déplacer à bonne allure ; ils couvraient une bonne vingtaine de kilomètres par jour, parfois davantage. Les citoyens des provinces qui se donnaient le nom de Six-Soleils, de Terredieux et de Clarté s'étaient mis sérieusement au travail pour déblayer la grand-route du Sud. A intervalles réguliers on avait dressé des barricades avec les décombres – il n'était pas question que quiconque roule de sitôt, mais entre les points de contrôle il était désormais possible d'avancer d'un bon pas, sans monticules d'épaves, sans cadavres abandonnés. Petit à petit, les choses reprenaient un aspect presque civilisé ; mais quant à être normales, elles en étaient loin... fort loin !

On voyait peu d'incendies encore actifs, mais beaucoup de villes réduites en cendres. Des camps de réfugiés avaient été aménagés tous les deux ou trois kilomètres. Du haut de la chaussée, Theremon et Siferra pouvaient apercevoir les gens accablés qui y erraient sans but, comme s'ils avaient vieilli de cinquante ans en une seule nuit d'épouvante.

Les nouvelles provinces n'étaient en fait que des chapelets de camps de ce genre, reliés par la grand-route. Dans chaque région, un homme fort s'était imposé localement, et s'était taillé un domaine qui s'étendait sur une dizaine ou une quinzaine de kilomètres de l'autoroute et couvrait un kilomètre ou deux de part et d'autre de celle-ci. Quant à ce qui se trouvait à l'est et à l'ouest, bien malin qui pouvait le deviner : il ne semblait plus exister aucune communication par radio ni télévision.

« On n'avait donc prévu aucun plan d'urgence ? » fit Theremon. C'était une question en l'air, elle ne s'adressait pas particulièrement à Siferra.

Mais celle-ci répondit quand même : « Ce qu'annonçait Athor ne pouvait pas être pris au sérieux. Et puis, cela aurait fait le jeu de Mondior d'admettre l'hypothèse d'un écroulement de la civilisation, rien qu'en une courte période de Ténèbres, surtout prédite avec tant de précision.

– Mais l'éclipse...

– Il y a peut-être eu des gens haut placés qui ont examiné les graphiques et admis l'idée qu'il allait y avoir une éclipse. Mais comment auraient-ils pu avoir idée des Étoiles ? Les Étoiles, ce n'était qu'une chimère des Apôtres, n'oublie pas ! Et même si le gouvernement avait envisagé une chose pareille, qui aurait pu prévoir l'effet produit ?

– Sheerin le pouvait, objecta Theremon.

– Pas même Sheerin ! Il ne s'en doutait pas le moins du monde. Sa spécialité, c'étaient les Ténèbres, et non une inconcevable clarté emplissant soudain le ciel.

– Quand même, insista Theremon, lorsqu'on voit tout ce chaos, on veut croire qu'il n'était pas nécessaire d'en passer par là, que d'une façon ou d'une autre on aurait pu l'éviter.

– Mais on ne l'a *pas* évité !

– On a intérêt à le faire, la prochaine fois ! »

Siferra se mit à rire. « La prochaine fois, c'est dans deux mille quarante-neuf ans ! Espérons que nous pourrons laisser à nos descendants un avertissement plus plausible que le Livre des Révélations ! »

Tournant la tête, elle jeta par-dessus son épaule un regard plein d'appréhension à la route parcourue pendant ces derniers jours de marche forcée.

« Tu as peur de voir les Apôtres nous tomber dessus ? fit Theremon.

– Pas toi ? Nous sommes encore à des centaines de kilomètres d'Amgando.

– Ils ne nous rattraperont pas : une armée entière ne se déplace pas aussi rapidement que deux personnes résolues et en bonne forme. Leur moyen de transport n'est pas supérieur au nôtre : une paire de jambes par soldat, point final. Et il y a toutes sortes de conditions logistiques qui ne peuvent que les ralentir.

– Je l'imagine.

– En outre, selon le message, le dessein des Apôtres est de s'arrêter dans chaque province pour y imposer leur autorité. Ça va leur prendre du temps de rayer de la carte tous ces petits royaumes aussi opiniâtres que minuscules. Si nous ne nous heurtons pas nous-mêmes à des complications inattendues, nous serons à Amgando des semaines avant eux. »

Un moment plus tard, Siferra demanda : « Que va-t-il advenir de Beenay et Siferra, d'après toi ?

– Beenay est un garçon fort astucieux. Il trouvera bien un moyen de se rendre indispensable à Mondior.

– Et s'il n'y parvient pas ?

– Tu crois vraiment, Siferra, que nous devons consumer nos forces à envisager des atrocités auxquelles nous ne pouvons fichtre rien ?

– Désolée, dit-elle sèchement. Je ne pensais pas que tu pouvais être si susceptible.

– Siferra...

– Laisse ! C'est peut-être moi qui suis susceptible.

– Tout se passera bien ! affirma Theremon. Beenay et Raissta ne subiront rien de fâcheux ; nous arriverons à Amgando à temps pour donner l'alerte ; et les Apôtres de la Flamme ne parviendront pas à conquérir le monde.

– Et tous ceux qui sont morts vont ressusciter ? Oh ! Theremon, Theremon... » Sa voix se brisa.

« Je sais, je sais...

– Qu'allons-nous faire ?

– Nous dépêcher, voilà ce que nous allons faire ! Et éviter de regarder derrière nous, ça ne donne rien de bon.

– Non, rien du tout ! » reconnut Siferra, en souriant et en lui prenant la main. Et ils poursuivirent leur chemin en silence, aussi rapidement que possible.

Et en vérité, se disait Theremon, ils avançaient à une vitesse étonnante, maintenant qu'ils avaient pris la cadence. Les premiers jours, leurs corps protestaient avec véhémence contre les efforts qu'ils en exigeaient. Mais à présent ils fonctionnaient comme deux machines bien rodées. Siferra avait les jambes presque aussi longues que celles de Theremon, et tous deux marchaient côte à côte, les muscles accomplissant leur tâche avec efficacité, le cœur pompant le sang régulièrement, les poumons se gonflant et se contractant à un rythme impeccable. *Un pas, un pas, un pas, un pas, un pas, un pas...*

Encore des centaines de kilomètres à couvrir, certes ; mais ça ne serait pas long, à cette allure. Un mois, peut-être moins.

La route était presque entièrement dégagée dans ces régions rurales. La circulation semblait y avoir été clairsemée ; beaucoup d'automobilistes avaient réussi à sortir de l'autoroute sans se faire emboutir par d'autres conducteurs ayant perdu le contrôle de leur véhicule.

Et puis, il y avait moins de barrages routiers. Les nouvelles provinces, dans ces zones peu peuplées, avaient une superficie plus grande, et leurs habitants paraissaient moins préoccupés de détails comme la Fouille. Theremon et Siferra ne furent soumis à un interrogatoire poussé que deux fois au cours des cinq jours suivants. Aux autres postes-frontières, on leur fit purement et simplement signe de continuer sans qu'ils aient à exhiber les documents dont Beenay les avait munis.

Même la météorologie se mettait de la partie. Le temps était beau et doux presque tous les jours, avec juste quelques petites averses ici et là, mais sans rien qui fût de nature à les incommoder. Theremon et Siferra marchaient quatre heures, s'arrêtaient pour un repas léger, repartaient pour quatre heures, mangeaient, faisaient une nouvelle étape, s'arrêtaient cinq-six heures pour dormir – chacun à son tour veillant sur le sommeil de l'autre –, puis se levaient et reprenaient leur marche, comme des machines. Les soleils allaient et venaient dans le ciel selon leur rythme millénaire : tantôt Patru et Trey là-haut avec Dovim, tantôt Onos avec Sitha et Tano, tantôt Onos avec Dovim, tantôt Trey et Patru, tantôt quatre soleils à la fois, en une procession sans fin, grand défilé d'apparat céleste. Theremon avait cessé de compter les jours depuis qu'ils avaient quitté le Refuge. Toute notion de dates, calendriers, jours, semaines, mois, lui semblait une bizarrerie archaïque, encombrante relique d'un monde révolu.

Siferra, après une période de cafard, avait retrouvé son entrain. Ce n'était qu'un jeu d'enfant, ils allaient atteindre Amgando sans le moindre mal.

Ils passaient à présent par un lieu appelé Fontval – ou peut-être le Boqueteau ; les gens rencontrés sur la route avaient utilisé des noms différents. C'était une région agricole onduleuse et dégagée, qui ne présentait guère de traces des ravages subis par les agglomérations : au pire, çà et là, une grange endommagée par le feu ou un troupeau errant qui paraissait livré à lui-même. L'air était pur et parfumé, la lumière des soleils forte et vive. N'eût été l'absence insolite de circulation sur la grand-route, on aurait pu s'imaginer qu'il ne s'était rien produit d'extraordinaire en cet endroit.

« Sommes-nous arrivés à mi-chemin d'Amgando ? demanda Siferra.

– Pas tout à fait. Voilà un bout de temps que je n'ai pas vu de panneau, mais à vue de nez je dirais que... »

Il s'interrompit brusquement.

« Qu'y a-t-il, Theremon ?

– Regarde ! Là-bas, à droite ! Sur cette route secondaire qui vient de l'ouest ! »

Dans la plaine en contrebas, à quelques centaines de mètres, une longue série de camions était arrêtée sur le bas-côté de la route secondaire, là où elle donnait sur un accès à la route principale. Un vaste camp, bourdonnant d'activité, y avait été dressé : des tentes, un grand feu de camp, des hommes qui cassaient du bois.

Deux ou trois cents personnes, peut-être... toutes en frocs noirs à capuchon!

Theremon et Siferra échangèrent un coup d'œil stupéfait.

« Les Apôtres! chuchota-t-elle.

– Oui! Couche-toi! Cache-toi derrière le garde-fou, là!

– Mais comment ont-ils pu parvenir si loin au sud? Derrière nous la grand-route est complètement bloquée! »

Theremon secoua la tête. « Ils n'ont pas emprunté l'autoroute. Regarde! Ils ont des camions qui marchent. Dieux, ça fait tout drôle, non? de voir un véhicule rouler et d'entendre un bruit de moteur... depuis le temps! » Il se sentit frissonner. « Ils ont trouvé le moyen de conserver un parc automobile intact, ainsi qu'une réserve de combustible. Et, de toute évidence, ils sont venus de Saro en faisant un détour par l'ouest, par des petites routes de campagne. Maintenant, ils vont rejoindre l'autoroute, qui doit être dégagée d'ici à Amgando. Ils pourraient y être ce soir.

– Ce soir! Oh! Theremon, qu'allons-nous faire?

– Je ne sais pas trop. Il ne nous reste plus qu'une chance bien mince, en prenant un risque fou : descendre là-bas, nous emparer d'un de ces camions, et foncer vers Amgando. Même si nous arrivons là-bas avec seulement deux heures d'avance, ça laisserait à une bonne partie des gens une chance de s'échapper. Qu'en dis-tu?

– Peut-être... répondit Siferra. Mais c'est bien chimérique... Dès qu'on nous apercevra, on saura que nous ne sommes pas des Apôtres, et on nous mettra la main au collet!

– Je sais, je sais! Laisse-moi réfléchir! »

Au bout d'un moment, il reprit la parole :

« Si nous pouvions surprendre deux Apôtres un peu à l'écart des autres et les dépouiller de leurs frocs, au besoin en les abattant avec nos pistolets-laser, et, une fois revêtus de ces frocs, nous approcher tout simplement d'un camion, comme si nous étions parfaitement en règle, sauter à bord et partir vers la grand-route...

– Deux minutes après, ils seraient à nos trousses!

– Peut-être... Mais peut-être que si nous gardions notre sang-froid et agissions tranquillement et naturellement, ils penseraient qu'il n'y a là rien d'extraordinaire, que ça fait partie du plan... et d'ici à ce qu'ils comprennent, nous serions à quatre-vingts kilomètres de là. »

Il lui adressa un regard pressant.

« Alors, qu'en penses-tu, Siferra? Nous n'avons pas d'autre

espoir! Si nous poursuivons notre chemin à pied, ils vont nous dépasser dans deux ou trois heures! »

Elle le dévisageait comme s'il avait perdu la raison.

« Terrasser deux Apôtres... détourner un de leurs camions... foncer vers Amgando... Oh! Theremon, ça ne marchera jamais, tu le sais parfaitement!

– Très bien! fit-il avec brusquerie. Reste là! Je vais tenter le coup tout seul. C'est la seule chance qui reste Siferra! »

Il commença à ramper rapidement au bord de l'autoroute, en direction de la bretelle de sortie quelques centaines de mètres plus loin.

Siferra avait raison, bien sûr : c'était un plan complètement insensé; mais il ne voyait pas d'autre solution. De toute évidence, le sort d'Amgando était scellé. Faute de concurrents, c'étaient Mondior et les siens qui allaient hériter du monde.

A moins que... à moins que...

Theremon ne s'était jamais considéré comme un héros. Les héros étaient des gens dont il parlait dans ses articles, des gens qui montraient tout ce dont ils étaient capables dans les situations extrêmes, en accomplissant des actions extraordinaires, miraculeuses, qu'un individu normal n'aurait pas même songé à tenter, et encore moins rêvé de mener à bien. Et voilà que, dans ce monde étrangement métamorphosé, lui, Theremon, envisageait allègrement de neutraliser avec un pistolet-laser des fanatiques encapuchonnés, de réquisitionner un véhicule militaire, de foncer vers le parc d'Amgando pour sonner l'alarme avant l'attaque imminente...

Insensé... Totalement insensé...

Mais peut-être cela pourrait-il marcher, dans la mesure précisément où c'était insensé : qui s'attendrait à ce que deux personnes surgies de nulle part, dans ce paisible décor champêtre, s'emparent d'un camion et filent avec?

Ils longèrent avec circonspection la rampe de descente de l'autoroute. Un champ envahi d'une végétation drue s'étendait entre eux et le camp des Apôtres. « Peut-être, chuchota Theremon, pourrions-nous ramper à travers les hautes herbes et, si pour une raison quelconque deux Apôtres viennent à passer par là, leur sauter dessus avant qu'ils sachent de quoi il retourne. »

Il descendit, il rampa.

Siferra le suivit, à la même allure.

Dix mètres... vingt... ne pas s'arrêter, garder la tête baissée, et ramper, jusqu'à cette petite butte, et puis attendre... attendre...

Une voix s'éleva soudain, juste derrière lui : « Tiens, que voyons-nous ici? Un couple de serpents, dirait-on, de drôles de serpents, hein? »

Theremon se retourna et eut un hoquet de surprise. Dieux! Des Apôtres! Sept ou huit! D'où venaient-ils? D'un pique-nique entre amis dans le champ ? Et Siferra et lui seraient passés devant eux en rampant sans s'en apercevoir ?

« Sauve-toi ! cria-t-il à sa compagne. Pars de ce côté-ci, j'irai de l'autre... »

Et il s'élança au pas de course vers la gauche, en direction des pylônes qui soutenaient l'autoroute. Il allait tenter de distancer ses poursuivants... de disparaître dans les terrains boisés, de l'autre côté de la route...

« Siferra ! hurla-t-il. Cours ! Ne t'arrête pas ! »

Peut-être était-elle effectivement parvenue à se sauver : il ne la voyait plus. Il y avait des Apôtres tout autour de lui. Il tendit la main vers son pistolet-laser, mais l'un d'entre eux lui attrapa le bras, un autre le prit à la gorge. On lui arracha le pistolet ; on le plaqua, il tomba lourdement et roula sur le sol. Quand il leva la tête, il rencontra le regard inflexible et peu amène de cinq personnages encapuchonnés, dont l'un braquait sur lui son propre pistolet-laser.

« Debout ! lui ordonna l'Apôtre. Doucement ! Les mains en l'air. »

Theremon se remit gauchement sur pied.

« Qui êtes-vous ? Que faites-vous ici ? » interrogea l'Apôtre.

– Je vis dans le coin. Ma femme et moi, on voulait juste couper à travers champs pour rentrer chez nous...

– La ferme la plus proche est à huit kilomètres d'ici : comme raccourci, c'est un peu long ! » L'Apôtre fit un signe de la tête en direction du camp. « Suivez-nous ! Folimun va vous dire un mot. »

Folimun ! Ainsi donc, il avait survécu à la nuit de l'éclipse, en fin de compte ; et c'est lui qui dirigeait l'expédition !

Theremon jeta un coup d'œil autour de lui. Aucune trace de Siferra ! Il se prit à espérer qu'elle avait regagné la grand-route et qu'elle marchait vers Amgando aussi vite qu'elle pouvait. C'était un bien mince espoir, mais il n'en restait pas d'autre.

Les Apôtres l'emmenèrent à leur camp. Quelle drôle d'impression de se trouver parmi toutes ces silhouettes encapuchonnées ! Mais pratiquement personne ne lui prêta attention pendant que ses gardiens le conduisaient sans ménagements à la tente la plus vaste.

Folimun, assis à une table de travail au fond de la tente, compulsait une liasse de papiers. Il fixa sur Theremon des yeux d'un bleu glacial, et son visage mince aux traits aigus fut adouci un instant par un sourire étonné.

« Theremon ? Vous ici ? Dans quel dessein ? Faire un reportage sur nous pour *La Chronique* ?

– Je suis en route pour le Sud, Folimun. Je prends un peu de vacances, vu la situation troublée qui règne en ville. Ça vous dérangerait de dire à vos sbires de me lâcher ?

– Libérez-le ! ordonna Folimun. Et où exactement vous rendez-vous ?

– Ça ne vous concerne pas.

– C'est à moi d'en juger. Vous allez à Amgando, n'est-ce pas ? »

Theremon opposa au religieux un regard ferme et froid. « Je ne vois aucune raison de vous dire quoi que ce soit.

– Après tout ce que je vous ai confié, moi, quand vous m'avez interviewé ?

– Très spirituel !

– Je veux savoir où vous vous rendez, Theremon. »

Élude! se disait Theremon. *Élude ses questions tant que tu peux pour gagner du temps!*

« Je refuse de répondre à cette question, ainsi qu'à toute autre que vous vous disposeriez éventuellement à me poser. Je ne consentirai à discuter de mes intentions qu'avec Mondior lui-même », déclara-t-il d'un ton résolu.

Folimun resta un instant sans répondre. Puis un sourire apparut à nouveau sur son visage, pour s'effacer aussitôt. Et soudain, chose tout à fait inattendue, il éclata bel et bien de rire ; et Theremon se dit qu'il n'avait sans doute jamais encore vu rire Folimun.

« Mondior ? dit Folimun, une lueur amusée dans les yeux. Mais il n'y a *pas* de Mondior, mon ami ! Mondior n'a jamais existé ! »

42

Siferra avait du mal à croire qu'elle était effectivement parvenue à s'enfuir ; mais c'était pourtant bel et bien ce qui semblait être arrivé.

La plupart des Apôtres qui les avaient surpris dans le champ s'étaient lancés aux trousses de Theremon. En se retournant une fois, elle les avait vus l'entourer comme à la chasse une meute de chiens entoure le gibier. Il ne pouvait échapper à la capture.

Deux Apôtres s'étaient détachés pour poursuivre Siferra. Au premier qui la rattrapa, elle avait donné un grand coup du plat de la main dans la figure, bras tendu ; il courait à toute vitesse et le choc l'avait fait rouler à terre. Le second était un gros balourd, si lent que Siferra l'eut vite distancé.

Elle refit en sens inverse le chemin qu'elle avait suivi avec Theremon; mais il lui parut malavisé de remonter sur l'autoroute : il était trop facile d'y établir des barrages, et il n'y avait pas d'autre moyen d'en descendre sans danger que les rampes de sortie. Elle devait s'enfoncer dans les bois qui s'étendaient au-delà de la route; les camions des Apôtres ne pourraient l'y suivre. Il lui serait facile de disparaître parmi ces arbustes broussailleux et d'y rester cachée jusqu'à ce qu'elle ait décidé de la conduite à tenir.

Et quelle conduite pourrait-elle bien tenir ? Libérer Theremon, pendant qu'elle y était ? Faire irruption pistolet-laser au poing, prendre des otages, poser ses conditions... Oh ! c'était un mélodrame puéril, un livre d'aventure pour enfants...

Mais que vais-je faire ? Que vais-je faire ?

Elle demeura blottie dans un bosquet serré de petits arbres aux longues feuilles en plumets, à attendre que le temps passe. Les Apôtres ne faisaient pas mine de lever le camp; elle voyait toujours la fumée de leur feu monter dans le ciel crépusculaire, et leurs camions étaient toujours garés au même endroit le long de la route.

Le soir tombait. Onos avait disparu du ciel, Dovim était suspendu à l'horizon, les deux soleils au zénith étaient ceux que Siferra aimait le moins, Tano et Sitha, blêmes et tristes, qui projetaient leur froide lumière aux confins de l'univers – ou de ce qu'on avait cru être les confins de l'univers en ces temps candides, bien éloignés, où les Étoiles n'avaient pas encore révélé la vraie dimension du monde.

Les heures s'égrenaient, interminables. Siferra ne trouvait aucune issue réaliste à cette situation. Amgando semblait perdu, sauf si quelqu'un avait réussi à y porter un message d'avertissement. Quant à elle, elle n'avait aucune chance d'y parvenir avant les Apôtres.

Il vint un moment où elle se dit que la seule chose à faire était d'aller au camp des Apôtres pour se rendre et demander à être emprisonnée avec Theremon; du moins seraient-ils ensemble. Elle s'étonnait de constater combien il lui manquait : ils ne s'étaient pas quittés pendant des semaines, alors que de toute sa vie elle n'avait jamais vécu avec un homme; et, pendant le trajet depuis Saro, elle ne s'était jamais lassée d'être avec lui. Cela paraissait la chose la plus naturelle au monde qu'ils fussent ensemble; et voilà qu'à présent elle était de nouveau seule !

Allez, vas-y, rends-toi, se disait-elle. *De toute façon, tout est perdu, non ?*

Il se mit à faire plus sombre. Des nuages voilaient la lumière glaciale de Tano et Sitha, et le ciel s'obscurcit à tel point que Siferra s'attendait presque à voir les Étoiles réapparaître.

Faites-le donc ! souhaitait-elle dans sa rancœur. *Montrez-vous dans tout votre éclat, et recommencez à répandre la folie ! Quel mal cela peut-il faire? Le monde ne peut être démoli qu'une fois, et c'est déjà fait!*

Mais, bien entendu, Tano et Sitha répandaient assez de clarté pour masquer l'éclat de ces lointaines sources de lumière. Et, à mesure que les heures s'écoulaient, Siferra vit son humeur passer du défaitisme le plus profond à un optimisme presque téméraire.

Quand tout est perdu, se disait-elle, il ne reste plus rien à perdre. A la faveur de la pénombre, elle allait se glisser dans le camp des Apôtres et elle trouverait bien le moyen de s'emparer d'un camion. Elle libérerait Theremon, si l'occasion s'en présentait. Et là-dessus, en route pour Amgando! Avant qu'Onos ne soit de retour dans le ciel au matin, elle serait là-bas parmi ses amis universitaires, bien à temps pour les avertir du danger.

Bon! Allons-y!

Doucement... doucement... avec encore plus de prudence que la première fois, au cas où il y aurait des sentinelles cachées parmi les herbes...

Une fois sortie des bois, elle eut un moment d'hésitation; elle se sentait affreusement vulnérable, loin de l'abri des broussailles enchevêtrées. Mais il y avait la pénombre. A présent, il fallait traverser le terrain dégagé entre les bois et l'autoroute... passer sous les grands piétements métalliques... atteindre le champ en friche où ils avaient été surpris... se mettre à plat ventre, comme cet après-midi, et ramper... et, à l'autre bout, scruter les alentours pour repérer les sentinelles.

Elle avait au poing son pistolet-laser, réglé sur ouverture minimale, afin de produire le faisceau le plus concentré, le plus pénétrant, le plus mortel : tant pis pour quiconque tomberait sur elle! Lorsqu'elle n'avait pas encore totalement recouvré la raison, elle avait, au laboratoire d'archéologie, tué Balik – sans le vouloir, mais il était bel et bien mort. Non sans surprise, elle se découvrait prête à tuer à nouveau, intentionnellement cette fois, si les circonstances l'exigeaient. Toute autre considération, fût-elle morale, était secondaire. C'était la guerre.

En avant! Tête baissée, corps ramassé... Elle n'était plus maintenant qu'à quelques dizaines de mètres du camp.

Un grand silence y régnait. Sans doute la plupart des Apôtres dormaient-ils. Dans l'obscure grisaille, Siferra eut l'impression de distinguer deux silhouettes de l'autre côté du principal feu de camp, mais elle ne pouvait en être sûre à cause de la fumée. Il fallait se faufiler derrière un des camions et jeter une pierre contre un arbre à quelque distance. Une sentinelle irait voir ce qui se passait; elle pourrait se glisser derrière l'autre, lui fourrer le pistolet-laser dans les côtes, l'obliger sous la menace à garder le silence et à se dépouiller de son froc...

Elle se ravisa. Non, mieux valait l'abattre sans prévenir, pour l'empêcher de donner l'alarme, et s'emparer elle-même du froc. Après tout, c'étaient des Apôtres, des fanatiques!

La froide détermination dont elle faisait preuve depuis peu l'étonnait elle-même.

En avant, en avant! Elle avait presque atteint le premier camion, du côté opposé au feu de camp. Trouver une pierre... voilà, celle-ci ferait parfaitement l'affaire! Lancer la pierre sur ce gros arbre là-bas...

Elle levait le bras lorsqu'elle sentit une main lui saisir le poignet gauche par-derrière, et un bras puissant lui entourer la gorge.

Prise!

Sous le coup de la surprise, de la frustration et du désappointement, Siferra fut envahie d'une rage folle. Elle rua de toutes ses forces, une furieuse ruade, qui porta : il y eut un grognement de douleur. Cela ne suffit pourtant pas à faire lâcher prise à son assaillant. En se tortillant, elle fit presque un demi-tour, et flanqua un second coup de pied, tout en s'efforçant de faire passer le pistolet-laser dans sa main droite.

Mais son adversaire lui releva le bras d'un mouvement sec et douloureux, et l'arme échappa à sa main engourdie. En même temps, l'étreinte autour de son cou se resserra, et elle se mit à tousser et à haleter.

Ténèbres! Fallait-il être stupide pour se laisser surprendre par ceux-là mêmes que l'on cherchait à surprendre!

Des larmes brûlantes de fureur lui inondaient les joues. Dans sa rage, elle recommença à ruer, à ruer encore.

« Doucement! chuchota une voix profonde. Tu risquerais de me faire mal, Siferra!

– Theremon? fit-elle, abasourdie.

– Qui crois-tu que ce soit? Mondior? »

La pression sur sa gorge se relâcha, la main qui lui agrippait le poignet se desserra. Elle fit quelques pas chancelants, cherchant à reprendre son souffle. Puis, en pleine confusion, elle pivota pour le dévisager.

– Comment as-tu fait pour être de nouveau libre? » lui demanda-t-elle.

Il sourit de toutes ses dents. « C'est un miracle du ciel, un véritable miracle du ciel... Je t'ai observée tout le temps, pendant que tu venais des bois. Tu te débrouillais très bien, tu sais; mais tu te préoccupais tellement de parvenir jusqu'ici sans te faire remarquer que tu ne t'es pas aperçue du mouvement tournant que j'opérais derrière toi!

– Grâce aux dieux, c'était toi, Theremon... bien que tu m'aies fait la plus belle peur de ma vie! Mais pourquoi restons-nous plantés là? Vite! Emparons-nous d'un de ces camions et filons avant de nous faire repérer.

– Non, répondit-il. Ce plan n'est plus de mise. »

Elle le regarda d'un air décontenancé. « Que veux-tu dire?

– Tu vas le voir. »

Sidérée, elle l'entendit claquer des mains et crier bien fort : « Par ici, les amis ! Elle est là !

– Theremon ! Tu as perdu la... »

Le faisceau d'une lampe-torche atteignit Siferra en pleine figure, et ce choc fut presque aussi ravageur que l'avait été pour elle la vue des Étoiles. Aveuglée, elle demeurait pétrifiée, à secouer la tête dans son ébahissement et sa consternation. Tout autour d'elle, des silhouettes s'agitaient, mais il fallut quelque temps à ses yeux éblouis pour s'adapter à la soudaine clarté et pouvoir les distinguer.

Des Apôtres ! Une demi-douzaine d'Apôtres !

Elle fixa un regard brûlant de reproche sur Theremon. Celui-ci, parfaitement calme, avait l'air fort satisfait de lui-même. Siferra, en pleine confusion, ne parvenait pas à accepter l'idée qu'elle avait été trahie.

Elle essaya de parler, mais rien ne sortit de sa bouche, qu'un bredouillement de brèves exclamations : « Mais... Pourquoi... ? Qu'est-ce... ! »

Theremon sourit. « Allons, viens, Siferra ! Il y a quelqu'un que je voudrais te faire rencontrer. »

43

« Vous pouvez vous dispenser de me foudroyer ainsi du regard, docteur Siferra, dit Folimun. Même si vous avez du mal à le croire, vous êtes ici parmi des amis.

– Des amis ? Vous devez me prendre pour une fameuse naïve !

– Pas du tout ! Bien au contraire !

– Vous faites intrusion dans mon laboratoire et y dérobez des objets d'une valeur inestimable pour la recherche ; vous donnez l'ordre à la bande de fous furieux qui sont vos séides d'envahir l'Observatoire et de saccager le matériel avec lequel les astronomes de l'université s'efforcent de mener à bien des études capitales sur un phénomène unique; et maintenant vous soumettez Theremon à votre volonté en l'hypnotisant et vous l'envoyez s'emparer de moi pour me livrer à vous : et vous voudriez me faire croire que je suis parmi des amis?

– Je n'ai pas été hypnotisé, Siferra, répondit doucement Theremon. Et tu n'es pas prisonnière.

– Mais non, bien sûr! Et d'ailleurs, tout cela n'est qu'un très mauvais rêve : la Tombée de la Nuit, les incendies, l'écroulement de la civilisation et ainsi de suite. D'ici une heure, je vais me réveiller dans mon appartement de Saro, et tout sera exactement comme lorsque je me suis endormie. »

Theremon et Siferra étaient face à face dans la tente de Folimun, et Theremon songeait que Siferra n'avait jamais été plus belle qu'en cet instant. Ses yeux fulguraient de colère, sa peau paraissait avoir son éclat propre, tout son être rayonnait sous l'effet d'une énergie intense et concentrée. Il la trouvait irrésistible – mais ce n'était guère le moment de lui dire ce genre de choses.

Folimun prit la parole : « En ce qui concerne la disparition de vos tablettes, docteur Siferra, je ne peux que vous présenter mes excuses. Il s'agit d'un vol éhonté, auquel, je vous l'assure, je n'aurais jamais donné mon aval si vous n'aviez rendu la chose inévitable.

– C'est moi qui l'ai rendue...

– Oui, vous. Vous avez absolument tenu à garder en votre possession ces reliques irremplaçables du cycle précédent, les mettant ainsi en péril au moment où le monde allait sombrer dans le chaos et où, à ce que vous pouviez savoir, les bâtiments de l'université risquaient d'être détruits jusqu'à la dernière brique. Il était essentiel à nos yeux que les tablettes soient rangées en lieu sûr, c'est-à-dire sous notre garde; et, puisque nous ne pouvions obtenir votre consentement, nous nous sommes vus contraints de vous les prendre.

– C'est moi qui ai découvert ces tablettes. Vous n'auriez jamais rien su de leur existence si je ne les avais déterrées!

– Ce qui n'a rien à voir à l'affaire, commenta Folimun d'un ton égal. Une fois les tablettes découvertes, elles ont pris une importance vitale pour nos besoins, pour les besoins de l'humanité. Nous avons jugé que l'avenir de Kalgash passait avant vos droits sur ces objets. Comme vous allez le voir, nous avons entièrement traduit les tablettes, en nous servant des textes anciens dont nous disposions déjà, et cela a représenté un apport considérable à notre compréhension des exceptionnelles mises en question auxquelles la vie civilisée sur Kalgash doit périodiquement faire face. Les traductions du docteur Mudrin étaient, hélas! très superficielles. Mais les tablettes fournissent une version exacte et convaincante – exempte de toutes les altérations et erreurs textuelles qui s'accumulent au cours des siècles – des chroniques qui nous ont été transmises sous le nom de Livre des Révélations. Le Livre des Révélations, je dois le reconnaître, regorge de mysticisme et de métaphores, choisis à des fins de propagande. Les tablettes de Thombo sont des comptes rendus historiques simples et directs de la venue des Étoiles à deux moments distincts, et des efforts faits par le clergé de ces époques pour avertir la population de ce qui allait se produire. Nous sommes aujourd'hui à même de démontrer que, pendant toute l'histoire et la préhistoire de Kalgash, de petits groupes de gens dévoués ont tenté de préparer le monde au cataclysme qu'il subit à intervalles réguliers. Les méthodes qu'ils utilisaient, de toute évidence, n'étaient pas à la hauteur du problème. Maintenant que nous bénéficions de la connaissance des erreurs passées, nous serons enfin en mesure d'épargner à Kalgash un autre bouleversement destructeur lorsque l'actuelle Année Sacrée parviendra à son terme dans deux mille ans. »

Siferra se tourna vers Theremon. « Quelle suffisance ! Pour justifier son cambriolage, il a le front de me dire que mes tablettes vont lui permettre d'instituer une dictature théocratique encore plus efficace que lui et les siens pouvaient l'espérer ! Oh ! Theremon, pourquoi m'as-tu vendue ? Pourquoi *nous* as-tu vendus ? A l'heure qu'il est, nous pourrions être à mi-chemin d'Amgando, si seulement...

– Vous serez à Amgando demain après-midi, docteur Siferra, je vous l'assure, dit Folimun. Nous serons tous à Amgando demain après-midi.

– Et quel sort me réservez-vous ? demanda-t-elle avec virulence. Défiler enchaînée derrière votre armée victorieuse ? Marcher dans la poussière, la corde au cou, derrière le char de Mondior ? »

L'Apôtre soupira. « Expliquez-lui de quoi il retourne, Theremon, je vous prie.

– Non ! s'écria-t-elle, les yeux flamboyants. Pauvre niais qui s'est laissé bourrer le crâne ! Je n'ai nulle envie de t'entendre dégoiser le galimatias dont ce dément t'a farci la tête ! Je ne veux rien entendre d'aucun de vous ! Enfermez-moi si vous voulez ! Ou laissez-moi m'en aller, si vous pouvez vous y résoudre ! Il ne m'est guère possible de vous nuire : une femme seule contre toute une armée – incapable même de traverser un champ sans se faire surprendre ! »

Theremon, consterné, tendit les mains vers elle.

« Non ! Ne me touche pas ! Tu me dégoûtes. Mais non, ce n'est pas ta faute . on t'a fait subir une manipulation mentale ? Et ça va être mon tour, n'est-ce pas, Folimun ? Vous allez me transformer en pantin docile ! Eh bien, permettez-moi de demander une faveur, une seule : ne me faites pas porter un froc d'Apôtre ! Je ne peux pas accepter l'idée de me montrer dans cet accoutrement ridicule. Prenez-moi mon âme s'il le faut, mais permettez-moi de m'habiller comme je l'entends, d'accord? D'accord, Folimun?»

L'Apôtre émit un petit rire. « Peut-être vaudrait-il mieux que je vous laisse seuls tous les deux : je crois qu'on n'aboutira à rien tant que je participerai à la conversation.

– Non! s'écria Siferra. Je ne veux fichtre pas rester seule avec ce... »

Mais déjà Folimun s'était levé et s'éloignait de la tente.

Theremon se tourna vers Siferra, qui recula devant lui comme s'il était porteur de la peste.

Il lui dit calmement : « Je n'ai pas été hypnotisé, Siferra; on ne m'a fait subir aucun lavage de cerveau.

– Tu ne risques pas d'affirmer le contraire!

– Mais c'est la vérité! Je te le prouverai. »

Le regard qu'elle fixait sur lui était morne et froid, et elle ne répondit pas.

Au bout d'un moment, il déclara d'une voix très douce : « Je t'aime, Siferra.

– Et ce genre de propos, combien a-t-il fallu de temps aux Apôtres pour l'inclure dans ton conditionnement? » ironisa-t-elle.

Il accusa le coup. « Non, Siferra, je t'en prie! Je suis sincère. Je n'essaierai pas de prétendre que je n'ai jamais dit ces mots-là à quiconque avant toi; mais c'est la première fois que j'y crois vraiment.

– Tu n'as rien trouvé de moins éculé? persifla-t-elle.

– Je mérite d'être traité ainsi : Theremon, l'homme couvert de femmes, le séducteur patenté! Bon, d'accord, oublie mes paroles! Oh! non, non! Je parlais sérieusement, Siferra. Tout au long de ces dernières semaines où nous avons cheminé ensemble, et où j'étais avec toi matin, midi et soir, il ne s'est pas écoulé un seul instant sans que je te regarde et me dise : *Voici la femme que, depuis tant d'années, j'attendais! Voici la femme dont je n'osais imaginer que je la trouverais jamais!*

– Très émouvant, Theremon! Et le meilleur moyen pour me témoigner ton amour, c'était de me ceinturer par-derrière, en me cassant presque le bras par la même occasion, et de me livrer à Mondior, c'est ça?

– Il n'y a pas de Mondior, Siferra. Ce personnage n'existe pas. »

Il vit pendant un instant une lueur de surprise et de curiosité se faire jour chez elle à travers l'hostilité.

« Quoi?

– C'est un mythe inventé pour les besoins de la cause, une pure image de synthèse conçue pour faire des discours à la télévision. Personne n'a jamais eu d'audience avec lui, n'est-ce pas? Et il n'a jamais paru en public. Comme Mondior ne se montre jamais en chair et en os, il peut passer à la télévision dans cinq pays différents à la fois, à tous les coins du monde, personne ne pouvant localiser sa présence, d'où la possibilité d'apparitions simultanées. Le vrai patron des Apôtres de la Flamme, c'est Folimun. Il se fait passer pour le délégué aux relations publiques, mais en fait c'est lui qui commande, et il en est ainsi depuis dix ans. Avant cela, il y avait quelqu'un du nom de Bazret, mort aujourd'hui. C'est Bazret qui a inventé Mondior, mais c'est Folimun qui en a fait le personnage éminent qu'il est actuellement.

– Et c'est lui, Folimun, qui t'a raconté tout ça ?

– Il m'en a raconté une partie; j'ai deviné le reste, et il l'a confirmé. Quand nous serons de retour à Saro, il me montrera les appareils qui servent à incarner Mondior. Les Apôtres pensent rétablir les émissions télévisées dans un délai de quelques semaines.

– Très bien ! fit Siferra d'un ton rogue. Éperdu d'admiration en découvrant le trucage baptisé Mondior, tu as été tellement ébloui par cette ruse infecte que tu as jugé sur-le-champ devoir absolument te joindre à la bande de Folimun. Et la première mission qu'on t'a confiée a été de me livrer. Alors, tu es allé rôder aux alentours, tu m'es tombé dessus par surprise, et de cette façon tu as fait en sorte que les gens d'Amgando ne puissent manquer de tomber sous la griffe de Folimun. Bien joué, Theremon !

– Folimun est en route pour Amgando, certes ! répondit Theremon. Mais il n'a nulle intention de nuire à ceux qui y sont rassemblés; il désire leur offrir des places dans le nouveau gouvernement.

– Dieux tout-puissants ! Tu crois vraiment, Theremon...

– Oui, Siferra, oui ! » Theremon tendit ses mains ouvertes, doigts écartés, en un grand geste nerveux. « Je ne suis peut-être qu'un journaliste mal dégrossi, mais reconnais du moins que je ne suis pas un niais. Vingt ans de métier ont fait de moi, en tout cas, un juge averti en matière de personnalité. Folimun m'a étrangement impressionné dès la première fois que je l'ai vu. Il m'a paru tout le contraire d'un illuminé : un esprit très complexe, très vif, très futé. Et je viens de passer huit heures à discuter avec lui. Il ne m'a rien caché de ses desseins, il m'a exposé tout son plan. Serais-tu disposée à admettre, pour les besoins de la discussion, que je peux me faire une idée exacte de la psychologie de mon interlocuteur pendant une conversation de huit heures ?

– Ma foi... fit-elle de mauvaise grâce.

– De deux choses l'une, Siferra : ou bien il est absolument sincère, ou bien c'est le meilleur acteur du monde.

– Il pourrait être les deux; ça n'en fait toujours pas pour nous un homme digne de confiance.

– Peut-être que non; mais moi, je lui fais confiance.

– Continue !

– Folimun est un homme absolument inflexible, d'une rationalité presque monstrueuse, persuadé que la seule chose qui ait quelque importance, c'est la survie de la civilisation. Ayant eu accès, grâce à sa secte millénaire, à des archives historiques sur les cycles précédents, il savait depuis de nombreuses années ce que nous venons d'apprendre de la façon la plus brutale : que Kalgash est voué à subir tous les deux mille ans l'apparition des Étoiles, dont la vue est tellement insoutenable qu'elle provoque la désagrégation mentale du commun des mortels, et que même les âmes les mieux trempées en souffrent pendant plusieurs jours, voire des semaines. Au fait, Folimun ne voit pas d'inconvénient à te laisser examiner tous les documents anciens de la secte lorsque nous serons de retour à Saro.

– Mais Saro a été détruite!

– Pas la partie de la ville qui est sous l'autorité des Apôtres! Ils ont fait bigrement attention à ce que personne n'allume d'incendie sur un kilomètre ou deux aux environs de leur tour.

– Belle efficacité de leur part! commenta Siferra.

– Ils ont effectivement des méthodes efficaces. C'est un fait, Folimun sait que, dans une période de folie totale, le meilleur moyen de recoller les morceaux est un totalitarisme religieux. Toi et moi, nous pensons que les dieux ne sont que de vieux mythes, Siferra; mais il y a des millions et des millions d'hommes, que tu le croies ou non, qui considèrent les choses tout autrement. Ces gens-là croyaient commettre des péchés, attendaient le châtiment et le supportaient mal. Et à présent leur terreur ne connaît pas de bornes : ils se disent que les Étoiles pourraient revenir demain, ou dans deux jours, pour achever la tâche. Eh bien! nous avons là les Apôtres, qui se prévalent d'une ligne de communication directe avec les dieux, et qui disposent pour le prouver de maints passages des écritures. Ils sont mieux placés pour établir un gouvernement mondial qu'Altinol, ou que les petits potentats provinciaux, ou les débris dispersés des anciennes autorités, ou tout autre encore. Ils représentent la meilleure chance que nous ayons.

– Mais c'est que tu es sérieux! fit Siferra, ébahie. Tu n'as pas été hypnotisé par Folimun, Theremon, tu as réussi à t'hypnotiser toi-même!

– Écoute! répondit Theremon. Folimun a œuvré toute sa vie en vue de l'instant où nous sommes, sachant que cette génération d'Apôtres est celle qui doit assumer la responsabilité de la survie. Il a toutes sortes de projets : il est en voie d'établir son autorité sur d'immenses territoires au nord et à l'ouest de Saro, et ensuite il va prendre en charge les nouvelles provinces qui bordent la grand-route du Sud.

– Et instaurer une dictature théocratique qui inaugurera son règne en exécutant tous les universitaires athées, cyniques et matérialistes comme Beenay, Sheerin et moi-même.

– Sheerin est déjà mort. Folimun m'a dit que ses hommes avaient découvert le corps de notre ami dans une maison en ruine ; il semblerait qu'il ait été tué il y a quelques semaines par une bande de forcenés anti-intellectuels. »

Siferra détourna la tête un moment, incapable de regarder Theremon dans les yeux. Puis elle le dévisagea avec encore davantage de rancœur qu'avant, et lui dit : « Eh bien voilà ! Folimun commence par lancer ses casseurs à l'assaut de l'Observatoire – où Athor aussi a trouvé la mort, hein ? – puis il élimine ce pauvre Sheerin, si inoffensif ; et à présent ça va être notre tour...

– Ce qu'il voulait faire, Siferra, c'était *protéger* les gens de l'Observatoire !

– En ce cas, il s'y est bien mal pris, non ?

– L'affaire a mal tourné. Son but était de mettre hors de danger tous les savants avant qu'éclatent les émeutes ; mais, comme il jouait un personnage de fanatique exalté, il n'a pas été en mesure de leur faire accepter ce qu'il avait à leur proposer : gagner sains et saufs le Refuge des Apôtres.

– Après le sac de l'Observatoire !

– Cela non plus ne correspondait pas à sa première option. Cette nuit avait déchaîné la folie sur le monde, et les réalités ne se sont pas toujours conformées à ses plans.

– Tu as vraiment l'art de lui trouver des excuses, Theremon !

– C'est possible, mais écoute-moi jusqu'au bout ! Folimun désire collaborer avec les universitaires survivants, et les autres personnes intelligentes et saines d'esprit qui se sont rassemblées à Amgando, afin de reconstituer le fonds de connaissances de l'humanité : c'est lui – ou plutôt le prétendu Mondior – qui dirigera le gouvernement ; les Apôtres tiendront en respect la populace instable et superstitieuse par l'autorité de la religion, et ceci durant une ou deux générations au moins. Pendant ce temps, les universitaires aideront les Apôtres à rassembler et codifier le savoir qu'ils ont réussi à préserver. Ensemble, ils conduiront à nouveau le monde jusqu'à un stade rationnel comme les fois précédentes ; mais cette fois on pourra peut-être commencer les préparatifs en vue de la nouvelle éclipse une centaine d'années à l'avance, et éviter les pires bouleversements, la psychose collective, les incendies, les destructions universelles.

– Et tu crois à tout ça ? contra Siferra d'une voix mordante comme l'acide. Tu crois qu'il est raisonnable de rester dans la position du spectateur passif et d'applaudir pendant que les Apôtres répandent dans le monde entier le poison de leur croyance irrationnelle et totalitaire ? Ou, pire encore, de joindre nos forces aux leurs ?

– C'est une perspective qui me répugne », dit soudain Theremon.

Siferra écarquilla les yeux. « Alors pourquoi...

– Allons faire un tour dehors, coupa-t-il. L'aube se lève presque. Tu me donnes la main ?

– Ma foi...

– Quand je t'ai dit que je t'aimais, ce n'étaient pas que des propos convenus. »

Elle haussa les épaules. « Les deux choses n'ont rien à voir l'une avec l'autre, Theremon : il y a la question personnelle et la question politique – et tu utilises l'une pour embrouiller l'autre.

– Viens! » se contenta-t-il de dire.

44

Ils sortirent de la tente. Les premières lueurs d'Onos mettaient une touche de rose à l'horizon; haut dans le ciel, Tano et Sitha avaient émergé des nuages, et les soleils jumeaux, maintenant à leur zénith, brillaient d'un éclat étrange que l'on ne pouvait contempler sans émerveillement. Loin au nord, la petite sphère nette et rouge de Dovim luisait tel un rubis minuscule que l'univers eût porté enchâssé à son front.

« Quatre soleils! fit Theremon. Ça porte chance. »

Tout autour d'eux, le camp des Apôtres bouillonnait d'activité. On chargeait les camions, on démontait les tentes. Theremon aperçut Folimun, tout à l'autre bout, qui dirigeait le travail d'une équipe. Le chef des Apôtres salua Theremon d'un geste, et celui-ci répondit d'un signe de tête.

« La perspective de voir le monde gouverné par les Apôtres te répugne, reprit Siferra, et pourtant tu es prêt à faire acte d'allégeance à Folimun! Pourquoi? Quel sens cela peut-il avoir? »

Theremon répondit doucement : « Parce qu'il n'y a pas d'autre espoir.

– Est-ce là ton opinion? »

Il fit oui de la tête. « Elle a commencé à s'imposer à moi au bout de deux heures de conversation avec Folimun. Toutes mes tendances rationnelles me poussent à me défier de lui et de sa bande de fanatiques. Quoi qu'il puisse être par ailleurs, il ne fait aucun doute que Folimun est un démagogue avide de pouvoir, sans scrupules, très dangereux. Mais quelle autre chance y a-t-il? Altinol? Tous les petits potentats échelonnés le long de la grand-route? Il faudrait peut-être un million d'années pour souder les nouvelles provinces en un seul pays. Seul Folimun possède le pouvoir nécessaire pour que des nations entières plient le genou devant lui – ou plutôt devant Mondior. Écoute, Siferra, la majeure partie de l'humanité est en proie à la folie et il y a à l'heure actuelle des millions de déments en liberté de par le monde. Seuls ont pu surmonter l'épreuve les gens particulièrement solides, comme toi et moi, comme Beenay, ou particulièrement stupides; tous les autres, qui constituent la grande masse des hommes, attendront des mois, voire des années, indéfiniment peut-être, pour retrouver la raison. Un prophète charismatique comme Mondior est peut-être la seule solution, même si cela va contre tous mes instincts.

– Alors, il n'y a pas le choix?

– Pas pour nous, Siferra.

– Et pourquoi pas?

– Écoute, Siferra, je considère que ce qui importe, c'est la guérison; tout le reste passe au second plan. Une terrible blessure a été infligée au monde, et...

– Ou plutôt, il se l'est infligée lui-même!

– Ce n'est pas ainsi que je vois les choses. Les incendies n'étaient qu'une réaction à un gigantesque changement de situation; ils ne se seraient jamais produits s'il n'y avait eu l'éclipse pour arracher le rideau et nous faire voir les Étoiles. Mais les blessures persistent; une blessure en amène une autre, à présent. Altinol en est une; ces nouvelles provinces indépendantes minuscules sont des blessures; les déments qui s'entre-tuent dans la forêt, ou qui traquent les universitaires en fuite, sont des blessures.

– Et Folimun? C'est la plus grave de toutes ces blessures!

– Oui et non! Certes, il répand le mysticisme et le fanatisme; mais il y a là une discipline : les gens ajoutent foi à ce qu'il a à offrir, même les dingues. Il représente une blessure si gigantesque qu'elle peut avaler toutes les autres. Il est en mesure de guérir le monde, Siferra; et ensuite, de l'intérieur, nous pourrons essayer de guérir ce qu'il aura édifié – mais de l'intérieur seulement. Si nous nous joignons à lui, nous avons une chance; si nous nous dressons contre lui, nous serons balayés, écrasés comme des puces.

– Alors, que proposes-tu?

– De deux choses l'une; ou bien nous nous rallions à lui, et nous ferons partie de l'élite qui soustraira le monde à la folie, ou bien nous devenons des vagabonds et des hors-la-loi. Que préfères-tu, Siferra?

– Une troisième voie!

– Il n'y en a pas. Le groupe d'Amgando n'a pas la force nécessaire pour former un gouvernement qui puisse fonctionner ; et les gens comme Altinol n'ont pas de scrupules. Folimun est déjà maître de la moitié de l'ancienne République fédérale de Saro ; il ne fait aucun doute qu'il parviendra à dominer l'autre moitié. Il faudra des siècles pour que revienne le règne de la raison, Siferra, quoi que nous fassions.

– Donc, ce que tu dis, c'est qu'il vaut mieux se joindre à lui et essayer d'influer sur l'orientation que prendra la nouvelle société, plutôt que de s'opposer à lui à cause de notre hostilité à la forme de fanatisme qu'il représente ?

– Exactement !

– Mais livrer le monde au fanatisme religieux...

– Il est déjà arrivé au monde d'accéder à un stade supérieur en partant du fanatisme religieux, non ? Ce qui importe actuellement, c'est de trouver une voie pour sortir du chaos ; Folimun et ses séides représentent le seul espoir d'y parvenir. Imagine leur foi comme un moteur pour la civilisation, en un temps où toutes les autres machines sont brisées. C'est la seule chose qui compte à l'heure actuelle : d'abord réparer le monde ; et, pour la suite, espérer que nos descendants se lasseront de ce genre de gaillards avec leur mysticisme et leurs robes à capuchon. Tu vois ce que je veux dire, Siferra ? Le vois-tu ? »

Elle acquiesça d'un hochement de la tête si vague et si étrange qu'on aurait dit quelqu'un qui réagit en dormant. Theremon la regarda s'éloigner lentement de lui, en direction de la clairière où ils avaient été surpris par les sentinelles la veille au soir – il y avait des années de cela.

Elle se tint là un long moment, seule, baignée par la lumière des quatre soleils.

Comme elle est belle ! songeait Theremon.

Comme je l'aime !

Quelle étrange tournure tout cela a pris !

Tandis qu'il attendait, on s'affairait autour de lui à lever le camp. Des Apôtres allaient et venaient précipitamment, silhouettes sombres que dissimulaient frocs et cuculles. L'activité était à son comble.

Folimum s'approcha. « Eh bien ?

– Nous réfléchissons, répondit Theremon.

– Nous ? J'avais cru comprendre que vous, en tout cas, marchiez avec nous. »

Theremon le fixa dans les yeux avec fermeté. « Je marche avec vous à condition que Siferra en fasse autant ; c'est une condition sine qua non.

– Comme vous voudrez ! Pourtant, cela nous ennuierait de perdre un homme aussi expert que vous en l'art de la persuasion... sans parler du docteur Siferra, avec toute sa science des reliques du passé.

– Eh bien, repartit Theremon avec un sourire, nous allons voir tout de suite si j'ai su me montrer persuasif! »

Folimun fit un signe de tête et s'éloigna vers les camions que l'on était en train de charger.

Theremon contempla Siferra : elle était tournée vers l'est, face à Onos, cependant que la lumière de Sitha et Tano tombait sur elle d'en haut en un flot éblouissant, et que du nord Dovim dardait son mince javelot rouge.

Quatre soleils : le meilleur des présages!

Siferra retraversait maintenant le champ au trot. Elle avait les yeux brillants et semblait rire. Elle accourut vers lui.

« Eh bien! questionna Theremon. Qu'en dis-tu ? »

Elle lui prit la main dans les siennes. « D'accord, Theremon! Qu'il en soit ainsi! Le tout-puissant Folimun est notre guide, et je le suivrai où qu'il lui plaise de conduire mes pas... à une condition.

– Vas-y! Quelle est cette condition?

– Celle-là même que j'ai mentionnée quand nous étions avec lui dans la tente : je ne veux pas porter le froc. Je m'y refuse absolument. S'il y tient mordicus, je ne marche pas! »

Theremon hocha la tête avec satisfaction. Tout irait pour le mieux. Après la Tombée de la Nuit venait l'aurore, et la résurrection. Du chaos allait naître un nouveau Kalgash; Siferra et lui auraient voix au chapitre – et quelle voix! – dans sa création.

« Ça doit pouvoir s'arranger, je pense, répondit-il. Allons en parler à Folimun pour voir ce qu'il en dit. »

EXTRAIT DU CATALOGUE PRESSES POCKET

Philippe de BALEINE : Le petit train de la brousse
Michel BAR-ZOHAR : L'espionne du diable
Pierre BOULLE : Le pont de la rivière Kwaï
Le sacrilège malais
La planète des singes
Jean-Denis BREDIN : L'affaire
André CASTELOT : Talleyrand
Simone CHALON : L'enfance brisée
Françoise CHANDERNAGOR : L'allée du roi
Charlie CHAPLIN : Ma vie
Yves COURRIÈRE : Joseph Kessel
Charlélie COUTURE : Les dragons en sucre
DALAI LAMA : Un océan de sagesse
Alexandra DAVID-NÉEL : Au pays des brigands gentilshommes
Mystiques et magiciens du Tibet
La puissance du néant
Le lama aux cinq sagesses
Voyage d'une Parisienne à Lhassa
Le sortilège du mystère
L'Inde où j'ai vécu
Miles DAVIS : Miles-l'autobiographie
Jean-François DENIAU : Un héros très discret
Jean-Paul DESPRAT : Le marquis des Éperviers
Raymond DEVOS : A plus d'un titre
Françoise DOLTO : L'échec scolaire
Kirk DOUGLAS : La danse avec le diable
Arthur Conan DOYLE : Le chien des Baskerville
La vallée de la peur
Les aventures de Sherlock Holmes

Loup Durand : Le jaguar
Adrienne Durand Tullou : Le pays des Asphodèles
Boris Eltsine : Jusqu'au bout !
Philippe Erlanger : La reine Margot
Dominique Fernandez : Le promeneur amoureux
Leonore Fleisher : Rain Man
Fisher King
Jean-Charles de Fontbrune : Nostradamus historien prophète
Diane Fossey : Gorilles dans la brume
Anatole France : Le livre de mon ami
L'île des pingouins
Crainquebille
Les dieux ont soif
La révolte des anges
Histoire contemporaine :
L'orme du Mail
Le mannequin d'osier
L'anneau d'améthyste
M. Bergeret à Paris
Le crime de Sylvestre Bonnard
Le lys rouge
Dan Franck : La dame du soir
Dan Franck et Jean Vautrin : La dame de Berlin
Peter Freeborn : Un homme sous influence
Charles de Gaulle : L'appel
L'unité
Le salut
Mémoires d'espoir
1. Le renouveau
2. L'effort
Michel de Grèce : La femme sacrée
L'envers du soleil
Louis XIV
Le palais des larmes
Graham Greene : La saison des pluies
La fin d'une liaison
Marek Halter : La mémoire d'Abraham

Le fou et les rois
Les fils d'Abraham
Patty HEARST : Mon voyage en enfer
David HEYMAN : Jackie
Christian JACQ : Champollion l'Égyptien
La reine soleil
Maître Hiram et le roi Salomon
John JAKES : *Nord et Sud*
1. Les jours heureux
2. Amis, ennemis
3. Guerre et passion
4. Entre le ciel et l'enfer
5. L'année des sauterelles
Jerome K. JEROME : Trois hommes dans un bateau
Olivier de KERSAUSON : Mémoires salées
Joseph KESSEL : Fortune carrée
L'armée des ombres
Les amants du Tage
Pour l'honneur
Le coup de grâce
Rudyard KIPLING : Le livre de la jungle
Le second livre de la jungle
Capitaines courageux
Kim
Pascal LAINÉ : Elena
Betty Jean LIFTON : Janusz Korczak : le roi des enfants
Betty MAHMOODY : Jamais sans ma fille
Françoise MALLET-JORIS : Le rempart des béguines
Michèle MANCEAUX : Le fils de mon fils
Robert MARGERIT : La terre aux loups
Bruno MASURE : La télé rend fou mais j' me soigne
A pleins tubes
Claude MICHELET : J'ai choisi la terre
Les palombes ne passeront plus
Cette terre est la vôtre
La grande muraille
Des grives aux loups
Rocheflame

Une fois sept
Vive l'heure d'hiver
James A. MICHENER : Alaska I : La citadelle de glace
Alaska II : La ceinture de feu
Octave MIRBEAU : Le journal d'une femme de chambre
Hugues de MONTALEMBERT : A perte de vue
Hubert MONTEILHET : Les derniers feux
Néropolis
Desmond MORRIS : Parlons chat !
Toni MORRISON : Beloved
Vladimir NABOKOV : Une beauté russe
L'exploit
L'extermination des tyrans
Brisure à Senestre
Mademoiselle O
Détails d'un coucher de soleil
Georges N'GUYEN VAN LOC : Le Chinois
Louis PAUWELS : Dali m'a dit
François PERIER : Profession menteur
Édith PIAF : Ma vie
Michel PLATINI : Ma vie comme un match
Mario PUZO : Le parrain
Yann QUEFFÉLEC : La femme sous l'horizon
Le maître des chimères
Nancy REAGAN : A mon tour
Pierre RICHARD : Le petit blond dans un grand parc
Ann RIVER SIDDONS : La Géorgienne
Pouvoir de femme
Valérie RODRIGUE : La peau à l'envers
Françoise SAGAN : Bonjour tristesse
La chamade
La laisse
Le garde du cœur
Les merveilleux nuages
Dans un mois, dans un an
Les violons parfois

Un orage immobile
Sarah Bernhardt
Aimez-vous Brahms...

Romy SCHNEIDER : Moi, Romy
Alain de SEDOUY : De quoi souffrez-vous docteur ?
Christian SIGNOL : Marie des Brebis

Wilbur SMITH : Le léopard chasse la nuit
Au péril de la mer
L'œil du tigre
L'oiseau de soleil
Les amazones du désert
La piste du chacal
Les chasseurs de diamants

Alexandre SOLJENITSYNE : Le pavillon des cancéreux
La maison de Matriona
Zacharie l'escarcelle
Une journée d'Ivan Denissovitch

Alfred TOMATIS : Les troubles scolaires

Henri TROYAT : La fosse commune
Le mort saisit le vif
1. Les semailles et les moissons
2. Amélie
3. La grive
4. Tendre et violente Élisabeth
5. La rencontre
Le jugement de Dieu
Grandeur nature
La tête sur les épaules
Faux jour
L'araigne
La clé de voûte
Le signe du taureau

Rudolph VRBA et Alan BESTIC : Je me suis évadé d'Auschwitz

Lewis WALLACE : Ben-Hur

Mika WALTARI : Le serviteur du prophète

Morris WEST : L'avocat du diable

Les souliers de Saint-Pierre
Lazare
Oscar WILDE : Le portrait de Dorian Gray
Les 1001 Nuits : 1. Dames insignes et serviteurs galants
2. Les cœurs inhumains
3. Les passions voyageuses
4. La saveur des jours
Souvenirs d'une gamine effrontée

Achevé d'imprimer en août 1992
sur les presses de l'Imprimerie Bussière
à Saint-Amand (Cher)

PRESSES POCKET - 12, avenue d'Italie - 75627 Paris Cedex 13
Tél. : 44-16-05-00

— N° d'imp. 2176. —
Dépôt légal : août 1991.

Imprimé en France